7스캔들

세븐

세븐

이명수 · 강전호 지음

초판 1쇄 발행 2023년 9월 20일

지은이   이명수, 강전호
펴낸이   백은종
펴낸곳   서울의 소리
주소   서울시 영등포구 버드나무로 56 오성빌딩 501호
전화   010-6801-5900

ISBN 979-11-956134-3-4 (03810)

차 례

책을 펴내며

영부인에 대한 검증은 곧 대통령에 대한 검증이기에 임기가 다하는 그 순간까지 계속 해야 할 것이다. 논란 속에 제대로 검증되지 못한 김건희 7시간 녹취록이 현재진행형이 될 수밖에 없는 이유다. 더 나아가 그녀만의 독특한 세계관이 국민의 생명과 재산에 직결된 국정 운영에까지 반영되고 있는 탓에, 당사자인 5000만 국민의 알 권리를 보장하고 김건희의 세계관 재검증을 위해 '세븐 스캔들' 실화소설을 펴내게 된 것이다.

2022년 서울의 소리 이명수 기자는 20대 대선을 두 달 앞두고 김건희와의 통화 녹취록을 공개해 크나큰 파장을 일으켰다. 통화내용이 일반적인 상식이나 가치관에 반해 다소 충격적이어서, 국민들이 경악하고 녹취록 공개논란을 불러일으킬 수밖에 없었던 것이다.

이명수 기자는 2021년 7월 6일부터 12월 30일까지 김건희와 장장 6개월간 54차례 7시간 30분에 걸쳐 통화하고 300여 통의 메시지를 주고받았는데, 놀랍게도 김건희의 요구로 이 기자가 서울의 소리의 정보까지 빼돌리는 이중 스파이로 변모하는 과정이 고스란히 담겨 있었다.

김건희는 취재차 전화한 이명수 기자에게 자신의 무고함을 어필하는 과정에서 '누나 동생'을 종용하며 친분을 쌓는 한편, 이 기자의 관상을 이유로 정보원으로의 이직권고와 선거캠프 영입까지 제안하기에 이른다. 자신을 검증하고 있는 언론사의 기자를 포섭해 대표까지 회유하려는 정언유착 공작이 적나라하게 드러나 있는 것이다.

이 기자는 김건희의 의도를 파악하고 갈등하지만, 자신과 전혀 다른 세계관의 김건희에게 호기심을 느끼면서, 그녀의 요구대로 이중 스파이로 변신해 그들만의 신세계를 취재하기 시작한다. 하지만 국민의힘 입당까지 요구하는 김건희의 제안을 거절하면서, 두 사람은 서로 온전히 믿지 못하면서도 서로 버리지도 못하는 적과의 동침 같은 아슬아슬한 줄타기를 수개월간 이어나가게 된다.

그 와중에 이 기자는 김건희의 놀라운 세계관을 접하고는 국민의 알 권리와 가족의 안위를 두고 갈등해야만 했다. 그녀가 대선까지 신의를 지키면 청와대 입성까지 거론하며 보상을 약속한 반면, 배신을 하면 살벌하고 가혹한 보복을 예고했기 때문이었다. 하지만 영부인 검증은 감히 한낱 기자가 홀로 감당할 수 있는 무게가 아니었다. 5000만 국민의 생명과 재산에 직결된 사안이기에 당사자인 모든 국민들이 직접 검증에 참여할 수 있어야만 했던 것이다.

하지만 안타깝게도 이념에 따른 정파와 언론사의 이해관계에 따라 녹취록 검증이 왜곡되면서 그 피해를 국민들이 고스란히 떠안게 되고 말았다. 김건희가 이 기자에게 약속한대로 결국 해서는 안 될 사적 채용으로 대통령실과 내각이 부실해지면서 각종 재난에 국민의 생명과 재산이 그대로 노출되고 경제안보외교까지 추락을 면치 못한 것이다. 이것이 바로 7시간 녹취록이 반드시 모든 국민 앞에 재검증 되어야 하는 이유다.

- 이명수 · 강전호

1. 숙명

"누나, 내가 가면 월급 얼마나 줄 거야?"

"응?"

"누나한테 가면 나 얼마 주는 거야?"

"몰라, 의논해 봐야지. 명수가 하는 만큼 줘야지. 잘하면 1억도 줄 수 있지!"

'억'이라는 달콤한 유혹을 애써 떨쳐내며 호주머니에서 USB를 꺼내 들었다. K의 집요한 손짓에 변심을 우려한 나머지 선배에게 미리 맡겨둘 녹취록이었다. 설사 유혹에 젖어 몸은 팔려갈지언정 녹취록만은 기필코 공개돼야 한다는 기자의 알량한 양심이자 애국심이었다.

'1억! 1억! 1억!'

연이어 '억'을 되뇌는 명수의 미간에 이랑 같은 주름이 깊게 팼다. 월 1억이면 거머리에게 피를 뜯기듯 빠져나가는 월세를 단번에 면할 수 있었다. 여태 학원 근처도 못 가본 아이들을 여봐란 듯 명문학원에 보낼 수 있었다.

'나도 남편이고 애들 아버지라고! 아버지!'

서울의 소리에 투신한 이래 10년이란 긴 세월동안 남편 노릇도 아버지 노릇도 그저 세상 편한 사람들의 복에 겨운 투정일 뿐이 었다.

'애들 머리도 굵었는데! 아버지 노릇 흉내라도 내봐야 될 거 아 냐!'

하지만 녹취록을 선배에게 넘기는 순간, 억은 고사하고 자신의 신 변을 넘어 처자식의 생계마저 위협받게 될 것이다. 얻는 것 없이 그저 혹독한 대가만 도사리고 있는 길이 바로 명수가 걸어온 숙 명이었다. 선배 사무실로 향하던 명수의 천근같은 발걸음이 힘을 잃더니 결국 얼마가지 못해 멈춰 섰다.

'이 망할 놈에 녹취록. 내가 지금 뭘 하려는 거야? 도대체 뭘 하려 는 거냐고?'

순간 눈앞이 차양 막을 친 듯 새까매졌다. 아찔한 현기증마저 일 었다. 이미 기력 잃은 다리가 휘청거리더니 이내 엉덩방아를 찧었 다. 이 빌어먹을 녹취록을 두고 며칠 밤낮을 뜬 눈으로 지새운 탓 이다.

'이 지랄을 떨 거면, 차라리 녹취를 하지 말걸!'

애초에 녹취 버튼을 누르지 않았던들 이렇듯 가슴을 갈기갈기 찢 어대는 고민도 배신에 대한 갈등도 없었을 터였다. 하지만 10년

경력 취재기자의 기계적인 습성은 부지불식간에 녹취 버튼을 누르고야 말았다. 그 순간부터 명수는 '가족이 먼저냐? 애국이 먼저냐?'를 놓고 결과를 예측할 수 없는 자신과의 전쟁에 휘말려야 했다.

'제기랄! 돈이 이기나? 내 알량한 양심이 이기나? 어디 두고 보자고! 흐흐흐.'

이미 결말을 알고 있는 듯 핏기 잃은 명수의 얼굴에 우울한 미소가 드리웠다. 서울의 소리에 투신한 이래 여러 선배들이 희생했던 현장을 온 몸으로 목도했던 그였다. 때로는 극도의 스트레스로 지병이 악화 돼서, 때로는 결코 뛰어 넘을 수 없는 천길 절벽 같은 현실에 분신이란 참극까지도 속수무책으로 지켜봐야 했다.

'죽거나 가족을 버리거나 이게 우리 팔자였어!'

선배들이 스쳐 지나간 모진 인생의 행보에 첫발을 들인 그 순간, 명수의 운명도 이미 결정된 것과 다름이 없었다.

길바닥에 주저앉아 만감이 교차하는 와중에 모질기만 했던 아련한 40평생이 주마등처럼 스쳐지나갔다. 세상에 눈을 뜬지 채 1년도 못돼 불의의 사고로 아버지를 여의었다.

'엄마! 난 왜 아빠가 없어?'

한창 재롱 떨 시기에 투정부릴 여유조차 누려보질 못했다. 아버지 얼굴조차 잊은 아기는 칠남매를 건사해야 하는 홀어머니 슬하에서 천덕꾸러기로 모진 유년기를 견뎌내야 했다.

'난 꿈을 가져볼 기회조차 없었어!'

결코 벗어날 수 없었던 가난 탓에 선택의 여지조차 없이 고등학교 진학마저 포기해야 했다. 하지만 어떻게든 배워둬야 미래가 있다는 막내누나의 종용에 재단결꾼 일을 악으로 깡으로 견디며 야간고등학교까지 마칠 수 있었다.

'그래! 할 수 있는 데까지 가보는 거야!'

그러나 전역 후 명수 앞에 펼쳐진 세상은 오로지 돈이 지배하는 말 그대로 약육강식 무법천지였다. 사회 초년생을 노린 피라미드의 마수를 비껴가지 못해 그만 빚의 늪에서 허덕여야 했던 것이다.

"그래! 누가 이기나 어디 한번 붙어보자! 이 개새끼들아!"

목 놓아 절규하는 명수 곁엔 그 누구도 없었다. 죽든 살든 홀로 이겨내야 했다. 난잡한 거리의 노점상을 시작으로 돈이 될 만한 일은 닥치는 대로 달려들고서야 그 개미지옥 같은 빚더미에서 겨우 빠져 나올 수 있었다.

'나 이명수에게도 행복해질 권리는 있다!'

한 푼 두 푼 저축이라는 것이 가능해지고서야 결혼이라는 축복과 아이들이라는 미래가 손에 쥐어졌다. 하지만 주체할 수 없이 타올랐던 세상에 대한 분노가 그를 시나브로 돈의 노예로 전락시키고 있었다.

'돈! 돈! 돈! 내 남산을 덮을 만큼 돈을 벌어 볼 테니까!'

하지만 돈이 쌓이면 쌓일수록 가슴 한 구석이 뚫린 듯 허전하다 못해 아려오기 시작했다. 가난으로 누리지 못한 한을 돈으로 보상

받으려는 자신이 안쓰럽다 못해 가련했다. 그 무엇인가가 목 밑까지 치밀고 올라와 숨통을 조여오기 시작했다. 이러다간 며칠 버티지 못하고 죽을 것만 같았다.

'뭐야, 이 찝찝하고 더러운 기분은!'

공허한 마음을 메우지 못해 갈팡질팡하고 있을 때, 시야에 들어온 것이 바로 독립유공자협회 자원봉사단이었다. 일본군 장교출신 박정희의 딸이 대통령에 당선되면서, 독립유공자협회는 그 어느 때보다 혹독한 겨울을 견뎌내야 했다. 고령의 독립지사들을 모시면서 사무실 상근직원조차 고용할 형편이 못 된다는 비통한 소식에 자원봉사자들이 속속 모여들기 시작했다.

'일제강점기도 아닌데 이게 말이 되는 소리야?'

당시 아프리카 TV로 중계 되던 봉사자들의 헌신은 잊고 있던 명수의 애국심에 불을 댕기기에 충분했고 봉사활동에 하나 둘 쏘기 시작한 별풍선들은 명수의 찢겨진 가슴을 한 땀 한 땀 꿰매주기 시작했다.

'이런 게 행복인가?'

그러던 중 2013년 2월 11일 저녁 무렵이었다. 설 연휴 막바지의 나태함을 만끽하던 명수에게 예상치 못한 전화가 걸려왔다. 후원하고 있던 독립유공자협회 자원봉사자 안젤라였다. 명수가 전화를 받자 안젤라는 다짜고짜 서울의 소리 백은종 대표를 바꿔줬다.

"이 동지! 동지들에게서 말씀 많이 들었소. 우리 만납시다."

"아! 예!"

거두절미한 백 대표의 뜬금없는 제안에 명수는 이런저런 생각할 겨를 없이 대뜸 답을 하고 말았다. 당시 백 대표는 독립유공자협회 대외협력위원장을 맡고 있었던 데다, 노무현 대통령 탄핵정국 당시에 분신으로 항거했던 의인으로 알고 있었기에 감히 거절할 엄두조차 내지 못했다.

'내가 지금 뭘 하려는 거지?'

돈을 쫓다 지쳐 자신의 정체성을 찾아 헤매던 명수는 어느덧 서울의 소리 사무실을 찾아 헤매고 있었다.

'마음 가는대로 가다 보면 답이 나오겠지!'

어렵사리 찾은 지하사무실에 당도한 명수는 기가 막힐 정도로 참담한 현실에 두 눈을 의심해야 했다. 문을 열자마자 콧속을 파고드는 역겨운 곰팡내도 모자라, 벽에선 찬기에 서린 물기가 엉겨 거무튀튀한 얼룩을 남기며 흘러내리고 있었다.

'아! 이런 곳이 바로 독립군 단체구나!'

초라하다 못해 비참하기까지 한 광경에 탄식이 절로 나왔다. 깊이를 가늠할 수조차 없는 가슴 깊숙한 곳에서 울화통이 치밀어 올랐다. 친일파 딸은 여봐란 듯 대통령 자리를 꿰차고 있건만, 독립군 단체들은 피죽도 못 챙겨 먹을 만큼 가난에 허덕이고 있으니, 요지경도 이런 요지경 세상이 없었다.

'내가 있어야 할 곳이 바로 여기였나?'

그렇게 혹한의 한파 속에 찾은 초라한 지하 사무실은 어느덧 명수의 직장이자 운명이 되어 있었다. 역겨운 곰팡내가 진동하는 와중에도 그깟 해물쟁반 짜장 생일상에 흡족해하는 백 대표의 환한 얼굴에 매료된 것이었을까? 태어 날 때부터 이미 결정지어진 숙명이었을까? 명수는 알 수 없었다. 하지만 이전에는 결코 맛 볼 수 없었던 미지의 희열이 그의 육신을 서울의 소리에 꽁꽁 묶어 두고는 결코 놔주질 않았다.

'내 운명은 첫 통화 때부터 이미 결정돼 있었어!'

잠시 회상에 젖었던 명수가 벌떡 일어나 두 주먹을 불끈 쥐었다. 그리곤 그 끝을 가늠할 수 없는 어두운 골목 속으로 터벅터벅 걸어 들어갔다.

2. 첫 통화. 화술의 달인

2021년 7월 6일, 유력 대권후보 Y가 그동안의 침묵을 깨고 쥴리 설에 반박한 K를 옹호하고 나섰다.

"저는 잘못됐다고 생각하지 않습니다. 하고 싶은 얘기를 하지 않 았겠나 생각합니다."

오랜 침묵 끝에 K를 두둔하고 나선 Y의 입장 발표는 온 종일 모 든 매체의 보도를 잠식하기에 충분했다. K는 지난달 29일 인터넷 매체 '뉴스버스'를 통해 자신이 유흥가 접객원 '쥴리'였다는 세 간의 풍문에 대해 기겁을 하고 반박했다.

"석사학위 두 개나 받고 박사학위까지 받고, 대학 강의 나가고 사 업하느라 정말 쥴리를 하고 싶어도 제가 시간이 없었습니다. 제가 쥴리였다면 거기서 일했던 쥴리를 기억하는 분이나 보셨다고 하 는 분이 나올 겁니다. 이건 그냥 누가 소설을 쓴 겁니다."

하지만 정가에서는 여야를 불문하고 K가 침묵을 깨고 직접 해명에 나선 것은 '실수'라는 반응이 우세했다. 허무맹랑한 낭설로 끝날 수도 있던 것이 오히려 더 큰 의혹을 불러올 수 있다는 우려였다. 더욱이 Y가 같은 날 대선출마 선언을 한 직후라 그 파장은 더욱 강렬할 수밖에 없었다.

사무실에서 K 관련 자료를 검색하던 명수가 불현듯 자리를 박차고 일어섰다.

'내가 한 번 디밀어 봐?'

타 언론사 기자가 통화에 성공했다면 명수라고 못할 이유가 없었다. 마음을 굳힌 명수가 며칠 전 어렵사리 구한 전화번호를 꺼내 들었다. 그런데 자판을 찍던 손가락이 중간에 멈춰 머뭇거렸다.

'아! 천하에 이명수가 왜 이래!'

불현듯 망설여졌다. 한낱 무명기자의 전화를 받을 리도 만무했지만, 설사 받는다 해도 서울의 소리라면 학을 뗄 것이 분명했다. 괜스레 기분만 상하고 말거면 안 하니만 못했다.

'안 받아도 그만이고, 받으면 특종이다.'

한참을 망설이던 명수가 이윽고 자판을 누르기 시작했다. 백 대표와 막말에 쌍욕까지 주고받은 조원진과도 통화했던 명수였다. K라고 다를 것이 없었다. 될 때까지 죽어라 찔러보는 것이 취재의 기본이었다.

'삐리리리 삐리리리 삐리리리'

하지만 통화대기음이 몇 번 울리지도 않아 전화가 끊겼다.

'그러면 그렇지! 받을 리가 없지!'

체념하고 막 핸드폰을 탁자위에 내려놓을 찰라 메시지 수신음이 울렸다.

'나중에 전화 드려도 될까요?'

두 눈이 번쩍 뜨였다. 직접 입력했는지 자동응답인지 알 수 없었지만 K의 휴대폰에서 전송된 것만으로도 희망을 품어볼 만했다.

'넵~'

앞뒤 잴 틈도 없이 바로 짤막한 답신을 보냈다. 때론 구구절절한 구애보다는 단 한마디가 상대의 호기심을 자극하기 마련이었다.

'한번 기다려 보자! 안 오면 그만이고!'

한 시간을 그냥저냥 흘려보내고 두 시간을 초조하게 기다려도 전화는 걸려오지 않았다. 하기야 통화가 한두 건이 아닐진대 미상의 번호로 기대한다는 것 자체가 무리였다.

'까짓 거 안 오면 내가 또 하고 말지!'

네 시간을 기다려도 전화가 없자 오기가 발동했다. 겨우 한두 번에 접을 생각이었다면 애초에 시작도 하지 않았다.

'삐리리리 삐리리리 삐리리리'

반복되는 대기음이 동짓날 밤샘처럼 길고도 길게 느껴졌다. 하지만 첫 시도와는 달리 전화가 끊기지 않고 대기음이 길어지면 길어질수록 기대감은 점점 높아져갔다.

"여보세요?"

뒷목에 소름이 돋았다. 어림없을 것이라는 예상을 깨고 전화를 받은 것이다. 명수는 마치 로또라도 당첨된 기분으로 엉겁결에 답했다.

"예! 여보세요?"

"네!"

"김건희 선생님이세요?"

실로 믿기지가 않아 본인이 맞는지 확인해야 했다.

"네! 네!"

"아 예. 저는 서울의 소리 이명수 기자라고 하는데요."

"네!"

'서울의 소리'에도 놀라거나 끊지도 않자 명수의 얼굴에 회심의 미소가 드리웠다.

"통화 가능할까요?"

"아니요. 제가 당분간은 언론인의 인터뷰를 안 하거든요."

"네네!"

'됐어! 이건 된 거야!'

속으로 쾌재를 불렀다. 자신을 끊임없이 저격한 언론인데도 단번에 끊지 않고 공손히 답한다는 것은 통화할 의지가 있다는 신호였다.

"죄송하지만 다음번에 좀 해주세요. 또 저 욕하시고, 하하, 또 저한테 불리하게 하시려고 전화하신 거잖아요?"

K가 다정다감한 목소리로 여유로운 웃음까지 흘리자, 명수는 확신을 가지고 K를 밀어붙였다.

"편하게 통화 한 번 하려는 거죠."

"아이고! 저 그만큼 많이 공격하셨는데!"

"예. 아니, 뭐 억울한 게 있으세요?"

서운함이 듬뿍 밴 하소연에 명수가 더욱 공격적으로 밀어붙였다. K를 자극해 통화를 좀 더 끌어보자는 심산이었다.

"에이, 억울한 게 많죠. 많은데 다 또 입장이 있으니까 이해를 하는데, 너무 한쪽 말만 듣지 마시고 다음번에는…… 사실 둘 다 피해자고, 둘 다 그래요."

'됐어!'

흥분한 나머지 속내가 입 밖으로 튀어나올 뻔했다. 명수 특유의 자극요법이 통했는지 K의 말문이 열리기 시작한 것이다.

"막상 나중에 저 만나보시면, 또 많은 사실들이 있고 하니까 너무 그렇게 색안경 끼고 보지 마시고요. 전 다 이해하니까, 나중에 좋게 한번 만나주세요."

'이건 선수라기보다 프로다, 프로!'

여유롭다 못해 능숙한 언변에 어안이 벙벙했다. 묻지도 않았는데 먼저 만나자고 하니, 횡재도 이런 횡재수가 없었다. 귀를 의심할 만한 상황에 K의 진의를 다시 확인해야 했다.

"저희 만나줄 거예요? 서울의 소리 진짜 만나줄 겁니까?"

"하하! 만나드려야죠. 그런데 서울의 소리가 저쪽으로만 했잖아요. 저 사실 옛날에 서울의 소리에 후원금도 한번 보냈어요. 제가 몰래, 진짜!"

후원까지 했다는 하소연에 실소가 절로 나왔다. 마치 명수를 손꼽아 기다린 듯했다. 일단 감을 잡은 명수가 추궁하듯 질문을 던졌다.

"몇 년 전이에요?"

"몇 년 전이 아니고 많이 보냈어요. 제 이름 말고 따로. 진짜로 맹세해요. 그때 서울의 소리에서 백은종 선생님께서 저희 남편 청문회 때, 뉴스타파 찾아가고 그래서, 제가 너무 감사한 마음에 딴 사람 이름으로 후원도 많이 했었어요. 솔직히."

'우리하고 손이라도 잡자는 거야, 뭐야?'

전화를 끊기는커녕 거듭 후원을 거론하는 의도가 의심스러웠다. 마치 명수를 회유라도 하려는 듯했다.

"그 당시에 청문회 때, 저는 뉴스타파 못 가게 말렸던 기자고요. 우리 대표님은 가서 혼내야 한다고 했던 분이었는데, 이제 남편 분이 배신을 해서 우리가 석고대죄하고…… 또 어머니 때문에 억울한 피해자들이 많잖아요. 그래서 응징방송을 하게 됐죠."

회유의 손짓에 선을 긋듯 말끝에 넌지시 어머니 문제를 떠보았다. 회유에 단 번에 넘어가주면 K의 조바심도 환심도 살 수 없을뿐더러 변변한 기사거리조차 건질 수 없기 마련이었다.

"그러니까, 그렇게 아시는데요. 사실과 다른 부분이 있고, 각자 입장으로 얘기를 하니까 서울의 소리는 어쨌든 진영싸움으로 가서 한쪽 편만 말씀을 들으셨잖아요."

변명어린 너스레에 명수가 내심 쾌재를 불렀다. 홀로 수다를 떨다 보면 결국 긴장이 풀리면서 해서는 안 될 말이 튀어나오기 마련이었다.

"저희는 또 총장이라 그동안 이해충돌 때문에 말도 못했고, 그래서 사실은 오해가 조금 있어요. 그렇다고 저희가 다 잘했다 그런 건 아니지만, 모두 다 싸우면 누구나 다 잘못이 있는 거잖아요?"

억울함을 호소하는 양비론적 변명에 아무런 대꾸도 하지 않았다. 지금부터 아쉬운 쪽은 명수가 아닌 K였다. 그저 K의 넋두리를 들어주기만 하면 취재가 되는 것이었다.

"저희 어머니도 잘못이 있고 그렇지만 저희가 억울한 면이 많이 있어요. 그러니까 다음에 한번 마음의 문을 여시고…… 저희가 다 잘했고 그런 건 아니니까요."

'이거 뭐지? 죄를 인정한다는 거야, 뭐야?'

귀를 의심하지 않을 수 없었다. 그토록 완강히 부인하던 K가 어머니의 잘못을 일정부분 먼저 시인하고 나선 것이다.

"아휴! 저는 사실 그런 거 아니면 허심탄회하게…… 우리가 인간이면 모두 언니, 오빠잖아요. 이야기하면 다 이해되고 이런 건데!"

'그래! 나왔다. 오빠! 됐어! 됐어! 조금만 더!'

마침내 튀어나온 '오빠'에 다소 굳어 있던 명수의 얼굴에 화색이 돌았다. 조금만 더 수다가 길어지면 필히 큰 건이 튀어나올 듯했다.

"이게 전화를 한다고 또 오해를 살 수 있고 그러니까, 다음에 한번 진짜 사심 없이 만나서 또 얘기 들어보시면, '아 이게 이렇게 됐구나!' 하고 조금 오해가 풀어지실 거예요."

'정말 만나자고? 이거 실화야?'

통화만으로도 감지덕지인데 거듭 만나자고까지 하니 꿈인지 생시인지 도통 믿을 수가 없었다. 대선의 중심에 서 있는 K를 만난다는 상상만 해도 온몸에 소름이 돋았다.

"그렇다고 제가 뭐 '정대택 씨가 나쁘다.' 이런 건 아니고 그분도 또 억울한 면이 당연히 있겠죠."

'이건 또 뭐야? 뭐하자는 거야, 지금!'

정 회장을 씹어 먹어도 모자랄 판에 오히려 두둔하는 듯한 K의 언변에 도무지 속내를 종잡을 수 없었다.

"저는 또 양쪽 입장을 다 아니까, 이제 '아, 이건 또 100% 이게 아니구나!'를 아마 아실 거예요. 나중에 마음에 흑과 백의 논리가 없으실 때 한번 전화 주세요!"

'정 회장 방송을 하지 말라 이거네!'

K가 명수의 전화를 기꺼이 받아준 것도 정대택이란 이름 석 자 때문이었다. 감을 잡은 명수가 바로 가교 역할을 자청하고 나섰다.

"그래요. 우리 대표님은 모르겠지만, 저는 그 역할을 할 테니까요. 서울의 소리 우리 대표님도 한번 만나시고!"

"만나면 뭐해요, 저 막 때릴 텐데 어떻게 만나요? 때리고 막 그냥!"

K가 지레 겁을 집어먹고 엄살을 피웠다. 결코 사정을 두지 않는

백 대표의 응징취재 때문이었다. 극우정치가들 상당수가 당했던 터라 딱히 변명의 여지가 없었다.

"우리 대표님도!"

"저도 만나면 되게 귀여운 동생이에요. 그렇게 알고 있는 거랑 많이 달라요, 저! 그래서 귀여운 동생이고, 제가 정말 감사하게 생각했던 분들이거든요."

'헉! 동생?'

말할 틈도 주지 않고 K가 내뱉은 '동생'에 탄성이 튀어 나올 뻔했다. 한참 누나뻘인 K였으니 항간에 떠도는 '쥴리' 설이 괜한 풍문만은 아닌 듯했다.

"서울의 소리는 이제 입장이 바뀌니까 중수사건으로 서로 오해가 있어서 이렇게 된 건데, 아무튼 만나면 그냥 저보다 오빠면 더 좋은데? 하하하!"

"제가 올해 마흔 다섯입니다. 동생입니다."

연이어 튀어나온 '오빠'에 명수가 재빨리 선을 그었다. 풍문 속의 '오빠'가 등장했다는 것은 명수가 이미 먹잇감으로 낙점됐다는 의미였다.

"아! 저보다 동생이시구나! 그러면 그냥 '아이, 그냥 편한 누나였구나. 악마 같은 누나는 아니었구나!'를 아실 거예요."

'동생? 누나? 세상 참 편하게 사시네!'

사람을 구워삶는 말본새가 달변가를 뛰어넘어 달인의 경지였다. 아마도 귀 얇은 사람은 채 1분도 버티지 못할 화술의 달인이었다.

"나중에 우리가 선입견 좀 없애고, 한번 만나서 허심탄회하게 이야기하면, 언론이나 이런 데 내보내지는 말고, 그러면 남편이나 저에 대해서도 오해가 풀리실 거고 '아, 이게 이렇게 된 거구나'를 아실 거예요."

'만나서 날 가지고 노시겠다?'

바로 끊자던 통화가 꼬리에 꼬리를 물면서 벌써 5분을 넘겼다. 명수를 회유하려는 속셈이 분명해 보였다.

"우리가 아휴! 다 힘들게 사는 이웃집 언니, 동생이고 그런데 누가 그렇게 악마가 있어요? 정말 그렇게 나쁜 사람들이 어디 있어요?"

'귀 얇은 놈은 열 번도 넘어갔겠어!'

속이 빤한 너스레를 마냥 듣자니 한숨이 절로 나왔다. 누가 감히 화술의 달인 K에게 돌을 던질 수 있겠나? 말로는 세상의 이치를 통달했고, 선하기로는 하늘마저 감동시킨 흥부를 능가했다.

"다 말을 못해서 그런 거죠. 우린 또 공무원이고 그러니까! 이제 그렇게 한쪽 편만 드시지 말고 그래야지, 서울의 소리도 앞으로 인정받고 그럴 수 있잖아요."

"작년에 제가 총장님 만나러 아크로비스타 들어갔는데, 총장님이 나가면서 경비업체에 신고를 한 거예요."

너희를 구워삶겠다는 빤한 너스레를 듣다 못한 명수가 좀 민감한 화두로 바꿔 던졌다. 마냥 듣기만 하다가는 변명만으로 통화가 끝날 듯싶었다.

"아! 그게 아니라, 저희 경비들이 신고한 거예요. 저희는 그런 거 잘 안 하거든요. 여기 경비들이 알아서 한 거지!"

K는 지금껏 회유하려 들인 공이 무너질세라 모든 탓을 경비에게 돌리는 데 급급했다. Y가 검찰총장 시절에 명수가 취재하려 아파트 주차장에 들어선 이유만으로 기소당하고 벌금까지 선고 받은 사건이었다.

"저희는 신고 같은 거 할 줄 몰라요. 여긴 보안들이 해서 그렇게 된 거예요. 그거는 오해를 풀어주세요. 하여튼 그렇게 불쾌했다면 죄송해요."

"제가 주거침입? 그 집 들어간 것도 아닌데! 또 우리는 총장님 지지하는 태극기부대하고 충돌해서, 우리 대표님도 지금 전과가 있어요. 1년 6개월 사이에 고소를 하도 당해서! 우리는 고소 같은 거 안 하거든요."

명수가 작정이라도 한 듯 Y와 지지자들에 대한 불만을 토로했다. 속이 한번 뒤틀리면 풀릴 때까지 앞뒤 안 재고 속내를 쏟아내는 것이 명수의 단점이자 장점이었다. 당장은 화를 내는 듯 오해를 사기도 하지만 솔직담백한 인간적인 모습에 상대방이 마음을 여는 일도 적지 않았다.

"이해를 해주세요! 인터뷰를 하면 다 저희한테 나쁘게만 하시잖아요."

"서울의 소리 이명수 찾아보시면 아시겠지만, 저는 한 번도 가짜 뉴스, 허위사실 기사를 적은 적이 없고요. 기업 홍보기사도 안 쓰니다. 다 돈 받고 하는 거 아시잖아요. 절대 그런 거 안 합니다. 제가 오늘 통화한 거 보도 안 합니다. 우리 대표님한테 보고는 하겠지만.”

K의 선입견을 나무라기라도 하듯 명수가 기자정신을 들고 나왔다. 다른 건 몰라도 10년간 몸담아온 서울의 소리 폄하는 용납할 수 없었다.

“제가 진짜 제 명의로는 안 하고 딴사람 이름으로 후원도 했었고, 정말 제가 너무 감사해서 정말 눈물까지 흘렸어요. 청문회 때 너무 억울했는데, 그때 그렇게 해주셔서…… 서울의 소리에서 저희 욕하고 해도 저는 미운 마음도 없고, 저는 다 이해가 되거든요.”

다소 흥분한 명수를 진정시키려는 듯 K가 다시 후원금을 꺼내들었다. Y의 검찰총장 청문회 때 뉴스타파가 Y의 비리의혹을 보도했는데, 서울의 소리 백은종 대표가 Y를 음해하지 말라며 응징취재를 한 것이다. 당시에는 공정하고 정의로운 검사라는 인식이 팽배했기에 Y를 지지했던 것이었다. 하지만 훗날 백 대표는 실수를 인정하고 Y에 대한 지지를 철회했다.

“중요한 건 대한민국이 잘 되는 거잖아요. 그래서 저는 서울의 소리도 그렇게 돼야 한다고 생각하고요. 어쨌든 제가 조금 누난데, 나중에 보면 저 아마 되게 좋은 누나일 거예요. 저 그렇게 이상한 사람 아니에요. 정말!”

“그렇죠. 예, 저도 그렇게!”

흠 잡을 데 없는 언변에 그저 수긍할 수밖에 없었다. 숱한 논란에도 불구하고 K와 관련된 남자들이 하나같이 입을 닫고 있는 이유이기도 했다.

"이상한 사람도 아니고, 요즘 떠도는 건 헛소문이 대부분이에요. 나중에 만나보면 알잖아요. '아! 이 사람이 그랬겠구나!'를 생각하면 되는데, 안 만난 상태에서는 상대방을 오해하고 악마화하고 막 이러니까!"

'당신을 만나면 거짓이 진실이 되기라도 하는 거야?'

만남을 종용하는 넋두리에 명수는 불현듯 IDS홀딩스 사건을 떠올렸다. 당시 금융사기 기사를 삭제하라는 협박에도 백은종 대표는 시종 강경하게 대응했다.

'고소하려면 고소해! 사실이 아니면 처벌 받으면 되잖아!'

결국 안달이 난 그들은 직접 만날 것을 종용하고 나섰다. 사실 여부를 떠나 무조건 만나고 보자는 식이었다. 마지못해 약속 장소로 나간 명수는 현금 오백만 원과 상당한 광고수익을 제안 받았다. 당시 하루하루 겨우 버텨나가던 형편에 실로 거부하기 힘든 제안이었다.

'개새끼들! 여태 돈으로 언론을 틀어막은 거였어?'

욕이 절로 튀어나왔다. 이렇듯 검은돈으로 말미암아 1조 원대의 초대형 금융사기가 수면 아래로 내려앉은 거였다. 명수와 백 대표는 지체 없이 회유현장 녹취록을 검찰에 넘겼다.

'손가락을 빨지언정 어찌 똥 묻은 돈까지 처먹겠냐!'

명색이 언론인데 당장 굶어죽을지언정 검은 돈에 팔려갈 수는 없었다. 결국 관련자들이 연이어 구속되면서 은닉되었던 대형 금융 사기의 전말이 수면 위로 다시 드러나게 되었다. 하지만 K는 명수의 의중엔 아랑곳하지 않고 자신의 변명만 줄기차게 이어나갔다.

"근데 저는 원망하는 게 아니라 이해해서 말씀 드리는 거고요. 하여튼 시간이 되면 저랑 나중에 차 한 잔 하세요. 이런 거 기사화하지 마시고! 제가 그냥 개인적으로 한 이야기니까요."

"네! 뭐, 저 진짜로 안 할 거고요."

"네. 그러세요. 의리 지키세요."

취재보다는 사적 만남을 종용하는 K의 제안에 명수가 기꺼이 수긍했다. K의 완벽한 언변에 건질 것이 없다면 차라리 IDS홀딩스처럼 직접 만나 돌파구를 찾아야 했다. 하지만 다음 통화를 담보할 수 없었기에 종반으로 치닫기 전 벼르던 질문을 한 번쯤은 던져봐야 했다.

"딱 한 가지만 물어볼게요. 계속 제게 편하게 동생이라 호칭했으니까 '라마다 줄리' 그것도 저한테 이야기 좀 해주세요."

"에이, 제가 이야기하면 그대로 써주실, 그대로 믿으실 거예요? 안 믿잖아요."

"아니 믿고 안 믿고는 제 자유니까, 그냥 편하게……."

처음부터 벼르고 벼른 민감한 화두에 K가 딴청을 부리자 명수가 틈을 주지 않을 요량으로 좀 더 강하게 밀어붙였다.

"그거는요, 자연스럽게 다 증명될 거라 믿고요. 한번 제대로 취재해보세요. 사실이 아니라는 게 밝혀질 거예요. 제가 그렇다 아니다 하면 누구의 말에 반대되는 말을 하는 거잖아요. 저는 자연스럽게 해결될 거라고 생각해요, 100% 제가 알잖아요. 그래서 저는 별로 걱정 안 해요."

'까마득한 옛일이니 할 수 있으면 해봐라?'

20년을 훌쩍 넘긴 일이라 목격자 증언 말고는 이렇다 할 증거 확보가 사실상 어려웠다. 더욱이 비주류 언론이 천번 만번 보도한다 한들 레거시 미디어들이 침묵하면 그저 풍문에 낭설일 뿐이었다.

"그냥 다음에 한 번 만나고 싶은 누나가 있다. 그냥 그 정도만 생각해주세요. 저랑 만나면 이미지 많이 달라질 걸요. 아마? 생각보다 정말로!"

"전화번호 그저께 알았는데, 어제 한번 통화 시도하고 '전화 못 받는다.' 그랬는데 전화 받아서 깜짝 놀랐습니다."

일단 사적 만남을 종용하는 K에게 명수가 인간적인 너스레로 응수했다. 다음 통화를 기약하자는 의도였지만 가능하면 만남 또한 반드시 성사시키고 싶었다.

"제가 한번 받아본 거고요. 이건 뭐 기사도 아니고 취재도 아니고 하니까, 우리가 너무 이념 싸움이나 이런 거 하지 말고, 이제 웬만하면 오해 풀고…… 진짜 우리의 적들이 있잖아요."

'피해자들이 줄을 섰는데 그냥 오해라고?'

유력한 영부인 후보가 비주류 인터넷언론 기자에게 매달린다는 것 자체가 모든 풍문과 범법 의혹이 사실에 가깝다는 반증이었다.

"정말 그런 적들을 우리가 힘을 합쳐서 싸우는 게 낫지. 20년 전

옛날 이야기로 이렇게 하기보다는, 제 생각에는 서울의 소리도 정의감이 많은 언론사라고 생각하고 있거든요."

"맞습니다."

동지가 되자는 뜬금없는 제안에 명수가 옳거니 맞장구를 쳤다. 호랑이를 잡으려면 호랑이 굴로 몸을 던져야 한다는 속담을 따르기로 한 것이다.

"영향력도 있고! 저희도, 서울의 소리도 의뢰해서 같이 할 수 있으니까 너무 그렇게 선입견 갖지 마시고요. 나중에 꼭 한번 봬요. 감사합니다. 그래도 관심 가져 주시고 전화 주셔서 감사합니다."

"우리 진영에서 쥴리 계속 얘기하잖아요. 그런데 억울하시면 왜 법적 대응을 안 하시나요?"

난감한 질문에 K가 서둘러 통화를 마무리하려 들자 명수가 재빨리 거부할 수 없는 질문을 던졌다. 다시 못 올 기회일 수도 있는데 변명만 듣다가 끝낼 수는 없었다.

"아! 이제 해야죠. 저희가 준비는 하고 있는데, 아휴! 법적 대응이라는 걸, 원래 제가 성격상 그런 걸 싫어해요."

'하하하! 그래서 동업자들마다 죄다 구속시키셨나?'

쥴리라는 민감한 화두에도 차분히 너스레를 떠는 여유에 헛웃음이 절로 나왔다. 구속된 동업자가 정 회장 뿐만은 아니었다. 같은 범죄 혐의에도 모친 최 씨는 무혐의로 벗어났고 동업자들은 구속을 면치 못했다. 당연히 최 씨가 수십억에 달하는 투자수익금을 자연스럽게 독차지할 수 있었고, 이 모두가 검찰이 배후였기에 가능했다는 것이 정 회장의 주장이었다.

"저는 쥴리가 전혀 아니거든요. 진심으로. 제가 핑계대거나 하는 게 아닌데, 제가 아니라고 말한다고 해도 그게 진실 되는 게 아니잖아요."

훗날 전 초등태권도협회 안해욱 회장의 증언으로 말미암아 K가 '쥴리'라는 애칭으로 개인전시회를 열고 난잡한 사생활에 초혼까지 실패했다는 의혹이 제기됐지만 보수진영에선 단지 낭설이나 사적인 문제로만 치부되었다.

"아무튼 관심 가져주셔서 감사하고요. 저랑 기자님하고 통화한 거는 그런 건 아니죠?"

"저 약속 지킬게요. 나, 이거 내보내면 특종이에요. 그런데 안 할게요. 진짜로. 약속!"

특종 중에 특종이었다. 비주류 매체의 기자가 영부인 후보와 전화 인터뷰라니! 꿈엔들 가능할 일인가? 반면 명수를 붙들고 있는 K의 행태는 그녀 일가의 속사정을 가늠하기에 충분하고도 남았다.

"대한민국을 위해서 같이 좀 힘을 합쳤으면 좋겠어요. 이해해주시고 나중에 또 전화 주세요."

"누님께서 나라 걱정하시니까 딱 한 가지만 물을게요. 사적인 거예요. 이거는. 요즘 총장님이 대통령 많이 디스하잖아요! 누님은 어떻게 생각하세요? 문재인 대통령 나쁘다고 생각하세요?"

"에이! 그거는 제가 전화로 말씀드릴 수 없고요. 나중에 저랑 친해지면 그때 우리 허심탄회하게 이야기해요."

명수가 고심 끝에 누님이라는 호칭까지 꺼내들었지만 K는 역시 화술의 달인다웠다. 불현듯 튀어나온 난감한 질문에 조금도 흔들리지 않고 자연스럽게 뒤로 미뤘다.

"기자님하고 저랑 어쨌든 이렇게 인연이 됐으니까 저랑 약속을 지키시고 나중에 한번 봬요. 어쨌든 너무 미워만 하지 말아주세요. 그렇잖아. 나중에 만나면 또 생각이 달라질 수 있다?"

'만나면 날 포섭할 자신이 있다?'

장시간 통화도 모자라 만나자고까지 하니 군침이 돌았다. 도대체 어떤 위인이기에 여러 명의 검사를 손에 쥐고 무소불위 검찰 권력을 휘둘러 왔을까? 그들만의 세상은 뭘 보여줄지? 혹하지 않을 수 없었다.

"사연의 깊이도 있고 그래서, 너무 한쪽 편들지 말고, '아 여기도 좀 억울한 사정이 있겠구나!' 그냥 그렇게만 생각하시고 한번 여지를 두시면 어떨까 싶어요."

"근데 총장님이 우리 서울의 소리 알아요?"

마치 최면이라도 걸듯 반복되는 회유에 선을 긋듯 명수가 뜬금없는 질문을 던졌다.

"알죠. 근데 이제 잘 모르시고, 저도 잘 못 봐요. 저는 가슴이 아프니까 못 보죠. 하도 제 욕을 많이 하니까!"

"그렇죠."

"이해하시잖아요."

구차한 변명보다는 애환이 담긴 하소연에 명수도 그저 수긍할 수밖에 없었다. 그렇다고 두 번이나 구속되면서 집안이 풍비박산 난 정 회장의 한을 비껴갈 수는 없었다. 결국 명수가 마지막이 될지도 모를 결정적인 질문을 던졌다.

"정대택 회장님, 우리 회사에 방송 때문에 일주일에 한두 번씩은 오시는데, 정대택 회장님과 합의할 생각 같은 건 없나요?"

"합의한다는 게 뭐죠?"

"어머니하고 스포츠센터 건이요."

"제가 솔직히 그 얘기를 잘 몰라서, 저는 말씀드릴 수 있는 게 없고요. 잘 모르니까 저한테 안 물어보시는 게 낫고."

'모른다는 사람이 거금을 들고 핵심증인을 찾아갔어?'

K의 답은 명수의 예상을 비껴가지 못했다. 모친 최 씨의 사주로 정 회장을 모해위증 한 백 법무사가 2심에서 모해위증교사를 자백하려 하자, K가 직접 거금 1억을 들고 백 법무사의 집을 찾았다. 왜 갔는지는 삼척동자도 모를 리 없었다.

"저는 사실 지금도 잘 모르는데, 아무튼 그거는 서로가 고소고발했으니까! 제가 드릴 말씀이 없어요."

"네, 잘 알았습니다. 전화 주신다니까 한 번 봬요."

더는 얻을 것이 없는 모르쇠에 훗날을 기약할 수밖에 없었다. 정회장이 서울의 소리에서 폭로방송을 지속하는 한 K 또한 명수를 외면할 수 없을 터였다. 앞으로 통화할 기회가 또 생길 수 있다는 것이다.

"이거는 저랑 기자님과 개인적 인연으로 생각하고, 제가 전화 끊을게요. 기사 나오게 하지 마세요. 약속하셨어요. 약속 얼마나 잘 지키시나 봐야 되겠네.”

“저 남자입니다.”

“그렇죠! 아, 멋있어요.”

거듭되는 입단속에 명수가 단 한마디로 K의 우려를 불식시켰다. 약속을 지킬 수 있을지 장담할 수는 없었지만 불가항력이 아닌 이상 지키자는 것이 명수의 신조였다.

“염려하지 마세요. 제가 총장님 지지하는 친구들한테 우리 대표님은 50, 60건 고소당했고, 저도 열 몇 건 될 거예요. 그러면서 그 친구들 한 번도 고소 안 했습니다.”

“그러니까 그런 것도 다 풀면 얼마나 좋아요. 서울의 소리나 저희나 서로 고소 취하하고 정말 발전적인 일이 됐으면 좋겠어요.”

‘과연 그날이 올 수 있을까?’

K가 자신의 의혹을 부인하든 시인하든 그날은 불가능했다. 설사 시인을 하더라도 엄중한 법이 기다리고 있어 모두가 행복해질 수는 없었다. 죄를 짓고는 못산다고 인과응보의 업을 어찌 피할 수 있으랴!

“진짜! 좋은 일 해주세요! 의협심도 많으시고 그러니까요. 그렇게 해주세요. 아셨죠?”

“네! 약속 지키겠습니다. 고맙습니다.”

“아이고! 감사합니다. 그 남자라는 말이 참 마음에 드네요.”

“네. 감사합니다.”

휴대폰을 내려놓자마자 쾌재를 불렀다. 꿈인지 생신지 믿기질 않았다. 당장 K와 통화했다 공표한들 녹취 없인 믿어줄 리 만무했다.

'내가 지금 뭘 한 거지?'

연거푸 담배 연기를 뿜어대도 흥분은 쉬이 가라앉을 줄 몰랐다. 받자마자 끊을 줄 알았던 통화는 꼬리에 꼬리를 문 샅바싸움으로 끝을 모르고 이어졌다.

'의혹들이 낭설이면 날 물고 늘어질 이유가 없잖아?'

도둑이 제 발 절인다고 서울의 소리를 회유해 정 회장 입을 틀어막아야 했을 것이다.

'그냥 터트려버려?'

당장 녹취를 터트린다 해도 특종 중에 특종이었다. 이렇다 할 실언은 없더라도 민감한 사안인 쥴리와 오빠도, 정 회장도 등장한 터라 세간의 이목을 끄는 데 충분하고도 남았다.

'아니지! 황금 알을 낳는 거위가 될 수도?'

두 눈을 지그시 감고 앞으로의 청사진을 그려보았다. 만남까지 성사된다면 역사적인 특종이 될 수도, 변절이 될 수도 있는 긴박한 여정이 펼쳐져 있었다.

3. 그녀의 속삭임, 이명수를 포섭하라!

7월 12일, Y가 야권 주자 중 첫 번째로 대선 예비후보 등록을 마치면서 주요 언론보도를 잠식했다. 동시에 K 일가 비리에 대한 논란도 더욱 뜨거워지고 있었다.

'쓰레기 더미처럼 끝도 없이 나오네!'

K의 코바나컨텐츠 협찬금 수수 의혹과 도이치모터스 주가조작, 모친 최 씨의 정 회장 모해위증교사, 윤우진 뇌물 수수 무마 의혹 등을 검찰이 수사 중이었기에, 앞으로 K 일가의 미래를 그 누구도 장담할 수 없었다. 더욱이 모친 최 씨의 작은아버지가 작성한 탄원서와 작은어머니의 통화녹취 파일이 공개되면서 큰 파장이 일고 있었다.

'K가 초혼에 실패한 후 양 검사와 부적절한 관계를 맺었고, 나 역시 양 검사의 도움을 받은 적이 있다. 최 씨는 2004년 양 검사의 권력을 이용해 피고인 정대택을 모함하여 형사처벌 받게 한 사실

을 자랑삼아 털어놓기도 했다.'

이렇듯 천인공노할 친인척의 탄원서와 녹취록이 언론을 통해 공개되면서, K는 '줄리설'에 이어 또 다시 궁지로 몰리는 형국이었다.

저녁 무렵에서야 사무실로 복귀한 명수는 핸드폰을 만지작거리며 K에게 전화를 걸까말까 고민해야 했다. K가 다시 통화도 하고 만나자고까지 약속했다지만, 상황이 상황인지라 K가 통화에 응할지는 알 수 없는 노릇이었다.

'까짓 것 한 번 해보지 뭐! 전화를 받으면 계속 가는 거고!'

더 고민할 것도 없이 통화 버튼을 눌렀다.

"여보세요."

"아! 네, 기자님 안녕하세요? 잘 지내셨어요?"

명수의 얼굴에 미소가 드리워졌다. 마치 기다리고 있었다는 듯 K가 바로 전화를 받은 것이다. 한 번도 아니고 두 번씩이나 통화에 성공하다니 역사적인 순간이 아닐 수 없었다.

"네 잘 있었습니다."

"그날 다치시지 않았나, 걱정되더라고요."

"아 괜찮습니다. 오늘 수행 부대변인하고 통화했어요."

"아, 그러셨어요?"

며칠 전 명수가 Y를 지지하는 극우 유튜버들에게 집단 린치를 당한 일이 있었다. 당시 Y는 종로구 중식당에서 안철수와 오찬 일정을 가졌는데, 취재진은 물론 유튜버들까지 대거 모여들면서 중식당 앞은 말 그대로 인산인해였다. 그런데 오찬 일정이 막 끝나갈 무렵이었다. 극우 유튜버 김상진이 취재진 틈에서 명수를 알아보고는 다급히 Y의 수행원들을 다그치기 시작했다.

"서울의 소리는 언론사가 아니야! 윤 총장을 망신주기 위해서 여기 있는 거야! 쟤들 어서 빼버려! 빼라고!"

주위에 있던 다른 극우 유튜버들 또한 김상진의 가당치 않은 주장에 호응하면서 소란이 일기 시작했다. 한바탕 소동이 가라앉을 즈음, Y가 회동을 마치고 나와 회담내용을 브리핑한 후 기자들과 질의응답 시간을 가질 때였다.

"가족 관련 질문이 있습니다. 장모님 관련 모해위증 사건 대검찰청 재수사 지시에 대해 입장을 말씀해 주십시오!"

잠시 숨을 죽이고 있던 명수가 기습적으로 질문을 던졌다. 순간, 마치 기다렸다는 듯 극우 유튜버들이 일제히 야유를 퍼부으면서 명수를 몸으로 밀치는 폭행사태까지 벌어진 것이다.

"답변하지 마십시오, 좌파입니다."

한 극우 유튜버의 이해할 수 없는 조언에, Y는 알았다는 듯 돌아서고는 자칭 '국회깡패' 하갑용의 밀착 경호를 받으며 급히 현장을 벗어났다. 결국 장시간 진을 치고 있던 언론사 취재진들은 극우성향 유튜버들의 난동으로 아무런 답변도 듣지 못한 채 허탈하게 자리를 떠야 했다.

명수는 당시 극우 유튜버들의 망동을 회상하며 격앙된 어조로 토로하기 시작했다.

"내가 화나는 게 뭐냐면, 설사 열성 지지자들이 그랬다 하더라도, 총장님이 자리를 뜨고 나면…… 부대변인이 와서 어찌 됐건 지지자들 때문에 미안하게 됐다 그러면 좋았을 텐데, 그런 말을 안 하더라고요."

K가 잠시 머뭇거리자 명수는 더욱 격앙되어 말을 이어갔다. 할 말은 당당하게 할 수 있어야 상대방으로부터 존중받을 수 있는 법이었다.

"제가 한 30명한테 욕 얻어먹어서, 하여간 너무 모욕적이어서 설사 그런 일이 생겼다 하더라도, 대변인이 괜찮으시냐고 한마디만 했으면 기분은 덜 나빴을 텐데!"

"아휴! 저희가 죄송해요. 사람들이 다들 왜들 그렇게 모자라? 제가 내용은 잘 모르는데, 그냥 제가 죄송해요."

'그냥! 떠 본건데 이 누나가 왜 이래?'

예상외로 저자세로 나오는 K의 답변에 의아해할 수밖에 없었다. 집단 린치의 원인은 난감한 질문을 던진 명수에게도 일정 부분 있었다. 하지만 명수의 질문에 대해서는 일언반구도 없는 것을 보면 뭔가 명수에게 아쉬운 게 있는 듯했다.

"저 언제 보실 거예요? 만날 거예요?"

"나는 보고 싶은데, 우리 이명수 기자님. 나 또 취재하고 그러는 거 무서워요. 지금!"

"안 할게요."

"그런 거 하면 안 돼요! 나 진짜 잘 모르거든요. 서울의 소리 이런

데서는 제가 엄청 악마화되어 있잖아요."

내친 김에 미팅일정까지 꺼내들자 K가 기겁을 했다. 행여 자신이 응징취재의 대상으로 전락해 공개적으로 망신당할까 우려 하는 듯했다.

"근데 저는 아무것도 몰라요. 그냥 어렸을 때 유복하게 자라서, 부동산도 모르고 잘 모르는데, 정대택 씨가 자기도 억울하다니까, 뭔가 있다고 생각하고 자꾸 이렇게 다 엮는 거지. 사실은 아니에요."

'그래 나왔다, 정대택! 계속해! 계속 말하라고!'

명수는 '정대택'이란 이름 석 자에 귀를 쫑긋 세우며 자리에서 벌떡 일어났다.

"저도 정대택 씨가 안타까워요. 그게 사실이 아닌데, 제가 30대 초반에 뭘 안다고. 근데 그분 입장에서는 내 주변 사람들이 다 그런 분들이라서, 내가 그렇게 백 써서 그런 줄 오해했나 봐요."

오늘도 예상을 벗어나지 않았다. 말실수 하나 없는 K의 언변은 마치 녹음기를 틀어 놓은 듯 착각마저 들 정도였다.

"오늘 이진동 기자가 뉴스공장 나와서 '1억 원 들고 찾아간 게 맞다'고 얘기했더라고요."

"제가 한 얘기를 반 잘라서 악의적으로 편집했더라고요. 전 그때 뭘 모르고, 그냥 하도 어른들끼리 싸우길래…… 그 집이 제 명의로 되어 있었거든요. 그래서 제 통장에서 대출금이 나갔거든요. 집은 가지고 갔는데 왜 대출금은 안 가져가나 해서, 빨리 화해

시키려고 간 거예요. 제가 그땐 이해가 안 되었어요. 나이도 어렸고."

'아! 안 돼! 넘어가지마! 안 돼!'

거듭되는 K의 유창한 언변을 듣다보면 명수 자신도 모르게 동화되어 가고 있었다. 하지만 당시 모친 최 씨는 정 회장 모해위증의 대가로 백 법무사에게 3억 원 상당의 집과 2억 원의 현금을 줬다. 하지만 약속한 돈을 더 달라고 불만을 토로하자 K가 현금 1억 원을 들고 찾아간 것이었다. K 또한 모해위증교사의 공범의혹을 받을 수밖에 없었던 것이다.

K와 정 회장과의 악연은 2003년 모친 최 씨가 지인의 소개로 정 회장이 추진하던 사업에 투자하면서 시작됐다. 당시 정 회장의 스포츠센터 채권매입 사업에 10억을 투자하기로 한 최 씨는 약정서를 체결한 후, 수익을 독차지하기 위해 정 회장의 관련 서류를 빼돌려 독자적으로 사업을 추진하려 했다.

그 와중에 사업 관련자들의 제보로 최 씨의 배신을 알게 된 정 회장은 바로 금감원에 진정을 하게 된다. 결국 최 씨가 정 회장의 사업을 불법적으로 가로 챈 사실을 통보받은 사업 관련 은행은 동업자인 정 회장과 합의가 있어야 사업을 추진할 수 있다고 최 씨에게 통보하기에 이른다. 결국 최 씨가 정 회장에게 배신에 대해 사과하고 사정해서 사업을 재추진한 결과 52억이라는 막대한 수익이 발생한다. 하지만 최 씨는 수익을 독차지하기 위해 약정서를 위조했고, 정 회장이 약정서를 강요했다며 무고해 구속시키고는 수익을 독차지하기에 이른다. 무려 두 차례나 정 회장을 배신했던 것이다.

최 씨는 약정서에서 백 법무사의 도장을 지우고 백 씨가 입회하지 않았다는 모해위증을 교사했던 것이다. 바로 정 회장이 수익을 절반으로 나눈다는 약정서를 최 씨에게 강요했다는 무고를 하기 위해서였다. 결국 백 씨의 모해위증으로 정 회장은 1심에서 유죄 판결을 받고 최 씨는 수익을 독차지하게 된다.

이대로 당할 수만은 없었던 정 회장 또한 백 법무사의 도장을 지운 약정서 위조로 최 씨를 고소하는데, 당시 경찰은 최 씨가 약정서 도장을 변조했고 법정 위증을 많이 해 '증거인멸 우려가 있다.'며 구속기소 의견으로 검찰에 송치한다. 하지만 검찰은 경찰에 불구속 수사를 하라고 지시한 뒤 약식기소로 끝내버리곤 오히려 정 회장을 무고죄로 인지수사하고 정식재판에 넘겼던 것이다.

조사 첫 날 담당검사는 정 회장에게 약정서의 도장이 지워졌다고 인정했지만 다음 조사에서는 갑자기 안 보이는 도장이 보인다며 태도를 바꾸더니, 오히려 고소인인 정 회장을 무고죄로 기소하는 어처구니없는 행태를 보인 것이다. '최 씨가 양 검사의 도움으로 정 회장을 구속시켰다며 자랑했다.'는 최 씨 작은 아버지의 탄원서대로 검사들이 법 기술을 부린 것이었다.

결국 2심 판사 또한 약정서 강요와 무고사건을 병합해 지워진 도장이 보인다며 유죄판결을 내리고 정 회장을 법정 구속한다. 정 회장이 무고하며 최 씨에게 죄가 있다는 경찰조사를 검찰과 법원이 임의로 뒤집은 것으로 법조 카르텔이 개입했음을 의심할 수밖에 없었다. 그런데 더욱 놀라운 사실은 최 씨가 약속한 돈의 일부만 주자 백 법무사가 마음을 바꿔 2심에서 최 씨로부터 모해위증을 사주 받았다며 1심에서 위증했음을 자백했다는 것이다. 그 과정에서 K가 현금 1억을 들고 백 씨를 찾아가 회유를 시도했으며, 이로 인해 정 회장이 K를 모해위증교사로 고소하게 된 것이었다. 하지만 더욱 기가 막힐 일이 또 다시 벌어졌다. 정 회장의 2심 재판 도중 최 씨의 모해위증교사를 자백했던 백 씨가 다른 사건으로 갑자기 구속기소된 것이다. 바로 최 씨에게 불리한 증인의 입을 틀어막은 것이었다. 그리고 2심 판사는 백 씨의 자백을 인정할 수 없고 최 씨가 위조한 약정서의 보이지 않는 도장이 보인다며 유죄판결을 내리고는 정 회장을 법정 구속한 것이다. 더욱이 정 회장이 18년간 결코 법원판결을 인정할 수 없었던 이유는 판사가 백 법무사와 최 씨의 측근인 김 씨 두 사람의 증언만 인정하고 정 회장 측 증인인 사업 관련자 7인의 증언은 모두 부정했다는 것이다. 그나마 백 법무사가 모해위증교사를 자백하면서 최 씨 측 증인은 김 씨 단 한 사람뿐이었으니, 그 누가 판사의 판결을 인정할 수 있었겠는가? 이렇듯 상식적으로 이해할 수 없는 검사의 기소와 판사의 판결이 대검에서 최 씨의 모해위증교사를 다시 검토하게 된 이유였다.

"저희가 잘했다는 게 아니라 저희 엄마도 잘못이 있고 다 잘못이 있는데 왜곡된 부분이 너무 많아요. 그래도 우리 이명수 기자님

보니까, 사람이 그래도 의리도 있고 남자답고 또 제가 전화를 잘 안 받는데 저랑 이렇게 인연이 됐잖아요.”

실수인지 계산된 발언인지는 알 수 없었지만, 자신들의 잘못을 일부 인정하는 듯한 K의 말에 명수의 귀가 쫑긋 섰다.

“나도 오늘 보도된 거 보고, 법무사에게 1억 전달하는 부분은 ‘그냥 엄마 심부름이었다.’ 이렇게 했으면 낫지 않았을까? 오늘 이슈화가 덜 되었지 않았을까? 생각 들더라고요.”

“네. 맞아요. 그런데 이진동 씨가 악의적으로 필요한 부분만 딱 빼서 이야기한 거예요. 경찰서도 한번 안 가봐서 그런 거 전혀 모른다니까요. 송사에 대해서도 그렇고요. 그때 나이 30살에 뭘 알겠어요?”

‘허허! 아무 것도 모르는 딸에게 거금 1억을!’

명수의 조언에 K가 읍소하자 절로 헛웃음이 나왔다. 차라리 팥으로 메주를 쑨다고 하는 게 나을 듯싶었다.

“하여간 내 통장에서 계속 돈이 빠져나가고 집 명의도 넘어갔는데, 그거 왜 법무사 아저씨 안 가져가시지? 엄마랑 계속 분란이 있어서 이분이 뭐 섭섭해서 그런가 보다 그랬죠. 엄마가 돈 때문에 그런다고 하길래, 나한테 1억 원 주면 내가 찾아가서 이야기 들어볼게 하고 간 거였어요. 그런데 말해도 제가 이해를 못 하겠더라고요.”

‘정 회장 주장이 사실이었네?’

명수가 쾌재를 불렀다. 현금 2억 원과 3억 원 상당의 집을 위증 대가로 줬다는 정 회장의 주장대로 대출금을 갚던 K의 아파트를 백 법무사에게 넘겨준 것이 사실이라니……. 변명을 길게 늘어놓다 보니 스스로 모해위증교사를 자백한 셈이었다.

"우리 이명수 기자님이 우리 팀으로 오면 좋겠어. 왠지 나랑 잘 맞을 것 같아. 유튜브에서 같이 일했으면 좋겠어. 너무 잘 알 거 같아, 다른 이유는 없고, 거기서 정대택 씨 제일 많이 만나봤잖아요. 그럼 잘 알 거 아니에요?"

'날 스카우트 하겠다고? 이거 정말이야? 립 서비스야?'

서울의 소리는 K의 원수가 아니었던가! K의 제안이 진심인지? 아니면 본격적으로 회유에 들어가기 위한 밑밥인지? 전혀 종잡을 수가 없었다.

"우리 쪽 이야기 들으면, 이해가 제일 쉽잖아요. 그래서 우리 팀으로 왔으면 좋겠어. 난 자신 있거든요. 저 진짜 자신 있어요. 우리 엄마가 정말 억울하거든요. 진짜 불쌍해요. 아휴 진짜. 사위가 총장이라 말도 못하고, 고소도 못 하고, 이해충돌 때문에 고소도 못 하고 그러고 있었거든요."

'수백억 은행잔고증명까지 위조한 사람이 억울하다면, 26억을 떼이고 두 번이나 구속된 정 회장은?'

모해위증교사도 모자라 K의 출입국조회까지 조작하면서 구속될 수밖에 없었던 정 회장 앞에서 억울하다니! 참으로 적반하장도 유분수였다.

"아무 말도 못했어요. 아무런 말도 못하게 해서. 그러니까 우리가 다 뒤집어쓴 거죠. 나중에 우리 팀으로 와요. 이명수 팀장님."

"그래요?"

K가 명수에게 손을 내민 이유는 단 하나였다. 스모킹 건을 손에 쥔 정 회장을 대선 레이스가 시작되기 전에 모든 언론으로부터 철저히 고립시키자는 것이다.

"난 진짜 그랬으면 좋겠어. 나 믿어도 돼요. 나 진짜 우리 영원히 갈 수도 있는 친구가 될 수도 있어요. 저는 거짓말 그런 거 안 하거든요."

'날 언제 봤다고 영원한 친구야?'

영원한 친구가 되자는 K의 회유에 의문을 품을 수밖에 없었다. 명수가 전역하자마자 피라미드의 덫에 빠졌을 당시의 감언이설들 그대로였다.

"전 엄마 덕분에 유복하게 자랐어요. 엄마가 아빠 일찍 돌아가셔서 한이 맺혀서 저희한테 되게 잘해 줬거든요. 아빠가 저 어렸을 때 돌아가셨어요. 저 중3 때."

"저는 한 살 때 저희 아버지 돌아가셨는데!"

K가 아팠던 가족사까지 들춰내자, 명수도 아픈 과거사를 꺼내 동병상련이라는 공통분모를 만들었다. 속내를 들어보기 위한 취재의 기술이었다.

"네! 그래서 엄마가 너무 불쌍해요. 저희 엄마 정말 성실하게 사셨거든요. 저희 엄마 바른 사람이에요. 저희 엄마가 좀 순진한 면이 있거든요. 생각 외로 정말⋯⋯."

'그토록 순진해서 어렸을 때부터 고아인 자신을 돌봐줬던 작은아버지 부부에게까지 척을 지셨나?'

그랬다. K의 모친 최 씨는 작은아버지의 투자금으로 큰 수익을 내고서도, 이자 한 푼 없이 달랑 원금만 돌려주면서 척을 지게 되었다. 결국 정 회장의 편에 선 작은아버지 부부는 재판부에 제출한 탄원서에서 '최은순이 검사인 양재택의 도움으로 정 회장을 감옥에 보냈다고 자랑했다.'는 진술까지 하기에 이르렀다. 그런 최 씨가 순진하다니? 명수는 잠시나마 K에게 느꼈던 동병상련의 연민이 후회스러울 정도였다.

"그래서 속았어요. 저희 팀 오면 진짜 이명수 팀장님, 나중에 한번 봐서 우리 팀으로 와요. 나를 너무 나쁘게 생각하지 말고, 일단 그런 거 제로로 생각하고, 나 좀 도와줘요."

결국 명수에 대한 포섭으로 귀결된 K의 언변에 명수는 다시 화두를 바꿔 던져야만 했다.

"정 회장이 정말 나쁜 사람이라면, 서울의 소리 출연 못 하게, 증거 같은 거 없을까요?"

"너무 많으니까…… 이명수 팀장님은 왠지 느낌에 너무 사람이 정의로우세요. 저를 얼마나 나쁘게 보셨어요? 그런데 저한테 조언도 해 주시고, 저는 원래 서울의 소리를 싫어하지 않았어요. 백은종 선생님한테도 너무 고마워서, 안아드리고 싶었거든요. 그때!"

"그러셨군요."

아니나 다를까? 증거를 달라는 명수의 질문을 두루뭉술하게 넘겨버리곤, 기승전결 서울의 소리 회유를 벗어나지 못했다. 그저 장단을 맞춰주며 어쩌다 튀어나올지 모를 K의 실언을 기다리는 수밖에 없었다.

"언론에 나가고 할까 봐, 제가 후원금만 남의 이름으로 넣고 그랬어요. 근데 정대택 씨가 나오는 바람에 그랬는데, 저분은 평생 직업이 없잖아요. 아시죠?"

"맞아, 우리 회장님. 옛날에 사업했다는 말은 들어봤어도."

"아니요. 다 아니고요. 저분은 평생 직업이 없는 분이에요."

하지만 사건 전까지만 해도 정 회장은 중국으로부터 옥수수 등 곡물을 수입하는 무역업에 종사하고 있었다. 그러나 수십억에 달하는 수익을 독차지하려는 K모녀의 음모에 걸려들어 구속되면서부터 그의 인생은 검찰이 개입된 법조 카르텔과의 끝이 안 보이는 싸움으로 만신창이가 될 수밖에 없었다.

"우리 이명수 기자님도 엘리트시잖아요."

"아, 저 엘리트 아닙니다. 저 고졸 출신입니다."

"아, 그럼 전 더 좋아요. 전 그런 분들 더 진실하게 생각해요. 엘리트들이 나라를 망치고 있잖아요. 고졸들 중에 천재가 더 많아요. 실제로. 왜냐면 정말 간절하기 때문이거든요?"

'고졸이 그렇게 좋으면 왜 학력과 경력을 부풀리셨을까? 간절해서? 아니면 돋보이고 싶어서?'

학력경력 조작도 모자라 논문표절 논란까지 일고 있는 K의 입에

서 나올 수 있는 말들은 아니었다. 단순히 고졸이라는 명수의 솔
직한 답변에 대한 입발림에 불과했다.

"정대택 씨는 정말로 억울하면 정공법으로 나가야지. 가족들 그
것도 자식들을 가지고 하는 거 아니잖아요. 우리 같으면 그렇게
하겠어? 남의 자식을? 우리도 자식이 있는데? 그렇게 안 하잖아
요."

'그걸 정말 몰라서 이러시나?'

정 회장이 K를 거론할 수밖에 없는 이유는 단 하나였다. 바로 무
소불위의 검찰 권력을 가진 양 검사와 Y가 K의 치마폭에 싸여 최
씨의 범죄를 은닉하고 정 회장을 구속시키는데 관여했다는 의혹
이 짙기 때문이었다. 더욱이 K는 백 법무사 모해위증교사 의혹도
모자라 모친의 잔고증명서 위조에도 관여한 의혹이 있었다. 바로
위조범이 K회사의 감사였던 것이다.

"정말 제 혼자 능력으로 살았지. 전 남편 때문에 손해 많이 본 사
람이거든요. 저는 어쨌든, 이명수 기자님 참 좋아요. 참~ 사람이
괜찮아요. 멋있고. 저를 완전 적으로 생각해야 될 텐데 저한테 이
렇게! 이명수 기자님에게 저는 어느 순간 의지하게 되더라고요.
제 마음속으로!"

"너무 의지하지 마세요. 부담스럽네!"

다소 과도하기까지 한 감언이설에 명수가 냉정하게 선을 그었
다. 20대 때 피라미드 사기를 당했던 탓인지 뒷목에 소름마저
돋았다.

"아이, 부담 가지라고 그러는 건 아니고요. 저는 그런 게 아니라 참 괜찮으신 분이다. 그래도 남의 의견도, 적이라고 하는 사람들의 의견도 들어줄 수 있는 분이구나. 그렇게 생각해서. 진짜 사실과 진실은 언젠간 드러나거든요. 전 100% 그렇게 믿어요."

'도대체 날 언제 봤다고 믿는다는 거야?'

주도면밀한 정 회장이 왜 최 씨에게 한 번 배신당하고도 또 다시 손을 잡아 두 번이나 배신당했는지 알 수 있을 것 같았다. 전형적인 사기꾼들의 수법이었다. '당신만은 믿을 수 있다.', '당신이기 때문에 알려주는 정보다.', '당신이기 때문에 동업하려는 것이다.' 이 모두는 명수가 군대를 전역하고 당할 수밖에 없었던 피라미드 사기꾼들의 단골 메뉴들이었다. 이와 같은 K의 구애는 한참 동안 이어졌다. 뭍 사내라면 넘어가지 않고는 못 배길 화술에 명수는 한쪽 귀로 듣고 바로 한쪽 귀로 흘려보내야만 했다. 그것이 홀리지 않고 버틸 수 있는 유일한 길이었다.

"저는 그런 판단 정도는 해주실 수 있는 거 아닌가? 그 이상을 바라는 거 아니에요. 정말 저희 팀이 될 수도 있어요. 그런데 제가 유부남하고 동거해서? 누가 엄마사건 때문에 유부남 아저씨와 동거를 해요? 어린애가?"

"양 검사 말하는 거죠?"

뜬금없는 양 검사의 등장에 명수가 회심의 미소를 지으며 확인했다. 스스로 말할 때를 기다렸다가 자연스럽게 확인하는 것이 바로 취재의 기술이었다.

"네, 저도 그땐 나이도 어리고 예쁘고, 인기도 많고, 거기 사모님하고도 다 아는 사이인데 동거를 해요? 그분하고? 진짜 너무 끔찍해서……"

"어디 보자. 어머님이 송금했다는 거 있잖아요."

명수가 간만에 찾아온 기회를 노치지 않고 최 씨의 송금 문제를 들춰냈다.

"어머님 뭐요?"

"어머님이 양재택 검사 와이프한테 송금했다고 이야기 많이 나오잖아요."

"아! 그때? 애들 유학 가서 보냈는데, 우리가 그때 친하게 지냈어요. 사모님하고도, 사모님한테 송금해준 거죠."

형사 피의자가 현직 부장검사의 아내에게 송금을 한 이유는 너무나도 빤한 일이었다. 명수는 왜 거금을 송금했는지 묻고 또 묻고 싶었지만, K와의 통화가 지속되기 위해서는 일단 호응해주며 기다려야 했다.

"사모님이 그 당시 미국에 계셨거든요? 사모님하고 다 아니까. 송금해 주신 거죠."

"아. 그러셨구나!"

"예!"

송금 사실을 자신의 입으로 실토한 K가 자신의 실수를 깨달았는지 급히 얼버무리려 애썼다. 그 누가 보더라도 현직 간부검사에 대한 송금은 뇌물이라고 볼 수밖에 없었다.

"나, 솔직하게 이것도 궁금해. 이거는 누님동생 관계니깐. 총장님이 중앙지검에 있을 때 누님 사업 있잖아. 코바나컨텐츠에서 기획한 '샤갈 전' 있잖아요?"

"네."

"그거 몇 개 회사가 협찬해준 거예요?"

"아, 협찬 받은 데는 한군데 밖에 없고요. 협찬이 아니라 전시를 크게 보이려고 협찬이라고 제가 이름만 올려준 거예요."

'경력 조작처럼 그냥 돋보이려고 그랬다?'

명수가 쓸쓸한 미소를 지으며 빈틈없는 K의 천연덕스러운 변론에 찬사를 보냈다. 역시 술밖에 모르는 남편을 검찰총장으로 만든 것도 모자라, 대선 후보에까지 오르게 한 화술의 달인다웠다.

"저는 아직 백은종 선생님 좋아해요. 저 아무튼 도와주시고, 근데 지금은 한쪽 말만 들으시니까, 그 쪽 말만 믿게 되잖아요? 또 우리 편을 공격해야 어쨌든 돈도 들어오고 하니까."

"나 그 얘기는 듣기 싫다. 우리 돈 벌려고 하는 거 아니에요. 진짜로. 우리 초심님하고 2013년도에 만났는데 진짜 이거 돈 벌려고 하는 게 아니고요. 내가 내년 대선 끝나고 나서 기자생활 접으려고 하거든요."

돈이라는 말에 명수가 발끈해 K를 몰아붙였다. 누가 뭐라 하든 '아닌 건 아니다.'라고 말하는 게 명수 나름의 인생철학이었고, 그를 지금까지 지탱해주고 있었다.

"그래서 그런 사연이 많은데, 저희 엄마도 너무 불쌍하고 42살에 혼자 돼서 어떻게든 애들 먹여 살리겠다고 일하다 이렇게 된 건데!"

장시간 통화에도 기승전결 불쌍한 엄마와 착한 딸의 눈물겨운 성공 스토리뿐이었다. K와의 통화 자체만으로도 특종감이라고는 하지만, 계속 버틸 수 있을지 회의가 들었다.

"저희 엄마는 그래도 인생의 프로세스가 쫙 있고, 정대택 씨는 옛날 국회의원 보좌관 했다는데, 아마 그분은 직업이 딱히 없었을 거예요."

당시 정 회장은 무역회사를 운영하면서 중국 일대의 곡물을 수입해 국내업자들에게 공급하고 있었다. 이미 정 회장이 방송에서도 공개한 사업자등록증까지 직접 확인했던 명수는 헛웃음이 절로 나왔다.

"어떻게 20년 동안 계속 여기에만 매달려요? 말이 안 되지 않아요? 사업하셨던 분이면? 저희는 어떻게 됐든 사업을 계속 하잖아요."

'두 번 구속당하면서 인생 자체가 부정당했는데?'

검사도 모자라 판사까지 나서서 죄를 은닉해 준 K모녀가 '무검유죄 유검무죄'라는 신조어를 알 턱이 없었다. 더욱이 당시 2심 판사가 최 씨의 내연남으로 알려진 김 씨와 함께 부동산에 투자했던 사실이 최근에 밝혀졌으니, 당시 상황을 삼척동자도 꿰뚫을 수 있을 터였다.

"저희 엄마가 사기를 당했든 아니든 20년 세월이 그렇게 짧은 기간이 아닌데, 돈 25억 받으려고 그렇게 한 가지에만 목숨 건다는 것도 상식적인 일은 아니죠. 사업가라면 차라리 그 시간에 돈을 벌죠. 그렇잖아요. 제 말도 맞죠?"

'전과자의 몸으로 어떻게 사업을 해? 먼저 누명부터 벗어야 뭐라도 하지!'

상대의 고통에 둔감한 소시오패스적 언변에 기가 막혔다. 아무것도 모른다면서 26억 원이라는 정 회장의 몫까지 근소하게 알고 있었다.

"우리 엄마 진짜 불쌍하거든요. 너무 불쌍하고. 진짜! 밖에서 보는 거와 다르니까, 조금만 색안경을 벗고 바라봐 주세요."

"어머님 면회는 다녀오셨어요?"

"난 심장마비 걸릴 것 같아서, 못 가겠어."

가증스러운 K의 말장난에 명수가 구속 수감된 모친을 꺼내들었다. 죄가 없는데 어찌 구속되었냐는 반문이었다. K가 정 회장의 주장을 거짓이라 주장하는 근거는 바로 정 회장이 2번이나 구속되고 유죄 판결을 받았다는 것이었다.

"이런 생각도 했어요. 효녀 이미지 각인시키기 위해서, 어머니 옥바라지 하는 거요. 그런 게 보도되면 이미지 좀 좋지 않을까?"

"좋네! 야, 근데 오늘 보니까, 우리 기자님하고 저하고 아픔이 같은 게 많네요. 그러면 엄마가 아빠 없이 살 때 얼마나 차별받고, 얼마나 오해 받는지 잘 아시죠?"

"어릴 때 그런 거 많이 느꼈죠."

K의 가슴을 찌르는 화술에 명수가 반사적으로 답했다. K의 의도가 동병상련이라면 당연히 명수도 맞춰줘야 했다. 취재원에 동화되어 주는 것은 취재의 원칙이었다.

"하여튼 나는 기자님이 언젠가 제 편 되리라 믿고, 나 진짜 우리캠프로 데려 오면 좋겠다. 내 마음 같아서는, 진짜 우리랑 같이 일하고, 같이 우리가 좋은 성과 이루면서, 우리 기자님도 잘되면 좋을 것 같아. 나랑 같은 아픔이 있으니까."

'이러다 정말 갈지도 모르겠는데?'

가랑비에 옷 젖는다고 명수도 언젠가 세뇌가 반복되는 K의 화려한 언변에 흠뻑 젖어 넘어갈 수도 있을 터였다.

"길게 통화했는데, 대선 유력 후보 아내 분이시니까 소감 한마디하시면? 기사 좀 내보내면 안 될까요?"

"하도 내 주변에서 절대 기자 전화 받지 말라고 나한테 엄포를 놔서! 몰래 기자님하고 통화하는 거예요. 그러니 좀 봐주세요. 당분간만! 나 아주 죽어요."

K의 단호한 반대에 명수의 미간에 주름이 잡혔다. 명수도 기자이기에 특종에 목마른 건 다른 기자들과 다를 바 없었다. 특종 기사가 터져 나올 때마다 공개하고픈 충동을 느낄 수밖에 없었다.

"총장님은 어떤 성격이에요? 같이 사시니까 잘 알잖아요. 뭐랄까? 무뚝뚝한 면 좀 있잖아요. 대중들이 볼 때에는."

"아니에요. 너무 순진하고, 영화 보면 만날 울고, 노무현 영화 보고 2시간 동안 울었어요, 혼자서."

"노무현 영화 보면서요?"

"네! 우리 남편이 제일 좋아하는 사람이 노무현이잖아요."

"아! 그래요? 그러셨구나!"

"그럼요. 너무 정이 많아요."

믿기지 않는 듯 명수가 감탄을 연발했다. 노무현의 등장이 믿기지가 않았다. 문재인을 그토록 공격했던 사람이 노무현을 입에 올리다니 어불성설이 따로 없었다.

"같이 보셨어요?"

"아! 그럼요. 저희 다 봤죠. 국정원 사건 때 저희 얼마나 핍박 받은지 모르세요? 박근혜 정권에서 먼지 털듯이 탈탈 털어서 저 너무 고통 받았어요."

"네!"

"저희 남편이 노무현 팬이고, 저도 팬이어서…… 하여튼 우리 남편이 노무현 너무 좋아하거든요."

K가 노무현 대통령까지 꺼내든 이유는 너무나도 명백했다. 2004년 노무현 대통령 탄핵정국 당시 분신으로 항거하다 기적적으로 생환했던 백은종 대표를 회유하자는 것이다.

"나는 이명수 기자님한테 희망을 본 게, 제가 진실을 다 알려드리면 이쪽으로 올 수 있는 분이시구나 하고 생각해서예요. 진보라고 해서 우리를 싫어하는 게 아니니까요. 오히려 노무현 쪽은 다 우리 편이거든요. 이거 모르셨죠?"

"거기까지는 제가 파악이 안 됐어요."

헛웃음이 절로 나왔다. 아무리 급해도 그렇지 나가도 너무 나갔다. 그만큼 서울의 소리 회유가 절박했던 것이고 정 회장의 주장이 틀리지 않았음을 반증하고 있었다.

"저는 아무튼 희망을 놓고 있지 않을게요. 우리 이명수 기자님, 진짜 나중에 캠프 참여하면 너무 좋겠다. 야당에서 일순위로 나오면 가능성도 있잖아요. 우리한테 같이 와서 일하면 안 돼요?"

"아!"

"생각해보세요. 꼭 오세요."

명수가 직답을 피하면서 탄성으로 응수했다. 단 번에 넘어가면 그만큼 가치가 다운된다는 것은 삼척동자도 아는 금기사항이었다.

"뭐 또, 노무현 대통령 이야기 하시니까, 아 오늘 노무현 대통령 생각 많이 하면서 잠들겠네요. 저도"

"말도 마세요. 우리 남편은 팬 정도가 아니라, 그 연설문까지 다 외웠다니까요. 유튜브 틀고 울고, 국정원 수사팀 하고선 너무 핍박받으니까 그거하면서 울고. 지금도 그렇죠. 노무현 대통령하고 자기하고 같이 일했으면 얼마나 잘 됐을까? 얼마나 일을 잘했을까? 만날 그거 해요."

'미치겠다. 정말! 정도껏 하세요. 누님! 제발!'

Y는 K가 구약성경을 다 외운다더니, K는 Y가 노무현 연설문을 다 외운다고 한다. 거짓말을 쉴 새 없이 늘어놓다 보니 결국 부부가 무아지경에 이르러 선을 넘어서고 있는 듯했다.

"노짱님 어떤 면이 좋으세요?"

"정말 우리 남편 의리 있어요. 만약에 우리 명수 씨가 부모님이 돌아가잖아요? 우리 남편은 사흘 밤낮을 거기서 자고, 같이 술 먹어주고, 상주 역할 해줄 사람이에요. 진심으로."

'의리 있다는 사람이 청와대를 밥 먹듯이 압수수색했나?'

숱한 반대에도 불구하고 Y를 믿고 검찰총장 임명을 강행한 문재인 대통령이었다. 설령 문대통령에게 사소한 문제가 생겼다하더라도, 청와대 압수수색은 선을 넘어도 한참을 넘어선 것이었다.

"정말 남자예요. 그래서 제가 좋아하는 거거든요. 뺀질이가 아니에요. 우리 남편은 돈 10원도 없어서 장가도 못가서 저랑 결혼한 거고, 검사로써 한 번도 지위를 누린 게 없어요."

'옷 벗고 나가서 비리 사업가들 변호했던 사람이 돈이 없어?'

대부분의 국민들이 모르는 의혹이 있었다. 2002년 Y는 돌연 검찰을 떠나 법무법인 태평양에 변호사로 들어갔다. 그리고 본인이 몸담았던 특수통의 수사기법을 역이용해, 공적자금비리 기업가들의 구속을 막아주었다는 의혹을 받고 있었다. 더욱이 당시 조선일보를 변호했었다는 의혹까지 있었으니, 이미 20년 전부터 기득권 세력과 인연이 있었던 것이다.

"이명수 팀장님도 나중에 우리 남편 보면 달리 생각할 거예요. 형님, 형님 할 걸요? 진짜?"

"그러니까 검사 후배들이 많이 따랐겠죠."

"왜 그러겠어요? 자신을 희생하고 후배를 좋아하는 남편은 진심으로 아껴요. 우리 이명수 기자님하고 알게 되면, 진짜 형님으로 모실 걸요? 진심으로 눈물 흘리면서."

"그 이야기하니까, 작년에 남부검찰청이죠? 뭐 술 접대 받은 거? 총장님이 사과하기로 했는데 했으면 좋았을 텐데!"

속이 꼬일 대로 꼬인 명수가 더는 참지 못하고 Y의 사과 약속으로 화두를 바꿔 던졌다. 당시 검사 여럿이 수백 만 원의 접대를 받았다는 의혹에 검찰총장인 Y가 '사실이면 사과하겠다.'며 옹호했는데 의혹이 사실로 밝혀진 것이었다. 그런데 경악스럽게도 검사들이 김영란법을 피하기 위해 일찍 자리를 뜬 사람까지 포함시켜 1인당 99만원 미만으로 접대비를 계산해 국민들의 원성을 샀다. 하지만 Y는 결코 국민들에게 사과하지 않았다.

"나중에 그런 것도 좀 알려주세요. 저희가 모르는 부분도 있으니까! 너무 많다 보니까!"

"현직에 있을 때 검사들이 99만원 세트로 술 접대 받아서 국민들이 많이 분노했었잖아요. 그때 총장님이 사실 밝혀지면 사과하겠다고 했었거든요. 저번에 시민단체 학생들이 기자회견하는 거 본거 같은데?"

"네! 아무튼 식사는 하셨어요?"

"네 저 지금 퇴근하려고요. 사무실에 저 혼자 있거든요."

명수의 직언에 할 말을 잃은 K가 구렁이 담 넘어가듯 화두를 바꿔 빠져나갔다. 자신에게 불리하면 어떤 구실이라도 만들어 피하는 것은 사기꾼들의 기본 수칙이었다.

"제가 무조건 인정해달라는 것은 아니잖아요. 일단 정대택 씨는 돈 10원도 안든 건 아시죠? 그건 아시죠? 근데 26억을 요구한 건 아시죠? 그 자체도 형평성에 어긋나잖아요."

"각서 때문에 논란이 됐잖아요?"

각서는 최 씨가 정 회장을 구속시킨 약정서였다. 사업 수익을 절반씩 나누기로 한 약정서가 정 회장의 강압으로 작성되었다는 최 씨의 주장과 약정서 작성에 개입하지 않았다는 백 법무사의 모해위증으로 정 회장은 이익금 배당은커녕, 오히려 2006년에 2년간 억울하게 옥살이를 당해야 했다.

"네. 그것도 대법원에서 다 판결이 났잖아요. 각서 쓴 경위도 대법원에서 실형 판결이 나왔잖아요. 그걸 하기 위해서, 내가 양 검사라는 사람과 동거를 했다고 주장하는 건데, 다 좋다 이거예요. 제가 11명의 판검사랑 동거를 해야 되는 거예요. 그렇죠?"

'그럼 모해위증 했다고 자백한 법무사의 양심선언은 뭐야?'

당시 1심에서 정 회장의 징역형 판결에 약정서를 작성했던 법무사의 모해위증이 결정적이었다. 그런데 양심에 가책을 느낀 법무사 백 씨가 2심 재판에 증인으로 출석해 진술을 번복했다. 최 씨에게 대가를 받고 위증했다는 것이다. 하지만 2005년 9월 정 회장의 재판 도중에 검찰은 갑자기 백 씨를 다른 사건의 변호사법 위반으로 구속했고, 그 또한 2년 동안 징역을 살아야만 했다. 모해위증교사라는 중대범죄를 다름 아닌 법정에서 진술했지만 최 씨는 처벌받기는커녕, 양심선언을 했던 백 씨마저 엉뚱한 죄목으로 처벌받아야 했다. 때문에 정 회장은 검찰 권력이 악용된 법조 카르텔이 개입했음을 인지하고 최 씨의 뒷배를 조사하던 와중에, K와 양 검사의 은밀한 밀회를 포착하고 동거의혹을 제기하게 된 것이다.

"네. 그 자체가 너무 비상식적이죠. 근데 사람들이 이 사건이 너무 복잡하니까, 그냥 내연녀 유부남 동거에 솔깃해서 그러는 거지. 대법원 판결 다 안 읽어보잖아요. 그런 걸 누가 보나요? 그래서 그렇게 된 거에요."

'유력한 증거들이 삭제됐는데, 대법원 판결인들 달라질까!'

알 수 없는 이유로 K의 유럽여행 출입국 기록이 증발되었다. 더욱이 최 씨가 양 검사 아내에게 송금까지 했던 사실조차 기소는커녕 제대로 된 수사조차 없이 묻혔다. 바로 법조 카르텔이 K에게 불리한 증거를 은닉한 것으로 의심할 수밖에 없는 것이다. 더욱이 담당검사는 최 씨에게 약정서 위조와 법정위증 의혹이 있어 구속이 필요하다는 경찰조사를 뒤엎고 오히려 고소인인 정 회장을 무고로 기소했다. 또한 2심 판사는 최 씨의 모해위증교사와 약정서 위조는 물론, 다수의 정 회장 측 증인들을 배제하고 판결했다. 그리고 그 판사는 훗날 최 씨의 내연남으로 의심되는 김 씨와 함께 부동산 투자를 했던 것으로 밝혀져 국민들을 경악시켰다. 도대체 무엇을 가지고 1,2심 판결을 토대로 한 대법원의 판결을 정당화할 수 있단 말인가? 2021년 대검이 모해위증교사 재개수사 명령을 내릴 수밖에 없었던 이유였다.

"그분이 송파에서 브로커 일을 하셨어요. 그럼 브로커 비용을 받으셨으면 건물 살 걸 도와주셔야 하는데, 또 중간에 갑자기 대출 같은 것도 막으셨어요."

"대출을요?"

"거 봐요. 다 모르시면서, 그분 말만 믿으시잖아요. 법원판결 다 있거든요."

대출은 정 회장이 막은 것이 아니라, 최 씨가 약정서를 체결하자마자 정 회장의 서류를 빼돌려 사업을 독차지하려 했기 때문이었다. 사업을 불법적으로 가로 챈 사실을 금감원과 관련 은행이 인지하면서 동업자인 정 회장의 합의 없이 최 씨가 홀로 사업을 지속할 수 없었던 것이다. 결국 최 씨의 배신을 정 회장이 용서해주면서 사업을 재개하게 됐는데, 52억의 수익을 독차지하기 위해 최 씨가 또 다시 정 회장을 배신하고 구속까지 시킨 것이었다. 그런데 더욱 놀라운 사실은 이렇게 당한 피해자가 정 회장 뿐만이 아니라 다수라는 것이었다.

"저는 사람들이 진실을 알면 제 편이 된다고 100% 확신해요. 아니 20,000% 확신하죠. 20,000%."

"지난주죠? 대검에서 이 사건 관련해서 모해위증 혐의로 어머니 기소했잖아요. 모해위증 혐의."

가증스런 변명을 듣다 못한 명수가 결국 최 씨의 모해위증교사를 꺼내들었다. K가 그토록 강조한 법원판결을 뒤집을 만한 핵심 증거였기에, 천연덕스러운 K의 거침없는 입을 틀어막기에 충분했다.

"하여튼 이명수 씨는 저랑 인연이 됐고, 저랑 같은 아픔이 있으니까…… 대깨문이나 태극기 이런 양 극단을 좀 없애고, 조금 균형 있는 나라가 되었으면 좋겠어요. 노무현 정신에 따라서……."

"노무현 대통령과 문재인 대통령과 차이는 뭐가 있을까요?"

모친의 모해위증교사를 피하려 뜬금없이 딴소리를 하는 게 못마땅한 명수가 K에게 되물었다.

"노무현 대통령은 진심이 있었죠. 그분은 자기 부하나 자기 국민을 위해서 몸을 내던지신 분이에요. 그런데 문재인 대통령은 여기저기 신하 뒤에 숨는 분이잖아요. 자기는 모른 척하고, 그걸 모르세요?"

"각자마다 생각이 다르니까!"

그런 노무현을 검언유착으로 망신을 줘 죽음으로 내몬 것이 바로 검찰 중수부였고, 그런 중수부에 뿌리를 두고 있는 Y와 K가 노무현을 거론한다는 것 자체가 불손이자 어불성설이었다. 더욱이 K가 문재인 대통령을 폄하하는 이유는 분명했다. 노무현 대통령과 떼려야 뗄 수 없는 백 대표가 문 대통령을 지키기 위해 K 일가의 비리를 파헤치고 있기 때문이었다.

"총장 임명식 때, 문재인 대통령께서 하신 말씀 중에 기억나는 게 있으세요? 무슨 말씀 하셨나?"

"어떻게 전화로 다 이야기해요? 한번 만나 뵙고 얘기해요."

"그래요. 네. 이번 주는 시간 괜찮습니다. 연락주세요."

"네. 하여튼 저하고 통화한 거는 비밀로 약속했죠?"

"예예, 알겠습니다."

"비밀로 하세요. 안 그러면 제가 통화 못해요."

난감한 질문을 두루뭉술하게 넘어간 K는 대통령 폐하에 선뜻 동의하지 못하는 명수가 내심 불안했는지 재차 비밀을 약속 받으며 전화를 끊었다. 명수는 명수대로 K는 K나름대로 통화를 마치기 전 다음 통화를 기약하는 의례인 셈이었다.

'됐어! 일단 관계만 이어나가도 성공이야!'

명수가 핸드폰을 내려놓으며 회심의 미소를 지었다. 당장 K에게서 무엇인가 얻어내기 보다는 친분을 쌓는 것이 먼저였다. 꼭 만나자고 했으니 꾸준히 관계를 유지하다보면 결국 K를 만날 수 있을 터였다.

4. 다급해진 K

　7월 13일, K와의 인터뷰를 전격 공개해 항간의 화두로 떠올랐던 이진동 기자의 추가 대화 공개로 온 나라가 시끌벅적했다. 마침내 K가 모친 최 씨와 정 회장의 법정소송과 위증교사에 대해 입을 연 것이다.

　"설령 위증교사가 된다고 하더라도, 공소시효가 다 지난 사건이 아니냐. 왜 들추려고 하느냐?"

　이렇듯 K가 공소시효까지 파악하고 있었다는 것은 법적 검토까지 마쳤다는 것이기에, 그동안 아무것도 모른다고 시치미를 뗐던 K의 주장을 완전히 뒤엎는 사안이었다. 더욱이 최 씨의 위증교사가 없었다면 딸인 K가 굳이 정 회장의 항소심 중에 1억을 들고 핵심 증인이었던 백 법무사를 찾을 이유도 없었다. 결국 1억에 합의를 거부한 백씨는 법정에서 최 씨의 모해위증교사를 자백했다가 뜬금없는 다른 사건과 관련해 갑자기 구속되는 보복을 당하게 된다. 막강한 법조 카르텔의 힘이 개입했던 것이다.

'내가 한 번 디밀어 봐?'

K의 돌출 발언이 또 다시 정계와 언론의 화두로 떠올랐으니 명수가 직접 K에게 확인하는 것은 당연한 수순이었다. K의 당부대로 K의 편에 서려면 한 치의 의혹도 없어야 했다.

'아무래도 미끼가 있어야겠지?'

전화해서 무턱대고 질문을 던진다면 K가 거부했던 취재가 될 터였다. 먼저 가치 있는 뭔가를 던져주고 은연중에 질문을 흘려야만 했다.

'그게 좋겠네! 첫 결혼식.'

명수가 지체 없이 K에게 전화를 걸었다. 하지만 K는 전화를 받지 않았다. 아무래도 불거진 논란 때문인 듯했다.

'나중에 전화 드려도 될까요?'

'급한 일인데 시간 되시면 연락주세요.'

K의 자동응답 메시지에 명수가 바로 사안의 긴박함을 알렸다. 반드시 전화하도록 하기 위한 미끼 차원이었다. 하지만 30분이 흐르도록 K의 응답은 없었다. 기다리다 지친 명수가 아쉬움을 달래려 담배를 꺼내려는데 메시지 수신음이 울렸다.

'일단, 문자로 주세요.'

'지금 대화 중이라서요.'

연이은 K의 메시지에도 명수는 답신 없이 묵묵부답으로 버텼다. 아쉬운 것은 K이지 명수가 아니었다. 결국 얼마 지나지 않아 조급해진 K가 먼저 명수에게 전화를 걸어왔다.

"누님, 나 조금 있다 전화 드릴게요. 다른 사람이랑 같이 있어서요."

"네네."

일부러 바쁜 척 전화를 끊었다. 여권의 공세로 다급해진 K를 좀더 초조하게 몰아갈 생각이었다. 주도면밀한 K로부터 뭐라도 건지려면 주도권을 잡고 좀 더 몰아붙여야 했다.

'두어 시간 기다렸으면 충분하겠지? 이제 슬슬 시작해 볼까!'

저녁 해가 막 빌딩 숲 너머로 내려앉을 즈음, 사무실 창가에서 황혼에 취해 있던 명수가 회심의 미소를 지었다.

"여보세요? 아까 말한 급한 일이 뭐였어요?"

"정대택 회장하고……."

기다림에 토라진 듯 K가 거두절미하고 용건부터 물었다. 만만히 봤던 명수에게 끌려 다니는 것이 못마땅했던 것이다.

"네?"

"정대택 회장이 오늘 사무실에 와서 누님 녹취록 깐다고 그러는 거예요."

"녹취록이요?"

명수가 녹취록을 언급하자 K가 화들짝 놀라며 되물었다.

"옛날에, 1999년에……."

"1999년도요?"

"예! 1999년 3월에 역삼동 결혼식장에 참석했고, 라마다 르네상스 호텔에서 같이 출입한 사람 녹취록 깐다고, 그렇게 이야기하는 거예요. 그 내용이 뭔지 누님 아세요?"

다름 아닌 K의 첫 남편 이야기였다. 정 회장과의 소송 문제는 이미 언론에 공개되었기에, 명수는 좀 더 은밀하고 색다른 무엇인가를 기대하고 있었다.

"1999년도에 제가? 라마다 르네상스에서 녹취록 깐대요?"

"아니. 1999년도 3월경 역삼동 노보텔 결혼식장 관련한 녹취록 받은 게 좀 있나 봐요. 그걸 깐다는 거지."

"네!"

생각지도 못했던 초혼 결혼식 녹취록에 K의 목소리가 기운 없이 내려앉았다. 얼굴도 모자라 이름까지 바꿔가며 신분을 세탁했던 그 동안의 모든 노고가 한 순간에 무너져 내릴 수도 있는 사안이었다.

"그래서 일단은 유보해 놨어요. 그리고 어제 누님이 그랬잖아요. '회장님 직업도 없이 그랬잖냐?' 그 말을 꺼냈다가 저와 정 회장이 아까 다퉜거든요. 그래서 1998년도부터 사업했던 거 나한테 보내주고 그러더라고요."

"무슨 사업을 했대요?"

명수가 K를 위해 큰일이라도 해냈다는 듯 방송 유보를 자랑스럽게 늘어놓았다. 먼저 자신의 가치를 입증해야 K의 신뢰를 얻을 수 있었다.

"회장님이 무역업 했더라고요."

"전 잘 모르겠어요. 그분이 근데 왜 안 했대요? 20년 동안? 한번 그걸 물어보지."

"아, 어머니 만나기 전에는 사업 크게 하셨더라고요. 무역업 하셨더라고, 송파에서. 어쨌든 오늘 서울의 소리에서 방송하려고 그랬는데, 일단은 유보시켰습니다."

K가 화가 치민 듯 역정을 내자 명수가 방송 유보로 K를 진정시키며 차분히 말을 이어나갔다.

"회장님 직업도 없이, 옛날에 보좌관 생활만 하고 사업 안 하셨지 않았냐? 그러니까 뭔 소리하는 거냐고, 사업했던 업체 영업출고증을 보내주더라고요. 그런데 그거 뭐예요? 정 회장이 1999년 3월경에 역삼동 노보텔 결혼식에도 참석하고, 라마다 르네상스 호텔에 출입한 사람들이 누님을 안다는 거예요."

정 회장의 신상을 설명하듯 읊어나가던 명수가 은근슬쩍 K의 결혼식과 줄리를 다시 꺼내 들었다. 오늘은 어떻게 해서든 기사거리를 건질 요량이었다. 운 좋게도 K와의 통화에는 성공했지만 아직까지 이렇다 할 소득을 얻지 못했다.

"내가 어디를 출입했다는 건지 모르겠네. 그냥 까라고! 까면 할 수 없죠. 뭐 어떻게 해요. 1999년도 나하고, 지금 무슨 상관이에요. 남편 결혼하기도 훨씬 전인데?"

"아! 그렇죠. 일단은 내가 대표님도 안 계시고 그래서 보류해 놨습니다. 그냥요."

역시 K는 화술의 달인다웠다. 녹취록이 처음 언급되었을 때의 당혹스러움은 온데간데없이 천연덕스럽게 난감한 질문들을 넘겨 버렸다.

"아, 보류 좀 해주세요. 뭐든지 좀. 아유, 참, 진짜!"

"나하고 완전 척질 것 같은데요. 정 회장 말이에요."

"척질 것 같다고요?"

"네. 오늘도 이것 때문에 나를 좀 이상한 눈으로 보니까."

K가 머릿속으로는 딴 생각을 하고 있었는지 명수의 말을 바로 알아듣지 못하고 재차 되물었다. 큰소리는 쳤지만 아마도 불현듯 튀어나온 녹취록이 마음에 걸리는 듯했다.

"그런데 사업을 하면, 계속 사업을 하시지. 왜 이렇게 계속 20년 동안 이거 하나만 목매지? 사람들은 보통 안 그러잖아요?"

"정 회장님 사업자등록 보니까 2001년에도 무역회사 했더라고요. 송파동에서."

거듭 정 회장을 폄하하는 K의 불평에 명수가 반발하듯 정 회장의 사무실 위치까지 꺼내들었다. 당시 정 회장이 중국 등에서 곡물을 수입하던 무역업을 했다는 것은 이미 알려진 사실이었다.

"뭐 그런 사업자야 많이 있을 수 있지만."

"'나 잘 나갔어. 이 기자' 오늘 나한테 그랬어요."

"그런 분이 차라리 자기 일을 하지 왜 그런 일을 하셨을지 저는 잘 모르겠어요. 저는 사업했다는 말을 못 들었거든요?"

역시나 K는 천연덕스럽게 딴청을 피웠다. K 모녀가 정 회장에 대해 아무것도 모르는 상태에서, 10억이라는 거금을 투자할 리는 만무했다.

"아, 그랬어요?"

"예. 그런 얘기는 못 들었고, 했더라도 크게 하지 않은 걸로 알고 있어요. 잘 모르겠어요. 그러면 하던 사업 계속 하시지. 20년 동안 이거 하나만 쫓아다닐 일은 아닌 거 같아요. 상식적으로…… 잘 모르겠네요. 저는."

"아. 누님 어제 열린공감 봤어요?"

"아니요. 못 봤어요."

이어지는 K의 딴청에 명수가 화두를 바꿔 던졌다. K의 또 다른 연인으로 주목받고 있는 전 아나운서에 대한 얘기였다.

"누님하고 김범수 아나운서하고 결혼하기 전에 뭐 저기, 연인관 계, 결혼하기로 했었다 그런 식으로 얘기 나오던데."

"에이, 다 거짓말이죠. 저희 회사에 8년 동안 근무했던 직원이에 요. 김범수 아나운서는."

"김범수 아나운서가요?"

풍문에 대한 K의 해명이 진실인지 거짓인지 확신할 수는 없었다. 단지 K가 화술의 달인인 것만큼은 명확했기에 곧이곧대로 믿을 수는 없었다.

"예예. 저희 결혼하고 나서도 계속 일했었고, 그거 다 뻥이에요."

"아! 그래요?"

명수가 '뻥'이라는 K의 경박함에 순간 웃음을 터트릴 뻔했다. 간 신히 참아 넘기기는 했지만 아찔한 순간이었다.

"네네. 그런 것들로 공격하는 거예요, 저를."

"음! 알겠어요. 이따 다시 통화해요."

"그러세요. 식사하세요."

대강 얼버무리며 전화를 끊었지만 K의 심기가 꽤나 불편해 보였다. 명수가 욕심이 앞선 나머지 민감한 사안들을 과감하게 불쑥불쑥 내 놓은 탓이었다.

'내가 좀 심했나?'

앞으로는 좀 더 조심할 필요가 있었다. 오늘처럼 난감한 질문들이 이어진다면 K가 통화를 피할 수도 있었다. 계속 연락을 주고받으려면 기술적으로 질문의 강도를 조절해야 했다.

5. 기자는 그녀와 오누이가 되었다

　7월 18일, K 부부 의혹들에 대한 여야간 공방이 더욱 거세지고 있는 가운데 명수가 선배 기자로부터 그림파일 하나를 전달받았다. K가 과거 쥴리 의혹을 받던 시절, 전시회에서 전시했던 것으로 추측되는 그림으로 아이들 장난 같은 조잡한 사인이 있었다.

'됐어, 이걸로 한번 간을 보자!'

지난 13일 통화 이후 5일 동안 K와 아무런 연락도 주고받지 못했다. K가 명수의 질문에 예민하게 반응했던 터라 섣불리 전화를 하지 못하고 K의 연락이 오기만을 기다려야 했던 것이다.

'아마 이 정도는 괜찮겠지?'

명수가 고민 끝에 그림의 사인을 캡처해 K에게 보냈다. 만약 K가 자신의 사인임을 인정한다면 과거 쥴리라는 예명으로 전시했다는 제보자의 주장과 맞아 떨어지는 것이었다.

'안녕하세요. 이 사인 누님 게 맞나요?'

'아니요.'

'저게 뭐예요?'

20분 후 K로부터 연이어 메시지가 왔다. 역시나 모르쇠로 일관하고 있어 답신을 미루고 K의 반응을 좀 더 두고 보기로 했다. K의 조바심을 유발해 먼저 토해내게 할 심산이었다. 아니나 다를까 몇 분 지나지 않아 추가 메시지가 도착했다.

'그림 사인인 것 같은데?'

'흠. 네.'

'왜요?'

'제 거라고 하나요?'

명수의 짧은 응답에 K가 참지 못하고 연이어 질문을 던졌다. 하지만 명수는 답신을 계속 미뤘다. 미끼에 입질을 한다고 바로 손을 댔다간 대어를 노치기 십상이었다.

'네. 누님 것이라고 하네요.'

'잘 됐네요.'

'차라리 온갖 거짓으로 뒤덮는 게 낫죠.'

한 시간이 지나서야 답신을 보내자 K가 연이어 불편한 심기를 드러냈다. 더 자극했다간 연락을 끊을지 모른다는 염려에 답신을 보류한 채 기다려 보기로 했다. 조바심에 지친 K가 먼저 전화하기를 기다린 것이다. 하지만 한 시간이 지나고 자정이 넘어설 때까지도 추가 메시지도 전화도 없었다. 닳고 닳은 K가 그리 쉽게 넘어올 리 만무했다.

다음 날 명수는 새로운 도전을 시도해 보기로 했다. 바로 Y에게 통화를 시도해보는 것이다. K와 이미 네 차례에 걸쳐 1시간 넘게 통화했지만 일방적인 변명에 큰 소득도 없이 회유만 당해야 했다. 더욱이 난감한 질문엔 화마저 내다보니 앞으로도 쉽지 않아 보였다. 이럴 바엔 차라리 대선 후보인 Y에게 통화를 시도해보는 것도 나쁘지 않아 보였다.

'일단 한번 저질러 보자.'

명수가 선배로부터 전해 받은 Y의 전화번호를 핸드폰에 한 자 한 자 조심스럽게 입력시켰다. 그리고 한 참을 머뭇거리며 고민하다 마침내 통화 버튼을 눌렀다.

'삐리리리 삐리리리.'

하지만 Y는 통화 대기음이 끝날 때까지 전화를 받지 않았다. 야당의 유력한 대선후보가 생판 모르는 번호에 응답할 리 없었다.

'거위의 배를 가를 것이냐? 황금 알을 기다릴 것이냐?'

이제 여기서 끝낼 것인지 계속 갈 것인지 결정을 내려야 했다. 지금까지의 통화만으로도 전례 없는 특종이었지만 명백한 한방은 없었다. 그렇다고 앞으로 황금 알을 낳을 것이라는 보장도 없었다.

'만나자고 했으니 일단 한번 만나보고 결정해!'

명수가 고심 끝에 강행군을 결심했다. 직접 K를 만나 눈을 보며 대화한다면 통화로는 들을 수 없었던 속내를 털어 놓을 수도 있었다. 하지만 답보상태인 K와의 관계를 진척시킬 돌파구를 찾느라 하루 종일 머리를 싸매야 했다. 5일 만에 메시지로 미끼를 던 져봤지만 통화에도 실패하고 화만 돋우고 말았다.

'먼저 친해져야 속내를 들어볼 텐데!'

보수 대선후보 부인과 진보언론 기자의 공통분모를 찾기란 쉬운 일이 아니었다. 더군다나 서울의 소리가 수년간 K 일가를 검증해 왔으니 원수 중에도 최악이었다. 자그마치 네 차례나 통화했다는 자체가 기적이나 다름 없었던 것이다.

'저거다!'

차를 몰고 귀가하던 명수가 무지개를 발견하고 기뻐 외쳤다. 남 녀노소를 불문하고 무지개를 보고 좋아하지 않을 사람은 없었다. 아마도 이 행운의 상징이 꽁꽁 얼어붙은 K의 마음을 녹여줄 수도 있으리라! 명수가 지체 없이 무지개를 메시지에 담아 K에게 보냈 다.

'와, 무지개가 떴네요. 행운의 상징 무지개~ 여의도 일대는 무지 개로 퇴근길 많은 시민들이 즐거워하는 모습.'

'너무 감사드립니다. ㅠㅠ'

'기분이 좋아지네요.'

무지개가 통했는지 명수의 상황묘사에 K가 연이어 만족을 드러 냈다. 하지만 명수는 더는 답신을 하지 않았다. 호감을 되찾은 이 상 그냥 이대로 K가 연락해 올 때까지 기다리는 것이 상책이었다. 질문을 던진다고 속내를 드러낼 K가 아니었기에 스스로 문을 열 때까지 인내가 필요했다.

명수의 전략이 통했는지 다음 날 새벽 1시경에 K로부터 메시지
가 날아왔다.

'[정밀검증] 쥴리 요양병원 등 Y 처가 의혹 집중해부 (1)갑자기
등장한 쥴리 작가는 어떻게 A급 호스티스가 됐나?'

그동안 폭로된 K 일가의 의혹들을 조목조목 반박한 월간조선 기
사였다. 명수에게 직접 해명하는 것보다 유력 보수 월간지의 힘을
빌려 명수를 회유해보자는 것이다.

'이 기사였군요. 정 회장이 조성호 기자 토론하자고 했던.'

'그냥, 참고만 하세요.'

'양쪽 의견은 둘 다 존중되어야 하니까요.'

'그동안 한 쪽의 의견만 나왔잖아요.'

'요새, 어머니 때문에 계속 우울한데 무지개 사진 보내주셔서 진
심 감사드려요.'

'정말, 위로됐어요.'

명수의 답신에 K가 기다렸다는 듯이 연이어 5개의 메시지를 보
내왔다. 명수를 회유하기 위한 해명 차원이었지만 K가 먼저 말문
을 열었다는 것이 중요했다.

'감사하긴요. 제 지인들한테 다 보냈어요. 초등학교 때 무지개를
보고 나서 선명한 무지개를 오랜만에 봐서 참 신기했어요. 국회
일 마치고 나오는데 무지개가 떠서 좋은 일, 좋은 생각만 했답니
다. 행운의 상징~'

'진짜, 이 기자님 순수하시네요.'

'멋지세요.'

명수의 정감 넘치는 메시지에 K가 또 다시 연이어 호감을 드러냈다. 명수의 바람대로 진영에 갇힌 두 사람 사이의 벽이 서서히 허물어지는 듯했다.

'이쯤해서 조언을 하나 던져줘야겠지!'

때가 무르익었다고 생각한 명수가 냉철한 조언이 담긴 메시지를 작성하기 시작했다. 어떻게 해서든 도움이 되어야 K의 신뢰를 얻고 그들만의 세계에 발을 들여놓을 수 있었다.

'최근에 총장님 광주5.18 묘역 가셨죠. 그런데 따라간 유튜버들 말입니다. 그들은 5.18 민주화운동을 폄훼했던 자들입니다. 오죽했으면 5.18 단체에서 그자들 고발까지 했을까요. 저번에도 말씀드렸지만 총장님한테 하나도 도움 안 될 텐데.'

하지만 잠자리에 들었는지 K의 답신은 없었다. 시침이 새벽 3시를 향하고 있었으니 응답을 기다리는 것 자체가 무리였다. 어쨌든 일주일 만에 통화나 다름없는 많은 메시지를 나눴으니 명수도 편히 잠자리에 들 수 있었다.

'그래요? 정말 큰일이네요. ㅜㅜ'

7월 20일 늦은 아침에 일어나 보니 K로부터 메시지가 와 있었다. 새벽 6시경에 수신된 걸 보니 누군가와 통화하며 밤을 지새운 듯했다. 다른 후보 부인들과 달리 숱한 의혹들로 은신중이다 보니 낮과 밤의 경계가 모호해진 탓이었으리라! 그런 그녀가 한편으로는 측은해 보이기까지 했다.

오전 늦게 명수가 사무실에 출근하고 보니 정 회장의 공개토론 제안으로 시끌벅적했다. 지난 새벽 K가 보내준 월간조선 기사를 쓴 조 기자에 대한 선전포고였다. 조 기자가 정 회장의 주장을 거 짓말로 덮고 있으니 반발하지 않을 수 없었던 것이다.

'이걸 보면 뭐라고 할까?'

따끈한 정보가 올라왔으니 바로 K에게 먼저 보내주는 것이 순서였다. 그녀가 명수를 회유하려는 이유는 명료했다. 서울의 소리 정보를 얻거나 백 대표를 회유해 정 회장의 폭로방송을 중단시키는 것이다.

'Y의 충암고 12년 후배인 월간조선 조 기자가 월간조선 8월호에 저 정대택을 정진수란 가명으로 둔갑시켜 저와 관련하여 교묘히 사실을 왜곡하고 명예를 훼손했습니다. 이에 저는 오늘 조 기자에게 서울의 소리에서 온 국민이 다 보는 가운데 공개토론을 하자고 문자 메시지를 보냈습니다. 만일 조 기자가 제 제안을 끝까지 무시한다면, 사실을 왜곡하고 명예를 훼손한 혐의에 대해 법적 조치를 취할 것입니다.'

'감사드립니다.'

K가 바로 짧은 감사의 답신을 보내왔다. 신속한 정보에 고맙긴 하지만 달리 할 말이 없거나 서둘러 조 기자와 통화하며 대책을 논하고 있을 터였다.

오후 4시경, 사무실에 앉아 졸고 있던 명수가 인기척에 놀라 눈을 떴다. K와 새벽까지 문자를 주고받느라 잠을 설친 탓에 오전부터 내내 졸다 깨기를 반복하고 있었다.

'이제 슬슬 시작해 볼까?'

점심에 먹다 남은 냉커피를 단숨에 마셔버린 명수가 핸드폰을 만지작거렸다. 어제 한겨레에서 Y와 삼부토건의 친밀했던 관계를 보도하면서 K와의 만남과 결혼에 라마다 호텔 조 회장이 관여했다는 의혹이 세간의 화제였다. 더욱이 K의 쥴리설에 조 회장이 깊게 관련된 만큼, 명수의 입맛을 끌어당기기에 충분했다.

"네. 안녕하세요."

K가 마치 기다렸다는 듯 바로 전화를 받았다. 명수가 사진에 담아 보낸 무지개가 효과를 본 모양이었다.

"새벽까지 잠도 잘 못 이루시는 거 같네요."

"제가 요즘 좀 그렇잖아요. 어머니 때문에. 잠이 잘 안 와서, 그러고 있었어요."

"아, 그랬어요?"

최근 K 부부의 최대 걸림돌은 구속된 모친이었다. 자신들의 의혹이야 검찰이 복지부동하면 그만이었지만 Y가 '장모는 10원 한 장 피해준 적이 없다.'고 자신했기에 막대한 타격을 받을 수밖에 없었다.

"어쩜 그렇게 착하세요? 아휴, 그래도 무지개 사진도 보내주시고. 소년이에요, 소년. 진짜! 하하하하!"

"강원도 시골에서 자랐거든요."

"아, 그래요?"

"촌놈이에요. 서울 언론사에서 근무하니까 출세한 거지."

칭찬이 멋쩍은 듯 명수가 뜬금없이 고향을 꺼내들었다. K와의 공통분모를 찾아 고심하던 끝에 Y의 외가가 강릉이라는 사실을 알고 강원도를 꺼내 든 것이다.

"아, 강원도세요?"

"예. 강원도 삼척 사람이에요."

"아이고, 그럼 우리 남편 동생이네! 우리 남편 외가가 강원도라 우리 남편 완전 강원도 사람이에요."

"아, 그래요?"

"친척이 다 거기 있어요. 어머니가 강릉 최 씨라!"

K와 명수 사이에 강원도라는 또 하나의 공감대가 형성되었다. 둘 다 어린 나이에 아버지를 여읜 동병상련에 이어, 관계를 더욱 돈독히 해 줄 끈이 하나 더 늘어난 셈이다.

"저기 시어머니가 강릉 출신인데, 외할머니서부터 다 강원도 사람이라 강원도가 우리 남편에겐 완전히 고향이에요."

"그렇구나!"

"아이고, 나중에 우리 남편 보러 오세요."

"아니 잠깐만. 그러면 총장님 어머님이 강원도?"

"강원도."

"아, 강원도 분이시라 이거죠?"

새로운 공감대를 찾은 K는 고삐를 늦추지 않고 더욱 세차게 명수를 끌어당기려 애썼다.

"아이고, 내가 진짜 반갑네. 나중에 우리 남편하고 술 한 잔 해야 되겠네. 진짜로."

"나 어제 총장님한테 전화했는데 안 받으시더라?"

말이 나온 김에 명수가 통화 시도 사실을 털어 놓았다. 분위기가 이대로만 간다면 Y와의 통화도 기대해볼만 했다.

"아, 번호를 모르니까! 근데 내가 얘기를 한번 했어요. 우리 이명수 기자님이라고, 착하다고. 아유, 그렇게 착한 사람이 있다. 난 서울의 소리에서 우리에 대해 잘못 알고 있는 게 너무 많아 얼마나 선입견이 있겠냐고!"

명수의 얼굴에 환한 미소가 드리워졌다. K와의 통화도 모자라, Y까지 통화 사실을 인지하고 있었다면 특종 중에 특종이 아닐 수 없었다. 대선후보 부인이 기자를 회유하고 그 사실을 대선 후보가 알고 있었다는 것은 가볍지 않은 사안이었다.

"이 기자가 참 따뜻한 분이라고 했더니 그러냐고 했죠. 참, 내가 우리 기자님한테 온 문자도 보여줬어요. 그랬더니 '어휴, 너무 좋으신 분이네' 이러더라고요. 나랑 통화하면서 '저 남자예요' 그랬다고 하니까 '기특한 청년이네'라고 했거든요."

'칭찬까지 했다고? 이건 특종을 넘어 범죄다.'

명수와의 회유성 통화를 알고 있는 것도 모자라, 칭찬까지 했다면 K 부부가 언론사 기자 회유를 공모했다는 자백이나 다름이 없었다.

"우리는 서울에서 강원도 사람들 만나면 그렇게 서로 반가워."

"말투도 이북사람 비슷하잖아요. 그래서 내가 웃겨서 흉내 내고 막 그래요."

"그렇죠."

"아이고 우리 남편 나중에 만나면 의외로 잘 통하고 형 동생 하겠네."

기자와 영부인 후보라는 현실을 외면한다면 영락없는 다정한 오누이였다. 하지만 명수는 언젠가 녹취가 공개될지도 모를 그 날을 위해 넘어서는 안 될 선을 긋기로 했다.

"뭐 나이 차이가 있으니까, 형 동생 하기는 좀 그렇고. 지금까지 누님이라고 호칭했는데 이제부턴 사모님이라 호칭을 바꿔 부르기로 했어요."

"아이, 그냥 누님이라고 하면 안 돼? 왜 사모님이라고 그래요. 실제 보면 어려요, 저!"

순간 명수의 입에서 실소가 터져 나올 뻔했다. 사십도 아니고 오십을 넘어선 중년부인이 어리광 부리듯 어리다며 아양을 떨다 보니 '줄리'가 절로 떠오를 수밖에 없었다.

"누님도, 아니 사모님도 이제 오십이죠? 올해?"

"그렇죠. 72년생이니까 이제 오십 됐는데, 실제로 보면 저 나이보다 안 늙었어요. 그냥 누님이라고 하세요. 무슨 사모님이야? 저 그렇게 권위적인 사람 아니에요."

듣다 못한 명수가 나이까지 들먹였지만 K는 늙어가는 것이 서러운 듯 좀처럼 고집을 꺾지 않았다.

"저 완전 시골 사람이라 그냥 누나라고 편히 대해요. 나 이상한 사람 아니야, 진짜. 선입견이 너무 많은데, 이상한 사람 아니니까."

"서울깍쟁이는 아니라 이거죠?"

끝내 누나를 고집하는 K의 집착에 명수가 두 손 들고 장난 섞인 어조로 물었다.

"어휴, 나는 정대택 회장님이 너무 나를 이상하게 이야기한 걸로 알고 있는데 우리 주변에는 전혀 그렇게 생각 안 해요, 저를. 그 양반도 자기 나름대로 억울한 게 많으시니까, 다 이해를 하거든요. 근데 좀 과장된 부분이 많아요."

'이거 뭐야? 정 회장이 억울하다는 걸 안다고? 당신이?'

비록 과장되었다는 단서를 달았다 하더라도 K가 정 회장의 억울함을 일정 부분 인정했다는 것은 본인들의 잘못을 어느 정도 인정한다는 것이었다.

"그래서 저는 그분을 탓하려고 말씀드리는 게 아니고 그냥 누님이라고 편하게 해도 된다는 그 말씀이에요. 왜냐면 저에 대해서 선입견이 많을 거 아니에요."

"조금 있겠죠."

명수가 다소 실망스런 어조로 답했다. K의 기나긴 변명은 결국 누님으로 수렴하고 있었다. 뭔가 캐내려는 명수와 회유하려는 K의 동상이몽이었다. 이후로도 자신과 모친의 순수함을 변론하는 K의 언변은 수 분간 지루할 정도로 계속 이어졌다.

"그런데 누님, 어머니 치매 끼도 있는데, 왜 보석신청 같은 건 안

했어요?"

누님이라는 화두에 종지부를 찍고 무엇인가 건져내고자 모친의 치매로 화두를 바꿔 던졌다.

"아 저희 엄마가 치매가 있다고 그래요?"

"치매 환자라고 들은 것 같은데."

"치매 없는데. 치매 끼는 없고, 저희 엄마가 원래, 외할머니도 그랬고 잘 기억이 안 나고 그런 게 있는 거지. 되게 똑똑해요. 치매 끼는 전혀 없어요."

K가 학을 떼며 치매를 부인했다. 모친인 최 씨가 각종 민형사상 소송에 얽혀 있는 상황이기에, 치매는 그동안 최 씨의 법정진술을 모두 무효화할 수도 있는 기폭제가 될 수 있었다.

"나는 호남 분인 줄 알았어요."

"전라도 사람인 줄 알았어요?"

생뚱맞게도 K가 호남을 꺼내 들었다. 이미 고향이 삼척임을 몇 번이고 밝혔던 터라, 명수는 K의 의도를 되짚어봐야 했다.

"예. 왜냐면 서울의 소리는 거의 그렇게 알고. 또 정대택 씨나 백은종 선생님이나 다 호남 분들이니까. 다 그쪽에 너무 모여 있는 거 아닌가?"

"우리 백은종 선생님을 초심님이라 부르잖아요. 초심님은 의정부 사람이에요. 전라도 사람이 아니라!"

역시나 K가 호남을 꺼내든 이유는 다른 데 있었다. 정 회장과 백 대표를 진보색이 짙은 전라도로 한데 묶어 명수와 떼어 놓으려는 심산이었던 것이다.

"나는 솔직히 정대택 회장님만 아니면 초심님 얼마든지 만나서 진짜 잘 지낼 자신 있거든요."

"하하하, 그래요?"

백 대표의 출신을 정정해주자, K가 순발력을 발휘해 재빨리 정 회장과 백 대표를 갈라놓았다. 백 대표의 회유 가능성을 염두에 둔 것이다.

"그럼요. 내가 진짜 후원했다니까. 안 믿나 봐? 그때 너무 고마웠다니까. 내가 진짜 이 양반 내가 안아줘야지. 어떻게 이렇게 고마운 사람이 있나. 진짜 눈물 흘렸다니까."

'눈물은 좀 너무 나간 거 아니야?'

K가 정말 눈물까지 흘렸는지는 생각할 가치조차 없었다. 단지 백 대표와 정 회장을 갈라치기 위한 사전 포석인 것만큼은 분명해 보였다.

"나는 그때 우연히 보게 됐어요. 뉴스타파에 몽둥이 가지고 들어가는데, 그런 분을 처음 알았어요. 그래서 내가 얼마나 감동을 했는지…… 내가 친구 이름으로 후원금도 보내고 했다니까?"

통화 때마다 거듭되는 K의 후원금 자랑에 이제는 명수의 귀에 딱지가 생길 정도였다. Y가 검찰총장 후보 시절, 뉴스타파의 비리의혹 보도로 곤혹을 치르고 있을 때였다. Y의 정의와 검찰개혁 의지를 철석같이 믿고 있던 백 대표는 곧바로 뉴스타파 사무실을 찾아 '왜 Y를 음해하냐'며 응징취재를 감행했었다. 훗날 Y가 자신을 믿어줬던 문재인 대통령에게 등을 돌렸을 때, 백 대표는 석고대죄하는 심정으로 그날의 응징취재를 사과해야 했지만, K의 입장에서는 고마워해야 할 상황임이 분명했다.

"그래도 강원도 남자들이 참 깊은 의리가 있어. 말은 사근사근 안 해도."

"아, 그래서 우리 총장님이 앞전에 강릉 권성동 만나러 갔다 왔구나?"

연이는 의리 타령에 염증을 느낀 명수가 최근 친윤으로 떠오른 권성동을 꺼내 들었다. 둘 사이의 뭐라도 캐내 본전이라도 뽑을 생각이었다.

"거기서 같이 자랐다니까. 어려서부터."

"권성동 의원하고요?"

"예!"

"아, 알겠구나!"

갈수록 지쳐가던 명수의 눈이 번쩍 뜨였다. 강원랜드 취업청탁으로 시끄러웠던 권성동과 같이 자랐다니, 뭔가 건질 수도 있다는 기대가 솟구쳤다. 다른 관련자들은 처벌을 받았는데 권성동만 빠져나온 전형적인 유검무죄 사건이었다.

"어렸을 때부터 그 외갓집 담 넘어서 같이 자랐어요. 우리 남편은 거의 외가에 살다시피 했으니까, 왜 다들 어려서 외가에서 살잖아요. 나도 그랬고."

"그렇죠."

모처럼 명수의 얼굴에 미소가 드리워졌다. Y가 강원도 토착비리의 원흉으로 의심받고 있는 권성동과 소꿉동무라니! 기자라면 누구나 구미가 당길 수밖에 없었다.

"권성동 의원이 어릴 때 외가 옆집에 살아서 고향 친구라고 하는 거예요."

"권성동 의원 법사위원장일 때 내가 '안녕하세요, 저 강원도 사람입니다.' 하니까 되게 쌀쌀맞게 굴던데."

"그럼요. 강원도 사람들 의리가 있어요. 우리 남편도 의리 있어서 정말 문재인 대통령의 충신이에요. 정말, 나중에 깜짝 놀랄 일이 있을 거예요."

권성동에 대한 질타가 불편했는지 K가 동문서답으로 이어나갔다. 청와대까지 압수수색 당하면서 국정 운영에 크나큰 차질을 빚어야 했던 문재인 대통령에게 Y가 충신이라니 어림도 없는 소리였다. Y가 대통령의 국정철학에 반한다면, 애초에 검찰총장직을 수락하지 않는 것이 인지상정이었다.

"저 진심으로 우리 엄마도 불쌍하고 정 회장님도 불쌍하고, 안 됐어요. 저도 그렇고 그 집 아이들도 있을 테고. 아이들은 또 무슨 잘못이에요."

헛웃음이 절로 나왔다. 남의 인생을 통째로 앗아가 놓고 수십억을 챙긴 엄마가 불쌍하다니? 아이들 걱정이라니? 소시오패스가 따로 없어 보였다.

"루머는 루머로 끝나는 거지, 이게 진실이 될 수는 없거든요. 그런 것들이 조금 안타깝죠. 이해는 가죠?"

"누님, 열린공감TV 아시죠? 안 보다가 어제 한번 봤어요. 언론사로서 의혹을 제기한 거죠."

유체이탈화법을 듣다 못한 명수가 은근슬쩍 줄리 의혹을 꺼내들었다. 매우 조심스러운 화두였지만 어차피 통화 목적이 줄리였기에 전화를 끊기 전, 반드시 짚어봐야 했다.

"어휴, 제가 거기서 무슨 호스티스 했다고 하는데…… 우리 이명수 기자님 나중에 편할 때 보면 아시겠지만, 제가 그렇게 할 이유가 없어요."

'악랄한 사기꾼의 딸이라면 가능할 수도!'

줄리는 일반주점 접대부가 아니었다. 조 회장의 특별 접객실에서 유명 인사들을 접대하던 수준급 전문직 일반 여성이었다. 일종의 사교클럽이었던 것이다. 때문에 K가 양 검사와 Y를 조 회장의 소개로 만났을 가능성이 제기되었다. 하지만 보수언론이 줄리의 신빙성을 떨어트리기 위해 일반주점 접대부로 비하시킨 것이었다.

"그리고 저는 그런 데 나갈 수 있는 성격이 아니에요. 차라리 나한테 영업장을 차려라 하면 했겠죠. 제가 아가씨 할 수 있는 성격이 아니에요. 성격상!"

"만약에 기회가 되면 주인은 할 수 있어도 거기서 접대부는 안 된다, 그거죠?"

명수가 K의 의중을 재확인했다. 강한 부정은 역으로 강한 긍정으로도 받아들일 수 있는 법이기에, K의 부인을 최대한 들어보려는 심산이었다.

"주인이 뭐야. 내가 차라리 거기서 지하 하나를 다 통째로 맡아서 하지."

"아! 예!"

"몰라서 그래요, 제 성격? 저는 완전 남자예요. 그래서 제가 남자 분들하고 스스럼없이 잘 지내고 그러니까. 내가 딱 보면 예쁘장하게 생겨서 처음엔 다 오해해."

소리 없는 실소가 절로 튀어나왔다. 접대부설을 강하게 부인하다 보니 아예 성격이 남자라는 변명까지 튀어나왔다. 더욱이 안 한다는 게 아니라 더 크게 사업을 벌인다니, 돈만 되면 무슨 일이든 한다는 그야말로 황금만능주의였다.

"도이치모터스 권오수 사장하고도 처음에 사업을 같이 할 때 사람들이 저를 잘 모르니까 다들 나를 애인으로 오해하는 거야."

명수의 두 눈이 번쩍 뜨였다. 물어보지도 않았는데 K 스스로 도이치모터스 주가조작 주범 권오수를 입에 올린 것이다. K 또한 주가조작 공범으로 의심받고 있기에, 사생활이라 할 수 있는 쥴리 논란과는 차원이 다른 문제였다.

"여자가 좀 예쁘장하면 다들 그렇게 오해한다고. 지금 나랑 권오수 회장하고도 벌써, 20년이에요. 알고 지낸 지가."

오랜 지기이기에 당시 K의 투자나 전화통화가 별일이 아니라 변명하고 싶었겠지만, 역으로 생각하면 애초에 함께 주가조작을 공모했을 가능성도 크다는 것을 말해주고 있었다.

"정치적으로 엮이면 이게 정치싸움인데, 아이, 말도 안 되는 거죠."

"어제 열린공감에서 삼부토건 조 회장 통해서 총장님 만났다 하는데, 진실이 뭐예요?"

줄리설과 주가조작까지 정치싸움으로 몰아가자 명수가 줄리 의혹 근거 중 하나인 조 회장을 꺼내 들었다. 이왕 말이 나온 김에 K의 아킬레스건을 은근슬쩍 건드려보고 싶었다.

"진실을 이야기하면 내 말 믿을 거예요? 어차피 이명수 기자님 내 말 안 들으면서?"

"총장님 말대로 스님 소개받은 거예요? 조 회장 소개받고 한 거예요? 곤란하면 이야기 안 하셔도 됩니다."

예상대로 K가 부정적으로 나오자, 더는 자극하지 않으려 묵비권이란 단서를 달았다. 실제로 조 회장은 오랜 기간 매년 Y에게 명절선물을 보내왔음이 언론사 취재로 밝혀졌으니 의혹을 살 만했다.

"날 악마라고 생각할 텐데 지금. 그거는 얘기하는 게 의미가 없어요. 오늘 한겨레도 났잖아요. 2003년부터 삼부 회장님하고는 오랫동안 가족같이 친하게 지냈다고."

'이거 점점 흥미로워지는데!'

권오수도 20년 지기라 했는데 줄리로 활동할 당시 만났을 가능성 또한 배제할 수 없었다. 더욱이 동거 의혹 양 검사가 K 모녀의 뒷배가 되었다는 의혹도 2003년경부터였다.

"스님이라는 사람도 강원도 분이에요. 진짜 스님은 아니고 그 아버지가 영은사 주지 스님이었거든요. 한두 명이 아니라 모임이 있었어요. 그래서 자연스럽게 알게 된 거지."

"그 스님이 무정 스님인가 그렇죠?"

"네, 무정 스님이라고. 너는 석열이하고 맞는다, 나이 차가 너무 많으니까 말을 안 했는데 맞다. 그리고 그분은 히말라야로 기도를 가셨어요. 그분은 한국에서 잘 안 있고 거의 히말라야 같은 곳으로 가세요."

"무정 스님이란 분이?"

명수가 재차 무정을 확인했다. K가 굳이 무정의 외국 행보까지 밝히는 것을 보면, 항간에 떠도는 무속인들과의 스캔들을 부담스러워하고 있음이 확실했다.

"그러다가 우리하고 중간에 의절했어요. 왜냐면 우리 남편 앞에서 갑자기 문재인은 망한다. 이러는 거예요. 그 스님이 한번 놀러 오더니!"

"아! 무정 스님이? 문재인 정부가 망한다?"

명수가 믿지 못하겠다는 듯 탄식을 자아냈다. 단지 문재인을 폄하했다는 이유만으로 은인이나 다름없는 중매자와 의절하다니, 실소가 절로 나왔다. 더욱이 문재인을 배신까지 했던 Y가 아니었던가?

"그래서 우리 남편이 얼마나 열이 받았는지, 망하면 우리 남편 망한다는 말밖에 더 돼요? 열 받아서 다신 보지 말자고 말이야!"

Y가 검찰총장이 되자마자 한 짓이 검찰개혁 저지였다. 검찰개혁을 설계했던 조국 전 장관을 멸문지화 시켰고, 수시로 온갖 빌미로 청와대까지 압수수색 했다. 그런 Y가 문재인 정부의 성공을 생각했다니 어이가 없었다.

"굉장히 비범한 검사 같은데 저랑 성격이 반대예요. 그분이 처음에 소개할 때도 너희들은 완전 반대다. 김건희가 남자고 석열이는 완전 여자다. 근데 정말 결혼을 해보니까 그게 진짜인 거야. 내가 남자고, 우리 남편이 여자인 거야. 진짜!"

'쥴리설을 뒤엎자는 꼼수야? 아니면, 대선후보 된 게 자기 작품이라는 거야?'

성격이 반대라면 K가 주도권을 쥐고 있다는 것이고, 남자의 기질을 타고 났다는 것 또한 쥴리에 대한 강한 부인이었다.

"영화 보면서 눈물 많고, 진짜 성격이 나랑 반대더라고. 결혼하고 나서, 아, 그래도 진짜 도사는 도사구나. 그랬어요."

"영은사, 천은사, 강원도에 있지 않아요?"

명수가 무정의 근거지를 확보할 요량으로 천은사를 꺼내 들었다. K와 Y의 만남을 주선한 사람이 조 회장인지 무정인지를 확정하려면 무정과의 인터뷰가 절실했다. 그리고 그 결과에 따라 쥴리의 행방이 결정될 것이었다.

"강원도 맞아요. 스님이 우리 남편 20대 때 만났대요. 계속 사법고시에 떨어지니까 그 양반이 하는 말이 '너는 3년 더해야 한다.', 딱 3년 더 했는데 정말 붙더라고요. 우리 남편은 검사 할 생각도 없었는데, 너는 검사 팔자라고 했대요. 검사도 그분 때문에 됐죠."

'자신의 운명을 바꿔준 은인을 문재인 때문에 버렸다고?'

앞뒤가 어긋난 K의 변명에 의문이 절로 나왔다. 오로지 무정을 숨기기 위해 절교를 들고 나온 것이 분명해 보였다.

"그분은 점쟁이가 아니라 진짜 혼자 도 닦는 분이에요. 그런데 세간에서 내가 무당을 많이 만난다고 하잖아요. 전혀 아니에요. 저는 무당을 원래 싫어해요. 웬만한 무당이 저 못 봐요. 제가 더 잘 봐요."

"누님 사주를 못 본다고? 나하고 똑같네."

마침내 튀어나온 무속 논란에 속으로 쾌재를 불렀다. 무속 논란은 점 때문이 아니라 살아있는 소가죽까지 벗긴 건진법사의 잔혹한 굿판의 연등에 K 부부의 이름이 있었기 때문이었다. 더욱이 건진은 공개석상에서 Y의 어깨를 툭툭 두드리는 등 영향력을 행사하는 듯 보였기에 의혹이 일수밖에 없었다.

"제가 더 잘 봐요. 제가 웬만한 무당은 봐줘요. 그래서 소문이 잘못 났나본데, 제가 무당집을 가서 점을 보는 게 아니라, 제가 무당을 더 잘 봐요."

"저도 누님, 그 논현동에 보면 보살 집 많잖아요."

"많죠."

실수인지 의도적인지 K의 위험천만한 발언에 놀란 명수가 자리에서 벌떡 일어났다. 무속인과의 관계를 넘어 오히려 본인이 무속인을 능가한다는 것은 차원이 다른 문제였다.

"논현동 알죠?"

"알지, 알지."

"한신포차 그쪽 라인에."

"그쪽에 원래 술집 아가씨들 많아서 점쟁이들도 많지."

지역 사정을 훤히 꿰뚫고 있는 K의 말에 명수의 두 눈이 번뜩였다. 공부하고 논문 쓰느라 줄리 할 시간이 없었다는 여염집 아녀자가 유흥가 사정을 속속들이 다 알고 있으니, 그냥 넘길 일이 아니었다.

"내가 봤을 때, 우리 이명수 기자님은 기자보다 군인 팔자면 더 좋죠."

"어떤 거요? 군인?"

"원래 군인 팔자가 많지. 군인, 경찰. 그쪽으로 원래 나갔어야 하는데 언론인보다. 언론은 아마 내 생각에는 오래 못할 수도 있어요."

K가 뜬금없이 명수의 군인 팔자를 꺼내 들었다. 기자하고는 맞지 않으니 이직을 하라는 것이다. 회유를 위한 사전 포석임이 분명했다.

"이건 내 생각인데…… 그냥 우리끼리 재미로 말하는 거야. 내가 얼굴 보면 정확히 얘기할 수 있어."

"문자로 내 사진 찍어서 보낼 테니까 한번 봐줘요. 나 그런 거 되게 좋아해요. 종로 가면 철학 초급반, 중급반이 있는데 한번 할까도 생각했어요."

관상을 봐주겠다는 뜻밖의 제안에 명수가 작업성 발언에 시동을
걸렸다. 최대한 상대방에게 동조해주면서 무의식적으로 속내를
내비치게 하기 위한 명수만의 취재기술이었다.

"그런 끼가 있지."

"제가 좀 그런 끼가 있어요."

"사주 공부하면 좋지. 자기 팔자도 풀고. 그런데 이런 영감이 있으
니까! 군인, 경찰 이런 거 하면 잘 맞죠. 왜냐면 군인, 경찰은 그런
감이 있어야 해요."

'검찰 프락치를 하라는 거야? 아니면 자기 정보원 노릇을 해달라
는 거야?'

사주팔자를 꺼내 든 이유가 서서히 드러나기 시작했다. 기자를 할
팔자가 아니라는 것은 K의 수하로 들어오라는 암묵적인 권유일
수도 있었다.

"서로가 의리가 있어야 해. 나는 의리 지킬 테니 걱정하지 마요.
나는 남자보다 더 의리가 있으니까."

"그럼요. 내일 사진 찍어서 보내줄 테니까. 나 좀 봐주세요. 누님!"

K의 의리에 명수가 자신의 관상으로 답했다. 명수를 받아들일 것
인지를 두고 K가 확신을 가질 수 있는 수단은 관상이 가장 우선
인 듯싶었다.

"내가 웬만한 사람보다 잘 본다니까. 나 공부 많이 했어요. 근데 이건
공부로 해결될 문제는 아냐. 약간 타고나야 하는 거 알잖아요?"

"그렇죠. 신기라고 있잖아요. 내림받는다고 할 때 얘기 많이 하잖

아요."

자기 자랑 끝에 튀어나온 범상치 않은 끼에 명수가 신기로 장단을 맞춰줬다. 만약 K의 입에서 자신이 무속인이라는 말이 튀어나오기라도 한다면 대선 판도를 바꿀 수도 있는 대특종이 될 수도 있었다.

"근데 내가 신내림을 받거나 이런 건 전혀 아닌데, 내가 웬만한 사람보다 잘 맞힐 거야. 나도 명수 씨라고 할 테니까 나중에 누님이라 해요."

"네네. 알겠습니다. 바로 찍어서 보낼게요."

통화가 끝나자마자 서둘러 얼굴과 손바닥 사진을 찍어 K에게 보냈다. 무당보다 점을 잘 본다는 K의 신기를 시험해볼 절호의 기회였다. 중앙지검장 시절 Y가 조중동 사주들을 만날 때 역술인이 대동했다 했듯이 K 또한 명수의 관상과 사주로 자신들과의 궁합을 따져볼 것이 분명했다.

'여기에서 통과하면 K의 심복이 될 수도!'

천공과 건진 등 역술과 무속에 의지하는 사람들이었기에 상황에 따라선 전혀 불가능한 일도 아니었다. 위험이 따르겠지만 도전해볼 가치는 충분했다.

6. 기자에게 이중 스파이가 되라는 그녀

'똑똑~ 내 사주가 안 좋나요?'

7월 21일 점심을 마치자마자 K에게 메시지를 보냈다. 최근 의혹들에 대해 물어볼 것이 많았기에 사주를 핑계 삼아 통화를 시도해볼 생각이었다.

'아니요. 오후 늦게 전화 드릴게요.'

'네네~ㅎ'

K가 바로 응답했지만 일곱 시가 넘어가도록 전화는커녕 메시지도 없었다. 피치 못할 사정이 있었는지는 모르겠지만 이럴 땐 K가 거부할 수 없는 특별처방이 필요했다. 바로 정 회장의 도발이었다.

\<Y는 정정당당하게 나서라\>

야권 대통령후보 1위 Y가족은 저 정대택을 명예훼손 무고혐의로 서초서에 고소하였다고, 뉴스1등 여러 매체에서 대대적으로 보도하고 있습니다. 이미 보도된 바와 같이 대검찰청은 K의 모친 최 씨에 대한 모해위증혐의에 대해 재기수사명령을 지시했습니다. 또 검찰은 그동안 저 정대택을 조작과 누명으로 지난 18년 동안 강요죄 등으로 5번 기소하고 13년을 구형한 사실을 반성하고, 이제는 비상상고를 검토하고 있습니다.

이런 와중에 Y가족은 자신들에 대해 불리한 여론이 조성되자 급기야 저 정대택을 고소하면서 이런 여론을 물타기 하려는 것으로 보입니다. 저 정대택은 Y후보 가족을 무고한 사실도 없고, 형법 제20조 정당행위와 형법 제310조 위법성조각사유에 해당되는 진실만을 방송하며 저의 진실을 주장하였을 뿐, 어느 누구의 명예를 훼손한 사실도 없습니다.

그럼에도 불구하고 어제 Y후보 측은 "캠프 밖 법률대리인을 통해 X파일의 진원지로 지목되는 저 정대택 씨를 고소할 예정이다."라고 하더니, 오늘 드디어 장모 손을 빌려 자신은 뒤에 숨은 채 변호인을 통해 저를 고소했습니다. 이와 같은 행위는 지난 18년 동안 지속적으로 써먹었던 비슷한 수법입니다.

Y자신이 그렇게 공정과 상식을 부르짖으며 당당하다면 자기이름을 걸고 나를 고발할 것이지, 왜 감옥에 들어가 있는 애꿎은 장모이름을 빌려 나를 고소합니까? 어째 사나이답지 못합니까? 여기저기 요란하게 다니면서 큰 소리 치더니, 어째서 내 앞에만 서면 그리 작아지는지? 그 이유를 묻고 싶습니다.

최 씨! 감옥에 들어가 보니 어떻습니까? 나 정대택은 당신들 일가의 모함과 누명으로 징역 3년을 살았습니다. (이하 생략)

아니나 다를까 정 회장의 성명서 앞부분을 메시지로 보내고 머지 않아 K로부터 전화가 왔다. 명수의 특효약이 바로 통했던 것이다.

"네! 여보세요?"

"통화 가능하세요?"

"내가 30분 있다 연락할게요. 통화 중이어서요."

"그러세요. 천천히 전화 주세요."

명수가 일부러 통화를 뒤로 미뤘다. 급한 쪽은 K였다. 당신이 나를 기다리게 했으니 당신도 한번 기다려보라는 것이다. 바쁜 척해서 일방적으로 끌려 다니지 않아야 자신의 가치를 인정받고 주도권을 쥘 수 있었다.

전화가 온 지 50분이 다 돼서야 명수가 휴대폰을 집어 들었다. K가 단념하지 않을 만큼 최대한 시간을 끌어 조바심을 자아내기 위함이었다.

"식사하셨어요?"

예상대로 K가 바로 전화를 받아 불만 가득한 볼 맨 목소리로 안부를 물었다. 위에서 남을 부리기만 하다가 한참을 기다리자니 부아가 치민 모양이었다.

"낮부터 더위 먹어서……."

"그러게 너무 더워서 큰일이야."

"차 앞 유리 선팅이 약해서 전 벌써부터 까맣습니다."

"아니, 얼굴 보니까 잘 생겼는데, 뭘 못생겼다고 그래?"

K가 먼저 관상을 화두로 꺼내 들었다. 정 회장을 먼저 꺼내들어

명수에게 끌려 다니는 모양새는 그녀의 자존심이 허락지 않았을 것이다.

"우리 어머님 빼고 잘 생겼다는 이야기 처음 들어요."

"나는 역학 이런 말고 관상만 보고 얘기할게요. 손금은 참고로 본 거고 틀릴 수 있는데…… 나처럼 이야기하는 사람 없을 거야. 맞는지 틀리는지 본인이 판단하면 돼!"

언제든 빠져나갈 수 있도록 미리 틀릴 수 있다는 단서를 달아두는 것은 사기꾼들이 쓰는 전형적인 수법이었다. 이를 모를 리 없는 명수가 빙그레 웃으며 선수를 쳤다.

"저도 올 초에 두 번 정도 보살한테 봤긴 봤어요."

"에이, 그런 보살은 선수고, 나는 아마추어로 하는 거야. 내가 봤을 때는 우리 명수 씨가 여자 복이 없어요. 부인복이 없다 이거야."

"하하하! 딩동댕!"

"그래서 되게 외로운 삶이거든? 사실 얼굴 보고 놀랐는데, 되게 웃긴 사람이야. 외로운 사람인데…… 우리 둘만의 비밀이야! 명수 씨가 지금 약간의 환멸을 느끼고 있어. 내가 말한 게 맞을 거야."

'환멸!'

명수가 속으로 쾌재를 불렀다. 명수의 이직을 위한 사전 포석이 분명했다. 당면한 현실인 서울의 소리에 환멸을 느껴야 K의 사람이 될 수 있을 터였다.

"자기 속을 아주 깊이 들여다보라고. 어딘가 현실에 환멸을 느끼고 있는 부분이 있어요. 그리고 이직을 할 생각도 진짜 많아. 이직. 이건 아무도 모르는 건데, 난 내면을 이야기하는 거야."

명수가 자리에서 벌떡 일어났다. 이직을 꺼내 들었다는 것은 명수를 영입하기 위한 밑밥임이 틀림없었다.

"기자는 본인한테 100% 맞지 않는 직업이야. 취재하고 글을 써서 내보내는 거잖아? 근데 기자로서는 성공하기 힘들어. 원래 본인은 차라리 정보원이나 국정원 같은 게 나아."

"첩보원 그런 거?"

명수가 K의 의도를 간파하고 되물었다. 자신을 위해 스파이가 되어달라는 K의 주문이 분명해 보였다. 언론사 기자를 회유하는 것도 모자라 이중 스파이로 써먹겠다는 것이다.

"내가 어제 그랬잖아요. 차라리 군인이나 경찰 하라는 게, 그런 쪽도 필요해. 그런데 기자가 자기한테 너무 작아. 기자를 하면서 절대 만족스럽지 않아. 절대로."

'됐어! 진작 이렇게 나왔어야지!'

굳어 있던 명수의 입가에 안도의 미소가 드리워졌다. K가 관상을 보고 영입할 생각을 굳힌 게 확실해 보였다.

"나는 기자를 운명상 오래 못한다고 생각하면 돼. 왜냐하면 누나 말이 맞을 거야. 오래 못해. 그리고 본인의 원래 성정은 좌파가 아니에요."

"나 진짜, 좌파 아니에요. 진짜로."

명수가 허무맹랑한 좌파 타령에 바로 수긍해줬다. 적당히 동조해주면서 과연 K가 어느 선까지 나갈지 지켜볼 생각이었다.

"본인은 원래는 국정원이나 첩보원 있죠? 정보 빼내는, 차라리 스케일 큰 게 맞아요. 그런 일을 훨씬 잘해요. 기자는 또 다른 영역이에요."

'그렇지! 슬슬 본색이 나오는군!'

관상과 사주팔자는 명수를 낚기 위한 밑밥인 것이 분명해 보였다. 첫 통화부터 K의 관심사는 명수를 포섭하고 백 대표를 회유해 정회장을 고립시키는 데 있었던 것이다.

"예를 들면 옛날에 태어났으면 비밀첩보원. 재주가 많고 눈치가 빨라야 되거든? 군인들도 특수요원이잖아요. 원래 본인 직업은 그런 거야 해요. 맞아? 안 맞아?"

"제가 형사 하고 싶은 게 어렸을 때 꿈이었는데!"

지루한 회유에 종지부를 찍는 K의 물음에 명수가 준비해둔 답을 내놓았다. 사실 소시 적 명수의 꿈도 형사였다.

그저 아무런 생각 없이 천진난만했던 초등학생 시절이었다. 어느 날부터 급식우유가 하나씩 사라지면서 반 전체가 곤혹을 치러야 했다. 급식비를 낸 사람만 우유를 마셔야 했는데 누군가 가로챈 것이다. 때문에 우유가 없어질 때마다 범인이 나올 때까지 반 전체가 벌을 받아야 했다.

'어느 놈인지 내가 꼭 잡고 말거야!'

아무런 죄도 없이 벌 받는 것이 억울했던 명수는 결국 직접 범인을 잡기로 했다. 하지만 어린 초등학생에게는 결코 쉬운 일이 아니었다. 선생님도 잡지 못한 범인을 어린 명수가 무슨 수로 잡을 수 있을 것인가?

'그래 맞아! 우유를 신청하지 않은 애들만 감시하면 돼!'

며칠을 고민하던 끝에 명수가 결국 방법을 찾아냈다. 당시 인기 드라마였던 수사반장을 보다가 형사들이 범인을 추적하는 과정을 그대로 답습한 것이다. 우선 우유급식을 신청하지 않은 친구들의 명단을 확보한 명수는 우유가 교실에 들어서는 순간부터 우유 박스에서 시선을 떼지 않았다. 신청을 하지 않은 아이가 몰래 우유를 가져가면 잡아내려는 생각이었다. 하지만 매일 우유가 사라지는 것이 아니어서 사흘 넘도록 허탕을 쳐야 했다. 심지어 나흘째에는 우유가 없어져 단체로 벌까지 받아야 했다.

'반드시 잡고야 말거야!'

뻔히 눈앞에서 범인을 노친 것이 분하고 억울하기까지 했다. 하지만 꼬리가 길면 반드시 잡히기 마련이었다. 명수가 잠복수사를 시작한 지 열흘쯤 되던 날이었다. 우유를 신청하지 않은 아이가 은근슬쩍 우유를 들고 교실 밖으로 급히 나가는 것이었다.

'저 녀석이다!'

명수가 급히 자리에서 일어나 아이를 쫓기 시작했다. 그리고 교실 뒤편에서 남몰래 우유를 마시고 있는 아이를 발견하고 다그쳐 그동안의 범행에 대해 자백을 받아내고야 말았다. 처음에는 아이들의 명단이 눈에 익지 않아 놓치고 말았지만 열흘이 지나자 명확히 구분할 수 있었던 것이다.

'나도 수사반장 같은 형사가 될 거야!'

비록 '우유가 마시고 싶었다.'는 아이의 하소연에 마음이 쓰이기는 했지만 선생님도 실패한 일을 해냈다는 자부심이 하늘 높은 줄 모르고 솟구쳤다. 하지만 어린 명수의 꿈은 군에서 전역하자마자 사회 초년생을 노린 피라미드의 마수에 걸려 산산조각 나고야 말았다. 쌓인 빚더미를 청산하느라 경찰은 꿈도 못 꾸고 돈의 노예로 청춘을 저당 잡혀야 했다.

"내가 이야기했잖아. 형사나 경찰이 맞는다고 했어, 안 했어?"

"이야기했죠. 저한테."

"어제 이야기했잖아요. 얼굴만 보고 대충 이야기했는데, 내 말이 맞잖아. 손금을 보면 서울의 소리는 오래 못 있어요. 이직할 운이 보여요. 그건 맞을 거예요."

'그래 됐어!'

명수가 속으로 쾌재를 불렀다. K가 이직을 꺼내 들었다는 것은 명수를 스카우트 할 수도 있다는 말이었다.

"운명적으로 그렇게 돼 있어요. 거기 있어봤자 마음에 들지 않아요. 뭔가 그쪽에 환멸을 느끼고 있어요. 뭔지는 모르겠어요. 개인적인 이유일 거야."

K는 마치 명수의 속을 훤히 꿰뚫고 있는 듯했다. 서울의 소리에 몸담은 지 10년이 넘어서고 있었다. 갖은 고생 끝에 정권을 되찾았지만 크게 달라진 것도 없었고, 변함없는 진보진영 내부 다툼에

진절머리를 내고 있었다. 그렇게 짜증이 쌓이다 보니 백 대표와 종종 다투는 일까지 벌어지곤 했었다. 하지만 요즘 사람들 중에 현실에 만족하는 사람은 거의 없을 터였다. 속이 빤한 사기성 포석이었던 것이다.

"본인은 100% 진보 좌파가 아니에요. 근데 서울의 소리는 가장 진보 쪽에 있는 사람들이잖아요. 본인의 본래 성정은 차라리 보수 쪽이 맞아요."

'보수라! 원하신다면 못할 것도 없겠지!'

명수가 회심의 미소를 지으며 담배를 꺼내 물었다. 스카우트 하려는 K의 의향이 확실해 보였다.

"군인, 국정원, 경찰, 이쪽에서…… 옛날 박정희 시절에 태어났으면, 본인은 대검 공안부 이런 데서 빨갱이 잡을 사람이야."

'어라! 이젠 빨갱이 사냥까지! 선을 좀 넘으셨네?'

실소가 절로 나왔다. 자신의 인상이 좀 억세게 생겼기로서니 악질 경찰은 처음 듣는 말이었다. 훗날 부부일심동체라고 Y는 낮은 지지율을 끌어올리려 빨갱이 타령에 몰두하기에 이른다.

"본인은 돈 복이 많지도 않아. 사업도 안 돼. 사업을 해봤자 돈으로 그렇게 많이 벌수가 없어요. 그런데 이직할 생각하고 있고 이직 운이 떠 있어요. 손금에."

"나 사업 하려고 하는데, 그래요?"

네가 올 곳은 내 밑뿐이라는 K의 전제에 명수가 장난스럽게 너스레를 떨었다.

"내가 올해 초에 보살님 두 분 만났어요. 관제살 보살님하고 양산에 계시는 경마 장군이 나를 알더라고. 뭐 이직할 생각 있어? 똑같이 이야기하시더라고요. 내가 내년 대선 끝나면 이직하려고 생각하고 있거든요."

이직에 못을 박는 K의 전제에 명수가 미리 준비해둔 이직 시나리오를 늘어놓았다. K가 원한다면 갈 수도 있다는 신호를 준 것이다.

"환멸이란 단어가 나와요. 환멸은 밉다, 지겹다가 아니라 그 윗선이거든요. 왜 나오는지 모르겠어. 왜 환멸을 느껴요?"

"저요?"

지루한 수다 끝에 나온 환멸이라는 질문에 명수가 얼떨결에 답했다. 환멸의 대상이 되는 윗선은 다름 아닌 서울의 소리 백은종 대표가 분명했다. 명수가 K에게 오려면 백 대표에게 환멸을 느껴야만 했던 것이다.

"나한테는 얘기해야 돼. 내가 이렇게까지 하는 건 진짜라서 이야기해 주는 거야."

"아까 이야기했지만 제가 10년 동안 이 일 하면서 돈 받은 게 없어요. 2013년에 백 대표님 우연히 만났어요. 돈 잘 벌고 있을 때 초심님 만나서…… 저는 진짜 이명박 때까지 돈 잘 벌었죠."

명수가 작심을 하고 어려웠던 과거사를 꺼내들었다. 환멸과 이직이라는 K의 요구에 부응하기 위한 방편이기도 했지만, 사실 돈 잘 벌다가 서울의 소리 기자가 되고선 활동비도 없이 생활고에 시달려야 했다.

"그때부터 정치에 관심 가지고 있었는데 박근혜가 대통령 되니까, 난 도저히 이해할 수 없는 거야. 딱 하나입니다. 지금도 변함이 없어요. 어떻게 친일파 딸이 대한민국 대통령이 될 수 있지? 그게 너무 힘들었어요. 2012년 12월 19일 박근혜 당선 후 한 일주일? 10일 동안 술 엄청 먹었어요."

전역 후에는 피리미드 사기에 걸려들어 빚더미에 허덕여야 했다. 그래서 돈이 되는 일이라면 가리지 않고 덤벼들었던 덕에 머지않아 빚을 청산하고 결혼까지 하면서 넉넉한 생활을 이어나갈 수 있었다. 하지만 박근혜의 대통령 당선이 명수의 운명을 갈라놓고야 말았다.

"제가 술만 먹고 세월을 보내다 그다음 해 2013년에 독립운동 유공자 단체를 알게 되었어요. 그 당시만 해도 애국지사님들 많이 살아 계셨어요. 그런데 우연히 애국지사님들 있는 곳 가서 청소도 하고, 자원봉사도 했죠. 그쪽하고 백 대표님하고 연결돼 있었던 거예요. 그쪽에 있는 분이 백 대표님을 소개해준 거죠."

K와의 첫 통화 이후 모처럼만에 명수가 주도권을 쥐고 자신의 과거사를 전개해 나갔다. 서로 신뢰를 쌓기 위해선 과거사 고백은 당연한 수순이었다.

"어떤 분이 백 대표님을 소개해 준다고 전화 왔는데, 그때가 백 대표님 생신날이었어요. 그래서 짜장면 파티하고 있었나 봐요. 그 사람이 백 대표님 소개할 때, 노무현 대통령님 탄핵정국 때 분신했던 분이시다. 그분 뉴스를 제가 봤던 기억이 있었어요."

명수가 기억을 더듬으며 백 대표와의 첫 만남을 회상했다. 생일상으로 받았던 쟁반짜장 한 그릇에 환한 미소를 짓던 백 대표의 수수함에 매료돼 서울의 소리의 가족이 되고 말았다.

"그래서 우리 대표님이 '이 동지. 한번 보고 싶소. 오시오' 해서 처음 만났고 우리 대표님이랑 인연이 돼서 지금까지 왔습니다. 제가 10년 하면서 돈 번 건 없습니다."

"아니 그럼 월급을 안 받고 일을 해요?"

오랜 기간 수익 없이 봉사만 했다는 명수의 하소연에 K가 놀라 물었다. 각박한 현실에 10년 간 무료봉사라니? 누구든 믿지 않는 것이 인지상정이었다.

"누님 믿을지 안 믿을지 모르겠지만, 박근혜 정부 때까지 2년 동안 내 돈 써가면서…… 그때 서울의 소리에 돈이 없었거든요. 박근혜 정부에서 우리 대표님 사찰하고 박근혜 오촌 살인사건 보도해서 당선되자마자, 우리 대표님 구속되고 그랬어요."

"아, 그랬구나!"

명수의 구구절절한 하소연에 K가 감탄을 연발했다. 백 대표와 명수 두 사람 모두 수익 한 푼 없이 명수의 저축을 모두 소진한 후에는 폐지도 줍고 김밥도 팔면서 어렵사리 언론활동을 이어가야만 했다.

"박근혜 오촌 살인사건 관련해서 주진우 기자는 구속 안 되고, 우리 대표님만 구속된 거예요. 같이 영장실질심사 대기하고 있다가 그때 주진우 기자는 불구속 되고, 대표님은 구속됐는데 한 2년 동안은 제가 돈 벌어 놓은 게 있어서 버텼어요. 그런데 2년 넘게 지나니까 집에 돈도 못 가져갔어요. 제가 이야기하면 믿을지 모르겠지만, 고물 줍고 했습니다."

"아니, 근데 지금도 월급 못 받아요?"

K가 믿지 못하겠다는 듯 명수를 추궁했다. 그 무엇보다 돈을 우선시하는 K의 세계에선 있을 수도, 있어서도 안 되는 금기였을 것이다.

"지금은 활동비 받죠."

"얼마 받아요?"

"아이, 그거는 제가. 최저임금보다는 좀 받습니다."

"아! 많이 받는 편이에요?"

"그렇죠. 지금은 또, 후원해 주시는 게 있으니까."

K가 다행이라는 듯 다시 물었다. 현재 명수의 수익을 알아야 적당한 스카우트 대가를 책정할 수 있을 터였다.

"이렇게 세월을 보내다가 제가 환멸을 느낀 거는…… 우리 애들도 많이 컸거든요. 애들도 대학교 보내야 하니까, 제가 돈을 벌어야겠다, 여기서 나오는 돈 가지고는 어림도 없고 자식을 위해서 돈 벌려고 하는 거죠."

이직에 대한 너무나도 당연한 명분이었다. K가 의심 없이 명수를 받아들이게 하기 위해선, 누구나 인정할만한 솔직담백한 속내를 내비쳐야 했다.

"언론 쪽에서도 저 스카우트 해가려는 데 많아요. 서너 군데 오라고 하는데서울의 소리랑 다른 언론사들은 다르죠. 우리는 기업들한테 광고도 안 받고 100% 시민들 후원으로 운영하다 보니까 함부로 돈 못 쓰고 항상 자금 문제에 시달리죠."

K가 듣는지 마는지 이렇다 할 반응이 없자, 명수가 좀 더 구체적으로 이야기를 이어 나갔다. 어쩌면 K 또한 명수가 그랬듯 듣기만 하면서 명수를 분석하고 있을 터였다.

"내가 제일 오래된 선임기자인데 '왜 이거밖에 안 줘?' 할 수도 없는 거고, 그러다 보니 내년엔 가족들을 위해서 이직하려는 거죠."

"내 말이 다 맞네. 환멸이란 단어가 나오고, 돈 때문에 애로사항 있다고 했잖아요. 그것도 내가 한 말이잖아. 난 그런 건 몰랐거든!"

K가 명수의 사연에 고무된 듯 자화자찬했다. 가족의 안위만큼이나 강력한 명분은 없었다. K에게 이직을 어필하기 위한 얘기였지만 명수도 가족을 위해 내년엔 정말 이직을 생각하고 있었다.

"본인이 진보, 완전 좌파가 아니에요. 스스로가 착각 한 거예요. 박정희 시대에 태어났으면 국정원에 있었을 사람이라고, 비밀요원을 했을 사람이라고. 북쪽에 침투해서 김일성…… '실미도' 같은 영화에 나오잖아요. 촉이 좋고 머리 좋은 사람들이 해야 되잖아요. 진짜 두뇌 싸움이잖아요."

'거기서 실미도가 왜 나와? 흐흐흐!'

하마터면 웃음이 입 밖으로 튀어나올 뻔했다. K가 뭘 알고 떠드는 건지? 아니면 주워들은 것은 있어서 짜깁기를 하는 것인지?

"나는 내년에 옮기든, 지금 옮기든 이미 옮겼다고 봐요. 거기는 마음을 많이 두지 마요. 빨리 다른 데 알아봐요. 내 말 두고 봐."

'내가 이직을 해야 할 절실한 이유가 있겠지?'

정 회장의 방송을 떠나 명수는 백 대표에게는 오랫동안 수족과도 같은 인물이었다. 명수가 서울의 소리를 떠나는 그 자체만으로도 크나큰 타격을 받을 수밖에 없었다.

"이제 나이가 있잖아. 77년생이니까 마흔다섯이거든? 뭣 하러 내년까지 있어? 대선판을 흔드는 것도 아니고, 우리가 크게 봐야 해요."

"내가 솔직히 누님하고 통화하고 나서, 총장님 일정 안 따라가는 거 아세요?"

"몰라, 나는 몰랐지!"

길고 긴 회유 끝자락에 명수가 K의 확신을 심어주기 위해 Y를 꺼내들었다. 취재를 중단했다는 말은 회유의 가능성을 내비친 것이었다.

"총장님 안철수와 회동할 때 극우들 좌파발언 한 번 터트리고 나서, 누님하고 통화했잖아요. 조선일보에 기사 떴다고, 총장님한테 도움 안 된다고 문자 남겼잖아요."

"맞아! 맞아! 그래서 좋더라고. 이제 믿음이 생겼어."

명수가 취재가 아닌 정치적 조언으로 다가갔다는 것은 K의 온갖 회유에 대한 암묵적인 동조였다.

"나는 그래, 총장님 지지율이 20% 되는데, 그런 극우 애들 없이 가는 거야. 5.18 묘역에 가면 총장님 못 알아보는 사람들이 어딨어?"

명수가 은근슬쩍 극우 유튜버들을 정리하자는 제안을 했다. K에게 이미지 메이킹을 조언해주면서 한 발자국 더 다가서자는 전략이다.

"저도 나름 이 바닥에 10년 있었잖습니까? 선거 때 행보들 보면 그림들 나오거든요. 새벽에 보좌관들 없이 수행비서 한 명 정도만 데리고 누님과 단둘이서 가락동 농수산물시장에 가는 거야."

명수가 내친김에 K가 혹할 만한 유세 방식까지 꺼내들었다.

"민생 탐방 식으로 네다섯 시에 거길 가면 사람들이 핸드폰으로 셀카 찍을 거야. 자식들한테 보내면 알아서 그게 홍보되거든. 그게 더 멋있어. 총장님이 최재형보다 지지율 없는 것도 아니고. 최재형이는 솔직히 누가 알아봐요? 총장님은 다 알아보거든."

"우리 도와줘. 명수 씨가 딱이야. 우리 도와줘."

현실적인 조언에 매우 흡족했는지 K가 대뜸 도움을 청했다. 초보 정치인에게 가장 절실한 현장유세를 미리 예측하고 파고든 명수의 밑밥이었다.

"경험 있는 사람들도 없고, 너무 아마추어야. 경력도 없고, 그러니까 바보같이…… 총장이란 상품은 좋은데, 너무 안 따라주는 거지."

한풀이라도 하는 듯 K의 불만에 명수가 빙그레 미소를 지었다. 조금만 더 부추기면 명수에게 문을 활짝 열어줄 수 있을 듯했다.

"조언 하나 해드릴까요? 기자들한테 일정 텍스트로 보내잖아요. 요새 그렇게 하는 사람 어딨어? 웹자보라는 게 있잖아요. 총장님 얼굴 넣고 총장님 공정과 상식 글자 박아놓고, 거기에 일정을 넣는 거야. 총장님 유튜브 하잖아요. 거기 커뮤니티에 올리기만 해도 총장님 지지자가 SNS에 다 퍼트린단 말이에요. 기자들은 다 보고 있어. 그거를 굳이 문자로 뿌릴 필요가 없지. 웹자보 아세요?"

"웹자보? 몰라. 내가 물어봐야겠다."

기본적인 웹자보조차 모른다는 무지함에 헛웃음이 나왔다. 그런 사람이 어떻게 디지털화 된 사주팔자에 관한 박사논문을 썼는지 의문이 들었다. 논문표절을 넘어 논문대필까지도 의심이 갔다.

"캠프 사람들이 참, 왜 이렇게 답답하지?"

"답답해. 답답해서 진짜 죽겠어. 다른 건 다 관두고, 1등이고 나발이고 빨리 캠프 다시 리뉴얼 좀 하자. 지금 그 이야기 하고 있는 거지."

"응! 그래요?"

명수의 얼굴에 미소가 드리워졌다. 만약 캠프를 재정비한다면 비집고 들어갈 틈이 생길 수도 있었다. 직접 캠프에 합류할 수만 있다면, 대선 판도를 가를 스모킹 건을 거머쥘 수도 있었던 것이다.

"아마추어 정도가 아니고, 캠프가 다 망치고 있는 꼴이잖아요. 그런 것 조언 좀 해줘요. 몰래 우리 자문해라. 몰래!"

"이해하시겠죠?"

"이해해."

비선으로 도와달라는 제안에 명수가 다소 실망 섞인 목소리로 되물었다. K를 사로잡을만한 좀 더 자극적인 조언이 필요할 듯싶었다.

"총장님이 20%대가 넘는 사람인데, 대한민국 사람 중에 모르는 사람이 어디 있냐고. 가끔씩 일정 나가는 것도 있겠지만, 누님하고 노량진수산 시장 한 바퀴 돌던가."

명수가 이번엔 노량진을 꺼내 들었다. 거물급 정치인들에게 필수적인 코스를 하나하나 밟아나가자는 취지였다.

"수산시장 가면 사람들 엄청 많거든. 새벽에 경매도 하고 그래. 총장님이 상인들한테 '이거 얼마냐?'고 물으면 가게 직원들이 사진찍을 거 아냐. 그러면 총장님 사진이 SNS에 쫙 퍼지는 거지, 내가만약 후보자라면 그렇게 할 거 같아."

"나한테 그런 콘셉트 같은 거, 문자로 보내주면 안 돼요?"

"그러니까 내가 지금 이야기하잖아요."

"이야기도 하고 문자도 보내줘! 왜냐면 그걸 내가 좀 정리해서 캠프에 적용 좀 하게. 명수 씨 말이 너무 맞네."

솔깃하고 구체적인 제안에 K가 반색을 하며 도움을 구했다. 지금껏 이렇듯 현실적이고 효과적인 조언을 단 한 번도 들어보지 못한 듯했다.

"아니면 가락동이나 노량진 가면 상인회가 있어요. 상인회 회장
들 있어요. 캠프에 미리 이야기해서 기자들 안 데려갈 테니, 마중
좀 해달라고 하면 해주거든요. 그렇게 하면 그림 좋죠."

"좋네."

색다른 제안에 혹한 듯 K가 쾌재를 부르듯 호응했다.

"우리 총 고문으로 모셔야지. 안 되겠네, 우리 좀 가르쳐줘! 불
쌍한 사람들! 못해서 우왕좌왕하잖아! 다른 사람들은 선수잖아
요. 우린 아마추어인데. 불쌍한 사람들 도와줘야지!"

마침내 영입 의사를 내비치자 명수는 알 수 없는 희열을 느꼈다.
영입이 불발되더라도 캠프에 초대만 돼도 대성공이라 할 수 있
었다.

"제가 그 캠프에 있다고 하면 우파 유튜버들 난리 날 거예요. 쫓
아와선 좌파 새끼 끄집어내라고 난리칠 거야."

"근데 좌파가 아니야, 그럼 우리 남편은 좌파인가? 우파인가?"

명수가 극우들을 우려하자 K가 뜬금없이 Y의 정체성을 들고 나
왔다. 걱정하지 말라는 것이다.

"왜 갑자기 우리가 우파가 되지? 우리는 우파좌파가 아니거든?
얼마 전까지만 해도 우파 애들이 우리 죽이려고 난리쳤었지! 태
극기 유튜버들이 칼 들고 다녀서 경찰들이 경호해주고 그랬어
요."

실소가 절로 나왔다. 한때 박근혜 투옥으로 극우들과 다툼이 있
었다지만, Y가 문재인을 배신하면서 극우들과 한 몸이 된 지 이미

오래였다.

"지금 총장님 쫓아다니던 유튜버들 있잖아요. 죄다 태극기 부대예요."

"그니까 개네가 우리한테 칼 들고 다녔던 애들이라니까. 그래서 우리 남편이 구속시켰잖아! 몰랐어요? 우리 남편이 김상진을 구속시켰다니까!"

하지만 머지않아 석방된 김상진은 어떤 이유에선지 Y의 팬클럽 회장이 되어 활개치고 다녔다. 살해협박범에서 팬클럽 회장으로의 변절 뒤엔 필히 뒷거래 가능성을 의심할 수밖에 없었다.

"우리는 우파도 아니고 좌파도 아니야. 그렇게 따지면 여기 좌파 많아요. 옛날에 좌파들, 유인태 같은 친노도 우리 편이야."

"아, 유인태 의원?"

명수가 믿을 수 없다는 듯 힘 빠진 목소리로 되물었다. 노무현 대통령을 죽음으로 내몬 장본인 중에 하나가 검찰이거늘, 조국도 모자라 문재인까지 물어뜯은 Y를 친노가 받치고 있다니! 그야말로 어불성설이 아닐 수 없었다.

"와서 교육 좀 시켜줘라. 교육 프로그램 좀 준비해서 강사비 받고, 우파 좌파 이런 걸 떠나서 같은 시스템이잖아, 그걸 좀 가르쳐줘 봐. 명수 씨가 그런 걸 잘하네!"

K가 마침내 강사 초빙까지 꺼내들자 명수의 얼굴에 화색이 돌았다. 하지만 명수를 회유하기 위한 방편인지 실제로 명수의 도움이 절실한지는 명확하지 않았다.

"나, 캠프 한 번도 안 가봤는데, 안국동 말 하는 건가?"

"아니, 캠프로 오지 말고, 사무실로 와서 우리 오빠랑 몇 명 만나요. 여기서 지시하면 다 캠프를 조직하니까. 헤드들한테 설명해줘야지, 밑에 애들한테 해봤자 의미 없잖아."

'뭐! 오빠?'

명수는 정신이 번쩍 들었다. 공식 캠프가 아닌 코바나컨텐츠 사무실에서, 그것도 K의 오빠까지 가세해서 오더를 내린다는 것은 K가 비선을 동원해 모든 것을 총괄한다는 의미였다.

"캠프가 엉망이니까 우리 남편한테도 다른 일정 잡지 말고 자문 같은 거 받자, 이렇게 할 거예요."

Y까지 거론하자 명수가 소리 없는 웃음을 터트렸다. 장장 30분을 넘어선 인내의 통화 끝에 얻어낸 쾌거였다. 비선 캠프인 사무실 방문 자체만으로도 그 어떤 언론사가 넘볼 수 없는 전리품이 될 수 있었다.

"내 마음 같아서는 진짜…… 강의료 딱 받고, 명수 씨, 초심님한테 얘기하지 말고 우리 좀 몰래 가르쳐주면 안 돼?"

"오늘도 정대택 씨하고 초심님하고 통화하고 난리 났네. 기사 떴잖아요. 보도한 것 때문에 방송한다고 하면서 어르신하고 정대택 회장하고 난리더라, 난리."

K가 백 대표까지 거론하자, 명수가 이때다 싶어 화두를 정 회장으로 바꿔 던졌다. 통화 막판에 뭐라도 건져볼 요량이었다.

"사람들이 오해를 많이 하더라고. '네가 잘못이 있으니까 고소를

못하지 않았나?'라고 하는데 이제 살벌하게 할 거예요. 말이 안
되잖아. 실제 양재택은 이 사건이랑 전혀 관련이 없어요. 근데 정
대택은 괜히 마녀 프레임을 씌우고, 손썼다고 그러고. 또 우리 남
편이 손썼다고 하고."

명수가 소리 없이 한숨을 내쉬곤 담배를 꺼내 물었다. K 모녀
는 양 검사와 유럽여행을 다녀온 것도 모자라, 양 검사의 처에게
2000만원이라는 현금까지 송금했다. 그 누가 보더라도 현직 고
위검사에 대한 대가성 금품수수가 분명했다. 더욱이 Y는 모해위
증교사 피의자인 K와 동거하다 정 회장에게 발각되는 바람에 징
계를 피하려 서둘러 결혼식까지 올렸다. Y는 자신에 대한 징계가
국정원 수사 보복인 듯 주장했지만 당시 법무부장관이던 황교안
은 국회청문회에서 정 회장의 주장처럼 부적절한 사안 때문에 징
계 받았다고 증언했다.

"제가 그랬잖아요. 동업자가 어떻게 돼요. 진짜 남자 세계에서 얘
기해봐. 돈 10원도 안 댔으면서 동업자라 얘기해요?"

'동업자가 아니면 왜 약정서를 작성했나?'

뻔뻔스럽기 그지없었다. 투자하겠다며 먼저 정 회장을 찾아온 것
이 K의 모친 최 씨였고, 법무사 입회하에 약정서까지 작성해놓고
는 수십억의 투자수익을 독차지하기 위해, 약정서를 위조하고 법
무사에게 모해위증까지 사주했다.

"누님! 나 집에 한 번 초대 안 해줘요?"

"우리 사무실 한번 오라니까. 우리 사무실하고 집이 위아래로 있

어요. 여기 사무실 와서 그런 조직에 대해서 알려달라니까."

변명이 또 다시 이어지는 가운데 명수가 뜬금없이 집 초대를 꺼내들었다. 길고 지루한 회유를 끝내고 비선 캠프 방문을 재확인하려는 것이었다.

"캠프 쪽이랑 누나 사무실은 조직도가 어떻게 되는 거예요?"

"난 캠프 잘 몰라요. 캠프 쪽이 너무 엉망이라 리뉴얼을 해야 한다고 생각하는 거지."

말이 나온 김에 Y캠프와 비선 캠프의 관계를 확인하려 했지만 K가 모르쇠로 넘겨버렸다. 명수의 의도대로 쉽게 뱉어낼 K가 아니었다.

"몇 명을 모아두면 와서 좀 설명을 해달라 이거지. 우리가 유튜브나 이런 걸 너무 모르니까. 하여튼 또 통화해요. 통화는 다 비밀! 약속 지켜요."

"네! 들어가세요."

명수는 통화를 마치자 뿌듯함과 설렘이 교차했다. 마침내 단 몇 차례의 통화 만에 K의 아지트를 방문하게 된 것이다. 그것도 선거 캠프를 좌지우지하고 있는 실질적 사령탑인 비선 캠프였다. 마침내 명수의 계획이 성공하는 듯싶었다.

7. 은둔자 K

7월 22일 오후, K가 해명 메시지를 보내왔다. 지난 통화에서 극우 유튜버에 대한 명수의 불만이 마음에 걸렸던 것이다.

'좌팝니다. 한 사람, 지지자가 아니었네요.'

하지만 K의 해명과 달리 Y의 중식당 회동에서 난동을 부렸던 극우 유튜버들은 그 이후로도 Y를 보좌하며 현장을 누비고 있었다.

'흠…'

'옙~~'

명수가 고심 끝에 두 개의 메시지를 연이어 보냈다. 처음엔 '못 믿겠다.' 의심을 하다가 나중엔 '일단 믿어는 보겠다.'는 수긍 차원이었다. 당장 아쉬운 건 의혹에 휩싸인 K였지만 명수 또한 무엇이라도 얻어내려면 소통의 끈을 단단히 움켜쥐고 있어야 했다.

7월 23일 K 일가의 고소와 정 회장의 맞고소 예고가 여전히 세간의 화두를 장식하고 있는 가운데, 대선후보 경선을 앞두고 각 진영은 SNS 팀을 정비하는 등 본격적인 선거운동에 돌입하고 있었다.

'나더러 이중 스파이가 되라!'

K가 서둘러 관상을 봐주며 회유한 이유는 명료했다. 서울의 소리 백 대표를 설득해 정 회장 방송을 중단하면 명수에게 새로운 세계의 문을 열어주겠다는 것이다. 바로 돈과 권력을 움켜쥔 이익집단 카르텔이 지배하는 그들만의 세계였다.

'당장 멈출 수 없다면 즐기는 수밖에.'

철저한 변명으로 은닉된 K의 의혹을 밝혀내려면 K의 사람이 되는 길밖에 없었다. K의 바람대로 이중 스파이가 되어 세류에 몸을 던지고 운명에 맡겨보는 것이다.

'누님, 캠프 재정비하고 있나요?'

복잡한 심경에 자정까지 사무실을 떠나지 못했던 명수가 고심 끝에 메시지를 보냈다. 현장경험을 살려 경선캠프의 SNS 팀을 노려보겠다는 생각이다. K의 비선 캠프에 합류만 할 수만 있다면 그야말로 금상첨화였다.

'시동 걸었어요.'

'ㅇㅋ 잘하셨어요.'

'조만간 강의하시러 오셔용.'

1시간 후에 명수가 기대하던 답신이 왔다. Y의 비선 캠프로 의심되는 K의 사무실에서 강의를 해달라는 것이다. 유력한 야당 대선후보 캠프의 실질적인 사령탑을 염탐할 절호의 기회였다. 현장 취재기자로선 꿈만 같은 일이 아닐 수 없었다.

'어떤 부분 얘기해주면 될까요? 준비해볼게요.'

'네, 의논해서 문자드릴게요.'

하지만 하루가 지나고 사흘이 흘러도 메시지는 오지 않았다. 아직은 명수를 온전히 믿을 수 없어서인지, 아니면 끊임없이 쏟아지는 의혹에 대처하느라 정신이 없어서인지 단정할 수는 없었다. 논문 표절, 주가조작, 경력위조 등 K의 숱한 의혹도 모자라 옵티머스 부실수사, 용산세무서장 관련 의혹 등 Y 또한 각종 비리 의혹으로 수사 받고 있었다.

'검찰이 손을 놓고 있는데 무슨 소용이겠나!'

하지만 그 나물에 그 밥이라고 대부분의 검찰이 복지부동하며 수사하는 시늉만 하고 있어, 의혹들은 그저 근거 없는 낭설로 치부되거나 수면 아래로 내려앉아 있었다. 훗날 재판과정에서 K와 모친 최 씨가 직접 통정매매한 주가조작 증거를 검찰이 이미 확보했던 것으로 밝혀졌으니, 검찰의 제 식구 감싸기란 비난을 면할 수 없었던 것이다.

7월 26일, Y 캠프에서 코바나컨텐츠 전시회 의혹에 대한 반박으로 이낙연 후보 부인의 개인전 그림 판매 의혹을 제기하면서 또다시 K에 대한 기업의 뇌물성 협찬이 화두로 떠오르고 있었다.

'이쯤해서 전화를 한번 걸어봐!'

수일간 연락을 참고 기다렸으니 전화를 해봐도 될 듯싶었다. 적극적으로 접촉하려들면 취재라는 의혹을 살수도 있어 자제해왔지만 너무 소원해져도 문제였다.

'나중에 전화 드려도 될까요?'

'넵~'

아쉽게도 K가 전화를 받는 대신 자동응답 메시지가 왔다. 하지만 1시간이 지나고 5시간이 흘러도 연락은 없었다. 아마도 보수언론 기자들과 소통하느라 정신이 없는 듯했다. 명수에게 장시간을 할애하며 의혹에 대해 해명했듯이 다른 기자들과도 접촉하고 있을 것이었다. 실제로 보수 언론들은 어디서 들었는지 K 일가의 의혹들을 마치 변호사처럼 해명해주고 있었으니 K의 언론 플레이가 분명했다.

'바쁘세요?'

저녁 7시경 명수가 고심 끝에 다시 메시지를 보냈다. K에게 매달리는 형국이 되고 말았지만 시간이 촉박했다. K의 비선 캠프가 자리를 잡기 전에 파고들어야 명수의 자리를 확보할 수 있을 터였다.

'오늘 조금 바쁘네요. ㅠㅠ'

밤 9시가 넘어서야 답신이 왔다. 명수의 예상대로 언론 플레이를 하느라 분주한 듯했다. 더욱이 K가 접촉했던 대상은 그저 언론에만 머물지 않았다. 훗날 밝혀진 사실에 의하면 김종인 또한 K와 통화한 후 캠프에 합류했다고 시인했듯이 그녀는 다방면에 걸쳐 인맥을 확보하고 있었다. 그 와중에 운 좋게도 명수가 한 자리를 차지하고 있었던 것이다.

'그래, 이걸로 한 번 해보자!'

늦은 밤까지 K의 전화를 기다리며 기사를 검색하던 명수의 눈에 Y의 후원금 기사가 눈에 들어왔다. Y가 후원금 계좌를 연 지 하루 만에 25억 한도를 다 채운 것이다. K가 하루 종일 바쁠 수밖에 없었던 이유였다.

'강의내용 하루 반나절 자료 찾아 작성 완료했습니다. 그리고 축하드립니다. 총장님 후원금 하루 만에 다 채우시고 대단하십니다. ^^'

'곧 봬야죠.'

'ㅇㅋ~^^'

전화를 기다리다 못한 명수가 후원금 축하를 겸해서 다시 메시지를 보냈다. 하지만 자정이 다 돼서야 만나자는 의례적인 답신이 왔을 뿐 결국 전화는 오지 않았다.

'간을 보시겠다. 좋아 기다려주지!'

대어를 낚는 데는 고된 인내가 따르기 마련이었다. 더욱이 10년 현장경험에서 울어난 명수의 취재기술이 제 힘을 발휘해야 할 시점이었다.

7월 27일, 지난 밤 열린공감TV가 양 검사 모친과의 인터뷰를 근거로 K의 동거설을 보도해 온 나라가 시끌벅적했다. 양검사의 모친은 현재 K 부부가 거주중인 아크로비스타 아파트 또한 원래 자신들의 소유였다가 넘겨준 것이라고 말해 큰 파장을 일으켰다. 정회장의 주장은 일방적인 법원 판결을 근거로 묵살할 수 있었다지만 며느리처럼 여겼었다는 양 검사 모친의 증언은 모두에게 충격적일 수밖에 없었다. 결국 양 검사는 모친이 치매라고 해명했지만 증언이 너무 구체적이어서 치매로 덮어버리기엔 무리가 있었다.

'내가 위로라도 해줘야겠지!'

정오가 넘어서도 K의 연락이 없자 명수가 좋아하던 시 한편을 메시지에 담아 보냈다. 지난 무지개 사진처럼 K의 마음을 열 수 있을지 기대하면서 의혹 공세에 내몰린 K를 위로하는 차원이었다.

'찬바람에 흔들려도 춥다고 도사려 웅크리지 말자. 잎 떨어져 다 떠난 저 나무들 보라! 벌거벗고서 찬바람 맞으며 굳세게 서 있는. 저 가냘픈 가지들까지도 꽃 피고 새순 돋는 봄 올 때를 기다리며 이기겠노라고.'

'좋네요.'

명수의 바람대로 1시간이 지나서 K가 반응했다. 하지만 자정을 넘겨서도 전화는 오지 않았다. 아마도 양 검사 모친의 증언에 큰 타격을 받은 듯했다. 일단 K가 통화를 연기했으니 먼저 전화를 거는 것도 마땅치가 않았다.

'Y의 그녀, 언제 등판할까. 캠프 내 김건희 딜레마.'

기다리다 지친 명수가 중앙일보 기사를 링크해 메시지를 보냈다. 각 후보 부인들의 활동이 본격적으로 시작되고 있었기에 K의 등판 시기 또한 의혹만큼이나 관심의 대상이었다.

'누님, 저희 매체도 인터뷰 해주시면 어떠세요?'

곧이어 조국과 함께 웃고 있는 K 부부사진을 캡처해 추가 메시지를 보냈다. 명수 또한 기자였기에 특종에 대한 부담감에서 자유로울 수는 없었다. 벌써 3주가 넘도록 K에게만 전념하느라 이렇다 할 기사를 건지지 못한 탓이었다. 하지만 K는 다음 날까지도 묵묵부답이었다.

'내가 잠시 미쳤던 거지!'

전화통화도 버거운 심경인데 기사화할 인터뷰라니 자신이 생각하기에도 적절치 못한 실수였다. 위로 시로 얻어낸 호감을 단번에 날려버린 것이다.

'시간이 필요하겠지!'

당장 K에게 필요한 것은 잊혀질 시간이었다. 하루 이틀 지나고 새로운 이슈가 화두를 장식해주면 어느새 아무 일 없다는 듯 자유로워질 수 있었다. 그 대표적인 예가 바로 K 일가의 의혹을 덮기 위해 여당 후보 이재명에게 씌워진 대장동 프레임이었다. 하지만 K에겐 잊혀질 시간이 잠시라도 허락되지 않았다. 의혹이 끝도 없이 쏟아지고 있던 탓이었다.

7월 28일 오후, 종로 골목에 줄리 벽화가 등장하면서 K는 연이어 여론의 도마 위에 오를 수밖에 없었다. 땅이 마를 날이 없는 장마철과도 같았다. 더욱이 극우 유튜버들까지 소란을 피우면서 표현의 자유와 함께 논란은 더욱 거세지고 있었다. 명수 또한 서울의소리 취재기자로서 취재에 나서야만 했다. 현장은 Y 지지자들이 승합차와 트럭으로 벽화를 막아서면서 급기야 몸싸움까지 벌어지는 등 난장판이 따로 없었다.

'일단 한번 보내 봐?'

자정을 넘기면서 명수가 더는 기다리지 못하고 메시지를 보냈다. 명수의 벽화 취재영상을 편집해 올린 서울의 소리 유튜브영상 링크였다. 우호적인 영상은 아니었지만 명수에게 소원해진 K에 대한 경고 차원이었다. 명수를 홀대하면 좋을 것 없다는 것이다.

'쥴리 벽화를 애써 가리려는 자들과 시민들의 ′윤서방뎐′.'

'종로 중고서점 다녀왔어요. 시민들 반응 스케치 했습니다.'

'더운데, 고생하셨네요.'

예상 외로 K가 바로 반응을 보였다. K를 옹호해주는 영상으로 착각했던 것이다. 하지만 서울의 소리가 그럴 리는 만무했다.

'누님, 요즘도 바쁘신가요?'

'명수 기자님은 저 안티 ㅠㅠ'

'동영상 보니까 ㅠㅠ'

K가 연이어 메시지를 보내 서운함을 내비쳤다. 하지만 영상편집은 명수의 소관이 아니었다. 더욱이 명수는 양쪽 입장을 모두 취재하려 했지만 Y 지지자들이 완강히 거부하면서 형평성을 잃을 수밖에 없었다. 명수가 해명을 위한 전화를 걸 핑계거리가 될 수 있었던 것이다.

'혹시 지금 통화 가능하세요?'

'나중에 전화 드려도 될까요? 지금대화중이라 ㅠㅠ'

하지만 K는 당장 통화할 의중이 없어보였다. 아무래도 명수의 취재영상에 잔뜩 토라진 모양이었다. 소란스런 와중에도 양진영의 목소리를 모두 담으려고 동분서주했지만 뜻대로 되지 않은 탓이었다.

'네네~ 저는 새벽 내내 작업해야 해서요.'

'저 안티는 아닌 거죠? ㅠㅠ'

'보내준 영상 글로 적기 그래서 말로 할까 했죠.'

'할 수 없죠. ㅠㅠ. 아니에요. 내일 전화드릴 게요.'

'ㅇㅋ'

연이은 명수의 설득에도 K는 뜻을 굽히지 않았다. 가뜩이나 연거푸 터진 동거설과 쥴리 벽화에 미칠 지경인데 명수의 취재영상까지 심기에 거슬렸으니 통화를 기대한다는 것 자체가 무리였다.

'與서도 '쥴리 벽화' 비판·철거 요구. 이재명 측 금도 넘어.'

'민주당에서도 벽화 관련 비판하네요. 이재명도.'

명수가 곧바로 벽화 비판 기사링크와 함께 메시지를 보냈다. K의 화를 조금이라도 덜어낼 생각이었지만 역시나 응답은 없었다. '안티'까지 꺼내든 걸 보면 배신감저 느끼고 있는 듯했다.

'이대로 끝낼 수는 없지!'

한 달 가까운 취재기간 동안 참아내고 또 참아야 했다. 타사 기자들이 시원치 않은 내용으로 특종이라 대서특필할 때도 최후의 황금 알을 얻기 위해 자신의 인내를 시험하고 또 시험해야 했다.

7월 30일 오후, Y가 국민의 힘에 기습적으로 입당하면서 논란이 한창이었다. 모두가 예상한 수순이기는 했지만 K와 Y의 의혹들이 쏟아지는 와중이어서 야당을 방패삼으려는 도피성 입당이라는 비난을 살 수밖에 없었다.

'이제 국민의힘과 조중동이 알아서 막아주겠군!'

입당 순간부터 Y일가에 대한 의혹수사는 야당후보에 대한 정치탄압으로 변질돼 K의 든든한 방패막이가 되어줄 것이었다. 명백한 범법혐의에도 처벌을 면하는 치외법권이나 다를 바가 없었다.

'더러운 세상! 내 황금 알이 제 값을 해내길 빌 수밖에!'

선배가 보내준 Y의 입당과정 묘사 텍스트를 바라보며 한숨을 내쉬었다. 그리곤 바로 장문의 텍스트를 K에게 보내줬다. 어떻게 해서든 엇나간 K의 심기를 되돌려놔야 후일을 기약할 수 있었다.

'참고/Y 입당식/0730/중앙당사 3층 회의실.'

'국힘당에 입당할거라 예상은 했지만 이렇게 기습 입당할거라 예상 못했네요.'

하지만 밤늦도록 K의 답신은 없었다. 아직 화해의 제스처를 받아드릴 준비가 덜 된 듯했다. 그런데 기습 입당 논란에 이어 또 다른 논란이 불거지고 있었다. 대표가 출장 중인 와중에 빈집 털이를 했다는 것이다. 고의로 나이 어린 대표를 기만했다는 논란을 피할 수 없었다.

'[알림] 오늘(7.30), Y 전 총장의 당사방문과 관련하여 당 지도부에 따로 협의된 내용은 없음을 알려드립니다.

– 국민의힘 공보실 –'

명수가 전달 받은 공문을 바로 K에게 전송했다. 일단은 K의 주문대로 정보원 역할에 충실하겠다는 의도였다.

'당외 대선주자와 긴밀한 소통 및 영입, 입당인 만큼 이 대표가 불쾌해야 할 문제는 아니라고. 권영세 대외협력위원장의 보고를 받은 후 최재형 전 원장 때와 같이 당대표등 지도부가 참석한 입당 환영절차를 밟으면 되는 문제를 감정적으로 대하고 있다는 반응.'

'8월 2일 입당단독보도 나간 이후 유출자 누구냐며 측근들 조인트 깠다고. 휘둘리는 성격 싫어하는 탓에 30일 전격 입당 결정. 단, 이준석 당 대표 전남 출장 가 있는 사이 입당발표 선언하는 그림이라 이 대표 측이 상당히 불쾌한 상황.'

하지만 연이은 명수의 상황 보고 메시지에도 K는 여전히 묵묵부답이었다. 전례 없던 명수의 성의에도 요지부동인 것을 보면 단단히 토라진 것이 분명했다. 돌아선 K의 마음을 되돌릴 묘수가 필요한 시점이었다.

7월 31일, 증폭되는 벽화 논란에 입당 논란까지 더해지면서 종일 K 부부가 화두의 중심에 서 있었다. 하지만 명수에겐 더 큰 숙제가 남아 있었다. 엇나간 K와의 관계를 조속히 회복하는 것이다.

'안 나오면 쳐들어가야지 별 수 있어?'

명수가 저녁 무렵 급히 서초동으로 차를 몰았다. 전화도 메시지도 안 된다면 직접 만나는 수밖에 없었다. 명수에게도 K와의 전화통화란 무기가 있었으니 집까지 찾아간다면 K도 응답하지 않을 수 없을 거였다.

'안녕하세요. 어제/오늘 연락도 없고 해서 누님 집 근처 명성 부동산 내리막길에 있는 버지니아 카페에 있습니다. 시간 되시면 오셔요. 제게 부탁한 부분 전달도 할 겸 드릴 말씀도 있고 궁금한 것도 있고요. 저는 7/6일 누님과 첫 통화 후 남자답게 약속 지키고 있어요. 저 혼자 왔고요. (반칙 안 쓰겠습니다.) 낮에 볼까 하다 누님 알아보는 사람 있을까 해서 저녁에 왔습니다. 10시까지 기다리겠습니다.'

도착하자마자 인근 카페로 들어간 명수가 장문의 메시지를 보냈다. 안 나오면 통화사실을 공개할 수도 있다는 최후통첩이나 다름없었다.

'오늘은 손님이 오셔서. ㅠㅠ 우째요. ㅠㅠ'

'담 주에 꼭 봐요.'

'미리 날짜 말씀 드릴게요.'

'네네~~'

명수의 저돌적인 선택이 통했는지 K가 마지못해 세 통의 메시지를 연이어 보내왔다. 한 달 가까이 철석같이 약속을 지켜왔기에 K도 명수의 최후통첩을 무시할 수 없었을 터였다. 약자에게 강하고 강자에게 약한 약육강식이란 야만이 그들 세계의 본 모습이 아니었던가!

'언제까지 버틸지 두고 보자고!'

하지만 하루 이틀이 지나고 닷새가 흘렀지만 K로부터 이렇다 할 연락은 없었다. 명수 또한 연락을 자제하며 다시 잡은 주도권을 놓지 않았다. 최후통첩을 통보하고 K가 수락했으니 칼자루를 손에 쥔 것은 바로 명수였다.

8월 5일 줄리 벽화 논란과 Y의 입당 논란 여진이 계속되고 있는 가운데, 명수에게 흥미로운 정보가 전달되었다. Y가 휴가를 떠난다는데, K가 명수에게 약속한 미팅일정과 겹쳐 있었다.

'Y 예비후보는 5, 6, 7, 8일 휴식시간을 갖습니다. 휴가기간의 소식은 SNS 등을 통해 공유할 예정입니다.'

'누님 주말까지 휴가네요. 이번 주 만나기로 했는데 약속 가능하시겠어요?'

입수한 Y의 일정안내를 곧바로 K에게 보냈다. 약속한 회동을 잊은 것 아니냐는 항의 차원이었다. 만약 바로 응답하지 않으면 또다시 집으로 쳐들어갈 작정이었다.

'잠시만요. 오후에 문자드릴게요.'

'계속 일이 터지고 생겨서 정신이 없었네요.'

'아무튼 이따 문자드릴게요.'

K가 곧바로 세 통의 메시지를 연이어 보내왔다. 응답이 없으면 명수가 바로 움직일 것이라는 학습효과 때문이었다. 그런데 핑계를 대는 모양새가 또 다시 회동을 뒤로 미루려는 듯 보였다.

'날 가지고 장난을 치시겠다?'

아니나 다를까 저녁이 지나고 자정을 넘겨서도 연락은 오지 않았다. 명수를 얕잡아 봤거나 정말로 바쁘거나 둘 중 하나였다. 만약 이것도 아니라면 지난 줄리 벽화 영상으로 명수를 경계하고 있을 터였다.

'일단 내일까지 두고 보자고!'

화가 치밀었지만 신중에 신중을 기해야 했다. 그저 그런 취재가 아니었다. 상황에 따라선 대선판도를 뒤엎을 수도 있는 역사적 사안이 될 수도 있었다. 바로 현대 역사의 한복판에 명수가 서 있던 것이다.

8월 6일, 쥴리 벽화와 기습 입당의 여진이 줄을 잇고 있는 가운데 Y의 지지율마저 10%대로 곤두박질치면서 K 일가는 그야말로 오리무중에 처해 있었다. 주가조작과 직권남용·직무유기 등 두 부부의 숱한 과거 범법 의혹이 끝을 모르고 쏟아지고 있던 탓이었다.

'이러다가 홍준표가 올라가는 거 아냐?'

Y의 지지율이 떨어지는 것 또한 문제였다. 이미 검증되고 대선까지 경험한 베테랑 정치인 홍준표보다는 정치 초년생에 의혹덩어리인 Y가 상대하기 편했다. 게다가 부부 모두 다수의 사건으로 수사 받고 있어 경선에 승리하더라도 앞날을 장담할 수 없었다.

'어라! 이건 또 뭐야?'

오전 기사들을 모니터링 하던 명수의 미간에 굵은 주름이 졌다. Y가 코로나 확진자와 접촉했다는 것이다. K가 어제 왜 그토록 허둥댔는지 바로 그림이 그려졌다. 지지율 하락에 코로나까지 그야말로 엎친 데 덮친 격이었다. 어쩔 수 없이 다음을 기약할 수밖에 없었다. 증상이 없더라도 일주일 격리는 기본이었다. 이번 주는 물론, 검진 결과에 따라선 보름 그 이상을 기다릴 수밖에 별 도리가 없었다.

'총장님 코로나 확진자와 악수하셨군요. ㅜㅜ 에휴. 어제 터진 일이 이거였군요. 누님도 빠른 쾌차하세요.~'

'ㅜ'

명수의 위로에 K가 바로 속 타는 마음을 전해왔다. 'ㅜ'라는 모음 한 자에 자신이 처한 모든 암울한 현실이 담겨져 있는 듯했다. 미운 정도 정이라고 측은지심이 동한 명수가 과거 K의 흑백사진을 메시지에 담아 보냈다.

'누님 옛날 사진이네요. 청순가련 여배우 같아요.~'

사흘이 지나도 답신은 오지 않았다. 하지만 절대 불가침의 영역인 코로나라는 면죄부가 있었기에 K를 탓할 수만도 없었다.

'처음부터 다시 스텝 바이 스텝으로 가자!'

명수도 더는 서두르지 않기로 했다. 대사를 그르치는 건 늘 조급함이 아니었던가! 며칠 전 명수도 그 조급함에 그만 황금 알을 낳을 거위의 배를 가를 뻔했다. 아직 대선까지는 8개월이라는 짧지 않은 기간이 남아 있었다. 적당히 K를 풀어주고 간을 보기에 충분한 시간이었다. 비록 K가 명수를 경계하고 있다 해도 믿게 만들면 되는 것이다.

8월 9일, 코로나 격리로 Y의 대외활동이 중단된 탓인지 K 부부에 대한 숱한 이슈들이 수면 아래로 내려앉아 잠잠해진 분위기였다.

'이래서 시간이 약이라는 말이 생겨난 거지!'

숱한 공세에 몰린 K에게 필요했던 것은 오직 잊혀질 시간이었다.

그런데 전화위복이라고 악재라 할 수 있는 코로나가 오히려 위기에 빠진 K를 건져준 것이다.

'미워도 다시 한 번이라고 위로는 해줘야겠지!'

명수가 고심 끝에 위로 메시지를 보내기로 했다. 사흘째 답신은 없었지만 먼저 내미는 위로의 손을 거부할 수 없는 것이 동서고금의 인지상정이었다.

'모든 사람이 함께 어울려 평등하게 살아가는 세상. 더불어 함께 하는 대동세상입니다.~ 오늘도 파이팅하세요. ~누님'

저녁 까지도 답신이 없어 '또 틀렸다.' 실망하는데 늦은 밤 마침내 기다리던 메시지 수신음이 울렸다.

'ㅎㅎ'

그토록 학수고대하던 K의 답신이었다. 눈이 열정적인 빨간 하트로 덮여있는 쥐 얼굴 이모티콘을 함께 담아 보낸 것이 새로운 시작을 기대해 볼만한 응답이었다.

8월 11일, X파일과 관련해 정 회장이 K 일가를 고소한 명예훼손 사건을 수사에 착수했다는 뉴스가 헤드라인을 장식하고 있었다.

'한번 걸어 봐?'

K가 가장 민감하게 반응한 정 회장 사건이었기에 충분히 받을 만 했다. 게다가 모친의 모해위증교사까지 대검에서 손을 대고 있으니 발등에 불이 떨어진 형국이었다.

'통화 가능하신가요?'

전화통화 전에 먼저 메시지로 의사타진을 했다. 상당기간 통화 없이 소원했던지라 첫 통화처럼 조심스럽게 다시 시작해야 했다. 하지만 자정을 넘어 날이 바뀌어도 답신은 없었다. 그런데 더욱 답답한 것은 K의 신변에 관한 정보가 극도로 제한적인 탓에 코로나 때문인지 통화를 꺼리는 것인지 섣불리 단정할 수 없다는 것이었다.

8월 13일, Y와 이준석 대표의 대결구도에서 나온 '탄핵' 발언으로 갈등이 증폭되고 있는 가운데, Y가 경선토론회 참여를 꺼리면서 논란이 일고 있었다. 바로 유승민 후보와 각별한 사이인 이 대표가 Y를 거세게 밀어내고 있는 형국이었다.

'이쯤 되면 지푸라기라도 잡아야 할 타이밍이지!'

명수가 나설 때가 무르익은 것이었다. 경선이 본격화되면서 여당뿐만 아니라 당 내부의 공세 또한 거세지고 있었다. 더욱이 이준석 대표와의 극한 대립으로 인해 단 한 명의 우군이라도 절실한 상황이었다.

'7분짜리 토론 vs 두려우면 참석 말라. 국힘 갈등고조'

'총장님 이준석과 샅바싸움에서 절대로 지면 안 됩니다.'

'이준석은 유승민 대통령후보 만들려고 할 거예요~'

늦은 밤까지 고심한 끝에 경선토론회를 두고 대립한다는 뉴스링크와 무시할 수 없는 당부를 담아 K에게 메시지를 보냈다. 눈엣가시인 이준석을 미끼로 꼭꼭 숨어버린 K를 끌어낼 생각이었다. 하지만 자정이 넘어서도 K는 결국 응답하지 않았다.

'심기가 꼬여도 단단히 꼬였나본데?'

명수가 포기하고 막 자리에서 일어서려는데 마침내 기다리고 기
다리던 메시지 수신음이 울렸다. 옳거니 쾌재를 부르며 서둘러 메
시지를 확인했다.

'휴! 오늘은 날이 아닌가보다!'

조만간 밥이나 먹자는 친구의 안부 메시지였다. 기분을 붕 띄웠다
내팽개친 친구에게 전화를 걸어 욕이라도 한바탕 퍼붓고 싶었다.
그때 또 다시 메시지 수신음이 울렸다. 또 친구면 정말 욕을 해주
겠다는 생각으로 조심스럽게 핸드폰을 열었다.

'만나서 전략 좀 짜줘요.'

명수가 쾌재를 불렀다. 그토록 마음조리며 학수고대하던 K의 메
시지였다. 명수의 예상대로 결국 강적 이준석이란 미끼 앞에 손을
든 것이었다.

'이제부터는 이 이명수의 시간이다!'

K가 명수에게 다시 손을 내민 이유는 정 회장뿐만이 아니었다.
이미 명수의 장기간 현장경험에서 우러난 조언을 경험했던 K였
기에 명수의 손을 뿌리칠 수 없었던 것이다. 더욱이 코로나 시국
인 탓에 대면 유세보다는 SNS가 대세인 상황에서 SNS에 특화된
명수의 취재기술 또한 유용하게 쓰일 수 있었다. 4년 전 극우 단
톡방에 잠입해 문재인 대통령의 명예를 훼손한 신연희 강남구청
장을 단죄했던 기자가 바로 명수였던 것이다.

'누님이 날짜/시간 잡아보세요~'

K가 다시 손을 내민 지 십여 분만에 명수가 수락하는 메시지를

보냈다. 도움을 요청하는 손은 바로 잡아줘야 제 힘을 발휘하는 법이었다. 하지만 30분이 흘러도 답신이 없자 서울의 소리가 제작한 최재형 선거법위반 영상 주소를 화해의 선물로 보냈다.

'최재형은 이번에 선거법 위반 타격이 생겼을 거예요. 제가 영상 제보 받아 대구 선관위에 전화 인터뷰까지 했어요.~ 총장님 따라다녔던 유튜버가 확성기/마이크 줬답니다. ㅎ'

'아.'

머지않아 K로부터 답신이 왔다. 상황에 따라서 Y를 대체할 수 있는 경쟁자였으니 K에겐 호재일 수밖에 없었다. 하지만 명수는 더 이상 메시지를 보내지 않았다. 잠을 자는 척 K의 조바심을 자극해 통화를 유도해보려는 심산이었다. 하지만 K 또한 전화도 추가 메시지도 보내오지 않았다. 명수에게 결국 도움을 청하기는 했으나 주도권은 쉬이 내주지 않을 심산인 듯했다.

늦은 아침에 기상한 명수가 핸드폰을 확인해 보았지만 역시나 K의 추가 메시지는 없었다. 아무래도 명수가 추가 메시지를 보내지 않는 한 K로부터의 연락은 기대하기 힘들 듯했다. 하지만 명수 또한 추가 메시지를 보내지 않았다. K는 통화가 자유로운 밤 시간대를 선호하고 있었기에, 통화를 성사시키기 위해서는 저녁시간 이후부터 문자를 주고받는 것이 유리했다. 그런 이유로 해가 뉘엿뉘엿 질 무렵에서야 명수가 사무실에서 장문의 문자를 보냈다.

'삼복더위가 한풀 꺾였지만 그래도 여전히 덥네요. 이래저래 게으름 피우고 싶은 날씨 같아요. 누님 항상 건강 조심하세요. 총장님께서 내일 효창공원에 참배 가신다고 하니 반가운 마음에 문자 보냅니다. 효창공원에는 민족의 스승으로 불리는 백범 묘역도 있고, 윤봉길 의사와 이봉창 의사의 묘역도 함께 있지요. 요즘 총장님께서 계속된 공격을 받고 있는 상황이라~ 심적으로 엄청난 스트레스가 몰려오지 않을까 하는 우려가 있습니다. 효창공원에서 독립지사 분들의 기운을 받으시면 좋을 것 같습니다. 그리고 이럴 때 일수록 더 힘내시고 활기차게 활동하시길 바래봅니다. 누님도 항상 마음의 여유와 건강 잃지 마시구요~ 끝까지 파이팅입니다~'

당면한 이슈로 메시지를 보낸 것이 K를 흡족해했는지 3분도 채 지나지 않아 연이어 응답이 왔다.

'이렇게, 진심으로 생각해주시니. 솔직히 믿을 수 없을 만큼 감사드려요. 연일, 서울의 소리에선. 끊임없이 저희만을 공격하는데ㅠ 말이죠.'

'너무 같은 주제를 반복하니, 재미는 없어요. ㅋ'

K의 연이은 불평불만에 명수가 화두를 바꿀 요량으로 서둘러 Y가 방문할 효창원 어플 주소를 보냈다.

'어플 다운받으시면 효창원에 대해 자세히 설명 나옵니다.~'

하지만 화두를 바꾸려는 명수의 의도가 무색하게 K는 다시 침묵을 지켰다. 고심 끝에 K가 원하는 답신을 보낼 수밖에 없었다. 한 달 가까이 통화가 끊어진 상황이라 통화를 다시 재개하려면 K가 원하는 메시지를 보내줘야 했다.

'백 대표님을 누가 말릴까요?'

하지만 마음이 여전히 풀리지 않았는지? 아니면 급한 일이 생긴 탓인지 응답은 오지 않았다. 하는 수 없이 K가 첫 통화에서부터 지속적으로 듣고 싶어 했던 '이직'을 꺼내들 수밖에 없었다.

'저는 서서히 이직 준비 중입니다. 사업을 할까. 다른 언론사로 갈까 고민이 많습니다. 우리 가정의 평화를 위해~'

현재 명수가 K에게 줄 수 있는 최상의 메시지였다. 명수가 이직을 고려한다는 것은 곧 K에게 갈 수도 있다는 의미인 동시에, K를 위한 정보원 역할도 가능하다는 것이었다. 하지만 한 시간이 지나도 두 시간이 지나도 K는 감감 무소식이었다. 이대로 영원히 K와의 밀회가 끝날 수도 있다는 불안감마저 엄습해 왔다. 그 때였다.

'띠리리 띠리리'

그토록 듣고 싶었던 K로부터의 전화벨이 울리기 시작했다.

"아이고! 잘 계셨어요?"

"누님 잠깐만, 나 핸드폰 게임하다가. 내가 바로 전화할게요."

"네!"

거두절미하고 명수가 게임을 핑계 삼아 전화를 끊었다. 무려 한 달 만에 성사된 통화였지만, 첫 손짓에 덥석 잡아버리면 주도권을 놓칠 수밖에 없었다. 하지만 K의 마음이 바뀔지도 모른다는 우려에 채 1분을 넘기지 않고 바로 전화를 걸었다.

"기자님!"

"예 누님! 잘 지내셨어요?"

"게임하셨어요?"

"네. 고스톱 때문에."

K의 서운함이 짙게 묻어난 질문에 명수가 얼떨결에 고스톱으로 얼버무렸다.

"우리 비서가……."

"황비서?"

"네. 날짜 잡자고 그래서. 그 뭐 며칠, 며칠 있던데! 우리 기자님이 편한 시간에 날 잡아주세요."

명수가 속으로 쾌재를 불렀다. 한 달 만에 통화가 성사된 것도 모자라 학수고대하던 만남까지 성사되는 순간이었다. 아마도 이직을 통보했던 명수의 최후통첩이 드디어 통한 듯했다.

"나는 언제든지 좋아요. 몇 명 듣고 싶어 하는 사람 있으니까 같이 여기서 맛있는 거 먹으면서 얘기하지!"

"그래요. 맛있는 거 해주세요. 누님 그때 내가 누님하고 메시지 주고받고 나서 적어놓은 게 있어요. 설명만 하면 되는 건데!"

마침내 성사된 초대에 흥분한 명수가 당장이라도 방문해 강의해 줄 수 있음을 자신했다.

"그냥 편하게 와서 설명만 하면 돼요."

"지금 또 변동사항이 생겼잖아요. 2주 정도 지났기 때문에."

"아니 괜찮아요. 그냥 생각나는 대로, 우리도 뭐 무차별적으로 생각나는 대로 질문할 테니까. 꼭 틀을 가지고 하지 마세요. 이럴 때는 어떻게 하냐? 그런 조언을 듣는 거지."

K 또한 명수와 마찬가지로 강의보다는 만남 그 자체에 목적이 있는 듯했다. 명수를 직접보고 이직에 대한 진정성을 시험하고 싶었던 것인지 모를 일이었다.

"그런 게 난 더 편해요, 오히려."

"그러니까."

"정세 돌아가는 게 그때 내가 적은 내용하고 지금 상황이 좀 다르니까."

"그래요. 굳이 준비할 필요 없고, 본인이 현장에서 뛰었잖아요. 그런 경험 이야기해주면 돼요."

K가 원하는 질의응답 식 강의는 영입하기 전 명수의 경험과 순발력을 시험해보고자 하는 의도가 깔려 있는 듯했다.

"알았어요."

"평생 본인이 하는 거 얘기 듣지."

"내가 적어놓은 게 A4용지 딱 한 장 정도 분량인데, 일단 설명을 해야 해. 그래야 사람들이 이해를 하는 거지."

"그럼, 그런 김에 얼굴도 보고 설명도 듣고 뭐 좀 먹고 이래야 재밌지 뭐. 그리고 우리가 참고할 만한 게 있잖아요. 10년 이상 현장 경험이란 건 대단한 거예요."

"그렇죠. 예."

K가 진정 원하는 것이 명수의 현장경험과 능력인지, 아니면 명수와 친분을 쌓으며 회유하려는 것인지는 중요치 않았다. 단지 K의 아지트를 방문한다는 그 자체만으로도 흥분을 가라앉힐 수 없었

다.

"근데 서울의 소리가 만날 똑같은 내용을 이렇게 하고 저렇게 하고. 거기서 정대택한테 그렇게 해줄 필요가 있어요? 난 그게 좀 의문인데, 정대택 쉽지 않을 거예요. 서울의 소리는 그런 걱정 안 하나?"

협박성 엄포에 명수의 미간에 굵은 주름이 잡혔다. 역시나 또 정 회장이었다. K의 주된 관심사는 명수의 경험이 아니라 결국 명수를 회유하는 것으로 귀결되고 있었다.

"난 진짜 솔직히 까놓고 말해 우리 어르신 세 명이 나오는 거 오늘도 방송했죠. 나 안 봐. 나는 진짜 거짓말이 아니라, 두 시간 정도 하는 것 같은데 내용도 몰라요."

명수가 서둘러 정 회장과 선을 긋고 나섰다. 어렵게 성사된 통화이니 만큼, K의 의도에 부응해줘야 후일을 기약할 수 있었다.

"우리 어르신하고 또 얘기하면 싸움 나니까. 방법이 하나 있긴 하지. 누님, 제가 저번에 그랬잖아. 밤 여덟 시 이후에는 사무실에 아무도 없거든. 누님, 우리 어르신 만나는 거는 어때요?"

"어르신이 만나도 내 말을 믿겠냐고…… 언젠가는 다 밝혀진다니까요. 말이 돼요?"

K가 단번에 명수의 허심탄회한 제안을 거절했다. K를 설득하기 위해서는 좀 더 색다른 묘수가 필요했다.

"당연하지 나도 그렇게 믿고 있죠. 누님, 솔직하게 누님이 우리 서울의 소리 나오면, 대 특종이거든. 진짜로!"

"서울의 소리를 내가 띄워줄 필요가 뭐 있어? 나오라는 데가 한두 군데인가. 내가 안 나가고 있는데."

백 대표를 대면하기 정 부담스러우면 취재 형식으로라도 입장을 전하자는 제안이었지만 K가 받아줄리 만무했다.

"어차피 이미 대법원 판결까지 받은 사람들 얘기만 듣고서 그렇게 한다는 게! 그게 무슨 공정한 언론이야? 그게 무슨 객관적 사실이에요?"

하지만 명확한 약정서 위조와 모해위증교사까지 배제한 1, 2심 판결을 그대로 따른 대법원 판결이었다. 때문에 대검에서 모친 최 씨의 모해위증교사에 대한 재개수사 결정을 내릴 수밖에 없었던 것이다. 한마디로 K 일가의 뒷배를 봐준 법조 카르텔의 농간에 의한 사법농단이었던 것이다.

"우리도 고소했고, 계속 할 거야……. 저 양반들이 지금 먹고 살게 없어서, 거기 가면 돈 주잖아요. 그것 때문에 나온다는 소문이 쫙 퍼졌어요. 근데 그게 사실이라면서요?"

"돈 주는 거?"

"예!"

"그거는 내가 모르지."

K의 은근슬쩍 유도 질문에 명수가 모르쇠로 답했다. 녹취는 명수뿐만 아니라 K도 하고 있을지 몰랐다. 정 회장이 돈을 받고 방송을 한다는 녹취가 공개되는 순간 K는 과거로부터 자유로워질 수 있었다.

"아니, 돈 주니까 나온대요. 정대택 씨네 집이 되게 가난하대요. 그래서 사모님이 파출부를 나간대요. 사실 좀 안 됐잖아요."

"나도 여태까지 정대택 회장……."

"잠깐. 제가 금방 전화 드릴게요. 바로요."

급한 일이 생겼는지 K가 서둘러 전화를 끊었다. 명수가 한숨을 내쉬며 무의식적으로 담배를 꺼내 들었다.

'역시 명불허전 쉽지 않은 누나야!'

희뿌연 담배연기에 가린 시야처럼 앞날을 가늠할 수 없었다. 대선은 다가오는데 주도면밀한 달변가 K는 실수를 용납지 않았고, 기울어진 언론 지형은 진실을 가혹할 정도로 외면하고 있었다.

"예! 누님."

"다른 건 다 좋은데, 보수층은 물론이고, 진보층에서도 너무 식상하고 지겹다. 그런 말들이 많이 나와요. 사람을 너무 악마화 시키니까. 사람이 어떻게 그렇게 악마가 될 수 있어?"

전화를 다시 받자마자 거두절미하고 K의 질타가 계속 이어졌다. 무려 한 달만의 통화였지만 녹음테이프처럼 한 치의 벗어남도 없는 반복이었기에 한 귀로 듣고 한 귀로 흘려보내야 견딜 만했다.

"내일 총장님 효창공원 오잖아요. 거기 가면 이봉창 의사 동상 있거든. 내가 스트레스 받을 때, 어르신과 다투고 그러면 거기 가서 스트레스 해소하고 그러거든. 내일 갈까 말까 고민 중이에요."

"요즘 어떻게 그거는 괜찮아요? 그래도 사업은 잘 돼요? 서울의 소리?"

어렵사리 효창원 방문으로 화두를 돌렸지만, K가 용납지 않고 다시 서울의 소리로 초점을 맞췄다. 자신이 할 말부터 먼저 하겠다는 것이다.

"서울의 소리는 지금 마이너스 많이 났지. 직원들이 많으니까 마이너스 나는데, 나는 나 먹고 사는 문제, 저번에 내 얘기 했잖아요. 좀!"

"이직할 운이, 내가 이직할 운이 들어왔다 했잖아요."

"그러니까요. 그래서?"

결국 K가 원하는 이직으로 다시 화두를 돌려야 했다. K의 변명이나 질타를 듣는데 시간을 낭비하기보다는 서둘러 K와의 만남을 성사시켜보자는 생각이었다. 백문이 불여일견이라고 일단 K의 아지트를 방문해 직접 눈으로 확인하는 것이 우선이었다.

"거기 어르신하고도 싸워요?"

"많이 싸우죠."

"연이 끝났어요."

"연이요?"

"백 선생하고 연이 끝나서 이제 싸워요. 내가 그때 무슨 표현을 했는데, 불만보다 더 심한 거 있잖아 왜? 하여튼 그게 있다고."

이미 백 대표에 대한 회유가 불가능하다고 판단한 듯, 이제 K의 명확한 목표는 명수와 백 대표의 결별인 듯했다.

"서울의 소리가 앞으로 계속 더 내려앉게 돼 있어요. 나를 욕해서가 아니라…… 재작년에 조국 때 한참 그때 재미를 봤죠. 저희 욕

한다고 한참 재미를 봤는데, 진보 층에서도 이제 거기는 안본대요."

다시 불붙은 K의 저주에 한숨이 절로 나왔다. K가 정 회장으로부터 벗어나려면 우선 서울의 소리가 힘을 잃거나 망해야만 했다. 그리고 그 시작점은 백은종 대표와 최측근인 명수의 결별이었다.

"진짜 억울하면 나 같으면 진짜 열심히 살겠다. 그냥 차라리 자기 와이프 저렇게 고생 안 시키고 뭐라도 해야지. 뭣 하러 20년을 저렇게 살아요."

'누명을 벗고 명예를 되찾는 것보다 중요한 게 있나?'

법에 억울함을 호소하려다 오히려 사유화된 검찰의 법 기술에 말려들어 두 차례나 투옥되었다. 결국 사업도 가정도 풍비박산 난 정 회장의 유일한 희망은 마지막까지 명예를 되찾는 것뿐이었다. 때론 동업자들이 수익금은커녕 투자금도 건지지 못하고 투옥되기까지 했다. 하지만 불법요양병원과 잔고증명서위조 사건에서 K의 모친 최 씨는 동업자들과 같은 혐의를 받았지만, 어떤 이유에서인지 홀로 검찰에서 무혐의 처분을 받고 투자 수익까지 홀로 독차지 할 수 있었다.

"만날 똑같은 레퍼토리로 끊이지도 않고 참…… 백은종 선생님도 공부 좀 하라고 하세요. 무슨 만날 그렇게 해. 그러니까 지겨운 거야. 명수씨도 봐서 빨리 이직해요!"

"예, 알겠어요. 누님 나 만나면 내 사업 아이템 잠깐 얘기해줄 테니까 될 사업인지 아닌지 좀 봐주세요."

명수가 이직에 대한 확신을 심어줄 요량으로 사업 상담을 제안했다. K의 하소연이 길게 늘어졌지만 결국엔 명수의 이직이었다. 신임을 확실히 얻기 위한 방법은 오로지 이직밖에 없어 보였다.

"알겠어요. 같이 얘기하자고. 하여튼 날짜 빨리 정해요."

"누님, 황비서가 8월 26일, 8월 30일, 9월 9일 이렇게 세 개 잡았는데, 8월 30일 월요일 어떠세요?"

"음, 괜찮아요."

명수의 이직 프레임이 먹혔던 것일까? K가 명수와의 만남을 서둘렀다. 하루속히 명수를 포섭해 서울의 소리 문제를 매듭짓고 싶은 듯했다.

"나도 8월 30일 월요일 6시가 딱 좋겠다."

"그래요. 와서 맥주하고 치킨 시켜먹으면서 얘기하자고."

"네, 8월 30일 6시에 뵙는 걸로 해요."

전화를 끊은 명수가 쾌재를 불렀다. 전화 통화와 만남은 차원이 다른 사안이었다. 직접 대면한다면 전화로 할 수 없는 민감한 얘기까지 들을 수도 있을 터였다. 잘하면 초대형 이슈까지도 기대할 수 있었다.

'8월 30일 저녁 6시입니다. 누님 제가 약속 날짜 잊어버릴 수 있으니. 전날 얘기 좀 해주세요.~'

'ㅋ 네'

통화를 마치자마자 확인 메시지를 보냈다. 행여 K가 번복할 수 없도록 확인 도장을 찍어 놓자는 생각이었다. 별일 없이 순조롭게 진행된다면 유력 대선후보 부인과의 밀회가 성사되는 역사적인 순간이 될 수 있었다. 더욱이 K의 비선 캠프가 실질적인 사령탑이라는 소문까지 횡횡하고 있었으니, 그 실체를 확인할 수 있는 절호의 기회이기도 했다.

8월 18일, Y가 김대중 전 대통령 서거 12주기를 맞아 현충원을 방문해 참배했다. 경선을 앞두고 다분히 호남 민심을 겨냥한 행보였다.

'매형이 가신다는데 처남이 안 가볼 수가 없지!'

미리 정보를 입수한 명수도 현충원에 먼저 도착해 Y의 일행을 기다리고 있었다. 하지만 이전과는 달리 극우 유튜버들과의 충돌을 피하기 위해 주변에서 맴돌아야 했다. K와의 회동을 앞두고 또 다시 충돌한다면 만남이 취소될 수도 있었다. 자칫 사소한 문제라도 야기하지 않도록 신중에 신중을 기해야 했다.

'그래도 왔다갔다는 성의표시는 해야지!'

K가 명수를 붙들고 있는 이유는 정 회장 뿐만은 아니었다. 선거를 치러본 경험이 전무한 K에겐 무엇보다도 명수의 풍부한 현장경험이 필요했다. Y의 유세현장을 모니터링하고 조언을 해주는 것이었다.

'김대중 대통령 서거 12주기 추도식에서 총장님 화환 앞에서 기념사진 찰칵'

Y 일행이 참배를 마치고 현장을 떠나자마자 Y의 화환 앞에서 찍은 사진을 K에게 보냈다. 모니터링을 게을리 하지 않고 있다는 인

증 샷이었다.

'오! 멋지다요!'

머지않아 K가 응답했다. 눈에 별이 박힌 깜직한 쥐 이모티콘을 함께 보낸 것을 보면 명수의 현장 모니터링에 매우 만족한 듯했다. 게다가 지난 10일 코로나 격리해제 이후 Y의 공식행보가 거의 없었기에 K에게는 반가울 수밖에 없는 현장 일정이었다.

'살다 살다 내가 별짓을 다하네!'

아부를 떠는 일은 전혀 체질에 맞지 않았다. 아부까지는 아니었지만 마음에서 우러나 하는 일은 결코 아니었기에 때때로 회의가 들 수밖에 없었다.

8월 29일, Y가 코로나 격리해제 이후 정치행보를 줄이면서 이렇다 할 큰 이슈들은 좀처럼 없었다. 다만 K의 허위이력 기재를 두고 여야 간 공방이 계속 되고 있었다. 이력서에 중학교 교생실습을 교사 근무로 부풀려 적은 탓이었다. 더욱이 여러 대학교에 제출한 이력서들에서 경력을 부풀리거나 허위경력까지 기재했기 때문에 하루가 멀다 하고 여야간 진실공방이 벌어지고 있었다.

'벌써 내일이 디데이네! 확인은 해봐야겠지!'

취재차 부산에 내려가 있던 명수가 자신의 승용차 안에서 핸드폰을 만지작거렸다. 어떤 의혹이 터지든 당장 명수에게 중요한 일은 오로지 K의 사무실 방문이었다. 호랑이 굴로 들어가는 날이 바로 내일이다.

'누님, 낼 우리 어디서 뵐까요?'

'내일 6시 사무실로.'

'주소는 아시죠?'

'중간에 전화 드릴게요.'

'직원이 전화로 안내해드릴 거예요.'

'백 형님과 그쪽은 모르시는 거죠?'

명수가 메시지를 보내고 일을 보는 사이 무려 5통의 메시지가 와 있었다. 마지막으로 백 대표를 의식하는 것을 보면 행여 백 대표가 명수와 함께 사무실을 찾아 응징취재라도 할까 걱정하는 듯했다.

'내가 주소를 뭔 수로 알아?'

메시지를 확인한 명수가 바로 K에게 전화를 걸었다. 열 번을 곱씹어 봐도 실로 꿈만 같은 만남이었기에 직접 통화로 확인해야 했다.

"누님, 어디 주소 말하는 거예요? 사무실? 나 모르는데."

"옛날 삼풍백화점 자리. 그때 여기 근처 버지니아 왔었다며. 거기 앞이에요."

명수가 거두절미하고 주소부터 묻자 K가 카페 버지니아를 환기시켰다. 한 달 전 줄리 벽화 영상으로 토라진 K의 통화 거부로 명수가 일방적으로 만나자며 찾아가 기다렸던 카페였다. 만약 그때 사이가 틀어졌다면 내일 만남도 없었을 터였다.

"예예! 나 지금 부산에 내려와 있거든."

"아 그러세요. 그럼 아크로비스타 안에 파리크로와상 쪽으로 오면 상가 주차장이 있어요."

"예. 파리크로와상!"

"거기 주차하고 로비 층으로 오셔서 파리크로와상 앞에서 전화하면 우리 직원이 나갈게요."

"예예. 알겠어요. 누님."

전화를 끊자마자 명수가 쾌재를 불렀다. 첫 통화에서 K가 바로 만나자고 했을 때는 의례 하는 말이거니 지나쳤었다. 몇 번의 우여곡절을 겪기는 했지만 막상 만난다고 하니 실감이 나지 않았다.

'세상에 공짜가 어디 있어!'

수많은 기자들 중 오직 명수만이 선택받은 자리였다. 그만큼 K가 명수에게 바라는 막중한 임무가 있었다. 바로 백 대표를 회유해 정 회장 방송을 중단시키는 것이다.

'서초구 서초중앙로 188 아크로비스타 상가동 코바나컨텐츠입니다. 파리크로와상 앞에서 전화주세요!'

'네네~'

곧 K에게서 안내 메시지가 도착했다. 예전에 비하면 꽤나 자상한 배려였다. 의혹이 끝을 모르고 쏟아지는 와중에 Y마저 당 안팎으로 수세에 몰리다 보니 명수에게 아쉬울 수밖에 없었던 것이다.

8. 그녀의 아지트

 8월 30일, 마침내 아크로비스타 K의 본거지에 입성하는 날이었다. 그런데 그동안 미뤄졌던 K의 사문서위조행사 공범혐의에 대한 고발인 조사가 시작되었다.

'의혹이 하도 많다 보니 이젠 면역이 돼서 놀랍지도 않아!'

K의 모친 최 씨가 수백억의 은행잔고증명서를 위조해 사기행각을 벌였는데, 문제의 잔고증명서를 위조해준 사람이 다름 아닌 K가 운영하던 회사의 감사였다. K가 직접 위조를 사주했거나 K에게 위조범을 소개시켜줬다는 공범혐의를 피할 수 없었던 것이다. 하지만 Y의 검찰총장 시절 검찰은 소환조사 한 번 없이 K를 불기소 처분 한 것이다.

'역시나 검찰 카르텔 농간이네!'

조국 전 법무부장관 부인의 표창장 사문서위조 혐의는 무려 100여 차례 전대미문의 압수수색은 물론, 소환조사조차 없이 전격 구속했던 검찰이 수백억 사문서위조 혐의를 압수수색은커녕 단 한 차례 조사도 없이 은닉했던 것이다. 모친 최 씨 또한 처음엔 공범들만 처벌받고 홀로 빠져 나왔지만 서울의 소리 백 대표와 정 회장의 고소로 결국 기소된 사건이었다.

'이러니 유검무죄 무검유죄라는 말이 나왔지!'

훗날 모친 최 씨는 대통령 장모임에도 불구하고 결국 2023년 항소심에서도 죄질이 악독하다며 1년 징역형을 선고받고 법정구속되었으니 K도 결코 자유로울 수 없었던 것이다. 그나마 검찰이 1년이라는 최소형량을 구형해서 1년이었지, 만약 법대로 기소하고 구형했다면 3년 이상의 형을 받아야 마땅했던 악질 범죄였다.

'직원에게 전화주세요. 모시러나갑니다.'

'네네~ 5시30분 용산 원효로에서 출발할게요.~'

'네 천천히 오세요.'

출발 전에 보내온 K의 메시지대로 직원이 마중 나와 명수를 정중히 맞이했다. 하지만 명수는 사무실 안으로 들어서는 순간 말문이 막힐 수밖에 없었다.

"아! 예, 안녕하세요."

"안녕하세요. 이쪽으로 앉으십시오."

명수의 인사에 황비서가 바로 테이블로 안내했지만 K는 사무실에 비치된 침대에 누워 아예 일어나지도 않았다.

"약을 먹어서 조금만 있다가 일어날게요."

K가 누운 상태에서 고개만 돌려 명수를 맞이했다. 아무리 아프다

지만 병원도 아니고 생전 처음 보는 초대 손님 앞에서 할 수 있는
자세는 아니었다.

'이건 또 다 뭐야?'

긴 테이블의 상석에 안내받은 명수는 또 한 번 놀라지 않을 수 없
었다. 강의를 하라고 해서 왔는데 웬 햄버거와 치킨 등 음식들이
테이블을 가득 차지하고 있었다. 먼저 저녁 겸 먹고 시작하자는
것이다.

"통닭, 햄버거하고 치킨 같이 시켜놨어요. 맥주 드실래요? 맥주
있어."

"이틀 동안 빵만 먹어서…… 부산에서 뻗치기 한다고!"

"아이고 고생하셨네. 맥주 드려? 맥주?"

"지금 말고요. 조금 있다가."

강의를 하기도 전에 술까지 권하는 K의 속내가 무엇인지는 뻔했
다. 우선 직원들과 어울리며 친해지라는 것이다. 명수를 포섭하기
위한 사전 작업이었다.

'까짓 거 일단 먹고 보자!'

명수가 직원들과 어울리며 매콤한 치킨에 먼저 손을 댔다. 이틀간
잠복취재를 하느라 햄버거 등으로 허기를 때워 속이 느끼했던 탓
이었다. 그렇게 직원들과 잡담을 주고받으며 식사를 하는데 황비
서가 작심한 듯 명수에게 질문을 던졌다.

"근데 서울의 소리는 왜 우리를 이렇게 괴롭히는 겁니까?"

"우리 어르신은 한번 꽂히면 끝까지 가요."

"아!"

명수의 거두절미한 답변에 할 말을 잃은 황비서가 탄성을 질렀다. 답하기에 좀 난감한 질문을 백 대표의 성정으로 재치 있게 받아친 것이다. 그리고 머지않아 직원들과 자연스럽게 어울리는 명수에게 K가 간간히 간섭하기 시작했다.

"갈비탕 하나 시킬 걸 그랬다. 밥을 못 먹었다니까 아유! 밥도 하나 시킬까?"

"아이, 괜찮습니다."

"명수 씨가 되게 순수한 사람이야, 원래 우리 캠프에서 일해야 하는데…… 알고 보니까 내가 누나였어."

K가 통화에서 말했던 그대로 명수를 직원들에게 소개했다. 이제 명수를 한 식구처럼 받아들이라는 지시나 다름없었다. 한때 적이었던 명수를 직원들과 어울리게 한 후 자연스럽게 포섭하는 과정인 것이다.

"바깥에서는 우리 캠프를 어떻게 봅니까?"

"제가 부산을 갔다 왔거든요. 며칠 있었는데 본선 올라갈 거 같아요."

"아, 본선 올라가요?"

"본선 올라갈 거예요. 이번에 홍준표를 추월했어요."

황비서의 뜬금없는 질문에 명수가 긍정적인 답변으로 응수해줬다. 마치 직원들 앞에서 신입사원 면접을 보는 듯 사상검증을 받는 기분이었다.

어느덧 명수는 직원들과 농담까지 주고받으며 명수 특유의 친밀성을 살려나가고 있었다. 처음에 엄습해왔던 적진 한 가운데라는 부담감에서 벗어나 자신만의 취재기술을 마음껏 활용하기 시작했다.

"여긴 모두 사모님 최측근들이에요. 10년 이상 함께한 분들…… 우리 캠프에서 제일 친위 인력만 모아놓은 거예요."

"민지 그 얘기를 하는 게 좋을 거 같아요. 왜냐면 총장님은 대외 이미지가 안 좋잖아요. 무섭고! 근데 젊은 사람들하고도 대화를 편하게 이야기하네. 뭐, 이렇게!"

특별히 친위부대만 모였다는 황비서의 자랑 섞인 소개에 명수가 MZ 세대를 겨냥한 온라인 캠페인 '민지야 부탁해'로 강의를 시작했다. Y의 이미지 메이킹이 필요하다는 것이다.

"욕하는 사람들 있거든요. 반말한다고."

"직원들 앉아 있는데 혼자만 마스크 뺀다."

아니나 다를까 Y의 불손한 태도를 지적하는 직원들의 성토가 이어졌다. K의 비선 캠프에서 가장 우려하는 이미지 메이킹을 명수가 제대로 뽑아 들은 것이다. 잠입취재라는 명분으로 Y를 돕게 된 형국이었지만 그때까지만 해도 검증된 홍준표보다는 의혹덩어리 Y가 쉬울 것이라는 예상이 많았던 때였다.

"진보, 보수 정확하게 갈려져 있잖아요. 그 사이에 20대, 30대 중도층이 있어요. 거길 잡아야 이기는 싸움입니다. 그런데 저는 진보 극좌 아닙니까?"

"하하하하!"

"극좌인 사람이 총장님한테 투표해달라고 하면 찍어주겠습니까? 막말로 극우들이 이재명 찍으라고 하면 찍겠습니까? 그건 관여할 수 없잖아요. 결국 중도층 사람들이 타깃인 거죠! 그리고 일단 경선에선 홍준표 하나만 견제하면 되잖아요."

간혹 직원들의 웃음을 자아내는 농담을 섞어가며 명수의 강의는 30여 분간 이어졌다. 주로 명수의 현장경험을 살린 SNS 활동과 당내부싸움인 경선에 관한 조언들이었다. 선거를 치른 경험이 전무한 캠프 사람들에게는 사막의 오아시스가 되어줄 수도 있었다.

"잠복근무도 하고 그래요?"

"예? 황보승희 제가 취재했잖아요. 요즘엔 황보승희만 붙어 있었어요. 남편 분이 제보를 했어요."

"남편이 엄청 빡쳤나 보네."

황비서가 근황을 묻자 명수가 최근 황 의원 취재기를 늘어놓기 시작했다. K를 취재하는 것이 아니라 다른 취재에 몰두하고 있다는 것을 강조하기 위해서였다. 그렇게 한참 동안을 명수가 무용담을 늘어놓으면서 자연스럽게 맥주까지 마시는 자리가 되었다.

"여기 맥주 컵에 주세요."

"네! 안주가 별로 없네!"

"치킨도 먹고, 치맥 좋잖아요."

황비서가 맥주를 권하자 명수가 컵에 받아 들었다. 어쩌면 강의라기보다는 친목을 도모하는 술자리 같았다. 첫 대면인지라 무거운

주제보다는 우선 친해보자는 K의 생각인 듯했다.

"명수 씨, 탕수육이나 팔보채 하나 시켜!"

"중화요리 별로 안 좋아해요. 제가 배고프면 말씀드릴게요!"

"시켜! 시켜! 아무거나 시켜!"

한참을 누워 있던 K가 또 다시 술자리에 참견을 하고 나섰다. 잠을 자고 있는 것이 아니라 내내 명수의 말을 엿듣고 있었던 듯했다. 과연 명수가 자기편으로 넘어오거나 쓸 만한지를 평가하고 있었으리라!

"덩치 작은 사람이 꾸부정하게 있으면 좀 이상해 보이는데, 덩치 큰 총장님이 꾸부정하게 있으면 겸손해 보여요. 사람이! 그런데 7월에나 지금하고 똑같아!"

"안 바뀐다는 얘기죠?"

"안 바뀌었어요. 항상 그냥 이 자세만 하면 겸손해보여요. 이 자세만 하고 있으면……."

적당히 술기운이 돌자 긴장이 풀렸는지 현장감 넘치는 명수의 조언이 자연스럽게 흘러나왔다. 직원들을 향한 조언이 아니라 누워서 엿듣고 있는 K를 향한 충고였다. K에게 면접을 보러 온 자리나 다름이 없었으니 말 한 마디마다 K를 의식하지 않을 수 없었던 것이다.

"검사들이 좀 보수적이잖아요. 검사 자체가 거의 지시 내리는 일만 하잖아요. 검찰 생활 한 30년 했죠?"

"26년."

"항상 지시 내리고 그렇게 살아왔으니까 힘들겠죠. 그래서 훈계하는 듯한 사진들만 보이잖아요. 그러지 말고, 그냥 아이 만나면 정치인들이 잘하는 자세를 해보세요."

"무릎 낮춰서?"

"만약에 아이들 만났어. 무릎까지 꿇으면 더 낮아 보이잖아요. 그러면 사진 찍는 기자들이 포착한단 말이에요. 그것도 염두에 두셔야죠."

명수의 철두철미한 현장 이미지 메이킹에 직원들의 귀가 쫑긋 세워졌다. 그동안 내비쳐진 권위주의적인 검찰 이미지를 상쇄할 만한 조언에 빠져들 수밖에 없었던 것이다.

"바깥에서 사모님을 어떻게 봐요? 좌파들은 분위기가 어때요?"

"너무 안 좋죠."

"아직도 줄리예요?"

"줄리로 계속 가면 우리한테 어떻습니까? 불리합니까? 득표의 관점에서 보면?"

"어차피 좌파는 안 찍을 거 아니에요? 중도면 몰라도!"

최악이라는 명수의 솔직한 답변에 직원들의 질문이 쏟아져 나왔다. 비선 캠프의 최대 관심사 또한 최근 이슈인 줄리일 수밖에 없었다.

"어쨌든 아직도 줄리에 대해 좌파 그쪽에서는 거의 사실로 생각한다는 거예요?"

"그렇죠."

"아! 희한하네, 진짜!"

"쥴리를 빨리 깨려면 사모님이 빨리 등장하셔야 해요. 그걸 깨려면 사모님 행보가 있어야 되거든요."

난감한 직원들의 질문에 명수가 K의 조속한 등장으로 마무리 지었다. 캠프 직원들은 쥴리를 낭설로 확신하고 있었기에 불필요하게 따로 할 말이 없었다. 그리고 곧장 극우 유튜버들의 행패에 맞선 무용담으로 화두를 돌렸다. Y가 안철수와 회동 후 브리핑을 할 때 질문을 하려던 명수가 극우 유튜버들과 충돌했던 일화였다.

"무슨 귀순 용사 기자회견하는 거 같은데!"

"아, 저요? 저 강원도여서 있는 그대로 얘기해요."

좌파에서 우파로 전향을 종용하는 듯 황비서의 뼈 있는 농담에 명수가 Y의 외가인 강원도로 응수했다. 귀순이라니? 명수가 북한 인민군도 아니고 좌파 자체를 공산주의로 매도하고 있는 것이다.

"강원도 사람 많아요. 우리 수행비서도 동해 사람, 우리 캠프에 강원도 사람들이 많아요."

"아, 그래요?"

"귀순 용사들이 많아요."

"강원도 사람들이 귀순 용사구나!"

"사모님 외가가 강릉? 강원도 사람들이 그래도 좀 순수한 편 아닌가? 우리 캠프에 있는 강원도 사람들은."

K가 그랬듯 황비서 또한 강원도를 매개로 명수의 변절을 당연시

하고 있었다. 상황에 따라 잠입취재까지 생각하고 있던 명수에겐 오히려 금상첨화의 상황이었다.

"박정희가 우리 독립군들 많이 죽였잖아요. 그 딸내미가 대통령이 돼? 이건 아니잖아. 그거 때문에 제가 이런 일을 하게 됐는데! 그래도 옛날에 직장 생활할 때는 먹고 사는 데 지장 없었는데, 정치에 너무 깊이 들어가는 것도 문제예요. 그래서 그냥 저는 내년 되면 이 일 그만하려고요. 나만 힘들면 괜찮은데 처자식들도 있으니까……."

때가 무르익었다고 판단한 명수가 시민언론의 궁핍한 처지를 토로하며 이직을 꺼내들었다. K가 바라던 대로 전향의 가능성을 내비친 것이다.

"그럼 서울의 소리는 언제까지? 올해까지만 일하신다고요? 선거 때까지만?"

"네! 대선 끝날 때까지만."

"왜 하필이면 대선 끝날 때까지예요? 올해까지만 하시고 내년에는 우리를 도와주시지?"

"아! 그래요?"

대선까지는 서울의 소리를 지키겠다는 명수의 계획에 황비서가 조속한 합류를 종용했다. 정 회장 문제도 문제지만 서울의 소리 선임기자가 Y캠프에 합류한다는 사실 자체만으로도 K의 의혹들을 희석시킬 수 있는 홍보수단이 될 수 있었다.

"올해만 하고 기왕 이렇게 된 거!"

"강릉으로 다시 오세요, 이렇게!"

"꼭 드러나는 게 부담스러우면 할 수 있는 방법은 많잖아요. 비공식적으로 이렇게 와서 해주셔도 되고. 김상진이 끌어내라고 할 거예요."

"어차피 뭐 회사 그만두실 거면 주기적으로 오셔서 여기서 치킨이나 드시고!"

"저는 맛있는 거 사주면 좋아합니다."

직원들이 이구동성으로 조속한 합류를 종용하자 명수가 농담으로 받아 넘겼다. 명수와 원수지간인 김상진 까지 찍어내겠다는 것을 보면 상황이 많이 급한 듯 보였다.

"그럼 정대택 그런 인간 나오면 꽤 인기가 있어서 자꾸 출연시키는 거예요?"

"우리 어르신은 인기가 있고 없고를 떠나서 본인이 하고 싶으면 하는 거예요."

"돈이 되니까 하는 거 아니에요?"

서울의 소리 매출까지 캐묻던 황비서가 마침내 정 회장을 꺼내들었다. 결국 돈 때문에 방송하는 것이 아니냐는 비아냥거림이었다. 세상사를 오직 돈의 논리로만 바라보는 K의 세계관과 별반 차이가 없었다.

"정대택 씨한테도 그게 돈이 돼요."

침대에서 듣기만 하던 K가 결국 테이블로 합류했다. 정 회장이 거론되자 누워 있을 수만은 없었던 것이다.

"왜냐면 그런 쪽으로 해서 돈이 되니까 하는 거죠. 그걸 마치 정의로 포장을 하는 거지. 돈을 위해 이러는 거 아니다 하면서. 내가 죽여 버려! 만날 똑같은 소리하고!"

"술 마셔서 담배 하나 피우고 오겠습니다."

"갑자기 내가 나타나니까 그래?"

"아니! 제가 골초인데 두 시간 정도 못 피웠거든요."

K가 흥분한 듯 막말까지 뱉어내자 명수가 담배를 핑계로 잠시 자리를 피했다. 직원들 앞에서 자신의 정당성을 강조하려다 보니 막말이 서슴없이 튀어나오는 듯했다.

'결국 여기까지 왔네!'

잠시 K의 아지트에서 빠져나온 명수가 담배 연기를 길게 내뿜었다. 두 시간을 넘긴 긴 시간이 어떻게 지나갔는지 기억조차 가물가물 했다. 강의라기보다는 포섭을 전제로 한 술자리나 다름없었다.

'여기서 단번에 넘어가면 재미없지!'

좀 더 간을 본 후에 후일을 설계해도 늦지 않았다. 바로 넘어가주면 좋아하기보다는 오히려 비웃음을 살 것임은 빤했다. 연거푸 세대의 담배를 몰아 피운 명수가 자리로 돌아오자 마치 기다렸다는 듯 K의 일방적인 질타성 너스레가 다시 시작되었다.

"내가 분명히 얘기할게요. 끝이 보여요, 서울의 소리에서 이직을 해도 좋고…… 그런데 거기는 왜 그러는 거야. 벌 받아. 얼마 전에 가세연 쓰레기들, 나는 가로세로연구소는 쓰레기라고 봐요. 벌 받는 다니까?"

"한예슬도 까고."

"가세연을 인간으로 보는 사람들이 얼마나 있어? 다 인간이 아니라고 보지. 서울의 소리를 인간이라고 보는 줄 알아요?"

진보 보수를 불문하고 K를 비판하는 사람들은 모두 인간이 아닌 쓰레기였다. 모친이 자신까지 결부된 범죄로 기소되고 구속까지 되었지만 K의 일방적인 선택적 정의는 그칠 줄을 몰랐다.

"애들아 진짜! 들어봐!"

"네네네!"

끝날 때가 다 돼가자 K가 옆으로 바짝 다가와 앉고는 명수의 손을 덥석 잡아끌며 말했다. 손금을 봐주려는 모양새였다.

"이 오빠가 여자들한테 섬세하게 잘하는 게 있어서 여자들이 좋아해! 힘도 좋고!"

"하하하하하!"

"아, 그런 쪽으로!"

손을 어루만지며 성적 농을 던지는 K의 돌발행동에 명수가 얼굴을 붉혔다. 직원들의 웃음 속에 황비서까지 거들면서 낯이 뜨거워진 명수는 시선 둘 곳이 마땅치 않았다. 더구나 어린 여직원들까지 있었던 터라 민망하지 않을 수 없었다. 쥴리가 아닌 여염집 아낙이었다면 상상하기조차 힘든 성희롱이었다.

"내가 분명히 말하지만 내년에 100% 바뀌어요. 인생이. 46세 때 운이 들어오는데 내년에 완전 바뀔 거야. 직업이든 뭐든 여기는 떠난다고. 정치고 뭐고 지금 있는 서울의 소리는 떠난다고!"

또 다시 K의 일방적인 회유성 너스레가 이어졌다. 직원들이 미리 공들여 군불을 지펴놓는 K의 마무리 작업이 시작된 것이다.

"내년에 운이 들어오는데 직업이 바뀌고 초심이라는 마음이 떴어요. 내년부터가 시작이니까 올해 나올 가능성이 많죠. 내년에 새로운 일 하려면 올해 운이 바뀌어야 되거든요. 인연이 끝났으니 억지로 간다고 해도 자꾸만 싸우지. 좋지 않아요. 싸우다가 진짜 주먹질도 할 수 있어요."

K가 명수를 잡기 위해 결국 운세까지 꺼내들었다. 백 대표와 몸싸움까지 벌일 수 있다고 한다. K의 말에 따르면 명수가 반드시 올해 안에 서울의 소리를 떠나야만 한다.

"잘 살 수 있는데 지금은 그렇게 못살고 있는 거야. 애들은 어떻게 할 거야?"

"그렇죠. 우리 애는 아마 대학교 마치려면 10년 남았는데……."

"정치판은 떠나 봐요! 그러면은 제대로 보이지."

급기야 아이들의 미래까지 꺼내든 K에게 명수도 두 손 두 발 다 들고 수긍할 수밖에 없었다. 앞으로 어느 정도 수위의 말이 더 나올지 예상될 정도였다.

"여기는 일자리가 많아서 차라리 Y 밑에서 일하지 그랬어? 그럼 부인하고 돈도 잘 벌고, 어? 여기서 차라리 경찰이나 검사랑 일하면 잘됐지. 일도 잘 풀리고 거기는 엘리트 집단이니까 브랜딩도 되고!"

역시나 검찰이 끼어야 돈이 붙는다는 것이다. 정 회장을 비롯해 숱한 동업자들을 검찰의 뒷배로 구속시키고 수십억의 이익을 독차지했던 K 모녀다운 발상이었다.

"조금 일찍 만났으면 차라리 우리 캠프 오라고 할 뻔했네, 진짜. 그것도 정식으로 하면은 나중에 청와대도 들어갈 수 있고…… 정권 잡으면 일자리가 3만 개 넘게 생겨."

'청와대!'

잘못했으면 놀라 탄성을 지를 뻔했다. 급기야 K가 청와대까지 꺼내든 것이다. 누구든 군침이 돌 수밖에 없는 제안이었다. 훗날 밝혀진 사실에 의하면, K는 실제로 후원업체나 천만원 대의 고액 후원자의 가족을 대통령실에 채용했으며, 심지어 양산패륜 집회를 주도한 극우 유튜버의 누나를 채용했다가 들통 나 해고하기까지 했다. 결국 해서는 안 될 사적 채용으로 대통령실이 부실해지면서 각종 재난에 국민의 생명과 재산이 위험에 빠지고 경제까지 추락을 면치 못한 것이었다.

"어지간하면 나는 누나고 엄마 같은 사람이니까 동생을 보호해주고 싶어. 모든 엄마들은 그래. 누나가 있어서 알잖아! 누나들이 엄마 대신이잖아!"

'엄마? 누나?'

K가 마지막으로 꺼내든 누나란 존재감이 명수의 마음을 뒤흔들었다. 고등학교 진학을 포기한 명수를 설득하고 또 설득해 일하며 야간고등학교를 졸업할 수 있게 이끌어준 사람이 바로 막내누나

였다. 오늘의 명수를 있게 해준 엄마 같은 누나였던 것이다.

"하여튼 우리 만난 거는 비밀이야."

"그럼요!"

"알겠고. 쉬는 날에는 놀러 와요!"

"네!"

"와서 그냥 오늘처럼 얘기만 해줘!"

K가 끝으로 입단속을 잊지 않았다. 대통령 후보 부인이 언론사 기자를 포섭하려는 떳떳하지 못한 자리였다. 더욱이 기자를 매수하는 것도 모자라 대표까지 회유해 정 회장의 방송을 방해하려 했다. 자신들의 과오를 스스로 인정하는 셈이었다.

"잠깐만! 잠깐만!"

K가 명수를 불러 세워 봉투를 내밀자 명수가 받을 수 없다며 손사례를 쳤다. 명수를 회유하려는 돈 봉투임이 틀림없었다.

"아! 나 그럼 명수 씨 안 불러. 진짜 얼마 안 돼. 이거 안 받으면 진짜 안 부른다?"

"컨설팅비?"

"누나가 줄 수도 있는 거니까. 누나가 동생 주는 거야. 그러지 마요. 알았지?"

"알겠습니다."

막무가내인 K의 성화에 명수가 결국 돈 봉투를 받아들었다. 돈을 받지 않으면 문을 나설 수도 없는 상황이었다. 그렇게 언론사 기자들이 매수되고 있는 것이었다.

'헉 이렇게나 많이?'

상가 건물을 빠져 나와 봉투를 확인한 명수가 놀라 탄성을 질렀다. 대강 세어보니 자그마치 100만원은 되었다. 그런데 더욱 놀라운 사실은 돈이 아니었다.

'아주 미신에 빠져 사는군!'

사무실로 복귀해 정확히 세어보니 105만 원이었다. 처음에는 잘못 세어 오만 원 권 1장을 더 넣은 것으로 생각했으나 자료를 검색해보니 끝자리가 5로 끝나야 복이 온다는 미신이 있었다.

'이 돈을 쓸 수야 없지!'

명수는 고민할 것도 없이 돈 봉투를 책상 서랍에 던져 넣었다. 수년 전 명수는 1조원 대의 사기행각을 벌인 IDL홀딩스 측으로부터 기사를 내려주는 조건으로 현금 500만 원과 광고를 제안 받았다. 그토록 수많은 주요 언론들이 기사를 올렸다가 바로 내려버린 이유였다. 그렇게 수많은 피해자들을 자살로 몰고 간 범죄행각이 축소 은폐되고 있었던 것이다.

'이것들이 우릴 뭐로 보고!'

백 대표와 명수는 지체 없이 녹취록을 검찰에 넘겨 관련자들을 고소했다. 결국 수면 아래로 내려앉았던 1조 원 대의 사기행각은 다시 핫이슈로 떠올랐고 피해자들의 한을 조금이나마 풀 수 있었다. 이렇듯 단 하나의 언론, 단 한 명의 기자만 살아 있어도 피해자들을 구제할 수 있었던 것이다.

9. 이중 스파이 변절자 이명수

9월 1일, Y의 대선캠프 앞에서 한 시민운동가가 줄리 벽화 그림을 들고 1인 시위를 하면서 줄리 의혹이 다시 화두로 떠오르고 있었다. 더 이상 숨지 말고 나와서 모든 의혹을 해명하라는 것이다. 어제 술까지 마신 탓에 저녁에야 사무실을 찾은 명수가 핸드폰을 집어 들었다. K에게 대외활동을 시작하라는 조언을 할 생각이었다. 계속 은둔만 한다는 것은 의혹을 인정한다는 모양새였기에 조언을 해주면서 좀 더 K 곁으로 다가갈 생각이었다.

"동생, 어제 잘 갔어요? 피곤해서 안 됐더라고, 좀 가서 쉬어야지. 건강관리 잘해요."

"내가 부산만 안 갔으면 술도 덜 먹고 분위기 좋았는데. 먹다가 그냥 피곤해서."

"뻗으면 자면 되지, 여기 침대 있잖아. 아무 때나 와서 맥주랑 이렇게 먹고, 재밌는 얘기, 돌아가는 얘기 하자고."

"그래요, 누님."

스스럼없는 K의 파격적인 제안에 놀라지 않을 수 없었다. 마치 직원들처럼 자유롭게 들락거리라는 말은 이미 명수를 자신의 수하로 여기고 있다는 의미였다.

"그래, 어제 고생했어요."

"고생은요. 직원하고 통화했거든요. 술 먹을 땐 몰랐지만, 도움이 됐나 싶은 생각도 들고 해서?"

"도움 되지. 왜 안 돼?"

"어제 분위기가 무슨 놀자 판 같아서 잘 집중되지도 않고! 그렇지 않았나 싶기도 하고."

"놀면서 얘기하는 게 재밌지. 딱딱한 게 재밌어?"

명수는 나름 강의라고 생각하고 있었지만 K는 다른 생각인 듯했다. 먼저 친목부터 도모하면서 명수를 온전히 자신의 사람으로 전향시키려는 것이다.

"누님, 나 강의하다가 한번 생각해봤어요. 누님이 미대 나왔으니까, 예술가들이 벽화 자원봉사 같은 거 하잖아요. 부산에도 그런데 많던데 강원도에도 있고. 우중충한 데 벽화 그리면, 좋지 않을까 하는 생각 좀 해봤어요."

"동생은 우리 캠프로 와야 해. 귀여워 죽겠어."

명수의 현실적인 조언에 K가 흡족했는지 조속한 전향을 종용했다. 하지만 확답을 피하는 것을 보면 여전히 대외활동에 나설 생각이 없는 듯했다. 시간이 지나면 잊혀진다는 망각이라는 약을 기다리겠다는 것이다.

"그러니까 여기 와서 그런 아이디어 재밌게 풀어놔봐! 그냥 딱딱한 강의 말고 그런 아이디어 주고받고 하자고. 재밌네."

"그래요 누나! 나 또 부산 내려가야 하니까."

"내가 용돈 줄테니까, 어디 기부하거나 그러면 나 삐진다."

"그래, 알겠어요."

출장을 핑계로 막 전화를 끊으려는데 K가 대가를 약속했다. 어제처럼 올 때마다 용돈을 주겠다는 것이다. '너는 이제 우리 사람이다.'라는 선언이나 다름없었다. 무조건 돈으로 사람의 영혼마저 파고드는 그들만의 발상이었다.

'이제 때가 온 것인가?'

명수도 결정을 내려야 했다. 완전히 전향한 척 캠프로 갈 것인가? 아니면 기자신분으로 오가며 취재를 할 것인가? 선택해야만 했다.

'캠프로 갔다가 정말 넘어가버리면!'

속내를 모르고 배신했다는 손가락질은 문제가 아니었다. 희박한 가능성일지라도 만약 그들의 돈과 권력에 취해 전향할지도 모른다는 변절이 더욱 두려웠다. 바로 K가 노린 바였다. 차라리 제한적이나마 양다리를 걸치고 취재하는 것이 편했다.

9월 2일, Y가 여당 인사들을 고발사주 했다는 '뉴스버스' 단독기사로 아침부터 시끌벅적했다. Y의 검찰이 지난 해 총선을 앞두고 유시민·최강욱·황희석 등을 국민의힘에 고발사주 했다는 의혹이었다. 만약 이러한 의혹이 사실로 밝혀진다면 대선후보 하차는 물론이거니와 형사처벌 또한 피하기 힘든 중대한 사안이었다.

오전 내내 고발사주 관련 기사와 정가의 정황을 살피던 명수가 K에게 '뉴스버스' 기사제목과 함께 인터넷 주소를 문자로 보냈다.

'[단독] Y의 검찰, 총선 코앞 유시민·최강욱·황희석 등 국민의힘에 고발사주.'

K와의 관계가 두 달째 지속되면서 어느덧 폭로성 기사가 터질 때마다 K의 반응을 살피는 것은 명수의 일상이 되어가고 있었다. 문자를 보낸 지 십 분이 흘러도 응답이 없자 명수가 K의 반응을 끌어내기 위해 유승민을 끼워 넣어 다시 장문의 문자를 보냈다.

'누님 총장님 지역현장 방문하는 것도 좋지만 내부 단속이 먼저인 것 같아요. 여당에서는 법사위 열어 국정조사 열자고 할 것이고 일부 야당 홍준표/유승민계가 동조할 수도 있어요. 내부 단속 필요합니다. 제가 좀 알아보니 김웅이 제보한 것 같아요. 김웅은 유승민계입니다. ㅜㅜ. 다음 기사는 고발장 내용이 나가지 않을까 싶습니다.'

강력한 경쟁상대인 유승민을 결부시켜 자극해 보았지만 한 시간이나 흐른 뒤 K의 답신은 실망스러울 정도로 간결했다.

'네, 감사해요.'

지금은 통화하기 힘들다는 뜻이었다. 명수가 한 숨을 내쉬며 담배를 꺼내 물었다. 지금쯤 K는 대책회의를 하느라 부산스러울 것이었다. 이럴 땐 자꾸 문자를 보내는 것보다는 약간의 관심만 표명해주고 K가 스스로 도움을 청할 때까지 기다리는 수밖에 없었다.

다음 날 아침 6시 20분 경, 사무실에서 자다 깨다를 반복하며 전날 취재 내용을 정리하던 명수가 기지개를 펴고 핸드폰을 집어 들었다. 명수가 선정한 최적의 타이밍은 K가 비교적 자유로운 저녁시간 이후거나 다소 이른 아침이었다. 그 외의 시간은 K가 먼저 전화하지 않는 한 통화하기 힘들었다.

"아이고, 잘 있었어요?"

명수의 예상대로 K가 바로 전화를 받았다. 고발사주 문제로 고민이 많았는지 약간 다운된 목소리였다.

"누님! 잘 못 지내시죠?"

"네?"

"잘 못 지내시죠? 기사 계속 나오고 그러네."

명수의 의도를 아는지, 모른 체하는 것인지, K의 모르쇠에 명수가 재차 질문을 던져야 했다.

"우리 남편 일?"

"예, 예!"

"우리 남편이 그런 거 한 적 없는데 정치공작 하는 거예요. 우리 남편이 그해 4월에 종기가 나서 수술했거든요. 그래서 똑바로 눕지도 못하고 앉지도 못해서 하루 종일 집에서 끙끙 앓았어요."

소리 없는 헛웃음이 절로 나왔다. 밤새 쥐어짜내고 짜낸 것이 고작 종기였다. 이딴 케케묵은 핑계로 고발사주를 덮기에는 역부족이었다.

"그래서 4월 3일, 병원 간 것도 있거든. 병원 치료받은 기록도 있는데 저렇게 하여간 공작을! 유승민 쪽하고 홍준표 쪽하고 공작을 하는 거지 뭐."

"지금 김웅이 잠적해 있잖아요. 그렇게 말만 흘려놓고. 여당도 여당이지만 국민의힘 홍준표나 유승민 대응을 막아야 하잖아요."

패가 뻔히 들여다 보이는 K의 대응에 명수가 결코 만만치 않은 현실을 주지시켰다. 주도권을 쥐고 K를 흔들기 위해 미리 준비해 둔 설정이었다.

"그러니까 동생이 아이디어 좀 내봐봐!"

"캠프 아이디어는 뭐지요? 그걸 내가 맞춰줘야 하니까 여쭤보는 거죠. 제 얘기 해봤자죠!"

K의 종용에 명수가 뭐라도 캐널 요량으로 그럴듯하게 포장해 대응책을 캐물었다.

"몰라, 우리 남편은 그런 지시를 한 적도 없고 원래 그런 거 안 해요. 우리 남편은 고소하겠다고 해도 그걸 또 말리는 사람인데. 그래서 하나도 못했잖아요. 그래서 사람들이 오해를 많이 했다고. 정대택 씨가 저래도 왜 고소를 안 하냐?"

또 다시 일방적인 K의 빤한 변명이 쏟아지기 시작했다. 식상한 단골 레퍼토리에 이젠 짜증마저 일기 시작했다.

"하여튼 유승민하고 홍준표 쪽에서 우리 남편을 떨어뜨려야 하니까 그렇게 하는 것 같아요. 원래 다 적은 내부에 있다고 그랬잖아요."

"누나! 총장님이 안철수하고, 제3지대에서 결합할 줄 알았는데…… 당 지지율만 올려놓고 결국은!"

빤한 K의 넋두리에 명수가 안철수 카드를 꺼내들었다. 제3지대 굳히기로 3자구도가 되어야만 정권 재창출이 안정적이었기에 이참에 Y의 탈당을 유도해보려는 생각이었다.

"탈당해?"

"그림이, 오늘도 홍준표 얘기하는 거 보니까 웃으면서 좋아가지고 기자들한테 답변하는 거 보니까! 공작이 시작되는구나 싶기도 하고 해서. 캠프에서 대응하는 거 있나 싶기도 하고."

K의 직설적인 물음에 다소 당황한 명수가 임기응변으로 홍준표의 희희낙락으로 대응했다. 역시나 만만치 않은 상대였다. 탈당하는 순간 국민의힘이 쳐준 막강한 보호막이 사라진다는 것을 모를 리 없었다.

"아유, 팽 당하면 좋지. 팽 당하면 다른 사람들이 누군가가 대통령 되면 좋지!"

"아유! 왜 그렇게 생각하세요?"

갑자기 될 대로 되라! 유유자적으로 돌아선 K의 생뚱맞은 태도에 명수가 의문을 던졌다. 제아무리 의혹이 쏟아진들 검찰 카르텔이 뒷배로 있는 한 별 탈 없다는 걸 모르지 않았지만 여유로워도 너무 여유로웠다.

"동생은 이재명 밀 거 아냐. 그렇죠?"

"이재명이요?"

"응!"

"나 그런 거 없어요. 이재명하고."

"그런 게 없기는 이재명이나 이낙연이나 밀겠지."

"내가?"

죄인을 취조하는 듯한 K의 추궁에 명수는 거듭 의문부호로 넘겨 버려야 했다. 3일 전 첫 만남에도 불구하고 K는 여전히 명수의 진심을 확인하려는 듯했다.

"우리는 너무 그동안 진짜 말도 못하게 너무 압박을 받고 탄압을 받아서."

"누님이 제일 많이 힘들겠어요."

"아휴, 말도 못해요. 지금 정대택 씨만 해도 몇 년이에요? 다 지겨워. 인생을 얼마나 산다고 다 그런 거지. 그래서 떨어지면 할 수 없는 거고."

"누님은 지금이라도 제3지대 생각은 안 하고 있어요?"

K의 초연한 너스레에 명수가 포기하지 않고 재차 탈당의사를 타진했다. 차라리 안철수와 한솥밥을 먹으라는 것이다.

"그렇게 되면 진짜 안 돼요. 반기문 꼴 나요."

"반기문 꼴?"

"네!"

"아니! 이런 식으로 가면 힘들지 않을까, 홍준표 봐봐! 웃으면서, 유승민 봐봐! 이게 버티겠냐 이거지. 기사 딱 나오자마자 여당에서는 국정감사 하자 막 그런 얘기 나오고, 동조하는 애들이 생길 거라 생각했잖아요. 하루 만에 같은 당인데 그렇게 나오니까.”

“그러니까 뭐 할 수 없죠 뭐 운명대로 가는 거지 뭐 어떡하겠어. 우리가 안 되면 좋잖아, 명수 씨는 더!”

작정을 하고 쏟아냈지만 K는 요지부동에다 대놓고 명수를 몰아 붙이기까지 했다. 마치 네 속을 뻔히 안다는 듯한 모양새였다.

“뭐가 좋아요?”

“그렇지. 내가 되면 명수 씨가 개인적으로는 좋지만, 또 이념적으로는 또 우리가 안 되는 게 좋지. 우리가 되면 명수 씨는 좋지. 개인적인 이득은 많지.”

“그렇지.”

명수가 역정을 내듯 부인하자 K가 다독이려는 듯 챙겨주겠다는 의사를 내비쳤다. 아무래도 명수를 계속 시험하고 있는 듯했다.

“동생이니까. 내가 어떻게든 뭐 잘해주지. 그렇다고 해서 이것 때문에 쉽게 무너질 건 아니에요. 우리가 한 적이 없기 때문에 허망하게 무너지진 않죠.”

“동훈이 형은 뭐해요? 요즘, 한동훈이요?”

K의 이유 있는 자신감에 명수가 한동훈 카드를 꺼내 들었다. K가 이토록 여유를 부릴 수 있는 배경엔 검찰이 있었고 그 중심엔 한동훈이라는 Y의 오른팔이 꽈리를 틀고 도사리고 있었다.

“한동훈 검사?”

“네, 한동훈 검사.”

“연수원에서 계속 있잖아요.”

"동훈이 형이 완전이 오른팔이었잖아요. 총장님이 대선 나올 때 한동훈 검사가 옆에 붙어 있어야지 좀 낫지 않았을까 그런 생각도 들더라고요."

K의 의문에 명수가 한동훈의 등판 필요성을 역설했다. 틈을 봐서 한동훈과의 관계를 확인해보려는 생각이었다.

"동생이 좀 와! 캠프에서 조직으로 좀 뛰어 봐봐!"

어림도 없다는 듯 K가 명수의 영입을 꺼내들며 한동훈을 차단했다. 별수 없이 다시캠프 영입 문제로 화두가 바뀌었다.

"내가 만약에 가게 되면 무슨 역할을 하면 될 것 같아요?"

"할 게 많지. 내가 시키는 거 해야지."

"누님이?"

"정보업."

"정보?"

역시 예상을 한 치도 벗어나지 못한 K의 제안에 명수가 놀란 척 의문을 던졌다. 구체적인 예시를 들어보기 위해서였다.

"동생이 잘 하는 정보 찾아 뛰어야지. 책상머리에서 하는 게 아니라, 왔다 갔다 하면서 해야지. 우리 남편이 대통령 되면, 동생이 제일 득 보지 뭘 그래, 이재명이 된다고 동생 챙겨줄 거 같아? 어림도 없어."

"민주 진영은 그런 거 없습니다."

K의 뿌리치기 힘든 달콤한 유혹에 명수가 속으로 쾌재를 부르며 맞장구를 쳐줬다. 유력한 영부인 후보가 현역 기자 매수도 모자라

이중 스파이까지 주문하고 있으니 대선판도를 뒤엎을만한 중대 사안이었다.

"맞아, 없어. 내가 되면 동생이 누님 덕분에 호강하지."

"그래요 알겠어. 누나! 그러면?"

"개인적으로."

"누님 내가 책상머리에서 하는 건 별로 안 좋아하잖아요."

K가 사적인 루트를 제시하자 명수가 먼저 발로 뛰는 임무를 제안했다. 마침내 그들만의 세계로 입성하는 역사적인 순간이 다가온 것이다.

"잘 하는 게 있어, 동생은. 뛰어나가서 정보 취합하고, 옛날에 국정원처럼 몰래 알아오고. 머리가 좋아서 그런 걸 잘한다니까. 그런 일 원래 선수들이 하는 거예요."

"누님, 나 머리 좋은 건 인정하는 거네? 그래도!"

"아유, 인정하지. 본선 때 봐서 동생 할 일 없으면 와서 일 해!"

"그래요. 누님."

엘리트 스파이를 주문하는 K의 과도한 칭찬에 명수가 우스갯소리로 응수했다. K가 결단을 내린 이상 이제부터는 좀 더 친숙해지는 수순만 남은 것이다.

"그냥 내 동생으로서…… 알고 보니까 우리가 친척이었네, 그러면서. 하하하."

"누님 그날 우리 다섯 명, 누님까지 여섯 명 있었잖아요. 세 명이 코바나 직원들이에요?"

K가 영입할 명분까지 제시하자 명수가 사무실 파악에 나섰다. 공식 캠프가 아닌 비선 캠프였기에 캐낼 것이 많은 곳이었다. 더욱이 지난 30일 명수가 K와 대화를 나눌 때, 직원들이 홍준표 등의 경쟁자들을 거론하며 SNS 작업을 하고 있었기에 댓글공작이 의심되기도 했었다.

"고발당한 직원?"

"아니 코바나 누나 회사 직원들이냐고?"

K의 난데없는 동문서답에 명수가 재차 질문을 던졌다. 명수가 미처 파악하지 못한 부분이 있을 수 있었지만, 당장은 비선 캠프 파악이 먼저였다.

"두 명이고. 다른 사람들은 자기가 그냥 자발적으로 캠프에서 일하는 애들인데. 그냥 같이 SNS도 토의하고 여기서 자료 같은 것도 보기도 하고 그래. 그날 오빠 온다 해서 내가 좀 들으러 오라 했지. 배울 것도 있으니까."

"캠프에서 넘어온 친구들이 SNS 작업하는 애들인가 봐요?"

별일 아니라는 듯한 K의 설명에 명수가 SNS 쪽을 파고들었다. 대선 때마다 여론조작 수단으로 악용되었던 SNS였기에, 캐낼 것이 무궁무진한 특종의 보고이기도 했다.

"SNS 영상도 만들고 그러는데, 아직 어려서 그냥 영상 좀 만들고 따라다니면서 그런 거 해. 현장 경험 듣자고 하니까 너무 좋아서 왔지."

역시나 K의 답변은 완벽했다. 명수가 듣기엔 분명히 홍준표를 공격하는 듯 보였지만 그저 단순 홍보작업으로 포장했다.

"근데 그 친구들한테 진짜 도움이 됐나요? 캠프에서 넘어온 젊은 친구들 2명은 내가 얘기해도 못 알아들을 거야. 현장 경험 없으면 이해하기 힘들어."

"아니 도움이 되고 재밌다고 했어. 또 부르라고 하더라고."

명수가 현장과 책상머리 사이의 괴리를 걱정하자, K가 재초빙을 거론하며 우려를 불식시켰다. 도움 여부를 떠나 명수는 무조건 와야만 할 이유가 있었던 것이다.

"진짜로요?"

"왜냐면 한두 번 하면 또 배우잖아. 얘들이 다 승무원 출신이라서 기본은 돼 있어요."

"아! 승무원 출신이에요?"

홍보전문가가 아니라는 말에 명수가 의아해하며 재확인했다. 공식적인 채용이 아닌 K의 사적인 루트를 통해 선거캠프를 조직하고 있음이 분명했다. 유력한 대선후보 캠프를 K가 사사로이 통제하고 있는 것이다.

"아무튼 쉴 때 되면 그냥 놀러오세요. 골치 아픈 정치 얘기 안 해도 돼. 그냥 살면서 겪은 재밌는 얘기 해줘."

"알겠어요. 누님!"

"누나처럼 생각하고 그냥 부담 갖지 마요."

"알겠습니다."

오누이의 사적인 정을 나누자는 제안에 명수가 흔쾌히 응하면서 통화를 마쳤다. K가 언론사 기자를 사적으로 길들이기에 성공한 것이다. 하지만 이는 표면적인 관계일 뿐, K도 명수도 상대를 온전히 믿지는 못하고 있었다.

9월 8일, 고발사주 의혹에 대한 김웅 의원의 해명이 오락가락하면서 논란은 더욱 가열되고 있었다. 여야를 막론하고 비판의 목소리가 거세지자 Y는 결국 여의도 국회 소통관을 찾아 고발사주의혹이 정치공작에 불과하다고 주장하기에 이르렀다.

'이럴 때 나서줘야 착한 동생이지!'

Y의 기자회견 직후부터 각계의 반응을 모니터링 하던 명수가 기자회견 요약본을 K에게 메시지로 보냈다. K와의 통화를 위한 관심표명의 일환이었다. 유력한 대선후보 부인과의 통화 자체만으로도 특종인 것만은 분명했지만, 최대한 통화를 성사시켜 종잡을수 없는 K의 세계관을 좀 더 파고들고 싶었다.

문자를 보낸 지 5분이 지나도 K가 별다른 반응이 없자 기자들 사이에서 오고가는 분석내용을 다시 문자로 보냈다.

'뉴스버스 보도 관련 최초 제보자는 조성은이라는 추측 나옴. 조성은은 천하람, 김재섭과 함께 지난해 총선 무렵 국민의힘 들어온인물. 현재 국민의힘 대선예비후보 Y 비판 대열에 가세. 이재명 더불어민주당 후보 돕는다는 설도 있음. 손준성 검사가 추미애 라인이냐, Y 라인이냐 두고 말은 많은데 당시 Y 라인이었다는 데 무게.'

이렇듯 장문의 분석문자를 보냈지만 K는 좀처럼 응답하지 않았다. Y의 기자회견 후, 각계의 반응을 살피고 있거나 추후 대응책을 놓고 회의 중에 있는 것이 분명했다. 사실상 선거캠프를 사조직을 통해 총지휘하고 있는 것이 K였으니 당연히 분주할 수밖에 없을 것이었다. 오늘 통화 또한 장담할 수 없었던 것이다.

'동생 최고!'

얼마 지나지 않아 응답이 왔다. 판세 분석이 매우 흡족했던 모양이었다. 명수가 때를 놓치지 않고 바로 통화를 예고하는 메시지를 보냈다.

'누님, 늦게 전화 드릴게요.'

하지만 K는 바로 응답을 주지 않았다. 여전히 회의 중이거나 아니면 명수와 통화할 가치를 재고 있을 것이었다. 여하튼 통화에 있어서 명수가 을이고 K가 갑이었기에 명수는 일단 K의 처분을 기다리는 수밖에 별 도리가 없었다. 다행히도 30분 후 K가 '넹'이라는 긍정의 답신을 보내오면서 명수는 또 한 번의 통화기회를 얻게 되었다.

11시경 사무실에서 관련 기사들을 모니터링 하던 명수가 핸드폰을 집어 들었다. K가 미리 기다리고 있었는지 통화대기음이 몇 번 울리지도 않아 전화를 받았다. 사안이 생각보다 급박했던 것이다.

"우리 동생!"

"네!"

"잘 쉬었어요? 요즘 별 일 없죠?"

"별 일요? 별 일 없죠."

명수를 친동생 대하듯 살갑게 대하는 K와의 통화는 더 이상 낯설지 않은 일상이 되어가고 있었다. 조금만 더 버티면 그들만의 세상에 입문할 날이 멀지 않아 보였다.

"아니 오늘 오라고 하려 했는데, 아까 누가 온다고 해서…… 밥 먹고 가면 좋은데!"

"누나, 전화로는 전혀 힘든 기색이 안 보이네. 지금 총장님 내부에서 엄청 까이니까 걱정 좀 많이 할 줄 알고, 나도 고민 좀 했지."

"죽겠어. 동생이 나 좀 위로해줘. 누나를 도와야지."

명수의 우려에 K가 내심 기다렸다는 듯 엄살을 피웠다. 내우외환이 따로 없었으니 지푸라기라도 잡고 싶은 심정이었을 것이다.

"지금 국민의힘 내부싸움 하고 있잖아!"

"국민의 힘으로 당원 가입해라. 명수가."

"내가? 가입하는 거는 뭐 쉬운 거지, 어려운 건 아니니까."

친근하게 이름까지 불러가며 꺼내 든 K의 뜬금없는 제안에 명수가 당황한 듯 말끝을 흐렸다. 명수의 당원 가입으로 완전한 변절을 노리는 듯했다. 만약 선임기자인 명수가 전향해 K 캠프로 온다면 그동안 서울의 소리에서 방송한 의혹들을 단번에 부정할 수 있는 명분이 생기기 때문이다. 적어도 보수층에서는 K의 정당성을 확보할 수 있을 뿐 아니라 중도 표심까지도 요동칠 수 있었다. 그야말로 금상첨화였다.

"해요. 해!"

"내가 기자니까 당원 가입 같은 거 안 해! 나도 저기 민주당 쪽에 있으면서도 당원 가입 같은 거 안 했어요."

거듭된 K의 종용에도 명수의 입장은 단호했다. 아무리 취재가 목적이라고는 하지만 자신의 정체성까지 뒤엎을 당원 가입은 무리였다.

"안 해도 돼! 민주당은 워낙 세잖아!"

"누나, 지금 상황이 내부싸움으로 비춰지잖아요. 총장님은 내부싸움 그만 해야 돼. 저기 이재명을 까야 돼. 이재명을 까야지! 지금 민주당 같은 경우에도 최근에 이낙연, 이재명 막 싸우는 네거티브를 많이 했잖아."

K가 크게 실망한 듯 말끝을 올리자 명수가 난감한 상황을 빠져나갈 요량으로 재빨리 이재명을 꺼내들었다. 하지만 K가 이렇다 할 반응 없이 시큰둥해하자 좀 더 적극적으로 주장을 이어나갔다.

"어차피 이재명 지지자들은 한정돼 있거든. 국민의힘도 마찬가지야. 지지하는 당원들은 한정돼 있는데, 거기서 내부싸움을 해버리면 별로 안 좋지."

"알았어. 다음 주에 와! 와서 또 우리끼리 밥 먹으면서 얘기하자. 재미있다. 쭉 그냥 우리끼리 얘기를 하자!"

명수의 분석을 듣는 둥 마는 둥 K는 일방적으로 사무실 방문을 종용했다. 통화로는 한계가 있으니 눈앞에 명수를 붙들어 놓고 담판을 짓겠다는 것이다. 명수가 기자정신으로 당원 가입 불가를 에둘러댔지만 K를 설득하기에는 부족했던 것이다.

"누나, 내가 이재명에 대해 불거지지 않은 것들을 지금 뽑고 있어."

"그런 거 뽑아서 좀 가져와!"

고육지책으로 꺼내든 명수의 솔깃한 제안에 K가 마지못해 퉁명스럽게 받아들였다. 당원 가입 거절에 토라지긴 했어도 챙길 것은 반드시 챙기겠다는 것이다.

"내가 지금 몇 개 보고 있어요. 근데 총장님 오늘 또 인터넷 언론 비하 얘기를 해서……."

"기자회견?"

"기자회견에서 인터넷 언론을 조금 디스하는 내용이 들어갔거든. 메이저 언론보다 인터넷 언론이 더 많거든. 당연히 그 사람들 되게 서러움 받지. 그게 좀 옥에 티였어. 우리 언론인 방에서도 그 얘기 좀 나오더라고. 자존심 상한다는 얘기 있지. 어떻게 보면."

K의 심통에 화두를 바꿀 요량으로 명수가 작심한 듯 마이너리티 언론의 서러움을 토로했다. 10년이라는 긴 세월동안 굵직한 특종들을 종종 터트려 왔지만 제대로 평가받은 적은 단 한 번도 없었다. 제아무리 발버둥 쳐도 레거시 미디어의 엄청난 영향력을 뛰어넘기란 불가능에 가까웠다.

"그게 자존심 상하는 얘기인 건 맞는데, 사실상 그렇거든. 우리 검찰이나 이런 데서는 인터넷 언론은 아예 출입을 못하게 하거든. 정론지에서는 검증이 안 된 건 안 쓰잖아요."

'하! 우리 검찰? 검찰이 당신 거야?'

실소가 절로 나왔다. 몇 안 되는 특수부 라인 검사들이 전체 검찰을 쥐락펴락하고 있으니, 특수부의 정점인 Y를 손에 쥔 K가 실질적인 검찰의 수괴라 해도 틀린 말은 아니었다. 숱한 의혹에도 K가 그 어떤 처벌도 없이 영부인 예비후보에 오를 수 있었던 결정적인 이유였다.

"어찌 됐든 인터넷 언론이 만 명, 만 개인데, 걔네들 말도 안 되는 걸 쓰는데, 내가 그러면 쥴리가 맞다는 얘기야? 말이 안 되지. 쥴리란 얘기를 정론지가 어떻게 써?"

"그렇죠."

K가 흥분한 끝에 쥴리까지 튀어나오자, 명수가 달래주듯 수긍했다. 아킬레스건인 쥴리만은 K의 역성을 들어줘야만 둘만의 밀회를 유지시킬 수 있었다.

"고소당하면 어떻게 하려고? 그거는 이해를 해야 해! 동생이 크게 봐서 이해를 해야 하고!"

"누나 지금 내 얘기를 하는 게 아니지."

도를 넘어선 K의 일방적인 주장에 명수가 결국 반기를 들었다. 아무리 K가 갑이라 해도 자신이 10년간 몸 담아온 인터넷 언론 자체를 부정하는 것은 참을 수 없었다.

"하여튼 명수는, 동생은 여기 얘기 들으면 또 다른 걸 알 수 있어. 가려 보라 이거야! 뭐가 맞는지…… 내가 자신 있으니까 오라고 하는 거야. 속임수 그런 거 아니니까. 나중에 우리를 도와, 좀!"

"나는 누나, 지금이 총장님 제일 위기라 생각하거든."

K의 넘치는 자신감에 명수가 다시 고발사주를 꺼내 들었다. 중대

사안인 만큼 직접 끼어들어야만 뭔가 씹을만할 건더기라도 건질
수 있었다.

"뭐가 위기야? 왜 위기야?"

"그러니까 이거를 잘 벗어나야 해. 누님 보는 거하고, 내 생각이
달라서 대화가 잘 안 되는 거 같은데. 난 누님이 걱정하고 있을까
봐 고민하고 있었는데, 누나는 별로 위기가 아니라 생각하고 있으
니까. 이 상황이……."

연이어 현실을 부정하는 K의 당당함에 명수가 자신의 진심을 내
보이며 설득에 나섰다.

"아! 김웅 사건?"

"그렇지. 이 사건 말하는 거지. 이게 내부싸움이잖아."

"이거 위기 아니야. 잘 몰라서 그래. 이거 검찰, 법하고 맞닿는 거
잖아요. 김웅이 자꾸만 발화를 시키려고 하는 건데, 이건 위기가
아니야. 나중에 한번 봐봐. 누구 말이 맞나. 그러니까 한 차원 더
높이 봐야 돼. 명수 씨가 조금만 더 바라봐야 돼."

'검찰을 손에 쥐고 있으니 문제될 게 없다 이건가?'

아무리 비리가 폭로되고 증거가 넘쳐난다 해도 기소권을 쥐고 있
는 검찰이 손을 놓고 있으면, 백 번이고 만 번이고 고소한다한들
무용지물이었다.

"옆에서는 다 '우리가 끝났다.' 그러는 거 알지, 그런데 왜 끝이
나? 지금 어쨌든 지지율 1위 나왔잖아. 그런 걸로 나가떨어질 사
람이 아니야."

'이 자신감은 뭐야? 검찰도 모자라 조중동이 뒤에서 버텨주고 있다 이건가?'

Y가 중앙지검장 시절, 역술인까지 대동하고 조중동의 사주들과 만났다는 것은 이미 세간에 알려진 사실이었다. 게다가 조중동이 마음만 먹으면 보수진영에서의 지지율 1위 만들기는 말 그대로 땅 짚고 헤엄치기였다.

"공작을 얼마나 당했어? 근데 정확히 이 사람이 했다는 게 안 나오면 그렇게 될 수가 없어요. 오히려 역풍 당해요. 두고 보세요."

"네!"

자신감을 넘어 당당하기까지 한 K의 확신에 명수는 수긍할 수밖에 없었다. '대통령은 우리가 결정한다.'는 조선일보와 무소불위의 검찰 특수부가 의기투합하면 못할 짓이 없는 대한민국이었다.

"처음에는 위기라고 생각했는데 위기 아니야. 그 세상이 아닌 또 다른 세상이 있어. 자기가 바라보는 세상이 아닌 또 다른 세상 말이야. 그러니까 여기 와서 같이 공유하면 객관적이 되는 거지."

'당신들만의 세상은 뭐가 다른데? 그 세상으로 들어가면 진실이 거짓이 되고 거짓이 진실이 된다는 건가!'

순간 명수는 그들만의 세상에 대한 갈증을 느꼈다. 변절을 해서라도 그들 세상으로 넘어가 보고 싶은 충동이 솟구쳤다. 현직 대통령도 구속시킬 수 있는 검찰 카르텔을 손에 쥐고 있는데, 검찰총장은 물론 법무부장관 또한 유명무실한 빛 좋은 개살구에 불과했다.

"그러니까 놀러 와서 얘기 듣고, 고기나 먹고 맥주나 마시자고."

"그래요. 다음 주 언제요?"

"아유 또 뭐 죽으면 어때 안 하면 되는 거지. 인생이라는 거 그거 뭐 아무 것도 아니야."

말이 나온 김에 약속을 잡자데 K가 될 대로 되라며 또 딴소리를 했다. 입발림을 해놓고는 아차 싶어 능청스럽게 넘어가자는 것인지? 아니면 불현듯 속내가 튀어나온 것인지 종잡을 수가 없었다.

"아니 나는 누님이 잘 돼야 하잖아요."

"내가 잘 되면 명수는 저절로 잘 되지. 그걸 깨달아야 하는 거야."

"누님이 저번에 통화하면서 나한테, 누님 그렇게 얘기 했잖아요. 누님이 잘 돼야 명수도 좋지."

"당연한 거 아니야? 객관적으로 생각해봐. 명수도 이제 나이가 있잖아. 생각해봐. 내가 잘 되면 당연히 잘 되는 거 아니야?"

"그렇죠."

명수를 자신의 사람이라고 단정 짓는 K의 확신에 명수가 주저 없이 수긍했다. 하지만 입발림과는 달리 회동약속을 회피하는 듯한 K의 속내에 의문을 던질 수밖에 없었다.

"오케이. 아무 때나 문자 보내고."

"네네 알겠어요. 누님, 내가 뭐 좀 도와줄까? 언론인들 돌아다니는 내용들 내가 좀 보내줘? 뭐 어떻게 할까?"

"아니! 아니! 그런 건 필요 없고. 정대택 그 새끼나 좀 진짜, 아휴! 내가 말을 안 하더라도 진짜 나쁜 놈이야. 나중에 봐봐! 내 말이 맞나 틀리나. 걔는 망하게 되어 있어."

명수의 호의를 무시하듯 사양한 K가 정 회장을 향해 저주 섞인 막말을 퍼부었다. 주저 없이 막말을 뱉어낼 만큼 명수가 K의 사람으로 인정받았다는 의미이기도 했다.

"쟤는 뭐, 도대체 뭘 해서 돈을 벌고 다니나? 그것 좀 한번 확인 좀 한번 해봐요! 굉장히 위험한 사람이거든, 지금. 요즘 좀 힘을 잃지 않았나? 계속 더 난리야!"

'도둑이 제 발 절인다고 위험할 수밖에!'

마침내 K의 첫 지시가 떨어졌다. 역시나 K가 원했던 바는 정 회장의 일거수일투족감시였다. 그토록 명수를 회유하려던 이유이기도 했다.

"순전히 자기네 얘기만 하고 말이야. 응? 이 세상에 자기네만 천지야! 그러면은 명수 씨 한번 봐봐! 명수 씨 돈이 있어. 정대택 하고 사업할래? 나랑 할래?

"누님이랑 하죠."

"당연하지. 그건 당연한 거 아니야?"

"네!"

거듭 운명공동체임을 확인하는 K의 종용에 명수가 반론의 여지 없이 수긍했다. 더는 잴 것 없이 확실한 K의 사람이 돼줘야 그들만의 문턱을 넘을 수 있었다.

"사람이 양지에서 밝은 빛 아래 정상적으로 놀아야지 자식들도 잘 되는 거야."

"맞아요. 맞아!"

"돈도 들어오고."

"예."

"하여튼 우리 다음 주에 또 얘기해. 내가 또 부탁할 게 있으면 문자할게요. 수시로 문자해요."

"네, 누님 알겠어요."

휴대폰을 내려놓은 명수의 얼굴에 회심의 미소가 드리워졌다. K가 일감을 주겠다는 것은 수하로 받아들이겠다는 의미였다. 그리고 이중 스파이로 변절한 명수는 머지않아 그들만의 세계에 입성할 수 있을 터였다. 하지만 쉽지 않은 숙제도 남아 있었다.

'계속 입당을 요구할지도!'

국민의힘 입당은 명수의 변절을 증명하는 보증수표나 다름이 없었다. 끝내 명수가 입당을 안 한다면 K도 쉽사리 그들의 문턱을 허락하지 않을 것이었다.

10. 홍준표를 저격하라!

 9월 9일 오후, K의 모친 최 씨가 보석으로 석방되면서 항간에 화제로 떠올랐다. 법원은 증거인멸금지 서약서와 주거지 제한 등을 내걸었지만 사실상 K에게 채워진 족쇄를 풀어준 거나 다름이 없었다.

'이게 말이 되는 일이야?'

국회 인근 식당에서 아침 겸 점심으로 허기를 달래던 명수는 최 씨의 석방 소식을 접하고 귀를 의심해야 했다. 요양병원을 불법으로 개설해 요양급여 23억을 부정하게 받아 구속된 지 2개월 만이었다. 조국 부인 정경심 교수는 건강 악화로 재판 중 실신을 해도 모르쇠로 일관하던 검찰과 법원이 단 두 달 만에 풀어준 것이다.

'역시 특수통이야! 못하는 게 없어!'

명수는 지체 없이 최 씨 관련기사 링크를 K에게 문자로 보냈다. '저는 늘 당신만 바라보고 있다.'는 충성심의 표현이었다. 3분이 지나도 답신이 없자 명수는 다시 축하 메시지를 보냈다. 모친이 석방된 특별한 날인이만큼 K와의 통화를 기록으로 남길 필요가 있었다.

'누님, 엄마 석방 근심걱정 하나 줄었네요.~ 다행입니다.^^'

하지만 10분이 흘러도 답신은 오지 않았다. 당장은 회포를 푸느라 정신이 없을 터였다. 포기하고 핸드폰을 내려놓을 찰라 메시지 수신음이 울렸다.

'감사해요ㅠ'

통화를 하고 싶었지만 오늘은 메시지만으로 만족해야 할 듯했다. 짤막한 답신이었지만 분주한 와중에도 신경을 써줬다는 것은 명수를 인정한다는 의미이기도 했다. 괜스레 귀찮게 해서 노여움을 사느니 답신만으로도 만족해야 했다.

9월 13일, 국민대의 '박사학위 논문 부정 의혹' 조사 거부에 대한 각계의 반발과 함께, 강사 이력 허위 기재, Y의 스폰서 의혹, 도이치모터스 주가조작 의혹에 관한 압수수색 뉴스까지 연이어 터지면서 K가 매우 곤경에 처한 형국이었다.

'오늘은 받을 만하겠지!

늦은 저녁을 먹고 사무실로 들어온 명수가 핸드폰을 꺼내 들었다. 모친이 석방된 지도 나흘이나 지난 데다 K가 수세에 몰린 형국이니 전화를 받을 공산이 컸다. 우선 메시지를 보내 K의 의중을 떠보기로 했다.

'똑똑~누님 바쁘세요?'

30분이 지나도 답신이 없자 다시 메시지를 보냈다. Y의 유튜브 채널에서 올린 영상 주소였다. Y를 미끼로 던져보자는 것이다.

'모략과 공작 걱정 없습니다! 바로 여러분들이 지지해주시기 때문입니다.'

하지만 한 시간을 기다려도 자정이 넘어서도 응답은 없었다. 기다리다 지친 명수가 담배를 꺼내 물었다.

'이제는 아쉬울 게 없다?'

K와의 첫 통화가 성사된 시기는 모친 최 씨가 구속 수감된 직후 몹시 어려웠던 때였다. 이제 족쇄와도 같았던 모친이 석방되었으니 절박함이 줄어들 수밖에 없었다.

'아니면 엄마가 말리고 있는지도?'

석방 된 최 씨 또한 명수와의 관계를 모를 리 없었다. K가 갑자기 연락을 끊는다면 최 씨의 만류 말고는 다른 이유를 찾기 힘들었다.

'그냥 다 터트려버려?'

배신감에 당장 녹취를 공개하려는 생각마저 들었다. 사무실까지 방문해 적지 않은 돈까지 받았으니 지금 당장 터트린다 해도 K에게 큰 타격을 줄 수 있었다.

'아니지! 지금 터트리기엔 너무 아까워!'

명수가 K의 녹취록을 아껴두고 있는 이유는 대선 때문이었다. Y가 다른 후보들보다 수월한 상대로 점쳐지고 있었기에, 공개하더라도 후보로 결정된 후에나 할 생각이었다. 더욱이 논문 논란이 한창이어서 반드시 K의 입장을 직접 들어봐야 했다.

'조금만 더 참아 보자!'

지금 녹취를 터트려봤자 야권의 경쟁 상대들에게만 유리할 뿐, 결정적인 대선에서는 무용지물이 될 수도 있었다. 결코 수류탄 정도로 가볍게 던질 무게가 아니었다.

9월 14일, 국민대 민주동문회가 K의 논문 조사를 촉구하고 나서면서 온종일 시끌벅적했다. 수준 이하 'Yuji' 논문으로 받은 박사학위로 강의를 한 것도 모자라 논문심사까지 했으니 동문들의 원성을 살만 했다.

'교수들을 어떻게 엮었기에! 정말 대단한 누님이셔!'

훗날 밝혀진 사실에 의하면 국민대가 상당수의 도이치모터스 주식을 비공식적인 루트로 보유했던 것으로 드러났다. 바로 K가 주가조작 공범으로 엮인 바로 그 주식이었다. 수준 이하의 표절논문들이 어떻게 통과 될 수 있었는지 삼척동자도 추측 가능한 시나리오였다. 하지만 검찰의 복지부동으로 더는 진실을 파헤칠 수 없었다.

오전 내내 K의 답신을 기다리다 지친 명수는 홍준표가 미디어총괄 본부장으로 이영돈 PD를 영입했다는 소식을 접하고 바로 K에게 메시지를 보냈다. 국민대동문회 입장발표로 골머리를 앓고 있을 K에게 경선관련 소식으로 분위기를 전환시켜보자는 의도였다.

'홍준표.jp희망캠프에 미디어 총괄본부장으로 이영돈 PD를 영입

했습니다…(중략)…외신 대변인으로는 권민영 중앙여성위원회 부위원장님이 도와주기로 했습니다. 세분께 감사드립니다.'

그리곤 연이어 오늘 숨진 조용기 목사 관련 기사와 사진을 여러 차례 메시지로 전송했다. 보수진영에서는 무시할 수 없는 인사였기에 잘 대처해보라는 의미였다. 하지만 메시지를 전송하고 30분이 지나도 답신이 없자 명수도 슬슬 짜증이 나기 시작했다.

'엄마가 나오니까 이제 끝내자는 건가?'

이틀간이나 연이어 모르쇠를 하고 있으니 자존심마저 상했다. 그때 홍준표의 이영돈 영입 보류 기사가 눈에 들어왔다. 이영돈의 도덕성에 관한 지지자들의 반발 때문이었다. 영입 발표를 전송한 지 채 한 시간도 되지 못한 터라 바로 정정내용을 K에게 전송해줘야 했다. 자존심을 떠나 신뢰의 문제였다.

'홍준표, 이영돈 PD 영입 보류'

하지만 불길한 예상을 비껴가지 못하고 자정이 넘어가도록 K는 감감 무소식이었다. 석방된 모친 최 씨의 만류로 머뭇거리고 있는지도 모를 일이었다.

'이제 끝난 건가?'

모친의 석방으로 명수의 효용가치가 떨어진 것인지? 모친의 반대로 연락을 끊은 것인지? 도무지 감을 잡을 수 없었다.

'하루만 더 기다려 보자!'

과거에도 며칠씩 답신이 없었던지라 조금 더 기다려 보기로 했다. 만약 K가 영영 연락을 끊는다 해도 녹취는 대선을 위해 아껴둬야

했기에 급할 것은 없었다.

9월 15일, 어김없이 K의 박사논문과 Y의 고발사주 의혹이 세간의 화두를 장식하고 있었지만 K로부터의 답신은 없었다. 명수도 더는 메시지를 보낼 생각이 없었다. 너무 일방적으로 매달리다 보면 의심을 살수도 있거니와 명수의 가치도 저렴해질 뿐이었다.

'자기가 답답하면 연락이 오겠지.'

녹취는 지금까지 확보한 것만으로도 충분했다. 통화한 시간만 해도 이미 3시간을 넘어서면서 K의 실체를 적나라하게 드러냈다. 여기에 경선캠프의 사령탑이라 할 수 있는 코바나컨텐츠 사무실 방문까지 보태면 대선 판도를 뒤흔들 수도 있었다.

'커피나 한잔 마셔볼까!'

어젯밤 자기 전 들이킨 소주의 숙취가 점심 때를 넘겨서도 가시지 않았다. 애초에 취재를 전제로 한 변절이었지만 K에 대한 배신감에 술에 취하고서야 잠에 들 수 있었다.

'띵동'

명수가 막 자리에서 일어나려는 찰라 메시지 수신음이 울렸다. 그냥 무시하려다 못내 마음에 걸려 확인한 명수의 얼굴에 화색이 돌았다. 그토록 기대하던 K의 메시지였다. 이틀간 경선 때문에 정신이 없었던 것이었다.

'국민의힘 1차 컷오프 현황 47% 윤석렬 18% 홍준표 11% 최재형 6% 유승민 6% 원희룡 5% 황교안 4% 하태경 3% 안상수 정쟁으로 같은 국민의힘끼리 네거티브하지 말고 정권교체의 힘을

만들어 가시기 바랍니다. 탈락하신 3분도 훌륭하신 인물입니다. 특히 박진 의원님이 넘 아쉽습니다.'

부부의 숱한 리스크에도 Y의 압도적인 승리였다. 하루가 멀다 하고 폭로된 의혹들을 무색케 하는 의외의 결과였다. 명수의 입가에 미소가 드리워졌다. Y가 야당의 대선 후보로 등극해야만 명수의 기나긴 취재가 빛을 볼 수 있을 터였다. 자존심이고 뭐고 잴 것도 없이 곧바로 답신을 보냈다.

'총장님 무난히 본선 가겠네요~ 축하합니다^^ 앞으로 홍준표 네거티브 공격 엄청 들어오겠네요.'

30분이 지나도 답신이 없자 경선에 임하는 Y의 각오를 전하는 기사를 캡쳐해 보냈다.

'Y "나는 가장 확실한 승리카드. 대선 압승 위해 정진"'

K가 이틀 만에 소식을 전했다는 것은 여전히 명수의 활약을 염두해 두고 있다는 의미였다. K가 메시지 하나를 보내면 명수는 두세 개를 보내 충성심을 입증해야 했다. 하지만 한 시간 가량을 기다려도 응답은 오지 않았다. 명수는 메시지를 더 보내기 보다는 컷오프 결과를 두고 판세분석에 집중하기로 했다. K의 신임을 받으려면 무엇보다도 가장 강력한 상대인 홍준표를 따돌릴 방안이 필요했다.

'홍준표든 정 회장이든 나도 뭔가를 줘야 얻는 게 있겠지!'

불현듯 명수는 촬영 장비를 챙겨 서둘러 사무실을 나섰다. 서울대에서 열리는 홍준표의 토크콘서트를 취재할 생각이었다. 명수의 난감한 질문으로 홍준표가 곤경에 처하면 후한 점수를 딸 수 있을 터였다.

저녁 7시경 토크콘서트가 끝나고 사무실로 돌아오는 길이었다. 홍준표에게 질문 기회를 잡지 못해 아쉽기만 한 귀가 길이었다. 그런데 막 이수교차로를 지날 즈음 전화벨이 울렸다. 운전 중이라 받을까 말까 망설이다 들여다보니 K였다.

"예. 누님!"

"아유! 우리 동생 잘 있었어요?"

"누나 어떻게 잘 있어요?"

"며칠 아파서 그랬어. 엄마도 나오고 그랬지. 동생은 잘 지내요? 잘 먹고?"

K는 이틀간 연락을 끊고 칩거한 것을 의식했는지 건강문제를 핑계 삼았다. 하지만 명수는 아무래도 상관없었다. 아킬레스건인 모친이 석방된 후에도 관계를 이어나간다는 것은 명수가 여전히 쓸모가 있다는 증표였다. 명수는 자신의 충성심을 입증이라도 하려는 듯 홍준표 콘서트를 꺼내들었다.

"홍준표 이제 쫓아다닐 거거든. 오후에 서울대학교 홍준표하고 대학생들 토크 콘서트 있었거든요. 촬영 갔다가 좀 질문 하려고 준비했는데 대학생들이 너무 질문을 많이 해가지고 못했어요. 이젠 우리 어르신이 홍준표만 따라다니래요."

"홍준표 띄워주라고요?"

"띄워주라는 게 아니지. 우리 어르신이 총장님보다 홍준표를 더 싫어해."

K가 홍준표에 흥분한 듯 반문하자 명수가 애써 흥분을 가라앉혔다. 이미 대선경험이 있는 베테랑 홍준표였기에 경계대상 1호일 수밖에 없었다.

"차라리 우리 어르신도 Y 좀 도와주라고 해. 알고 보면 착한 사람이라니까."

"그런 얘기 했다가 맞아죽어요, 그런 얘기는 못하고. 우리 어르신 방송에서도 뭐라고 하잖아. 성격 어쩔 수 없는 거야."

Y를 지지해 달라는 읍소에 명수가 경기를 일으켰다. K가 멋쩍은 듯 반응이 없자 명수는 홍준표와 지지자들을 성토하기 시작했다.

"홍준표가 거품이 너무 많은 거야. 대학생들이 왜 홍준표를 좋아하는지 이해가 안가네. 걔네들도 엘리트잖아요. 오늘 조금 답답했어."

K가 별 관심이 없는 듯 계속 시큰둥하자 명수가 오늘 콘서트 취재의 아쉬움을 이어나갔다.

"반박 같은 거 있으면 재미있을 텐데 자기 얘기만 하더라고. 내가 질문하려고 했던 게 있었는데, 대학생들 위주로 간다고 해서 내가 안 했어. 홍준표도 문제 많거든. 오늘 곤란한 질문도 몇 개 뽑아놨는데, 피해가네! 그래도 내일도 일정이 있으니까."

"동생이 내일 한번 잘 해봐! 홍준표한테 날카로운 질문 좀 해봐!"

K가 침묵을 깨고 더욱 강한 공세를 주문했다. 동시에 명수가 쓴 웃음을 지었다. 언론사 기자에게 상대후보 공격을 사주한 불법이

었다. 충분히 논란이 될 문제였다.

"나야 많지. 홍준표 홍발정부터 시작해서 별명 많잖아요. 그런 별명 붙은 이유가 있거든요. 그리고 10월부터 홍준표 까는 방송 할 거예요. 우리 어르신이."

"좋다. 우리 좀 그만해!"

서울의 소리에서도 홍준표를 저격한다는 소식에 K가 반색했다. 명수가 미리 마련해둔 내용이니 K가 만족해야만 했다.

"우리 어르신 일정을 내가 알잖아요. 옛날에 홍준표가 광주지검에 있을 때 모래시계 검사로 유명하잖아요. 그런데 그 당시에 피해자가 있어. 그분이 광주에 사는데, 서울에 올라와서 홍준표에 대해서 까는 방송 계속 할 거 같아요."

일단 흥미를 끄는 데 성공한 명수가 구체적인 일정까지 들춰내자 K는 숨죽이고 경청에 들어갔다. 홍준표만 완전히 따돌린다면 Y가 대선후보로 등극하는 것은 떼놓은 당상이었다.

"오늘도 학생들 질문에 홍준표가 말한 걸 믿어버리니까 조금 답답하더라고. 누님도 있으면 줘요. 내가 홍준표 전담마크니까, 이제."

"난 정보가 별로 없고, 동생이 잘 파야지 뭐."

명수가 은근슬쩍 정보를 요구하자 K가 모르쇠로 말끝을 흐렸다. 만약 공개된다면 경선불복을 불러올 수도 있는 사안이었다. 명수를 이용하면서도 약점을 허용하지 않겠다는 심산인 것이다.

"우리 쪽은 그만 하라고 해!"

"누님 내가 안 하잖아요."

"Y 때리는 거 요즘도 토요일에 계속 해요?"

"금요일로 바뀌었어. 요즘 뭐 많이 보지도 않더구만!"

Y를 저격하는 서울의 소리는 여전히 K의 근심거리였다. 방송 반응이 시큰둥하다며 우려를 불식시키려했지만 K는 작정이라도 한 듯 쌓인 불만을 이어나갔다.

"안 봐. 이제 그만해, 지겨워. 딴 사람으로 갈아타! 그래야 돈도 벌고 슈퍼챗도 쏘고 그러지. 재미없대, 좌파 애들도."

"알았어. 내가 그 얘기는 어르신한테 말 못하고 '적당히 좀 합시다.' 그런 얘기는 할 순 있겠지. 근데 하라말라 했다가는 혼나지."

K의 투정어린 종용에 명수가 손사래를 쳤다. 아마 백 대표에게 권했다가는 더 했으면 더 했지 안 하니만 못했을 거였다.

"하여튼 반응 안 좋다고, 우리 좀 갈아타자고 해봐봐! 홍준표 까는 게 슈퍼챗은 더 많이 나올 거야. 신선하잖아!"

"홍준표 방송 계속 할 거예요. 응원 많이 해주세요. 진짜로. 홍준표에 대해서 모르는 것들…… 우리가 저번 대선 때도 홍준표 발정제 많이 했었거든요."

연이은 종용에 발정제까지 꺼내들었지만 K를 만족시키기엔 역부족이었다. 시큰둥한 K를 설득시키려 명수는 넋두리를 이어나갔다.

"그거 말고도 어제 바로 우리 어르신이 홍준표 따라다니라고 해서 공부해야 할 것 같아요."

"그래요. 공부 좀 많이 해요. 또 놀러 와서 같이 밥 먹자고!"

그래도 홍준표를 저격하려는 명수의 각오가 가상했는지 K가 명수를 달갑게 초청했다. 만일 공식석상에서 홍준표에게 망신만 줄 수 있다면 더할 나위 없을 것이었다.

"초대해주세요. 누님! 근데 엄마는?"

"엄마는 노인네라서 살이 쪽 빠져서 불쌍해, 지금."

"영양제라도 맞으셨나?"

"병원에 누워 있죠."

"병원에 누워 있어요?"

"다음 주에 놀러 와요. 동생 추석선물도 해줘야 하는데, 와!"

명수의 우려에 K가 거듭 초대로 답했다. 통화를 마무리해야 할 때가 된 것이다. 홍준표 저격에 추석선물까지 나왔으니 꽤나 만족할 만한 통화였다.

"홍준표 취재하고 나서 영상 서울의 소리 올릴 때 누님한테도 보내드릴게. 응원해주세요."

"그래요. 밥 잘 먹고 다니고."

"네네!"

명수는 통화가 끝나자마자 대선후보 초청 콘서트 당시의 홍준표 사진 세 장을 연이어 보냈다. 홍준표를 반드시 저격해주겠다는 명수의 각오이자 충성의 다짐이었다. 일각에서는 홍준표 보다 Y가 더 수월할 것이라는 평가여서 홍준표를 잡는다면 K의 신뢰도 쌓고 일석이조가 되는 셈이었다.

9월 17일, Y와 홍준표의 대립이 격화되면서 두 후보 간의 설전이 연일 세간의 화두를 장식하고 있었다. 정오 즈음 K에게 무엇인가 보여줘야 했던 명수는 우선 홍준표에게 항의하다 봉변당한 야당 책임당원의 유튜브 영상을 보냈다. 하지만 한 시간이 지나도 별 반응이 없자 명수는 홍준표가 향토 기숙사를 찾는다는 첩보를 입수하고 서둘러 강남구의 남명학사 서울관으로 향했다. K가 흡족할 만한 일을 벌이려면 직접 홍준표를 만나 일을 벌여야 했다.

'오늘은 아주 사단을 내버릴 테니까!'

명수는 학사건물 내에서 이렇다 할 기회를 잡지 못하자 먼저 밖으로 나와 때를 노렸다. 이윽고 학생들과의 일정을 마친 홍준표가 현관을 나서자마자 다른 기자들을 제치고 명수가 앞으로 나섰다.

"홍 후보님, 2017년 자유한국당 당대표 시절에 말입니다. 혁신위원장 류석춘씨 임명했잖습니까? 최근에는 연세대 강의에서 '위안부는 매춘부의 일종이다.' 그런 발언을 해서 사회적 물의를 일으켰잖습니까? 류석춘 씨가!"

"예, 예!"

불현듯 명수의 난감한 질문에 홍준표는 고개를 갸우뚱거리는 것이 당황한 기색이 역력했다. 홍준표가 말문을 열지 못하고 머뭇거리자 명수가 재차 질문을 던졌다.

"그 부분에 대해선 사과할 생각이 없으십니까? 자유한국당이 임명했기 때문에 자유한국당 출신 아니겠습니까?"

"그때 그런 얘기 했습니까?"

"2019년도에 그랬잖습니까?"

"음!"

"2019년도에 그랬잖습니까? 연세대 강의에서!"

예상 못한 공세에 당황한 홍준표가 기억을 더듬자 명수가 거듭 시기를 확인시켜주며 몰아붙였다.

"임명 당시에는 그런 얘기 안 했죠!"

"그 당시에도 일부 국회의원들이 '극우 인사다.' 그런 발언들도 많이 있었잖습니까?"

"글쎄요! 그 이후에 일어난 일을 내가 사과할 필요 있습니까? 내가 임명할 당시에는 그런 말 한 일이 없는데!"

명수가 임명 당시의 논란을 다시 소환했지만 홍준표는 끝내 모르쇠로 말끝을 흐렸다. 하지만 류석춘은 2003년도에 한일포럼 행사에서 '식민지 사회를 통해 근대성의 확립이 진척됐다.'며 식민지 근대화론을 옹호한데 이어 '극우는 테러하는 안중근 같은 사람.'이라며 독립운동을 비하해 물의를 일으킨 학자의 탈을 쓴 매국노였다.

늦은 오후 응징취재가 끝나자마자 명수는 곧바로 K에게 홍준표 기념촬영 사진을 보내 보고했다. K도 충분히 만족할만한 성과였다.

'홍 후보 인터뷰 했네요~ㅋ'

하지만 K는 응답이 없었다. 사무실에 당도해 한 시간 가량을 기다려도 반응이 없자, 기다리다 지친 명수가 막 저녁을 먹으러 사무실을 나서려는데 메시지 수신음이 울렸다.

'조국 옹호하니, 서울의 소리에선, 오히려, 띄워줄 듯'

되려 K가 우려를 표명하자 명수가 고심 끝에 답신을 보냈다.

'영상 업로드 하면 홍카콜라 지지율 3% 떨어진다에 500원ㅋ'

'보시죠. ㅎ'

하지만 명수의 자신만만에도 K는 짤막한 답신으로 관망세를 유지했다. 명수는 어떨지 몰라도 서울의 소리는 기대할 수 없다는 것이다. 2년이 넘도록 K 일가를 혹독하게 검증해온 서울의 소리였으니 무리는 아니었다.

다음 날 늦은 오후 명수는 홍준표 응진취재가 유튜브에 업로드되자마자 바로 K에게 메시지로 보고했다.

'토착왜구 류석춘 혁신위원장 임명 사과할 생각 없냐? 물었더니. 오리발 내민 홍준표.'

영상을 보면 K가 흡족해할 것이라 기대했지만 K는 자정이 지나도록 답을 주지 않았다. 훗날 밝혀진 사실이지만 Y의 아버지가 일본정부 장학생 1호였던 친일학자였던 데다 할아버지까지 친일색이 완연했던 터라 토착왜구라는 말이 귀에 거슬렸을 것이 분명했다.

11. 국정조사를 막아라!

9월 19일 정오, K가 홍준표 응징취재에도 시큰둥해 하자 명수는 오전에 입수한 정 회장의 국정감사 참고인 출석요구서 사진을 K에게 보냈다. 최근 가장 우려했던 이슈였기에 K를 자극하기에 충분했다.

'정대택 국감에 나가게 되었다고 좋아 어쩔 줄 몰라 하네!'

'얄미운 노인네!'

몇 분이 흘러도 답이 없자 명수가 약이라도 올리듯 메시지를 연이어 보냈다. 어머니가 석방되고 당내 Y의 지지율이 높아지면서 K가 부쩍 거만해졌기에 관심을 끌려면 좀 더 자극적인 요법이 필요했다. 결국 한 시간이 지나지 못해 K로부터 전화가 왔다. 명수 특단의 자극요법이 힘을 발휘한 것이다.

"동생 바빠요?"

"네. 누나 나 조금 이따가 사람 만나야 되니까, 저녁에 전화해도 돼요?"

"네! 네!"

"알겠어요."

부러 바쁜 척 통화를 미뤘다. 정 회장의 국감 출석에 한참 안달이 나있을 터였다. 이참에 명수도 몸값을 높여놔야 후사가 편한 법이었다. 그럭저럭 기사를 모니터링하며 시간을 보내다 오후 2시경 충격적인 기사를 접하고 바로 K에게 메시지를 보냈다. Y의 최측근인 장제원의 아들이 접촉사고를 내곤 음주측정을 요구한 경찰을 폭행하다 결국 체포된 것이다.

'장제원 아들 장용준, 경찰머리 들이받아 현행범 체포'

'장제원 의원 아들 또 사고 쳤네요. ㅠㅜ 으이그~'

전화를 기다리는 K에게 전화 대신 메시지를 보낸 것은 '더는 나를 무시하지 말라!'는 일종의 경고였다. 하지만 K도 쉽게 굽히는 스타일이 아니었다. 20분이 지나도 답이 없자 또 다시 통화 대신 명수의 우스꽝스러운 사진이 담긴 추석인사 카드를 보냈다. 명수도 굽히지 않겠다는 의미였다. 지금 아쉬운 쪽은 명수가 아닌 K였다. 결국 10분 후 K가 마지못해 답신을 보내왔다.

'ㅋ. 귀엽네 동상'

짧막한 답신이었지만 일단은 명수의 승리였다. K는 국감 출석 소식에 목말라있을 터였기에 당장은 명수의 의도대로 끌려갈 수밖에 없었다.

저녁 무렵 사무실에서 취재내용을 정리하던 명수가 핸드폰을 집어 들었다. 하지만 통화 대기음이 끊어지고 자동응답 메시지가 도착했다.

'나중에 전화 드려도 될까요?'

'넵~^^'

명수가 첫 통화 때와 마찬가지로 한마디로 답했다. 통화할 상황이 못 되는지 알 수 없었지만 K가 자존심을 구긴 것만은 확실해 보였다. 결국 밤 9시경 마침내 K로부터 전화가 왔다. 정 회장이 국감장에 출석해 증언하게 되면 방송을 타면서 여론이 악화되기 마련이었다. 어떻게든 국감 출석을 막아야 했던 것이다.

"아이고! 우리 동상. 집사부일체 좀 보지 그랬어?"

"나 밖에 있었는데. 우리 딸내미가 사진 찍어서 보내더라, 나한테? 우리 애들은 되게 좋아하잖아, 집사부일체."

"그렇지 애들이니까."

K가 Y의 연예프로 출연으로 말문을 열자 명수가 아이들을 빌어 답했다. 국감문제부터 꺼내들 것이란 예상을 깨고 명수의 허를 찌른 것이다.

"그 뭐지 광고? 미리 보는 거 봤어요. 아니 어제 국수 먹는 거, 아주 서민적이고 괜찮았어."

"서민적인 게 아니라 그냥 서민이야, 서민."

당초 국민들에게 Y의 서민적인 면을 어필하기 위한 출연이었다. 국민정서와 거리가 있는 검찰총장의 권위를 희석시킬 필요가 있었던 것이다.

"꾸밈없이 보이더라. 내가 유튜브로 보니까 옛날에 검찰총장 할 때 순대국 먹었잖아요. 그땐 연출이라 생각했었는데, 이제 보니 연출이 아니구나! 일상적인거구나!"

"내가 나중에 여기 놀러오면 후기를 알려줄게."

명수의 찬사에 K가 살가운 초대로 답했다. 돈에 결코 순정적이지 않은 명수는 사료에 잘 길들여지지 않는 야생마와도 같았다. 손에 쥐고 통제하려면 자주 만나 선물로 정을 나눠야 했다.

"누나, 집사부일체 섭외한 사람 진짜 성과급 줘야 한다. 너무 멋있었어. 내가 짤 영상으로 봤어. 예고편 말이야. 김말이를 프라이팬에 기름 없이 하는 새로운 것을 또 알았네!"

거친 상남자 외모와는 달리 명수의 유일한 취미가 바로 요리였다. 자신 있는 분야였던 만큼 할 말도 많았다.

"누님, 내가 그랬잖아. 요리 잘한다고. 각지게 하는 것도 한두 번으로 해서 되는 실력이 아니거든. 누님, 총장님이 밥 해주는 사람 아니에요? 누님보다 더 잘할 거 같은데?"

"난 아예 안 하고 우리 남편이 다 하지. 나한테 해서 주지."

정 회장이 말했던 대로 K는 거의 요리를 하지 않았다. 본인의 입으로 털어놨듯이 K는 남자요 Y는 여자로 궁합을 맞춘 듯했다.

"되게 잘 하더라!"

"그럼, 난 점심 먹고 해놓고 출근하지. 검사 할 때는. 지금은 시간이 없어서 못하고. 난 요리를 한 번도 해본 적이 없어요. 시집와서, 우리 남편이 다 하지."

명수의 부러움 섞인 감탄에 K가 남편자랑을 늘어놓았다. 남편의 사랑이라 포장한다지만 동시에 게으른 자신을 향한 비난의 화살이 될 수도 있었다.

"누나 총장님 유튜브 개국 했잖아요. 오늘, 올려놨더구만. 보고 있었거든."

"나중에 고칠 거 있으면 가르쳐줘!"

"서민 좀 나오게 하지 마! 나 서민 그 사람 싫어해. 걔는 예능프로식으로 재밌게 하는 건데 생긴 거 봐봐!"

"그럼 동생이 나와! 동생 이번에 한번 이끌어가 봐. 동생은 노무현 좋아하나?"

명수의 서민 타박에 K가 뜬금없이 노무현 대통령을 들고 나왔다. 짚이는 것은 있었지만 예상 밖의 일이었다.

"노짱이요? 노무현 대통령!"

"노무현 좋아해?"

"내가? 노무현 대통령 당연히 좋아하죠."

"우리 남편 노무현 젤 좋아하거든. 그래서 마지막에 집사부일체 보면 노무현 대통령 생각하며 이승철 '그런 사람 또 없습니다' 그 노래 부르고 끝났거든. 노무현 대통령 생각하면서 부르는 거라고. 우리 남편은 그러고 끝냈어."

"그랬어요?"

명수가 알겠다는 듯 고개를 끄덕이며 미소 지었다. 2004년 노무현 대통령 탄핵정국 당시, 부당함을 호소하며 분신을 감행했다 기사회생한 사람이 바로 백은종 대표였다. 나름 노무현을 꺼내든 이유가 있었던 것이다.

"우리 남편은 그게 진심이야. 보수들한테 욕 엄청 먹고 있어. 근데 먹어도 우리 남편은 그런 사람 아니거든. 뒤로 숨고 이런 사람 아니라서 욕하고 지지율 떨어져라 하고 내보냈어."

"와! 진짜?"

노무현을 매개로 백 대표를 엮겠다는 의도를 간파한 명수가 탄성을 지르며 의문을 던졌다.

"보라니까. 마지막에 나와. 마지막에 노무현 대통령 생각난다고, 아쉽다고 하면서 이승철의 또 그런 사람 없습니다. 그거 가사 없이도 다 외워. 그리고 나중에 약간 눈물 흘리거든. 왜냐하면 만날 부르고 울거든. 노무현 생각하면서."

"누님이 옛날에 그랬잖아요. 총장님 노무현 대통령 '변호인' 영화 많이 봤다고!"

속이 빤한 K의 너스레에 명수가 변호인을 꺼내 들며 장단을 맞춰줬다. K가 원한다면 명수만이라도 기꺼이 한배를 타줘야 했다. 그들만의 세계로 발을 들여놓기 위한 첫 단계였다.

"노무현 연설문을 아예 달달 외우고 노무현 영화 보고 2시간 동안 운 사람이라니까. 근데 하여튼 우리가 문재인 대통령한테 배신당해가지고. 우리 남편은 노무현 파야. 문재인 파는 아니고. 둘이 너무 다르대. 우리 남편은 노무현 생각하고 몸 바쳐 충성했다가 배신당한 스타일이고."

'노무현 대통령을 죽음으로 내몬 특수통 출신 검사가 그토록 노무현을 사랑했었다고? 문재인이 배신을 했다고?'

도무지 믿기지가 않았다. 있지도 않은 논두렁 시계의 발원지는 바로 검찰이었다. 그토록 사랑했다면 검찰과 인연을 끊었어도 백번은 더 끊었어야 했다. 그런데 Y는 오히려 검찰 기득권을 지킨답시고 문재인에게 죽기 살기로 달려들었다.

"사람들은 몰라서 그렇지. 우리가 왜 배신당했는지. 사람들이 몰라 이 내막을. 우리남편이 배신 한 거 같은데 아니야 우리남편이 나중에 밝혀질 건데."

'배신당한 게 아니라 배신했겠지?'

어쨌든 임명권자는 대통령이었다. 피의자였던 K와의 혼전동거가 발각되는 바람에 좌천돼 있던 Y를 문재인이 중앙지검장에 검찰총장까지 승진시켜 국민 70%가 바라던 검찰개혁을 주문했던 것이다. 하지만 Y가 검찰개혁에 반대해 문재인을 공격했으니 배은망덕을 자행한 것은 바로 Y였음이 분명했다.

"아무튼 그런 진심이 나오지. 동영상 마지막에 보면 나와. 당당하게 그걸 내보냈지. 18번이야, 진짜 18번."

"누나, 내가 홍준표 인터뷰 딴 거 봤어?"

"다시 봐야지."

가당치 않은 K의 너스레에 명수가 다시 홍준표를 꺼내들었다. 헛소리 하지 말고 명수의 성과나 인정해 달라는 뜻이었다.

"내가 누나한테 링크해서 영상 보냈는데, 엊그제께."

"내가 한번 볼게."

"어르신도 라이브 방송에서 Y보다 홍준표가 더 나쁜 놈이라고 방송에서 그랬거든. 근데 '홍준표 두 번 가면 Y 한 번 또 갔다 와!' 그러는 거야. 나한테."

"네가 은종이 형님한테 얘기해라! 내가 후원금 얼마나 많이 냈는지. 내가 너무 고마워가지고 내 이름으로 못 보내니까 친구 이름으로 보냈다고 그랬잖아. 그거 진짜야. 진심이야, 내가 진짜 더 해주고 싶더라."

계속 취재할 수밖에 없다는 하소연에 K가 또 다시 후원금을 꺼내 들었다. 백 대표를 반드시 말려달라는 것이다. K가 명수를 붙들고 있는 주된 이유이기도 했다.

"내 친구들 다 정기구독 시키고 그랬잖아. 우리 남편 총장 청문회 할 때 뉴스타파 때려가지고, 너무 감동 먹어 가지고. 내가 그런 시절이 있는데. 그런 소문이 있다고 슬쩍 얘기해봐. 그거 진심이야."

"그런 얘기 하면 안 돼!"

백 대표를 떠보라는 K의 종용에 명수가 단호히 선을 그었다. 넘어 올 백대표도 아니었지만 Y가 이미 돌이킬 수 없는 선을 넘어선지라 씨알도 안 먹힐 일이었다.

"하면 안 돼? 큰일 나?"

"누님이 나 책임질 자신 있으면 맘대로 하고! 내가 자연스럽게 그 만둬야지. 뭐 밑바닥에서 나쁜 놈으로, 매국노로 찍히고 그러면 안 돼!"

"맞아 맞아! 그러면 안 되고. 알았어! 우리끼리 재밌으라고 하는
얘기니까. 완벽하게 해줄 테니까 걱정하지 말고."
아쉬워하는 K에게 명수가 심하다할 정도로 엄살을 피웠다. 그래
야 팔려가더라도 높은 값에 팔려갈 수 있었다.
"하여튼 이번 연휴 때 와요. 내가 애들 과일이라도 사가지고 보내
려다가 보내면 어쩌고저쩌고 할까봐 들리라고 한 거야."
"보내는 건 하지 마세요. 내가 잠깐 들리면 몰라도!"
"알겠어요, 꼭!"
"연락주세요."
"네네"
전화를 끊자마자 담배에 손이 갔다. 통화량이 늘수록 자신감도 동
반상승했지만 한편으로는 결말의 무게감이 명수를 짓누르고 있
었다.
'날 믿고는 있는 걸까?'
막말을 주고받을 정도로 경계를 풀었지만 결코 비밀을 허락지는
않았다. 정 회장의 국감 출석이 K가 전화를 건 이유였지만 끝내
속내를 내비치지 않았다. 명수를 온전히 믿지도 않거니와 언제든
버릴 수 있다는 의미였다.
'좀 더 디밀어 봐?'
비밀을 캐낼 수 없다면 K와 새로운 비밀을 만들면 되는 거였다.
K가 좀 더 명수를 신뢰하고 능력까지 인정받아야만 새로운 비밀
을 빚어낼 수 있었다. 이런저런 궁리를 하는 와중에 정적을 깨고

메시지 수신음이 울렸다. 통화가 끝나자마자 K가 메시지를 보내온 것이다.

'Y, TV예능서 그런 사람 또 없음.'

집사부일체에 출연한 Y를 극찬하는 조선일보 기사였다. 방송을 보고 Y의 모습 그대로를 믿어달라는 의미였을 것이다.

'다시보기 꼭 볼게요.~'

'굿'

명수의 다짐에 K가 바로 응답했다. 반드시 영상을 다시보고 온전히 K의 사람이 되라는 주문이었다.

'원한다면 갈 때 까지 가주지!'

명수의 두 주먹에 힘이 들어갔다. 하지만 그 어떤 결말도 장담할 수 없었다. 상황에 따라 대선의 승부사가 될 수도 있었고 역으로 K의 수하로 전락할 수도 있었다.

9월 23일 5시경 국민의힘 대선 경선 후보들의 2차 방송 토론회가 한창 진행되고 있었다. Y의 지지율이 가장 높았던 만큼 모든 후보들의 타깃이 될 수밖에 없었다. 결국 명수가 K에게 메시지를 보냈다.

'누님 토론회 보고 계시죠? 홍준표는 정치인의 막말 & 정치인의 품격 공격하셔야합니다. ㅋ'

하지만 자정이 넘어가도록 응답은 없었다. Y가 일방적으로 몰매를 맞은 데다 K의 갖은 의혹들이 항간의 화두였던 탓에 심경이 불편했을 것이었다. 이럴 땐 닦달을 해봐야 나올 것도 없었기에 마음을 열 때까지 기다리는 수밖에 없었다.

9월 24일, 교육부가 'K의 박사논문을 조사하라!'며 국민대를 압박하는 한편, K가 국정감사의 증인으로 출석할 수 있다는 소문마저 횡횡하고 있었다.

'어려울 때 한 번 질러줘야 동생이지!'

지인과의 점심을 마치고 차로 돌아온 명수가 핸드폰을 꺼내 들었다.

'나중에 전화 드려도 될까요?'

역시나 자동응답 메시지였다. K는 어제에 이어 이틀째 연락을 거부하고 있었다. 아마도 연휴 전후로 숱한 의혹들이 봇물 터지듯 쏟아져 나온 탓이었다.

'누님 한가할 때 연락주세요~^^'

명수가 답신을 보냈지만 밤 10시가 다 되도록 연락은 없었다. 지금껏 오랜 시간 기다린 성의를 저버린 것이다. 뒤틀린 심기로 막 사무실을 나서려는데 전화수신음이 울렸다. 그토록 기다렸던 K였다.

'이젠 내가 못 받지!'

아쉬운 건 K였다. 수신음이 종료 될 때까지 망설임이 적지 않았지만 끝내 전화를 받지 않았다. 이틀간 문자도 전화도 무시했다. 바로 받아주면 명수를 가볍게 볼 것이 빤했다.

'방금 집에 와 샤워 중이라 전화 못 받았어요. 내일 전화 드릴게요.~'

후일을 기약해야 했기에 30분 후 메시지를 보냈다. 일단 자존심은 세웠으니 K의 면목도 세워줘야 했다.

9월 25일 저녁 무렵 빈 사무실로 들어선 명수가 휴대폰을 꺼내들었다. K와의 통화는 비밀이었기에 주로 직원들이 퇴근한 밤에 통화해야 했다.

"명수씨, 잠깐만 바꿔줄게!"

"안녕하세요. 기자님. 지난번 봤던 직원인데요."

K가 전화를 받자마자 무슨 이유에선지 황비서에게 휴대폰을 넘겼다.

"황비서님이요?"

"네네, 정대택 이 양반 출석한다고 해서."

역시나 정 회장의 국감 출석에 K가 안달이 난 모양이었다. 국감은 공중파를 탈 수밖에 없기에 파급력에서 서울의 소리 유튜브 방송과는 차원이 달랐다.

"아 어제 행안위에서 증인 출석 결정됐더라고요."

"그거 어떻게 출석한답니까? 일선에 의하면 본인이 위증해서 형사처벌 받을까봐 위축된다는 소문도 들리고."

"아니요. 100% 나가요. 의기양양해요. 증인 출석 결정돼서 좋아해요."

황비서의 간절한 소망에 명수가 찬물을 끼얹었다. K가 명수에게 매달리게 하려는 엄포였다.

"우린 어떻게 대비하는 게 좋겠습니까?"

"내가 사건을 모르니까…… 모해위증 건인가?"

"그거 말고 검찰청 국정감사 증인으로 채택이 되었더라고요."

"맞아요. 행안위니까."

다급한 황비서와는 달리 명수가 느긋하게 딴청을 피웠다. 지금부터는 명수가 갑이 되는 명수의 시간이었다.

"자기가 고소 고발을 많이 했는데, 검찰의 비호로 경찰의 수사가 제대로 진행되지 않았다 그런 걸로 진술을 한다고 하는데, Y 엑스파일에 대해서 주로 얘기할 거라고!"

"엑스파일 그거는 그저께 금요일 날 종로서에 조사받으러 갔고요. 고소인이잖아 정대택이. 조사 받으러 갔어요."

검찰로부터 받았는지 황비서가 대강 정보를 풀어놓고서야 명수가 마지못해 정 회장의 근황을 털어놓았다. 정보를 한 번에 다 내주지 않고 찔끔찔끔 내줘야 명수의 효용가치를 인정받기 마련이었다.

"그러면 우리는 그런 걸 대비하거나 우린 막판에 증인 취소나! 여야 간사합의로 증인 취소될 수도 있다고 하는데, 그런 쪽으로 들은 소문이 있으세요?"

"이건 채택 된 거잖아요. 채택 된 거예요. 여야합의로 채택된 거 같은데!"

황비서의 절박한 물음에 명수가 쉽지 않다는 듯 거드름을 피웠다. 다급하면 다급할수록 명수에게 매달릴 수밖에 없었다.

"그렇죠. 됐죠! 간사가 막판에 뒤집어 질 수 있다고 하는데!"

"아 그래요? 그건 그쪽에서 대처하셔야 되겠죠."

명수가 쓴 웃음을 지었다. 국민의힘 간사와 상황을 조율하면서 정회장의 국감 출석을 막으려는 수작이었다.

"국민의 힘에서 해야겠죠?"

"그렇죠. 행안위 간사가 누구지?"

"박완수라고. 박완수가 그렇게 했나보더라고요."

국민의힘 주요후보 중 Y가 단연 1위였으니 당에서도 K의 목소리를 무시할 수 없었던 것이다. K 일가의 범죄은닉을 위해 국회권력이 사적으로 악용되는 범죄나 다름이 없었다. K가 Y의 탈당에 선을 그은 결정적인 이유였다.

"된 것처럼 좋아하던데, 나한테도 보내주고 그러더라고요. 다른 사람들한테도 보내주고."

"그래서 우리 기자님이 빨리 정보를 주는 바람에…… 제일 먼저 주셔서."

쉽지 않을 거라는 명수의 우려에 이미 손을 쓰고 있다는 듯 황비서가 명수의 발 빠른 정보를 칭찬했다.

"나 줄 것도 있는데 사모님이 워낙 바쁘니까. 전화 통화가 안 되니까! 내가 기자들한테 받는 것도 있거든요."

"아, 그것 좀 주세요. 내용을!"

"사모님이 전화를 안 받으니까!"

정보가 더 있다는 귀띔에 황비서가 군침을 흘리자 명수가 K와의 통화를 종용했다. K와 직접 통화해야만 잡다한 너스레일지언정 취재로서의 가치가 있었다.

"그럼 텔레그램으로 주세요."

"나 텔레그램을 잘 못해요."

황비서가 텔레그램을 권하자 명수가 미숙함을 이유로 거절했다. 뭐라도 얻으려거든 K가 직접 통화하라는 것이다.

"알겠습니다. 사모님한테 제가 보고를 드릴게요. 중요한 정보가 있으면!"

"네네, 알겠어요."

전화를 끊은 명수의 미간에 깊은 주름이 잡혔다. K가 황비서에게 휴대폰을 넘긴 이유가 있었다. 엄중한 국정감사에 대한 사적 개입이었기에 직접 나서기가 껄끄러웠던 것이다. 앞으로는 황비서가 대신 통화할지도 몰랐다.

'아직은 날 못 믿겠다!'

여전히 명수를 온전히 믿지 못하고 있다는 반증이었다. 혹시 모를 녹취를 전제로 한 K의 대비책인 듯싶었다. 의혹에 대한 변명이야 폭로돼도 그만이지만 범죄은닉이란 사적목적의 국감방해는 국민적 지탄을 넘어 범법의혹을 자인하는 셈이었다.

9월 26일 새벽, 지난밤 황비서와의 통화로 통 잠을 이룰 수 없었다. 국민의힘의 공작으로 정 회장의 국감 출석이 무산된다면 앞으로 K와의 통화가 더 어려울 수도 있었다. 통화를 하더라도 어제처럼 비서를 통한 정보교류만을 고집할지도 몰랐다.

'일단 최선을 다 해보고 나머지는 운에 맡기자!'

이런저런 고민으로 궁상떤다한들 바뀌는 건 없었다. 우선 하던 대로 K의 조바심을 자극하는 것이 최선이었다. 고민 끝에 명수가 메시지를 보냈다.

'[토윤응] Y 피해자 정대택, 국감 출석한다!'

'이틀 전에 국감증인 출석한다. 방송했네요. 누님, 참고하세요.'

2021년 1월부터 매주 토요일 백 대표와 정 회장이 K 일가의 비리를 성토하는 유튜브 방송주소였다. 20여년 가까이 K 일가와 법정 투쟁을 벌여온 정 회장의 증언이 국감 출석으로 공중파를 탄다면 엄청난 파장을 일으킬 것이 분명했다.

'국감증인 출석한다고 자랑하며 저에게 보내왔어요.'

연이어 정 회장이 보내온 '국회출석 요구서' 사진을 보냈다. 아직은 국감 출석이 취소된 것은 아니니 경거망동하지 말라는 경고였다. 하지만 하루가 지나도 나흘이 지나도 답신은 오지 않았다. 명수도 더는 전화도 메시지도 보내지 않았다.

'아무 때나 오라는 건 입발림이었나?'

언제든 들러서 밥 먹고 놀자며 거듭 당부하고선 며칠째 소식을 끊었다. 명수는 유불리에 따라 언제든지 벌릴 수 있는 카드에 불과했던 셈이었다.

'두고 보자고 아쉬운 게 누가 될지?'

국감 출석이 무산된다 해서 끝날 일이 아니었다. 수사가 진행 중인데다 그 무엇보다 명수의 손엔 녹취록이 남아있었다. 두 달 넘도록 기자를 포섭한 것도 모자라 언론사까지 회유하려 들었다. 이렇다 할 범죄증거는 없었다 해도 막말에 국감 방해공작만으로도 세간의 이목을 집중시키고 대선 판세를 흔들기에 충분하고도 남았다.

10월 2일, K의 주가조작 의혹을 수사 중인 검찰이 공범 3명의 구속영장을 청구하면서 세간의 화두로 떠올랐다. 어제 교육부 국감에서 박사논문이 문제된 데 이어 연이틀 궁지에 몰리는 모양새였다. 더욱이 경선토론회에 Y가 손에 왕자를 쓰고 나온 사실이 확인되면서 무속 논란까지 파장을 일으키고 있었다.

'명색이 동생인데 이럴 때 한번 디밀어 봐야지!'

늦은 오후 명수가 핸드폰을 집어 들었다. K로부터 연락이 올 때까지 기다려 볼 심산이었지만 말문이 열릴 때까지 열 번이고 먼저 두드려 보는 것이 취재의 원칙이었다. 게다가 王자 논란은 반드시 확인해보고 싶었다.

'누님 통 연락도 없고 해서 연락드렸어요. 드릴 말씀도 있고요. 정대택 씨 관련…'

정 회장을 미끼로 던졌지만 한 시간이 지나고 세 시간이 흘러도 응답은 없었다. 한 번 더 메시지를 보내려다 중간에 멈췄다. 당장 아쉬운 건 K였기에 조바심을 냈다간 오히려 의심을 살 수 있었다.

'언제까지 버티시나 두고 보자고!'

명수가 쓴웃음을 지으며 자리에서 일어났다. 한 시간 전부터 미루던 저녁이나 먹으러나갈 생각이었다. 그런데 막 문을 나서려는데 전화벨이 울렸다.

"어! 누님!"

막 전화를 받자마자 전화가 끊겼다. 잘못 걸었나 싶어 핸드폰을 주머니에 집어넣으려는데 다시 전화벨이 울렸다.

'그러면 그렇지!'

다소 경색되어 있던 명수의 얼굴에 미소가 드리워졌다. 이번에도 명수의 미끼가 통했던 것이다.

"잘 지내셨어요?"

"누님, 어떻게 지내세요? 목소리가 왜 이렇게 안 좋아요?"

"늘 그렇지 뭐, 기분이! 정대택 관련 얘기할 거 있다며?"

K가 안달이 단단히 났는지 명수의 안부를 건성으로 넘기며 바로 정 회장으로 넘어갔다.

"누님, 국감 가잖아요. 누님 얘기 많이 할 거 같아."

"누가?"

명수의 우려에 K가 생뚱맞게 딴청을 부렸다. 아무래도 이미 정 회장의 국감 출석을 취소시킨 듯싶었다.

"정대택이가!"

"정대택 증인 거부됐어요."

"거부됐어요?"

"네! 네!"

명수가 쓴웃음을 지으며 고개를 끄덕였다. 예상대로 손을 쓴 것이었다. 그동안 분주히 움직이느라 소식을 끊은 거였다.

"그래요? 그 얘기는 안 하던데?"

"아니 거부됐어요. 정식으로, 내 얘기 할게 뭐가 있어? 나 그 사람을 알지를 못하는데, 정대택을."

실소가 절로 나왔다. 황비서까지 대동해 대책을 세우느라 안절부절 못하더니 어느새 모르쇠가 된 것이다.

"그 사람은 의기 양양해가지고, 경찰청 국감가면 누님 관련해서 얘기할 거라고. 우리 어르신한테 얘기했다고 하더라고, 내가 여쭤보니까. 거부됐어요? 누님?"

"네 거부됐어요. 못 나와요. 나와서 얘기하면 바로 형사처벌이거든요."

못 믿겠다는 명수의 의문에 K가 형사처벌로 못을 박았다. 자신만만한 것이 국민의힘의 확답을 받은 것이 분명했다. K가 명수의 제3지대 탈당권유를 단숨에 자른 이유였다.

"유튜브에 떠든 건 상관없지만. 여기는 바로 형사입건 될 수 있어서 본인도 나오는 게 좋지 않을 수가 있는데. 우리도 고민 많았거든요. 차라리 나오라고 해서!"

"잘됐네요. 조치해서 다행이네요. 그거 때문에 걱정했잖아요."

K의 가증스런 너스레에 실소가 터질 뻔 했다. 그토록 얄밉다면서 처벌받게 놔두지 왜 애써 국감 출석을 막았는지 알 수 없는 노릇이었다.

"걔가 나와서 하는 건 상관없는데 거짓말을 많이 하니까. 양재택 그분 사모님이 형사 고소, 민사 고소 다 했어요."

"아! 양재택 검사 아내가?"

"네네. 검사가 아니니까 하나하나 다 박살내야지."

"예전에 총장님이 공무원이여가지고 못했으니까!"

하지만 양 검사의 아내는 형사든 민사든 고소한 사실이 없었다. 다만 양 검사 본인이 정 회장을 고소해 조사받은 적은 있으나 수년이 지난 지금까지도 처분결과를 통보받지 못했다. 검찰도 거짓으로 거짓을 덮는 일에 지쳐 묵혀두는 것이리라!

"아무것도 모르는데 나를 왜 끌어들이나 몰라! 걔는 돈 받으려고 그러는 건데, 하여튼 명수씨도 깊이 개입하지 마세요. 괜히 소송 휘말릴 수도 있어. 서울의 소리도 어떻게 될지 모르거든. 너무 깊이 개입하지 마세요!"

"누나, 어디 아파요?"

거듭되는 공갈성 엄포에 명수가 화두를 바꾸려 K의 건강을 걱정했다. 최근 대두된 Y의 손바닥 王자 논란을 짚어볼 생각이었다.

"요즘 만날 TV토론도 하고 그러니까 계속 떨리고 그래서 그런 거지 뭐. 거기 서울의 소리는 누구 지지해요? 이낙연이에요? 이재명이에요?"

"민주당 이재명이지, 뭐. 오늘도 부산 보니까 과반 획득했더구만. 내일 인천하고 그러면 다 끝날 거 같은데."

"이재명이 되겠지 뭐!"

누가 대선 상대가 될지 명수가 건성으로 답했다. 명수의 머릿속엔 오로지 王자만이 꿈틀거리고 있었다.

"누나 맞아. 토론회에서 왕 자 때문에 얘기 많던데 오늘."

"아, 그거는 나이 드신 분 중에 만날 걱정해주는 지지자가 있는데, 떨지 말라고 거기다 매일 써줘, 할머니가. 매번 거절할 수 없어서 쓰고 가는데, 그게 무슨 무속인이에요? 무속인이 어디 있어요?"

벼르고 벼르다 던진 질문에 K가 별일 아니라는 듯 반문했다. 하지만 변명대로 떨지 않으려면 침착(沈着)을 써줬어야지 王자를 쓸 이유가 없었다. 더구나 기자들도 만나기 힘든 Y의 일정을 동네주민이 그것도 정보에 어두운 노인이 어찌 알고 매번 나와 써줬는지 알다가도 모를 일이었다.

"무속인 만났다가는 소문이 금방 나서 만날 수가 없어. 우린 무속인 안 만나. 내가 더 세기 때문에. 솔직히 내가 더 잘 알지 무슨 무속인을 만나?"

'더 세다고? 도사라도 된다는 거야?'

헛웃음이 튀어나올 뻔했다. 관상을 봐줄 때부터 알아봤지만 무속에 심취한 것이 그 이상인 듯했다. 훗날 대통령실 용산 이전과 관저를 두고 무속 논란이 일었듯 K의 주변엔 무정, 건진, 천공이라는 다수의 무속인들이 포진해 있었다.

"그리고 어설프잖아. 무속인 만났으면 부적을 쓰지 누가 손에다 써줘. 그런 거는 그냥 하루 이슈예요. 하루 이틀 이슈하고 마는 거니까. 중요한 게 아니야."

"아직도 토론회 많이 남아가지고 하루하루가 머리 아프겠네. 누나도!"

명수가 능수능란한 달변에 포기한 듯 K에 대한 염려로 말끝을 흐렸다. 하지만 부적은 필수요. 스스로 무속인보다 세다는 K가 썼을 가능성이 농후했다.

"점점 나아지고 있어요. 정치라는 거 자체가 힘이 들어서 그런 거지. 정대택 거부당한 거 모르고 있나보다. 아직도."

"그 얘기를 이틀 전에 알아서. 나도 바빠서 누나 생각도 못하고 있었다가 한가해가지고 전화했었죠."

아무래도 王자 논란이 부담스러웠던지 K가 다시 국감으로 화두를 돌렸다.

"본인이 형사 사건에 위증이면은, 무조건 처벌이거든요? 그거 겁은 안냈나보지?"

"아 국감에서! 맞지 위증하면."

"그거는 무조건 처벌이에요. 그거는 형사처벌이에요. 바로 감옥 바로 구속이에요."

"국감 위증은 큰 거지!"

뒤로는 국감 출석을 막아놓고 큰소리치는 것이 적반하장이 따로 없었다. 하지만 일단 장단을 맞춰줘야 뒷일이 수월했다.

"다 거절됐어요. 정대택은 아마 앞으로는 골치 아플 거야."

"그거 때문에 신경 쓰이고 그러니까 잠 못 자고, 저 누님한테 전화하기 그렇더라."

"아냐 전화해 괜찮아."

"그래, 누님 파이팅 하시고요."

통화를 마친 명수가 담배를 꺼내 물었다. K의 말대로 정 회장의 국감 출석이 취소됐다면 Y의 탈당은 더 이상 기대할 수 없었다. 이준석과의 극한 대립으로 Y의 탈당과 안철수와의 제3지대로 대선 3파전을 기대했지만 이미 물 건너간 것이었다.

10월 3일 국감이 취소되었다는 K의 주장을 확인해 봤지만 백대표나 정 회장 모두 국감 출석을 확신하고 있었다. 취소가 되었다면 전화든 문자든 통지가 와야 했지만 정 회장은 아무런 연락도 받지 못했다. 그저 K의 일방적인 주장이나 희망사항이었던 것이다.

오후 5시경 정 회장의 출석 여부를 거듭 확인한 명수가 K에게 전화를 걸었다. 국감 출석이란 중한 사안이었던 만큼 K가 바로 전화를 받았다.

"누님! 정대택 회장 국감 증인 나가는 거 취소 안 됐어요."

"취소 안 됐어요?"

K가 뜻밖의 소식에 놀란 듯 기겁을 하고 물었다. 절대 있을 수 없는 일이라는 듯한 뉘앙스였다.

"네, 제가 알아봤어요. 취소 안 됐어요. 5일 정대택 회장이 안 나가면 모르겠지만. 나가는 걸로 되어 있어요."

"취소 안 됐다고요? 잠깐 끊어보세요. 제가 알아볼게요."

"네!"

하지만 자정을 넘어서도 연락은 없었다. 취소 여부를 확신할 수 없었지만 한 가지만은 명확했다. K가 정 회장의 출석을 막으려 수단과 방법을 가리지 않을 것이라는 것을!

10월 4일 늦은 오후까지도 K로부터 연락은 없었다. 아마도 정 회장의 국감 출석이 취소된 듯했다. 만약 취소되지 않았다면 정 회장이 어떤 발언을 할지 미리 알아봐달라는 청이 오고도 남았을 것이다.

'그저 죽치고 앉아 있을 사람은 못 되지!'

그런데 K의 연락을 기다리던 중 뜻밖의 사건이 벌어졌다. 한 유 튜브 채널에서 K 모친의 주거지 이탈 의혹을 보도한 것이다. 사 실이라면 보석이 취소되고 재수감될 수 있는 중대 사안이었다.

명수가 지체 없이 핸드폰을 꺼내 들었다.

"네!"

"예. 누님! 혹시 열린공감TV 보고 있어요?"

"아뇨."

"누나네 엄마, 보석신청 했잖아요? 거주지가 남양주 요양병원 앞에 있는 단독주택으로 지정되어 있었나봐. 엄마가 안 계셔서 취재하고 있는데! 라이브로 지금."

"응? 거주지로 안 되어 있다고? 거주를 안 한다고?"

명수의 부산스러운 걱정에 K가 영문을 모르겠다는 듯 연거푸 되물었다. 아마 안다 해도 모르쇠로 일관해야했을 것이다. 재수 감은 물론 수억 원의 보증금까지 몰수 될 수 있었다.

"그렇지. 거주를 안 한다고."

"무슨 거주를 안 해! 거기를 엄마가 만날 왔다 갔다 하는데? 내 버려둬요. 그냥. 걔네가 뭐 제대로 얘기하는 거 있나?"

K가 방송내용을 아는지 모르는지 유튜브 채널을 비난하는 것으로 일축했다. 상황을 인지하게 되면 어떤 변명이 튀어나올지 기대되었다.

"보석 신청한 거주지는 거기 맞잖아요. 왔다 갔다 한다는 거죠? 지금?"

"거기 일 보잖아요. 거기서 일을 하잖아."

"아까 방송 보니까!"

"거기가 또 하나의 우리 집이야, 실제."

"앞에 단독주택 말하는 거죠?"

"네."

일일이 따져 묻는 명수의 사실 확인에 K가 뭣이 문제냐는 듯 짜증 섞인 목소리로 답했다. 재수감 될 수도 있는 중대 사안임에도 오히려 큰소리 치고 있는 것이다.

"거기서 밑에 세 들어 사는 분인가 일층에? 지한가 일층인가 세 들어 사는 사람 있죠?"

"난 잘 몰라, 요즘에 거기 잘 안 가서."

명수가 더 깊숙이 파고들자 K가 모르쇠로 돌아섰다. 아직은 명수를 온전히 믿지 못한 탓이었을 것이다.

"거기 사시는 분한테 강진구 기자가 물어봤나 봐. 최 회장님 오시냐고. 못 봤다고 인터뷰했어. 한번 보세요! 열린공감TV."

"아, 몰라. 그게 문제가 되나?"

취조 같은 참견에 결국 K의 짜증이 폭발했다. 더는 답하지 않겠다는 신호였다. 그렇다고 포기할 명수가 아니었다.

"보석신청 할 때 거주지가 있거든요, 누님. 어디서 거주한다. 근데 거기서 거주를 안 하고 있으니까 캤나봐. 열린공감TV에서 며칠 동안 잠복한 것 같아!"

"아! 한번 물어볼게요."

"네네."

더는 안 되겠다 싶었는지 K가 급히 전화를 끊었다. 그냥 넘겨 버리기엔 상황이 꽤나 심각했던 것이다.

'보석이 취소될 수도!'

명수의 얼굴에 깊고 그윽한 미소가 드리워졌다. 보석이 취소되면 명수에게 다시 손을 내밀 수밖에 없을 터였다. 실제로 모친이 석방되자마자 K는 한동안 명수에게 소원했었다. 모친이 구속되자마자 첫 통화가 성사됐고 석방되자마자 연락이 한동안 끊겼던 것이다.

10분이 지나도 연락이 없자 명수가 다시 전화를 걸었다. 상황이 시급한 만큼 K가 바로 전화를 받았다.

"누님, 여보세요?"

"네네!"

"어머니하고 통화했어요?"

"아뇨, 통화해보고 전화 드릴게요."

안했다고는 하지만 실제 통화를 했는지 안했는지 단정 지을 수는 없었다. 통화를 하고서도 상황이 심각하다면 모르쇠 할 것이 분명했다.

"그거 보니까 엄청 큰 거네. 보니까 어머니 나오실 때 3억 보석금 두고 나왔더만 보니까!"

"잠깐 알아볼게."

"네네!"

명수의 우려를 더는 듣고 싶지 않았던지 K가 서둘러 전화를 끊었다. 거금의 보석금은 둘째치고라도 모친이 재수감 된다면 대선경선의 판도를 바꿔놓을 수도 있었다.

'두고 보자고 빠져나올 수 있나 없나?'

만약 Y가 경선에서 떨어지면 지금까지 혐의만으로도 K와 모친은 물론 Y마저도 줄줄이 기소되거나 구속될 수 있었다.

10월 5일, 오전 내내 경찰청 국정감사가 국민의힘의 보이콧으로 파행되고 있었다. 대장동 특검을 내걸고 정 회장 출석취소를 요구한 것이다. 결국 원활한 국감을 위해 민주당이 양보하면서 출석은 무산되고 말았다. K의 일방적인 승리이자 대한민국 국회 치욕의 날이었다.

'이럴 땐 축하를 해줘야 동생이겠지?'

오후 1시경 명수가 쓴웃음을 지으며 핸드폰을 꺼내들었다. 하지만 신호음이 얼마가지 못해 끊어지고 메시지가 도착했다.

'문자로.'

'정대택 경찰청 증인 취소되었네요. 방금 통보 왔다네요.'

지체 없이 바로 답신을 보냈다. K 또한 이미 알고 있을 터였지만 서울의 소리 정보를 신속히 보내주는 것은 K와의 암묵적인 거래이기도 했다.

오후 4시경 취재차 경찰청 인근에 도달한 명수가 한가한 골목에 차를 대고 핸드폰을 꺼내들었다.

'이제 보석으로 넘어가 볼까!'

수차례 소동 끝에 국감 출석은 무산됐지만 여전히 거주지 이탈이 남아있었다. 유튜브 방송이 기사화되면서 세간의 화두로 떠올랐던 탓이다. 어제는 석방 후 거주지를 변경했을 가능성도 열어두었지만 오늘에야 변경 신청한 것으로 확인돼 보석조건 위반논란은 더욱 거세지고 있었다.

"아 동생? 아까 내가 잔다고 전화 못 받았네."

"잤어요?"

"응."

"정 회장 증인 출석 취소돼서 풀이 확 꺾였는데? 낙담하고 있네!"

명수가 일단 국감 취소를 화두로 던졌다. 주거지 이탈은 K의 선택에 맡기기로 했다. 어차피 K가 스스로 말문을 열지 않는 한 이렇다 할 정보를 기대하기 어려웠다.

"아 그렇게! 본인이 아! 그랬어요?"

"나가는 걸로 알고 있다가 한 시간 전에 12시 몇 분에 취소됐다니까요."

"아 원래 취소시켰는데 휴일이라 통보가 안 돼서 그런 건데 원래 취소시켰어요."

'취소가 아니라 취소하라고 국민의힘을 압박한 거겠지!'

오늘 오전에서야 취소가 됐는데 K가 자꾸 딴 소리를 해댔다. 국민의힘이 생떼를 부리는 통에 어쩔 수 없이 여야합의로 취소된 사안이었다.

"내가 취소했다고 했잖아. 늦게 전달된 거야."

K의 주장대로라면 공당인 국민의힘이 피의자의 범법의혹을 은닉하기 위해 사적으로 동원된 헌정파괴였다. 더욱이 대통령 후보 부인이 국감취소를 국민의힘에 사주했다면 국정농단이 아닐 수 없었다.

"아, 그랬어요? 정대택 회장 너무 낙담해가지고. 국감장 들어가려고 했는데, 와! 경찰청 국감에서 여야 간 이 건으로 엄청 싸웠다고 하더구만 기사 많이 나왔더라구요."

"이미 정해졌어요. 그거는. 내가 얘기했잖아."

딴소리 말고 기사라도 보라는 충고에 아랑곳없이 K는 거듭 자신의 주장만 이어나갔다. 마치 국민의힘은 자신의 손아귀에 있다는 걸 자랑이라도 하려는 듯했다.

"근데 우리 입장에선 정대택이 나와도 사실 나쁘지 않은 게 얘가 위증 많이 할 거기 때문에 형사 고소를 하기를 참 좋은 타이밍이라고 그랬거든. 우리 법률 팀들은 그랬거든."

'또! 또! 헛소리!'

이럴 거면 왜 국민의힘까지 동원해 난리법석을 피웠는지? 단지 '찔리는 게 있어 국감 출석을 막았다.'는 항간의 비난을 희석시키려는 넋두리에 불과했다.

"얘가 여태까지 거짓말을 한 게 너무 많기 때문에. 근데 이걸 통과시켜주면 '국민의힘이 너무 힘이 없어 보이지 않냐?' 그래서 취소시킨 거예요. 이게 통보가 늦게 와가지고. 오늘 그렇게 통보한 듯한 거지 이미 취소했어요. 이미"

"누나 주차하느라고, 다시 전화 할게요."

"네 전화해요."

거듭되는 K의 면피성 푸념에 짜증이 난 명수가 주차를 핑계로 전화를 끊었다. 여야가 합의해야 취소시킬 수 있는데 오늘 여야합의 전에 이미 취소시켰다 장담하는 것은 국민의힘의 확약이 있었다는 반증이었다. K의 국정감사 개입이 명확했기에 모친의 주거지 이탈이 아니면 더 들어볼 필요도 없었다.

밤 9시가 넘어 사무실로 복귀한 명수가 잠시 고심 끝에 핸드폰을 꺼내들었다. 국정감사는 이미 끝났지만 거주지 이탈은 오늘 중으로 더 들어봐야 했다. 모친 최 씨가 재수감 돼야 명수가 다시 주도권을 쥘 수 있었다.

'어떻게 대응할 건가 한번 들어는 봐야지!'

지금쯤이면 온 집안이 동원돼 갖은 변론을 마련해놓았을 터였다. 녹취를 한다 해서 당장 공개할 수는 없어도 훗날 큰 힘을 발휘할 수도 있었다.

"아이고! 우리 동생 오늘 많이 고생했죠?"

"그게 뭐 고생이야."

"얼마나 힘들었어. 좀 보고 싶었는데, 논란이 돼가지고. 봐가지고 번개로 들려. 아유!"

K가 기다렸다는 듯 명수를 반기며 호들갑을 떨었다. 20년을 싸워온 정 회장의 국감 출석이 무산됐으니 홀가분했을 것이다. 하지만 명수에겐 국감에 개입한 국정농단 증거가 남아 있었고 아직 모친의 주거지 이탈도 남아있었다.

"누나, 엄마 어떻게 됐어요?"

"그거 별거 아니에요. 별 거 아니라서 오늘 주소 옮겼거든? 열린공감 애들이 떠드는 거지, 우리 엄마가 거기서 밭도 갈고 하거든."

문제가 불거지자마자 변경신청을 해놓고는 딴소리를 했다. 일반 국민이라면 재수감 되고도 남았을 진데 법조 카르텔의 힘은 법원 위인 듯싶었다.

"그런데 요즘 엄마가 아프잖아. 거기 요양원이 있어서 당연히 왔다 갔다 하고 만날 거기서 기거하는데, 요즘 엄마가 감옥 갔다 나와서 몸이 아파요. 노인이 갔다 오니까 힘이 없더라고. 한번 갔다 오면, 나 그런 사람들 많이 봤지."

'아픈 사람이 그 먼델 가서 일도 했다며!'

집에 사는 세입자가 보지를 못했다는데 예상을 벗어나지 못하고 또 딴소리를 했다. 거짓말이 입에 밴 탓이었다.

"이게 처음에 하루 이틀은 몰랐는데, 갔다 오니까 끙끙 앓더래. 그래서 서울에 있는 집에 공진단하고 해가지고 내가 사줬거든 잔뜩. 거기서 자고서 좀 그런가봐. 그래가지고 그냥 주소, 이참에 시끄러우니까 옮겼나봐."

이유야 어쨌든 논란이 일자마자 바로 주소를 변경했다는 것은 출소 후 남양주 집에 머물지 않았다는 반증이었다. 에누리 없이 보석조건 위반이다.

"아 그래요? 내가 알아보니까, 오늘은 엄마께서 남양주에 있었죠?"

"아니! 엄마는 남양주에서 만날 일을 봐요, 요즘에. 할 일 없는 노인이니까, 요양병원에 밭도 있고. 어제 밭 갈고 있는데 열린공감 강진구 기자가 왔는데 우리 엄만 줄 몰랐나봐."

'시나리오가 그럴싸한데 앞뒤가 좀 안 맞네?'

많이 아프다며 밭에서 일까지 했다 하니 K답지 않았다. 갑자기 변명을 하자니 혀가 꼬인 모양이었다. 기자는 몰라볼 수 있어도 세입자가 집주인을 몰라보기는 힘들 터였다.

"그래서 나도 큰일 난줄 알았는데 그것까지는 아니고. 해봐야 벌금이고, 거기서 잠을 못자니까 혹시나 노인네가 아플 때 누가 옆에 없으면 위험하잖아."

'벌금? 이미 법률 검토까지 마친 거야?'

이미 스스로 주거지 이탈을 인정하고는 막강한 법조 카르텔로 재수감 대신 벌금으로 때우겠다는 계산이었다.

"그래서 우리 조카가 서울 집에 있거든. 내가 서울 집에서 같이 자라고 했거든. 혹시 새벽이라도 응급실 갈 수도 있으니까."

'응급실 갈 정도로 아픈 사람이 출퇴근에 농사까지!'

실소가 절로 나왔다. 다급히 거짓을 거짓으로 덮으려니 앞뒤가 어긋날 수밖에 없었을 것이었다.

"내가 그냥 차라리 그러지 말고 서울 집으로 옮겨라, 주소를. 그래서 오늘 옮겼더라고요."

"그래요. 정대택 회장은 아까까지만 해도 낙담하고 한 숨 팍 쉬더니, 어르신하고 통화하면서 '쳐들어갑시다' 막 그러더라고요."

더는 들을 게 없다고 판단한 명수가 다시 국감 출석을 꺼내 들었다. K를 좀 더 자극해 취소과정을 명확히 하려는 생각이다.

"쳐들어간다고?"

"예. 이게 말이 되냐고. 누님 나도 이게 과연 취소될까 그랬거든. 여야가 합의했기 때문에 오늘 오전까지만 해도 우리 어르신이 준비하라고 해서 12시 반쯤 경찰청 앞에 갔거든요. 그런데 정대택 회장한테 전화 왔더라고요. '취소됐다.' 이런 건 처음 봤어요."

믿기지 않는 현실에 명수가 혀를 찼다. 이미 여야가 합의한 사안인 만큼 한쪽에서 일방적으로 취소할 수는 없었다. 그런데 갑자기 어린아이 생떼 부리듯 국민의힘 보이콧에 마지못해 취소된 것이었다.

"그게 아니고, 그 프로세스를 지금 본인들이 몰라서 그래. 정 회장 편들고 싶겠지만 정대택 회장이 증인으로 채택됐다고 알고 나서 이걸 왜 채택을 했냐? 그러면 우리가 힘이 되게 없다고 느껴질 수 있지 않느냐는 것이지. 그런데 그 간사가 그 내용을 잘 몰랐대요. 그래서 바로 취소시켰어요."

'힘이 없어 보일까봐 취소를 시켜? 그렇지 바로 이거야!'

명수가 빙그레 미소를 지었다. 간사가 모르고 있었을 리도 만무했지만 간사를 압박해 취소시킨 사실을 실토한 것이나 다름없었다.

"이게 통보가 늦게 간 거야. 휴일도 끼고 그래서. 내가 그때 바로 취소시킨 걸로 알고 있었거든. 근데 오늘 통보된 거예요."

"누나 오늘 보니까 팩트가 뭐냐면, 오전에 이 건 가지고 여야가 싸웠더만. 거의 한 시간 동안!"

명수가 흥분한 듯 자꾸 딴소리만 하는 K에게 사실을 직시시켰다. K를 좀 더 자극해 속내를 들어볼 생각이었다.

"뉴스는 그렇게 나와서 내가 다 알아. 근데 이미 그거는 조치가 되어 있던 거라니까. 내가 그래서 동생한테 그랬잖아. 취소됐다고. 그랬더니 동생이 취소 안 됐다고 그랬지? 우리는 이미 취소시켰었던 상태였었어요."

"아, 그랬어요?"

K가 흥분한 나머지 명수를 질타하듯 넋두리를 쏟아내며 몰아붙였다. 자신은 취소시킬 힘이 있는데 명수가 아니라고 하니 화를 내는 것이다. K 측이 주도가 되어 정 회장의 국감 출석을 취소시켰다고 명확히 시인한 셈이다.

"그게 그래도 어느 날 갑자기 취소시킨 게 아니라, 내 말이 맞아서 동생한테 그냥 얘기를 안 했지."

"그래요?"

"동생 누구편이야? 내 편 좀 들어. 좀! 그렇게 정 회장 편만 들지 말고!"

결국 흥분이 고조된 K가 명수의 정체성까지 추궁하기에 이르렀다. 국감도 모자라 거주지 이탈 논란까지 스트레스가 극에 달한 탓이었을 것이다.

"정 회장 편드는 게 아니라 누나! 있는 그대로 난 얘기하는 거지. 누나는 취소될 거라 생각하고 있었는데 정 회장은 주말까지도 경찰청에서 증인 채택됐다고 하더라고요."

명수가 K의 흥분을 가라앉히려 자초지종을 설명해 나갔다. 흥분한 나머지 연락을 끊을 수도 있기에 일단 진정시킬 필요가 있었다.

"경찰청에서 피감기관이니까 전화가 오나봐. '몇 명 출입하실 거예요. 차량 갖고 오시나요.' 막 그런 거 묻나봐. 그것도 들려주더라고. 그래서 누님한테 내가 전화한 거예요."

"아니, 그러니까 내 말이 맞잖아요. 취소가 됐는데 그쪽으로 아직 송치, 송달이 안 돼서 그런 거라고."

"아, 그러셨구나!"

명수의 해명에 다소 누그러지긴 했지만 K는 여전히 자신의 억지 주장을 굽히지 않았다. 아니 명수가 자신의 주장에 무조건 따라야만 했다.

"어제까지 휴일이 꼈잖아요. 그래서 그렇게 된 거라니까요."

"예."

결국 명수는 더 이상 토를 달지 않았다. 그래야 옳고 그르든 K의

편이 될 수 있었고, 그들만의 세상에 발을 디딜 기회를 엿볼 수 있었다.

"누님 정대택이 오늘 국감 자료 뽑아놓은 거 있더라고, 내가 받아 왔거든."

거듭되는 K의 넋두리에 명수가 결국 흥분을 가라앉힐 선물 꾸러미를 풀었다. 바로 K가 그토록 종용했던 이중 스파이의 길로 들어선 것이다.

"아! 잘했네!"

"누나 줄까?"

"나 줘! 줘!"

고대하던 선물에 K가 환장을 하고 달려들었다. K의 사람이 되기 위한 필수조건인 'give and take'가 본격적으로 시작된 것이다.

"알았어. 어르신이 하나 챙기라고 해서 챙겨놨는데, 엄청 두껍네! 여태까지 있었던 거 다 적어놨어, 의원들한테 뿌릴 자료였나봐."

"그 사람 아마 계속 할 거예요, 죽기 전까지는. 그런데 아무 의미가 없어요. 노래도 한 두 번이고 1, 2절이지. 저건 많이 해왔잖아. 그리고 정대택 얘기는 너무 많이 하고. 이제는 좀 꺼졌어요."

'뭐라는 거야? 달라는 거야 말라는 거야?'

달랄 때는 언제고 가치를 깎아내리는 짓이 영락없는 악덕 상인이었다. 첫술에 배부르랴! 더 큰 건수를 가져오라는 암묵적인 주문이었는지도 몰랐다.

"새로운 불쏘시개가 안 돼. 만약 정대택 말이 맞다면 우리 남편이

어떻게 서울지검장도 하고 검찰총장도 하고 지금 대통령후보도
됐겠어?"

'검찰총장 됐다고 있는 죄가 없어지나?'

갖은 거짓말로 국민을 기만하고 대통령에 당선된 이명박도 결국
10년 만에 구속되었다. 권력의 정점인 대통령도 자신의 죄를 지
우진 못했던 것이다.

"우리 명수 씨도 과거 파는 사람들하고 너무 있지 마! 그거 다 영
향 받는 거야. 미래를 향해서 가야지!"

"그렇죠. 예!"

"애들도 있고 하는데. 아빠가 이제! 과거 팔아봤자 뭐가 나와? 그
래서 뭐 생겼어? 지겹지도 않아? 한두 번도 아니고."

"내가 그만둔다 했잖아요. 그만둔다니까!"

아이들까지 거론되는 종용에 명수가 불현듯 짜증을 냈다. 가족과
일을 철저히 구분해왔던 명수였다.

"그러니까 누나가 하라는 대로 미래를 위해서 가! 명수 씨 나이도
젊고 그런데 아깝잖아. 자기도 자기 인생에 걸어야 될 거 아냐."

"그럼 내 인생 살아야지."

"새로운 인생 걸고, 도전하고, 또 만들고. 사람이 한 번에 바뀔 수
있어? 그런데 그 답은 사람한테 있잖아."

서울의 소리를 떠나 자신들의 진영으로 완전히 넘어오라는 소리
였다. 이제 그들만의 세계로 입성하는 것은 시간문제인 듯싶었다.

'과연 바뀔 수 있을까?'

그들은 바꿀 수 있었다. 답은 바로 돈과 권력이었다. 돈으로 언론을 매수하는 현장을 직접 체험해봤던 명수가 아니었던가! 명수와 백 대표의 고소로 법조계에 언론인까지 가세한 1조 원대의 초대형 사기범들을 처벌했지만 수많은 언론사 중 돈을 거절하고 고소한 건 서울의 소리가 유일했다.

"초심님은 또 거기랑 이해관계가 있으니까 하지만 명수 씨는 아직 젊잖아, 어리고. 그러니까 거기에 그만 장단 맞추고, 명수 씨가 도전하라 이거야, 자기 삶에! 젊잖아? 누나도 이렇게 있고."

"예! 누님도 나 알아서 나쁠 건 없잖아, 지금!"

하루속히 이직하라는 K의 종용에 명수가 자신의 가치를 저울질했다. 이왕 팔려갈 거면 비싸게 사달라는 의미였다.

"나는 명수 씨가 좋지, 그러니까 누나가 누나 역할 하려고 노력하는 거지, 나도."

"예! 그래요."

"누나가 누나 역할 해야지. 내가 뭐 어린 사람 통해서 그럴 일 있어? 명수 씨 고맙고. 하여튼 중간에 한번 잠깐 와요."

"네, 그래요. 누님."

누나 역할이 무엇인지 특정할 수는 없었다. 다만 명수의 변절에 대한 대가를 담보하는 것만은 확실했다.

"내가 과제 좀 주고 할 테니까 와!"

"예, 알겠어요."

"고마워요. 아무 때나 또 문자나 전화하고."

"네, 누님. 알겠어요."

전화를 끊은 명수의 미간에 주름이 깊게 팼다. 과제를 준다는 것은 K를 위해 본격적으로 일해 달라는 주문이었다. 이젠 어디까지 갈 것인지 결정을 내려야 하는 것이다.

'갈 수 있는 데까지 들어가 봐야겠지!'

K가 주는 과제에 따라 이중 스파이가 될 수도, 완전한 변절이 될 수도 있었다. 비록 취재를 위한 임시적인 변절일지언정 주변의 따가운 시선과 비난을 비껴갈 수는 없었다.

12. 그녀만의 귀여운 이중 스파이

10월 7일, 고발사주와 논문표절도 모자라 천공스승이라는 무속인 논란까지 일면서 K 일가가 연일 곤혹을 치르고 있었다. 하지만 이제는 취재를 목적으로 전화 하지 않기로 했다. 아니 전화 할 필요조차 없었다. K의 계산된 언변에 얻을 것도 없거니와, 지금부터는 K의 요구대로 스파이가 되어야 했다. 바로 변절자가 되기 위한 첫 단계였다.

'아무래도 알려는 줘야겠지?'

지인과의 저녁 약속을 앞두고 명수가 차 안에서 핸드폰을 집어들었다. 정 회장이 국감 출석을 방해한 혐의로 국민의힘 간사와 K를 고소한다는 정보였다. 고소가 진행되면 K도 곧 알 수 있는 사안이었지만 미리 알려 사전에 대비하도록 하는 것이 명수의 첫번째 임무였다.

"누님!"

"아이고! 기자님 지금 사모님 잠깐 회의 중이세요."

"아 그래요? 황비서님이세요?"

"네!"

뜻밖에도 전화를 받은 것은 황비서였다. K가 정말 회의 중인지? 부러 황비서를 내세운 것인지 알 길은 없었다. 일단은 상황파악이 먼저였다.

"예, 그래요. 뭐 궁금하시면 전화 줘요! 왜 전화를 안 줘요? 뭐 많이 좀 배웠어요?"

"네네!"

"아! 그래요."

"지금 정대택 건하고 논문 건은 어떻게 돌아가고 있습니까?"

연락 좀 하라는 명수의 종용에 황비서가 정 회장을 꺼내들었다. 하지만 황비서에게 정 회장의 고소 건을 넘길 생각은 없었다. 직접 K에게 전달하는 것이 원칙이었다.

"기사 보니까 이제 김의겸이 계속 사모님 파더라고요. 내가 한번 좀 알아볼게요."

"보고 연락 주십시오."

"네 알겠어요."

이미 김이 빠진 명수가 몇 마디만 주고받고 전화를 끊었다. 황비서에게 정보를 넘기거나 계속 연락을 주고받게 되면 명수가 K가 아닌 황비서의 수하로 전락할 수 있었다. 제대로 대우 받고 취재하기 위해선 직접 K와의 통화를 고수해야 했다.

밤 11시 넘어서 사무실에 도착한 명수가 급히 핸드폰을 꺼내 들었다. 장시간 운전으로 피곤했지만 오늘이 지나기 전에 K에게 정보를 넘겨야 했다. 만약 내일이라도 정 회장이 기자회견을 열고 고소하게 되면 지금 정보는 휴지조각에 불과했다.

"예, 누님!"

"오늘은 무슨 일?"

뭣이 급했는지 인사도 생략한 K가 용건부터 물었다. 그동안 스무 차례가 넘는 통화에서 거의 없었던 일이라 심상치 않았다.

"아! 아까 좀 한가해서 전화 드렸었는데!"

"네네!"

"누구지?"

"내가 이게 전화가 안 들려서 다른 전화로 드릴 테니까 받으세요!

"예!"

명수가 말을 꺼내기도 전에 K가 휴대폰을 핑계로 전화를 끊었다. 하지만 자정을 넘어서고 새벽 1시가 넘어도 전화는 오지 않았다.

'이 누나가 뭐 하자는 거지?'

K의 말대로 휴대폰이 고장 났는지는 알 수 없었다. 다만 연거푸 터지는 의혹에 대비하느라 전화를 못하는 건지? 아니면 명수의 효용가치가 떨어져 전화를 피하는 것인지가 문제였다.

'내일은 경선결과가 나오니까 알 수 있겠지!'

내일 오전 중에 국민의힘 예비경선 후보 2차 컷오프 결과가 발표될 예정이었다. 수일간 연락이 없다가도 1차 컷오프 직후 K가 먼저 연락해 왔었다. 정 회장의 국감무산 이후 명수를 버린 것이 아니라면 반드시 연락이 올 것이었다.

10월 8일, 마침내 국민의힘 4강 컷오프 결과가 발표되었다. 물론 예상을 비껴가지 못하고 Y를 포함한 주요 4인이 그 주인공이었다. 하지만 지난 1차 때와는 달리 K로부터 연락은 없었다.

'안 오면 내가 하면 되지!'

오후 1시경 기다리다 못해 먼저 메시지를 보내기로 했다. 지금 당장 아쉬운 사람은 명수였다. 최소한 Y가 야당의 대선후보로 결정될 때까지는 관계를 이어나가야만 했다.

'국민의힘 4강전, 원희룡–유승민–Y–홍준표 확정.'

'누님 축하합니다.~^^♡'

하지만 한 시간이 지나고 오후 4시가 넘어서도 K는 침묵을 지켰다. 명수도 더는 연락하지 않았다.

'여기서 끝내면 누가 더 손해일까?'

소식이 없다고 조바심까지 낼 필요는 없었다. 지금까지의 통화만으로도 K에게 큰 타격을 줄 수 있었다. 효용가치가 떨어졌다고 해서 섣불리 명수와의 관계를 청산할 수 없는 이유다.

'띵동!'

명수가 내일을 기약하며 막 일어나려는데 연이어 메시지 수신음이 울렸다.

'땡큐'

'동생, 많이 도와줘요.'

명수가 쓴웃음을 지었다. K가 명수를 믿든 안 믿든, 지금 명수의 서열은 한 참 뒤에 있었다. 몇 시간 동안 서열에 따른 인사치례가 끝난 후에야 명수의 순서가 온 것일 수도 있었다.

'손에 쥐고 있는 기자가 어디 나 혼자만이겠어?'

아마도 주요언론사에 한두 명은 이미 K의 손아귀에 있을 터였다. 그리고 일개 정보원이 되느냐 심복이 되느냐는 오로지 명수의 손에 달려있었다. 하지만 명수는 답신을 보내지 않았다. 늘 해오던 대로 자신의 몸값을 저울질하기 위함이었다.

10월 11일, 주가조작에서 논문표절에 이르기까지 연일 쏟아지는 의혹에 K는 여전히 궁지에 몰리는 모양새였다. 하지만 후보직을 사퇴해도 모자를 판국에 Y는 여전히 보수진영의 압도적인 지지를 받고 있었다.

'여기가 지금 대한민국 맞아?'

알다가도 모를 일이었다. 하지만 두 가지는 명확했다. 바로 검찰과 조중동이었다. Y와 K에 대한 숱한 고소고발에도 검찰은 도통 움직일 줄을 몰랐다. 더욱이 조중동은 K의 변론에만 그치지 않고 여당후보 저격에 박차를 가하고 있었다. 그렇게 K 일가의 의혹들은 한낱 낭설로 전락했고 여당후보의 낭설은 대형 의혹으로 부상하고 있었다.

'바로 이거야!'

최신기사를 검색하던 중 간만에 홍준표 관련 의혹보도가 눈에 뜨였다. 1988년 울산지청 근무 당시 부동산을 명의신탁 했다는 의혹이었다. 명수가 곧바로 기사 링크와 함께 메시지를 보냈다. 3일 전 K의 메시지에 답신을 생략했으니 이번엔 명수가 먼저 메시지를 보내야 했다.

'[단독] 홍준표, 부동산 차명보유 의혹, 실명제 위반 논란'

'홍발정을 공격하라~ㅋㅋ'

하지만 명수의 장난 섞인 메시지에 응답은 없었다. 명수를 경계하는 것인지 아니면 경황이 없어서인지 알 수는 없었다. 다만 마지막 통화에서 잘 안 들린다며 전화를 끊은 것이 내내 마음에 걸렸다.

'내일 한번 전화 걸어보면 알겠지!'

황비서를 내세우며 명수와의 통화를 꺼린다는 것은 심경에 변화 가능성을 말해주고 있었다. 명수가 매번 녹취록 공개를 고민하고 있듯이 K도 매번 고민하고 있을 것이 분명했다.

다음 날 국정감사 중인 국회 정무위원회에서 K와 이재명 후보에 대한 증인 신청을 놓고 여야가 거듭 공방을 벌이고 있었다. K의 주가조작과 논문표절 의혹을 대장동 의혹으로 덮겠다는 것이다.

'한번 디밀어 봐?'

K관련 기사를 검토하던 명수가 불현듯 휴대폰을 집어 들었다. 만약 전화를 받는다면 정 회장 국감방해 고소로 다시 K를 자극해볼 심산이었다. 정 회장이 아직 고소선언을 하지 않았던 터라 여전히 고급정보로서 가치가 있었다.

'나중에 연락드려도 될까요?'

하지만 돌아온 건 자동응답 메시지였다. 잠시 생각에 잠겼던 명수가 다시 메시지를 보냈다.

'정대택 회장 관련 드릴 말씀이 있어요.~'

며칠 전 통화에서 K에게 전달하려던 정 회장 고소 건이었지만 황비서가 대신 전화를 받는 바람에 보류했었다. 정 회장에게 민감할 수밖에 없는 K였던지라 곧 답신이 왔다.

'문자로 좀 주세요. 지금 미팅 중.'

하지만 명수는 응답하지 않았다. 메시지로는 얻을 것이 거의 없었을 뿐더러, 메시지로 정보를 주고받다보면 통화할 기회가 줄어들 것이 뻔했다. 한낱 정보원 취급을 받지 않으려면 스스로 몸값을 높여야 했다.

'두고 봐! 얼마 못 가서 전화하고 말걸!'

아쉬운 사람이 우물 판다고 한 시간이 채 지나지 않아 K로부터 전화가 걸려왔다. 이번에도 샅바싸움에서 명수가 이긴 것이다.

"예! 여보세요."

"예. 어떤 일이에요?"

K가 거두절미하고 다짜고짜 질문을 던졌다. 문자로 달라는 자신의 요구를 묵살한 명수에게 짜증이 났던 것이다.

"누님, 정대택 회장 그 국감 못 들어갔잖아요. 누님이 방해한 줄 알고 누나하고 박완수 감사 고발한다고 하더라고요."

"응! 누구? 나랑? 나를 고발한대?"

뜻밖의 정보에 K가 경기를 일으켰다. 국감 출석을 사적위력으로 막은 것이 이슈화된다면 여론이 악화될 수도 있었다.

"예, 누나가 분명히 막았을 거라고."

"내가 어떻게 막아. 내가 무슨 힘이 있다고."

"그렇게 저는 얘기 들었어요."

"음 알았어요. 할 수 없지 뭐!"

K의 딴 소리에 실소가 절로 나왔다. 자신이 미리 취소시켰다며 우기다 못해 명수의 정체성까지 들먹이며 윽박지른 것이 불과 며칠 전이었다.

"누나! 저기 국감. 정대택 회장 자료 있잖아요. 그거 뭐 택배로 보내줘? 어떻게? 뭐 내가 내일 법원 갈 일 있는데, 잠깐 사무실 들러서 드릴까?"

"음 이쪽 근처는 오지 말고, 혹시 CCTV 있을지 모르니까, 우리 직원 내보낼 테니까 파리크로와상 있잖아요."

언제는 자주 오라 종용하더니 금세 태도가 돌변했다. CCTV를 거론 하는 것을 보면, 자료를 빼돌리라 사주하는 것이 범죄가 될 수 있다는 것을 의식하고 있는 듯했다.

"파리크로와상?"

"응."

"아, 지하!"

"어. 거기 도착하면 우리 직원한테 전화 좀 하세요."

"예예. 알겠어요."

다음 날 명수는 백 대표와 급히 양평에 다녀오느라 파리크로와상에 가지 못했다. 한동안 연락이 두절된 백 대표 지인을 찾아 나선 것이었다.

'못 갔으니 전화는 해줘야 예의겠지?'

저녁이 되어서야 사무실로 복귀한 명수가 서둘러 휴대폰을 꺼내 들었다. K가 고대하던 국감 자료를 못 받았으니 하루 종일 기다렸을 터였다.

"예!"

"네, 누님, 오늘 갑자기 또 양평 쪽에 취재가 있어서요."

"아, 그랬어요? 잘 갔다 왔어, 양평 어디? 우리 쪽?"

명수가 생각 없이 던진 양평에 K가 지레 기겁을 하고 물었다. K 일가가 불법을 일삼으며 수십억을 벌어들인 양평 공흥지구 개발 때문이었다. 당시 여주지청장이었던 Y와 친분이 있던 김선교 양평군수가 특혜를 줬다는 의혹이었다. 훗날 김선교가 '장모 허가 잘 내줘서 Y가 고마워했다.' 자랑하는 영상이 공개됐지만 관련공무원과 K의 오빠만 기소되었을 뿐 결국 K와 Y는 빠져나갔다. 물론 법조 카르텔의 막강한 파워 덕분이었다.

"아! 아니야, 진짜. 아니야."

"어유, 나 무서워!"

"누나 쪽은 안 갔어. 다른 언론사에서 합동취재 좀 해달라고 해서 갔다 온 거죠."

K의 엄살에 명수가 엄포를 놓듯 합동취재를 꺼내 들었다. 때때로 약점을 은근슬쩍 들춰내줘야 함부로 명수를 무시할 수 없을

터였다.

"어디? 한겨레에서?"

"한겨레? 아니 한겨레 말고 다른 언론사 있어요. 우리 어르신이 필요한 데가 있지."

"어딘데, 오마이?"

"네?"

"오마이뉴스?"

즉답을 피하는 명수의 거드름에 K가 안달이 난 듯 달려들었다. 함께 한 언론사의 수준에 따라 보도의 파급력이 결정되기 때문이었다.

"에이, 아니에요. 인터넷 언론연대라고 있어요. 뭐 할 때 같이 합동취재 하거든요."

"음! 그렇겠네."

인터넷 언론이라는 말에 마음이 놓였는지 K의 말투가 한결 누그러졌다. 제아무리 범죄혐의가 명백하다 해도 주요 언론이 침묵하면 영향력은 미비하기 마련이었다.

"누님, 근데 그냥 나오면 안 돼?"

"어딜 나와요?"

"대선 후보 부인 행보를 해야지. 계속 그렇게 있으니까 의혹들만 쌓이고 그러잖아. 안민석 의원실도 누님 엄청 깠더구만."

주도권을 쥔 명수가 K의 공개행보를 종용하고 나섰다. 단순한 정보원에서 벗어나 K와 좀 더 심오한 관계형성을 위해 준비한 역발상이었다. 의혹폭로에 숨지 말고 떳떳하게 치고 나와야 의혹을 벗을 수 있다는 거다.

"거긴 뭐 만날 까는 게 전문인데 뭐!"

"숨으면 계속 까게 되는 게 사람 심리야. 총장님도 퇴임하고 나서 계속 행보 안 했잖아요. 대선 나오니, 안 나오니 그러다가, 딱 나오니까 뭐 별 거 있어요? 그것처럼 누님도 한번 딱 나오면 오히려 그런 의혹 같은 것들이 해소되지 않을까?"

"아직은 때가 아니지. 후보 보인 중 행보하는 분들 많이 없잖아요."

명수의 다소 도발적인 제안에 K가 질색을 했다. 하지만 명수는 포기를 몰랐다. 자신의 제안이 옳다 확신했다. 더구나 K가 영부인 후보가 돼야 명수의 쌓인 노고가 대선에서 힘을 발휘할 수 있었다.

"아니지, 지금 홍준표 부인도 전국 돌아다니면서 하고. 1, 2위만 계속 까이는 거지. 원래 1등이 그러는 겁니다. 힘들죠."

"이것 자체가 다 힘들고 욕먹는 일이죠. 아유, 자기 삶을 살 수가 없잖아!"

연이은 명수의 설득에 K가 자조 섞인 엄살을 부렸다. 하루가 멀다 하고 의혹이 꼬리를 물고 이어지고 있던 터라 반론의 여지가 없었다.

"그렇죠, 우리나라 대선 나오면 다 그런 거지."

"그러니까 이 짓을 왜 하나 몰라?"

"후회하지는 않아? 누나?"

"아니! 우린 후회할 틈이 없이 끌려 나왔지. 진짜 총장 때부터 지지율이 30% 나오고 했으니까. 안 나올 순 없었지."

만약 Y가 대선에 나오지 않았다면 지금까지 드러난 의혹만으로도 K는 물론 Y까지도 철창 신세를 면치 못했을 터였다. 가장 유력한 대선 후보였던 조국 전 장관을 그토록 잔인하게 물어뜯었던 이유다.

"근데 누님! 국감에서 또 때릴 건데, 국민대 논문 갖고 누님 담당 교수님 또 얘기 나오더라."

"아 몰라, 몰라! 하라 그래. 뭐 교수님이 나온다고? 국감에?"

마침내 처음부터 벼르던 논문 논란을 꺼내들자 K가 경기를 일으켰다. 훗날 논문 표절을 넘어서 논문 대필 의혹까지 불거졌을 정도이니 기겁을 할만도 했다.

"아니 국감에 나오는 게 아니라, 조사하는 거. 아까 내가 잠깐 기사 본 것 같은데!"

"재조사 하면 되지 뭐?"

부러 의중을 떠볼 생각으로 던진 말에 K가 문제없다는 듯 신경질을 부렸다. 누가 보더라도 Yuji 논문은 표절에 수준 이하였지만 적반하장도 유분수였다. 하지만 주가조작 도이치모터스 주식을 보유하고 있던 국민대는 논문조사에 모르쇠로 일관하고 있었다. K가 그토록 당당할 수 있는 이유였다.

"재조사를 담당 교수가 직접 할 거 같기도 하고. 기사 보니까. 오마이뉴스가 누님 것 제일 많이 쓰더라고."

"거긴 목숨 걸고 하지. 에휴! 참, 삶이 힘들어."

"누님, 그래도 난 총장님이 잘 될 거 같은데. 본선은 충분히 올라갈 거 같아요."

K가 자조 섞인 어투로 말끝을 흐리자 명수가 뜬금없이 Y의 본선 진출을 전망했다. 낙담한 K가 전화를 끊을까봐 다시 분위기를 띄울 요량이었다.

"잘 되게 우리 좀 도와주라니까, 동생! 너무 그쪽만 편들지 말고!"

"내가 편든 게 뭐 있어? 누님한테 내가 지금 준 게 몇 개인데? 이게 알려지면 내가 맞아 죽을 일들이 한두 가지예요? 국감 정대택 회장 자료를 누나한테 주는 게 말이 돼?"

원망 서린 K의 질책에 명수가 장난 섞인 으름장을 놓았다. 여전히 자신을 믿어주지 않는 K에 대한 서운함이었다.

"아휴! 하여튼 나중에 잘되면 도와줘!"

"네."

"의리의 강원도 사나이 아이가?"

"하하하하!"

"하하하하!"

아차 싶어 명수의 서운함을 풀어주려는 듯 K가 농을 던졌다. 기자를 포섭해 국감 자료를 손에 넣은 일은 법적으로도 도덕적으로도 치명타일 수밖에 없었다.

"나 며칠 전에 누님, 한 3일 동안 꿈자리가 안 좋아서. 꿈자리가 좋은 건지, 안 좋은 건지 모르겠는데, 총장님이 대통령이 된 거야. 응! 그런 꿈도 꿨다!"

"아 꿈자리가? 그쪽에 말하면 큰일 나겠네. 두드려 맞겠네!"

뜬금없는 명수의 꿈자리에 기분이 좋았는지 K가 호들갑을 떨었다. 슬슬 K의 속내를 엿보기 위한 명수의 포석이었다.

"당연하지! 며칠 동안 한 3일 정도, 내가 악몽 많이 꾸거든 이따금씩. 근데 그게 악몽인지 뭔지 모르겠는데, 좋은 꿈인지 뭔지 모르겠는데, 총장님이 대통령이 되는 꿈 꿨어."

"근데 왜 악몽이라고 그래? 그렇게 되는 게 싫어서? 누가 됐으면 좋겠어. 이재명?"

"아니야!"

악몽이라는 농에 토라졌는지 K가 추궁이라도 하듯 명수를 몰아붙였다. K의 경계심을 풀기 위한 명수의 말장난이었다.

"동생이 원하는 사람은 누구인데? 솔직히 말해봐! 이재명이야? 이낙연이야?"

"총장님!"

"에이, 뻥치네!"

이어지는 명수의 농에 K가 싫지 않은 핀잔으로 응수했다. 잘하면 K의 속내를 들어 볼 수 있을 듯싶었다.

"누님, 총장님이 되면?"

"진짜 되면 동생 내가 안 잊는다."

"안 잊어요?"

"응. 진짜 의리를 지키면!"

훗날 대가를 지불할 테니 충성하라는 압박이었다. 이런 식으로 충성을 종용당한 사람이 한둘은 아닐 듯싶었다. 숱한 검사들은 물론 이거니와 Y를 따르는 정치인들을 비롯해 기업가와 언론인들까지 줄을 섰을 터였다.

"누님, 이재명이 64년생이잖아요. 홍준표가 54년생이니까 69세. 둘 다 아홉수더라고. 19, 29 39, 9자 들어가면 재수 없잖아. 그런 얘기하잖아요."

"응응!"

명수가 꺼내든 아홉수에 K가 반색을 하며 보챘다. 명수가 K의 환심을 사기 위해 미리 준비해둔 카드였다.

"이재명은 삼재 아닌가? 같기도 하고."

"이재명이?"

삼재라는 말에 K가 혹한 듯 다시 확인했다. 본선에서 경쟁상대가 될 이 후보였으니 정신이 번쩍 들 수밖에 없었다.

"생년월일 검색하다 보니까 각 후보자들 출생년도가 다 나왔더라고. 총장님은 60년 12월 18일생, 쥐띠네. 62세. 이재명은 1964년 10월 22일생, 용띠 59세. 홍준표 1954년생 12월 5일생, 말띠."

"몰라, 누가 되든지. 동생 그런 거 상관하지 말고 동생 무조건 성공해야 돼. 대통령하고 연이 닿아서 되면 좋지만, 자기가 성공해야지. 그렇지?"

명수의 이어지는 너스레에 K가 갑자기 딴소리를 했다. 이재명의 아홉수와 삼재로 Y의 대통령 당선에 확신이 섰는지 명수와 선을 그으려는 듯했다.

"누님이 걱정됩니다."

"고마워요."

"마음고생 많이 할 거 아니에요."

"그렇지."

감을 잡은 명수가 뜬금없이 K의 안위를 꺼내들었다. 어색해진 분위기를 바꿔 통화를 이어나가려는 생각이었다.

"최근에 누님이랑 통화하면 옛날 같지 않으니까 전화하기 좀 거시기 하더라고."

"내가 요즘에 너무 마음고생이 심해서 그랬지 뭐!"

"그래요? 어제는 또 열린공감TV에서 옛날 건진법사인가? 천공법사랑 난리더구만."

작심하고 꺼내든 하소연에 K가 말끝을 흐리자, 명수가 이때다 싶어 무속논란까지 꺼내 들었다. K와의 관계가 끊어지기 전에 반드시 다뤄야할 사안이었다. 최근 직접 통화하기보다는 직원들로 하여금 대신 상대하는 경우가 늘고 있던 터라 언제 연락이 끊어질지 몰랐다.

"아! 근데 내용이 없고. 걔네들은 좀 너무 부풀리더라. 그래서 내용 보니까, 전혀 맞지 않아서 걱정 안 했어. 우리 다 봤거든요. 모르는 얘기도 많고."

"예!"

역시나 화술의 달인답게 K는 민감한 사안에도 한 치의 흔들림도 없었다. 좀 불리하다싶으면 무조건 시종일관 모르쇠로 일관하는 것이다.

"그래요, 누님, 알겠습니다. 내가 내일이나 시간 나면 연락할게요. 우리 어르신 재판이 있어서 끝나고⋯⋯."

"민사야? 형사예요?"

기분이 영 내키지 않아 전화를 끊으려는데 K가 재판이라는 말에 흥분한 듯 달려들었다. 형사재판이라면 경우에 따라서 백 대표가 구속될 수도 있고 방송도 중단될 수 있었다.

"민사."

"민사야 뭐 상관없지. 해봤자 벌금이잖아?"

K가 실망감을 감추지 못했다. 방송을 중단시킬 기회가 사라진 것이다. 형사재판이라면 Y가 몸담고 있는 법조 카르텔을 총동원해서라도 실형을 내릴 수 있을 터였다.

"우리 어르신은 재판을 즐기는 사람이니까. 누님, 사람 시켜서 우리 어르신 재판 방청 한번 하라 해봐. 변호사도 필요 없어. 변호사도 없이 하고 싶은 얘기 하시는데! 당연히 국선은 붙는데 국선들이 잘 안 하잖아요."

"그렇지. 나중에 놀러 오라고 해! 내가 잘해준다고. 먹을 것도 사주고."

언제는 무서워서 못 만난다더니 당최 종잡을 수 없었다. 최근 들어 명수와의 통화조차 꺼리고 있던 터였다. 그저 입에 붙는 대로 지껄이는 것이었다.

"아휴! 어르신도 인간적으로 만나면 나랑 잘 지낼 텐데, 노인네가 나에 대해서 오해를 많이 해서…… 돈 벌어야 하니까."

"아이! 우리 어르신한테 '돈 벌어야 하니까' 이런 얘기하면 굉장히 싫어한다니까."

K의 돈벌이 폄하에 명수가 기겁을 하고 말렸다. 백 대표가 알게 되면 당장이라도 사무실로 쳐들어 올 모욕이었다.

"그런 얘기 하면 안 되지. 근데 직원들 먹여 살려야 하니까 당연한 거잖아."

"그렇지, 직원들 월급 때문에 신경 쓰는 건 있어도 본인 돈 벌려고 하는 거는 아냐! 그냥 이 나라의 빛과 소금이 되려고 그렇게 하는 거야!"

"그러니까 나중에 좀…… 아유!"

노무현 대통령 탄핵정국에 분신으로 항거했고, 2008년 촛불정국에는 성업 중이던 사업체를 정리하고 시민운동에 투신했던 백 대표였으니 결코 돈으로 폄하할 수 있는 인물이 아니었다.

"아! 누님 잠깐만, 우리 어르신 살짝 꼬여서 누님 만난다면 누나 만날 의향 있어? 없어?"

"아니 근데 그 양반이 날 만나려고 하겠어?"

"아 그니까 내가 분위기를 응?"

"죽이려고 하겠지!"

명수의 갑작스런 제안에 K가 기겁을 했다. 함께 오랄 때는 언제고,

막상 만나게 해준다니 백 대표의 응징취재가 겁이 난 듯했다.

"죽이긴 뭘 죽여."

"날 악마처럼 보는데?"

"우리 어르신 여성분이나 약자한테는 한없이 약한 사람이야."

"나 진짜 너무 약자야! 약자라고만 얘기해줘! 나 진짜 억울한 거 얘기하면서 같이 술이나 먹게. 응? 나 진짜 심한 약자야."

약자 타령 하는 것을 보면 백 대표를 꼭 만나고는 싶었던 모양이었다. 이미 술 한잔하면서 명수도 잘 구워삶았으니, 쥴리라면 백 대표라고 못할 것도 없었다.

"그래요. 알았습니다. 내가 어떻게든 얘기해서 우리 어르신 만나게 해줄까?"

"나는 진짜 만나서 진지하게 얘기하면 다 오해 풀 자신 있거든."

K의 자신감이 천정을 뚫고도 남았다. 백 대표와의 만남을 성사시키려는 명수의 포석에 주저 없이 달려든 것이다. K는 백 대표의 포섭을 위해서. 백 대표는 응징 취재를 위해서. 동상이몽이 따로 없었다.

"누님 엄마 사건에 충식이 아저씨 있잖아. 김충식 아저씨. 그 아저씨는 어떤 아저씨예요?"

내친김에 명수가 K 모친의 내연남을 꺼내 들었다. 언젠가는 반드시 짚어봐야 할 인물인지라 통화가 끝나기 전에 꼭 물어보고 싶었다.

"아휴, 몰라. 잘! 나도 잘 모르겠어. 무슨 문화원장도 하셨다고 하는데, 나는 잘 몰라요!"

"아! 그래요?"

"몇 번 만나질 않아서 잘은 몰라. 근데 정대택 하고도 알고 지내고 그러던데, 정확하게는 몰라요. 나는 내 일이 있고 엄마 일을 잘 몰라."

언제는 사건의 내막을 잘 안다더니 또 시치미를 뗀다. 하기야 모친의 내연남을 어찌 떳떳하게 밝힐 수 있겠나? 한편으로는 K의 모르쇠가 이해될 만도 했다. 하지만 김 씨는 훗날 정 회장을 법정 구속 시킨 판사와 함께 부동산 투자를 한 사실이 밝혀져 논란이 일었다. 김 씨가 실제 내연남이었는지 물증은 없었지만 모친 최 씨와 떼려야 뗄 수 없는 관계임은 확실했다.

"그렇죠. 엄마 삶이 있고, 누님 삶이 있는 건데."

"정대택은 처음에 봤을 때, 그냥 '엄마, 저 사람하고 절대 사업하면 안 된다' 말한 것 밖에 기억이 안나. 저 사람 사기꾼이야, 보자마자 그랬거든."

말도 섞어보지 못한 첫 만남에 바로 사기꾼이라니? 실로 용한 관상가에 신 내린 점쟁이가 따로 없었다.

"그게 처음이자 마지막이야. 그 사람 본 게. 그 사람하고 인사 정도만 하고. 본인이 나에 대해서 뭘 안다고 떠드는데 다 거짓말이야. 그 사람이 지금 고소 고발하는 게 수십 건이잖아."

"경찰청 국정감사 자료를 좀 봤는데 고소고발 주고받은 게 61번까지 나왔네!"

K의 말대로 정 회장의 거짓이었다면 한두 번도 아니고 18년간 수십 차례의 고소고발은 불가능했을 것이다. 증거조작도 모자라 모해위증교사 묵살에 출입국 기록마저 조작할 수 있는 막강한 세력과 싸우면서, 진실이 아니라면 정 회장이 그 긴 세월을 버텨내질 못했을 것이었다.

"그걸 억울하다고만 하기에는 좀 그렇지. 자기 삶을 왜 포기하고 그렇게 살아? 정상적으로 사회 생활하는 사람들한테 물어보면 그걸 이해할 수 있는 사람이 몇 명이나 될까?"

"정대택 회장하고 엄마하고 요즘 통화해요?"

나오는 대로 지껄이는 K의 너스레가 더는 듣기 싫어 생뚱맞은 질문을 던졌다. 무소불위 검찰 권력을 등에 업은 K가 삶을 포기할 만큼의 억울함을 이해할 리 없었다.

"아유! 전혀 안 하지. 하면 큰일 나요. 하면 안 돼요."

"누나! 노덕봉 씨는 알아요?"

"난 몰라! 그런 사람. 나 진짜 이해가 안 돼. 다 몰라, 누군지."

자신에게 불리하면 무조건 모르쇠로 일관하는 것이 그들만의 전매특허였다.

"어르신은 엔파크인가 납골당 사업 때문에 김충식 아저씨하고 엄마하고 연루된 거 얘기하더라고."

"아휴! 다 돈 때문에 그런 것 같은데 우리 엄마는 노덕봉하고 거래가 없어요. 우리 엄마가 받을 돈이 있지."

방금 노 회장을 전혀 모른다고 했다가 받을 돈까지 있다며 금세 말을 바꾼다. 노 회장은 사업상 추모공원사업 지분을 K의 모친에게 잠시 맡겼다가 사업 자체를 강탈당한 피해자였다. 억울한 나머지 고소도 해봤지만 검찰도 아닌 경찰 선에서 막혔을 만큼 K 일가의 연줄은 막강했다.

"노덕봉 회장한테?"

"몰라. 나한테 그런 말 하지 마! 모르고 골치 아프고 신경 쓰고 싶지도 않아. 법대로 알아서들 하겠지."

이때다 싶어 캐묻자 또 다시 모르쇠로 돌아섰다. 민감한 사안에는 입을 열면 열수록 불리하다는 것을 K가 모를 리 없었다.

"그래요. 누님, 갈 때 직원하고 통화하고 전달할게요."

"그래요. 고마워요."

통화를 마치자마자 무의식적으로 담배를 꺼내 물었다.

'과연 어디까지 가야 날 받아줄 건가?'

K가 요구하는 대로 스파이가 되어 국감 정보를 넘겨주고 자료까지 넘겨줄 예정이었지만 K는 여전히 문을 굳게 닫고 열어주지 않았다.

'두드릴 만큼 두드리면 언젠가는 열리겠지!'

다시 한 번 마음을 다잡아 보지만 자신이 서질 않았다. 구미호 서너 마리는 족히 집어 삼켰을만한 K의 처세술을 어떻게 넘어선단 말인가!

아쉬움을 뒤로하고 기사들을 모니터링 하는데 무속논란이 또 다시 불거지고 있었다. 천공스승에 이어 또 다른 무속인 건진법사가

Y를 컨트롤하고 있다는 것이다.

'천공에 건진까지? 한 번 더 걸어 봐?'

잠시 머뭇거리던 명수가 휴대폰을 집어 들었다. 통화한 지 채 한 시간도 지나지 않았지만, 국감 자료를 넘겨주기로 했으니 K가 족히 받아줄만 했다.

"어, 동생!"

"예 누님. 기사 보니까. 그 스님들 만나고 그랬잖아요?"

내가?"

늘 그래왔듯이 뜬금없다는 듯 K가 되물었다.

"네! 총장님도 만나고 그랬잖아. 문재인 대통령 같은 경우는 송기인 신부님이 멘토였잖아. 그 분도 종교인이잖아요. 같은 논리로 좀 풀어 봐요, 한번."

"그거 다 해명 됐어요. 우리는 멘토가 없어."

"네!"

명수가 대통령까지 꺼내 들며 캐보려 했지만 K의 모르쇠는 여전했다. 건진과의 관계를 인정하는 순간 무속 논란에서 벗어날 수 없었던 것이다.

"스님들 내가 전시할 때 부르고 그런 거지. 그런 게 아니야."

'초청한 자체가 관계를 인정하는 거 아냐?'

잘 알지 못한다면 연락처조차 없을 터인데 무속과 관련이 먼 전시회까지 초청했다는 건 깊은 관계를 의심하기에 충분했다. 하지만 K는 딴청을 부리며 상대후보에게 화살을 돌렸다.

"쟤네가 너무 오버하고 있어. 유승민은 10년 전부터 완전히 작두 타는 그런 거, 다 있거든! 그건 다 지나갔잖아요."

"아, 그래요? SNS에 계속 도니까, 문재인 대통령 멘토가 송기인 신부님이니까 같은 논리로…… 여의도 순복음 교회 이영훈 목사 며칠 전에 만났으니까, 그것도 멘토가 될 수도 있는 거지. 조언 해 주고 그랬으니까 멘토가 될 수 있는 거잖아. 그 논리로 나갔으면 하는 생각이 들더라고요. 그런데 누나, 구약성경 다 외워? 진짜?"

거듭 설득을 해도 반응이 시답지 않자 명수가 성경으로 화두를 바꿔 던졌다. Y가 말한 대로 구약을 다 외우는지 확인해볼 필요가 있었다.

"나는 성경 공부 되게 오래했어."

"아, 정말요?"

"나는 굿 같은 걸 단 한 번도, 내 인생에 우리 남편하고 나는 그런 걸 해본 적이 없어. 그런 걸 제일 싫어해."

"아, 그래요?"

"완전 잘못 알려진 사실이야."

구약을 외운다는 건 거짓인지 K는 구렁이 담 넘어가듯 굿판으로 빠져나갔다. 목사들도 쉽지 않은 그 많은 분량을 외웠을 리도 없었고 외울 이유도 없었다.

"총장님께서 누님이 구약성경 다 외운다고 해서."

"나 성경 잘 알지. 우리 직원들한테도 만날 성경 공부 시키는데."

"성경 공부요?"

명수가 거듭 구약을 꺼내들었지만 이번엔 직원들 성경공부로 말 끝을 흐렸다. 하지만 명수가 K의 사무실을 방문했을 때, 성경책은 커녕 기독교와 관련된 물건조차 볼 수 없었다.

"불교도 공부 많이 했어요. 종교에 관심이 많아요. 종교라는 게 크게는 문화 안에 들기 때문에 공부 좀 많이 했지. 전시하는 사람이니까. 나는 오히려 다른 후보들은 굿 같은 거 많이 하는 거 다 알거든요. 우린 단 한 번도 굿을 안 했어요."

하지만 건진의 굿판에 K 부부의 이름이 적힌 연등 사진이 폭로되면서 논란이 거세게 일었다. 더욱이 재물로 살아 있는 소가죽을 벗긴 잔악성까지 밝혀지면서 세간을 경악케 했었다.

"다른 후보들도 굿 했어요? 누나?"

"많이 했지. 내가 다 알지."

"그럼 알려줘, 누나!"

"내가 열 받으면 다 터트리려고 하는데, 아유, 됐어요."

명수의 거듭되는 종용에도 K는 말을 아끼고 또 아꼈다. 만약 K의 입에서 흘러나온 사실이 밝혀지기라도 하면 법적으로도 문제될 소지가 있었다.

"알려주라. 누나! 이건 되게 재밌겠다. 좀 알려주라!"

"이 바닥에선 누가 굿했는지 나한테 다 보고가 들어와. 누가 점 보러 가고 이런 거. 나는 점집을 간 적이 없거든. 증거 가져오라고 그래! 난 없어, 실제."

포기를 모르는 명수가 끈질기게 보채보지만 어림도 없었다. 결국 명수는 고민 끝에 후보들의 이름을 직접 거명하며 질문을 던져보기로 했다.

"홍준표도 굿 했어요? 그러면?"

"그럼!"

"유승민도?"

"그럼!"

"정말?"

성공이었다. 이름을 대자마자 K의 입이 주저 없이 열렸다. 눈엣가시였던 후보들의 이름에 그만 자물쇠가 풀려버린 것이다.

"난 내가 점을 보지 누구한테 점을 안 봐. 동생 몰라? 나 좀 잘 맞추는 거 같지 않아?"

"그렇지!"

명수가 미소를 지으며 장단을 맞춰줬다. 구약성경을 다 외운다는 절실한 기독교인이 스스로 점을 본다.

"내가 누구한테 점을 봐? 오히려 내가 점쟁이 점을 쳐준다니까. 내가 모른 척하고 있다가 재미 같은 걸로 보면! 나 동생 것도 너무 잘 알거든. 내가 말을 다 안 해서 그렇지!"

일단 말문이 트인 K의 너스레는 명수의 귀를 만족시키기에 충분했다. 무속과는 거리가 멀다는 사람이 점쟁이 점까지 봐준다니 도사가 따로 없었다.

"사람이 순수하고 순박하니까 내가 통화도 하는 거지. 내가 그런 정보가 어딨어? 나는 딱 보면 알아, 거짓말 같지?"

"그러니까 누님이 오히려 보살 위에 있는 사람인데 왜 그걸?"

명수가 흡족한 말투로 응수했다. 오히려 굿판을 부인하려다 자신이 무속의 정점에 있다고 시인하는 꼴이었다.

"그렇지. 당연히 아니지만, 난 그렇게 신내림 받은 사람은 아니지만, 난 그런 게 통찰력이 있어요. 동생하고도 연이 있으니까 통화도 하고 그러는 거지."

"그래요, 누나. 이제 쉬세요."

"그래요."

전화를 끊자마자 명수가 크게 한바탕 웃었다. 무속 논란이 한창인 지금 터트리면 특종 중에 특종이었지만 당장 공개할 수 없는 것이 아쉬울 뿐이었다.

다음날 명수는 코바나컨텐츠 사무실 인근에서 정 회장의 국감 자료를 넘겨줬다. K가 사무실 근처로 오는 것마저 꺼려했기에 마치 스파이마냥 법원 앞 도로로 마중 나온 직원에게 넘겨주곤 누가 볼까 싶어 급히 돌아서야 했다.

'내가 무슨 첩보원도 아니고 꼭 이렇게까지 해야 해?'

애초에 직접 만나지 못한다면 굳이 자료를 넘길 마음은 없었다. 하지만 일단 K가 자료를 받는 순간 명수와 공동운명체라는 덫에 갇힐 수밖에 없었다. 명수를 소외시키거나 함부로 토사구팽 할 수 없다는 것이다.

13. 여왕의 책사가 돼라!

10월 15일, 민주당 김의겸 의원이 K의 새로운 의혹을 제기하면서 또 다시 논란이 일고 있었다. 콘텐츠진흥원이 관상 앱 개발비 1억 원을 지원했지만 상용화되지 못한데다, 개발 관련 내용은 K의 박사학위 논문에 사적으로 반영됐다는 주장이었다. 더욱이 부교수 수준의 경력직 박사들이나 맡을 수 있는 책임연구원을 석사인 K가 맡았을 뿐만 아니라 급여 또한 석사급 보조 연구원의 3배에 달하는 월 350만 원을 4개월간 받았던 것이다. 하지만 관상 앱은 결국 상용화되지 못한 채 폐기되고 말았던 것이다.

'왜 아직 연락이 없지?'

낮에 정 회장의 국감 자료를 직원에게 넘겨주고 나서 자정이 넘어서고 있었지만 K로부터 이렇다 할 연락이 없었다.

'홍삼까지 보냈는데 너무하는 거 아냐?'

지난 8월 사무실을 방문했을 때 105만 원이라는 적지 않은 돈까지 받았던 터라, 빈손으로 가기 뭐해 홍삼까지 직원 편에 보냈다. 잘 받았다 문자라도 보내주는 것이 인지상정이었다. 결국 기다리다 지친 명수가 고심 끝에 휴대폰을 꺼내 들었다.

"동생?

"누나, 안 주무시죠?"

"응! 아직 안 자. 왜요?"

K는 명수가 왜 전화했는지 알면서도 딴전을 피웠다. 받았으면 뭐라도 내줘야 하는 것이 상도인데, 명수에게 아무것도 내주지 않겠다는 심산이다.

"내가 아까 지원 씨 줬는데, 받았죠? 누나?"

"응, 받았어."

"홍삼은 내가 차에서 항상 먹고 다니는 건데. 홍삼 먹으면 피부가 젊어지거든."

"고마워. 동생한테 누나가 이런 걸 받았으니, 누나가 나중에 더 좋은 걸 많이 사줘야지."

명수가 일일이 거론하고 나서야 K가 마지못해 인사치레를 했다. 엎드려서 절 받기가 따로 없었다.

"오늘 계속 운전하고 지난밤에 잠을 못자서."

"피곤해서 어떡해?"

"푹 잤어요. 할 일이 좀 남아서 사무실 와서 일했어요. 그런데 전화를 왜 안 줘? 잘 받았다고 전화를 줘야지!"

"내가 대충 봤는데, 아휴 진짜 똑같은 소리. 아휴, 그 사람 진짜 그

능력으로…… 나는 다 안 됐어!"

K가 명수의 핀잔에 아랑곳 않고 딴청을 부리며 넘겨받은 국감 자료를 폄하했다. 마치 명수의 가치를 평가절하 하려는 듯했다.

"내가 예전에 한번 봤는데 정대택 할아버지 건강이 많이 안 좋아 보여."

"살이 많이 쪄서 배 많이 나왔잖아요."

"배가 문제가 아니라 명이 길지가 않아요. 조심해야 돼. 지금 사법이 문제가 아니라 억울하잖아. 이렇게 죽으면."

명수가 미간을 찡그렸다. 건강을 걱정해주는 것이 아니라 정 회장이 조심하지 않으면 죽을 수도 있다는 협박처럼 들렸다.

"김의겸은 또 누나 깠네!"

"뭐라고?"

듣다 못한 명수가 화두를 김의겸으로 돌리자 K가 기겁을 했다. 논문과도 연결된 의혹이었으니 경기를 일으킬 만도 했다.

"콘텐츠진흥원 1억 원 들어간 관상 앱 논란……."

"말도 안 되는 얘기야. 의미 없어요."

역시나 모르쇠였다. 정부로부터 1억을 지원받았지만 관상 앱은 상용화 되지도 못했고 연구결과는 출근도 하지 않은 K의 박사논문 자료로 전락했을 뿐이었다. 하는 수 없이 명수가 다시 화두를 바꿔 던졌다.

"누나! 맞아! 중앙일보 기사 보니까 총장님 본선 가면 누나 나온다고 기사 나왔더라. 내가 누나한테 얘기했잖아."

"그거 다 근거 없는 얘기야. 누가 헛말 한 거지. 나가고 말고는 내 맘이야."

명수의 조언대로 기사화됐지만 K는 극구 부인했다. 명수의 공을 인정하는 순간 K는 명수에게 끌려 다닐 수밖에 없었다.

"누나가 한 거 아니야? 중앙일보 기사?"

"그걸 내가 왜 해?"

"방금 봤는데?"

"그러니까 내가 한 게 아니라고."

장난기가 동한 명수가 거듭 추궁해 봤지만 K 또한 굴복할 수 없다는 듯 모르쇠로 일관했다. 빤한 일인데도 딴청을 부리며 오리발을 내미니 환장할 일이었다.

"누나가 한 게 아니야?"

"하여튼 우리 남편이 할 말 있다고 빨리 올라오래. 고마워요. 잘 먹을게. 누나가 또 좋은 거 사줄게, 땡큐!"

오기가 발동한 명수가 또 다시 추궁했지만 K는 Y를 핑계로 빠져나가며 전화를 끊었다.

'이용만 해먹다 토사구팽 하겠다!'

명수의 공을 인정하지 않는 것이 분하기도 했지만 다른 한편으로는 속이 후련했다. 애초에 취재를 안 하기로 약속하고 녹취를 했으니 내심 떳떳하지는 못했다. 하지만 K의 이중적이고 이기적인 행태가 거듭되면 거듭될수록 마음의 빚을 한 꺼풀 한 꺼풀 걷어낼 수 있었다.

10월 15일 밤, 국민의힘 본경선 1차 맞수토론에서 Y와 홍준표 후보가 맞붙을 예정이었다. 늦은 오후 명수는 토론장 분위기를 살피기 위해 상암동으로 차를 몰았다.

'날 인정하지 못하겠다면 인정하게 해줘야겠지!'

지난 새벽 명수의 공을 부인했던 K의 모르쇠가 서운함을 넘어 괘씸하기까지 했다. 하지만 명수의 조언을 무시하지 않고 실행했다는 사실은 내심 명수를 인정하고 있다는 반증이었다. 명수가 한두 차례 더 능력을 입증하면 K도 더는 부인하지 못하고 명수에게 의지할 것이었다.

명수가 상암동 MBC 사옥에 당도하자 100여 명의 지지자들이 피켓을 흔들며 Y를 응원하고 있었다. 비교적 지지기반이 빈약하다는 평가였지만 코로나에도 불구하고 100명이나 모였다는 것은 고무적이었다. 명수는 열성적인 지지자들의 동태를 살펴가며 핸드폰으로 토론회를 시청했다. 예상대로 홍 후보는 Y의 도덕성 검증에 주력했지만 다소 아쉬웠다는 지적이 많았고, Y는 홍 후보의 정책 관련 질문에 어설프게 대응했다는 비판이 일었다.

'이쯤에 가르침을 좀 줘야겠어.'

자정이 다 돼서 사무실로 복귀한 명수가 맞수토론 평가들을 검토하다 휴대폰을 집어 들었다.

"어! 동생?"

"예! 누님, 토론회 잘 봤어요?"

"동생도 봤어?"

"7시쯤에 갔다가 총장님 지지하는 유튜버들 모니터링 좀 했는데, 굉장히 중요한 몇 가지 이야기해드릴게요."

명수가 토론장에서부터 준비한 선물 보따리를 풀어놓기 시작했다. 지지자들과의 소통 매뉴얼인 일련의 쇼맨십이었다.

"여기에 총장님 지지하는 분들은 찐팬들이야. 그래서 그분들하고 소통이 필요해요. 요즘 코로나 때니까 오늘 한 100여 명밖에 안 온 거 같은데?"

"어디에?"

K가 영문을 모르겠다는 듯 장소를 되물었다. 지지자들과 소통하는 토론장 외부 사정에 대해 전혀 모르고 있었다. 바로 명수의 특기인 현장 감각이 없었던 것이다.

"상암동 MBC에 지지자들이 왔잖아요. 코로나니까 악수하지 말고 주먹인사 하는 게 나아요. 두 번째, 그 분들이 셀카를 찍자고 하면 무조건 찍어야 해요. 이 사람들은 SNS를 하거든요. 그런데 후보님은 셀카 하나도 안 찍더라고. 수행원이 셀카 찍도록 분위기 좀 만들어요!"

지지자들과 셀카를 찍어 SNS에 올리게 하는 것은 정치인의 기본이었다. 하지만 정치 초년생이었던 Y에게 셀카는 생소하기만 했던 것이다.

"총장님 팬들이기 때문에 찍었다고 좋아하고 적극적으로 돌린단 말이야. 내가 딱 보니까 그게 좀 안 되어 있더라고. 큰 거 알려주는 거예요."

"그래! 그래 맞아!"

연이은 명수의 조언에 K가 흡족한 듯 맞장구를 쳤다. 애초에 명수에게 요구했던 이중 스파이와는 차원이 다른 명수의 소중한 현장 노하우였다.

"일반인들도 어디 가면 악수 안 하거든. 주먹인사 하지."

"그래, 그래! 좋은 얘기야."

"그게 좀 아쉽더라고!"

"우리 동생 최고네!"

K가 명수의 조언에 칭찬을 아끼지 않았다. 자신이 미처 생각지 못했던 생소하면서도 중요한 현장 감각이었을 것이다.

"이런 얘기 수행원들이 잘 모르는 거야. 지지자들도 통제할 수 있어야 하거든. 총장님 나옵니다. 5분 있다가 나옵니다. 그러면 일렬로 서 있다가 총장님 나오면 주먹인사 한번씩 하고."

거듭되는 칭찬에 명수가 거드름을 피우며 조언을 이어나갔다. 이참에 현장유세에 대해선 명수가 수행원들 머리 위라는 현실을 각인시켜야 했다.

"차에 탑승했는데 총장님 창문도 안 내리고 손도 안 흔들고 그냥 가더라고. 보기 안 좋거든."

"그러네!"

"당연하지. 사람들이 차까지 쫓아올 거 아니야. 막 이름 외치고 유튜브들도 찍고 있을 거 아니에요? 탔으면 창문 열고, 지지자들한테 엄지 척을 한다거나, 브이 표시 한다든가, 손을 흔들든가, 그렇게 해야 해요."

명수가 모니터링한 문제점들을 빠짐없이 쏟아냈다. 애초에 K가 요구한 것은 주고받는 것이었다. 무엇이 됐든 일단은 아낌없이 퍼 줘야 K의 문턱을 넘어설 수 있을 터였다.

"다음 일정은 부산이죠? 부산은 보수 텃밭이니 지지자들 많이 올 거예요. 셀카 많이 찍어요. 이 사람들 적극 지지자이기 때문에 알아서 홍보하지."

"그렇지!"

"당연하지. 집안이 이재명을 찍더라도 '나 오늘 Y랑 사진 찍었어.' 우리 엄마가 그러면 Y 찍게 되는 거지."

"맞아! 맞아! 좋은 얘기야."

K가 감탄을 연이어 쏟아냈다. 명수의 10년 현장 경험을 인정하지 않을 수 없었던 것이다. 너무나 당연하면서도 미처 생각지 못했던 세밀한 부분들이었다.

"오늘도 토론회에서 홍준표가 이재명을 엄청 깠잖아. 당원 50%, 여론조사 50%인데, 여론조사에서 홍준표가 많이 밀리겠는데! 여론조사 응답자 중에 이재명 지지자들 있을 거 아냐. 이재명 너무 많이 까서. 하하하."

"아이고, 똑똑하네! 한번 분석해봐! 이길 수 있나."

다소 색다른 명수의 분석에 K가 칭찬을 아끼지 않았다. 이왕이면 Y에게 유리한 분석을 내놓자는 명수의 전략이 먹혀든 것이다.

"누나, 오늘 보면서 엄청 화났죠?"

"왜?"

"토론회 보면서 화나지 않았어? 누나는 당사자니까!"

"나 안 봤어. 심장 떨릴까봐."

명수가 불현듯 바꿔 던진 화두에 K가 엄살을 부렸다. 홍 후보가 K를 겨냥한 의혹들을 마구 쏟아냈기에 떠올리기조차 싫었을 것이었다.

"그래도 보고 모니터링 해주셔야지. 내가 얘기하는 게 뭔지 알지?"

"들어서 대충 알아."

의혹들에 대해 뭔가 얻어낼 수 있을까 싶어 화두를 바꿨지만 K는 더 이상 거론조차 싫었던지 말끝을 흐렸다.

"그래요. 바깥 지지자들 그렇게 하면 그림들이 많이 돌아다닐 거예요."

"네, 고마워. 또 전화해!"

"네네."

명수가 휴대폰을 내려놓으며 회심의 미소를 지었다. K가 이렇듯 칭찬을 연발한 것은 첫 통화 이후 처음 있는 일이었다. 계속 이대로만 간다면 머지않아 K의 문턱을 넘어설 수도 있었다. 기자로서 취재가 목적이었지만 한편으로는 그들만의 세계를 직접 경험하고도 싶었다.

'이러다 정말 넘어가 버리면?'

근묵자흑이라고 명수도 변절하지 않을 것이라 장담할 수 없었다.

한때 노동운동의 전설이었던 김문수가 수구를 넘어서 극우가 된 것을 보면 소름 돋는 상상이었다.

10월 18일, 국민의힘은 부산에서 본선경선을 이어갔다. 홍 후보가 지난 16일 최재형 전 감사원장을 캠프에 합류시켜 몸집을 불리면서 Y가 다소 열세인 모양새였다.

'정말 내가 하란대로 했네?'

토론 장소가 부산인 탓에 유튜브로 현장 상황을 지켜보던 명수가 흐뭇한 미소를 지었다. 명수가 주문했던 대로 Y가 실행에 옮긴 것이다. 유력한 야당 대선후보가 자신의 조언대로 움직이고 있으니 신기하면서도 믿기지가 않았다.

'이러다 정말 대통령이라도 되면?'

은근히 걱정이 앞서기도 했다. 하지만 대다수가 대선 경력의 베테랑 홍 후보보다는 Y를 상대하기 쉬운 후보로 점치고 있었다. 바로 밑도 끝도 없이 쏟아져 나오는 K 일가의 사법리스크 때문이었다.

'오늘은 인정하나? 안 하나? 한번 들어나 볼까?'

사무실에서 토론회 평가를 모니터링 하던 명수가 휴대폰을 집어 들었다. 제아무리 뻔뻔스런 K라 하더라도 이번엔 결코 명수의 공을 부인할 수 없을 터였다.

"예! 누님 토론회 봤어요?"

"끝났어?"

"방금 끝났지, 재밌었어."

"어땠어? 어땠어?"

"총장님 실력 많이 늘었네."

평가를 재촉하는 K의 성화에 명수가 칭찬으로 시작했다. 자신이 주문한 대로 실행에 옮겼으니 호평을 안 할 수 없었다.

"잘했네. 실수한 거 없어?"

"실수한 거 별로 없었어요. 공격에 잘 대처하시네, 이제는. 스타일대로!"

"동생 와서 여기 수행 좀 해라!"

"하하하!"

"하면 잘할 것 같은데!"

명수의 호평에 K가 캠프 합류를 종용했다. 실전에서 명수의 현장 경험을 인정하기 시작한 것이다.

"누님! 내가 저번에 얘기했던 대로 했더라? 그래도 지지자들밖에 없어. 이거는 찐 당원들이기 때문에 그런 영상들 많이 올리면 좋지. 마침 또 영상 올렸더라고."

"그러니까 와서 수행 좀 해!"

명수의 이유 있는 자화자찬에 K가 거듭 합류를 종용하고 나섰다. 선거에서 핵심은 바로 홍보인데 가장 큰 숙제를 명수가 해결해준 거나 다름없었다.

"누나, 내 얘기가 반영된 거지?"

"그럼 당연하지. 무슨 소리야."

명수의 확인에 K가 두말없이 수긍했다. 불과 사흘 전 명수가 주문했던 대로였기에 반문의 여지가 없었다.

"내가 하라는 대로 하니까 기분 좋더라."

"그러니까 동생이 이 바닥에서 10년인데 그래도! 그거 대단한 경력이야!"

명수의 솔직담백한 너스레에 K가 다시 한 번 명수의 현장 감각을 치켜세웠다. 진정 명수를 수행원으로 영입할 마음이 배어 있는 듯했다.

"전혀 몰랐지?"

"응!"

"그래요, 누님!"

"고마워요."

통화를 마친 명수의 얼굴에 모처럼 밝은 미소가 드리워졌다. 자화자찬 일색인 명수의 거드름에도 K가 전과 다르게 모든 공을 인정하고 수긍한 것이다. 이제 그들만의 신세계로 들어설 날이 멀지 않아 보였다.

'조금만 더 버텨보자!'

K와 첫 통화를 시작한 지 이미 100일 넘어서고 있었다. 여기저기 특종이 터질 때마다 입이 근질근질 거리며 견디기 힘들었지만 용케도 석 달이 넘도록 버텨낸 것이다. 이제 황금 알을 낳을 거위의 배를 가를 것인가? 아니면 신세계로 넘어갈 것인가는 오로지 명수의 선택에 달려 있었다.

14. K를 데뷔시켜라!

밤 9시경 저녁을 먹고 사무실로 돌아온 명수가 급히 K에게 메시지를 보냈다.

'곧 연락드리겠습니다.'

저녁을 먹으면서 문득 K의 제안이 떠올라 곰곰이 생각해 봤다. 쇠뿔도 단김에 빼랬다고 영입 문제가 나온 김에 K의 진짜 속내를 들여다볼 필요가 있었다. 가능만 하다면 직접 늑대 소굴로 들어가겠다는 것이다.

'내가 잡든 잡아먹히든 일단 저질러야 뭐라도 나오지!'

명수가 고심 끝에 휴대폰을 집어 들었다. 지금까지의 통화는 대부분 수박 겉핥기에 불과했다. K가 달변으로 무장한 채 도통 문을 열어주지 않은 탓이었다. 단단히 잠겨있는 K의 자물쇠를 풀 유일한 방법은 그녀일가의 충성스런 수족이 되는 길뿐이었다.

"동생, 무슨 소식 있어요?"

"아뇨. 뭐, 소식은 없고요. 누나, 내가 가면 얼마 줄 거야?"

"응?"

뜬금없는 명수의 물음에 K가 무슨 영문인지 되물었다. 국민의힘 입당 제안도 거부하고 확답을 피해왔던 명수가 월급을 꺼내들었으니 의외였을 것이다.

"누나한테 가면 나 월급 얼마 주는 거야?"

"몰라. 의논해 봐야지. 명수가 하는 만큼 줘야지. 잘하면 뭐 1억도 줄 수 있지!"

"하하하하하!"

1억이라는 답에 명수가 한바탕 소리 내어 웃었다. 비록 허언일지는 몰라도 명수의 가치를 적지 않게 쳐준 것이 기분 나쁘지는 않았다. 하지만 당장은 돈이 문제가 아니었다. 하루속히 K의 굳게 닫힌 문을 열어야 했다.

"누나, 기분 나빠하지 마! 내가 오늘 분석한 게 있어. 조언은 내가 하지만 선택은 누나가 하는 거니까."

K의 의중을 확인한 명수가 좀 더 색다른 제안을 예고했다. 저녁을 먹으며 고민했던 K의 대선무대 데뷔 전략이었다.

"오늘 통도사에 이재명 부인이 갔잖아. 이번에 총장님 3박 4일 코스잖아요. 내일 일정 보니까 2시에 다 끝나던데. 누나가 김밥 같은 거 싸들고 가면 좋지 않을까? 내일 일정이 대구죠?"

"응응!"

다름 아닌 자신의 행보에 K가 반색을 하고 달려들었다. 언젠가는 반드시 치러야만 하는 대선 신고식이었기에 정신이 바짝 들었을 것이다.

"저녁 한 6시, 7시쯤에 대구 지구당에 일정을 잡으라고. 간담회에 없던 일정을 잡아서 누님이 김밥 같은 거 10인분 준비해서 우리 남편, 국민이 불러서 나왔는데, 몸도 많이 안 좋다. 그런 식으로 한 마디 하고 빠지면 되거든. 그런 그림이 생각나더라고요."

비교적 자연스럽고 세밀한 명수의 제안에 K는 침묵을 지켰다. 대선 첫 행보이기에 신중할 수밖에 없었을 것이다.

"기자들도 붙지 않을까? 한두 명은 대구에 있을 거니까. 사진 기자 한명만 찍어도 기사 나가거든요, 그 정도면. 이미지 기사 나갈 수 있으니까. 그렇게 하면 좋지 않을까? 3박 4일 코스가 처음이잖아요."

K의 반응이 석연치 않자 명수가 부가적인 설명을 이어나갔다. 갖은 의혹논란에도 불구하고 K를 대선무대에 성공적으로 데뷔시킬 수 있다면 K의 문턱을 거뜬히 넘을 수 있을 것 같았다.

"일정을 보니 택시 조합원들하고 비빔밥 먹는 게 있더라고요. 그 이후에 하면!"

"나는 내일 못가. 오늘 이재명 부인이 갔는데 사람들이 쳐다보지도 않았대!"

명수의 치밀한 계획에도 불구하고 K가 지레 겁을 집어 먹고 꼬리를 내렸다. 자신을 겨냥한 의혹들이 여전히 한창인지라 명수의 자신만만한 확신에도 K는 여전히 결정을 내리지 못하고 머뭇거렸다. 답답한 나머지 명수가 목청을 높여 설득을 이어나갔다.

"내 생각에는 이 타임이 좋을 것 같아. 지금 보니 특별히 주목할 행사 같은 게 없어. 세계여성의 날 그런 것도 3월에 지나갔고."

"알았어. 생각해볼게."

포기에 가까운 명수의 최후통첩에 결국 K가 긍정적인으로 반응했다. 하지만 여전히 실행 여부를 장담할 수는 없었다.

"그래요, 그거 때문에 전화했어요."

"저녁 맛있게 먹고요."

전화를 끊자마자 명수가 담배를 꺼내 물었다. 우유부단한 K의 망설임에 속이 답답할 수밖에 없었다. 하지만 다른 한편으로는 명수에게 억 단위로 가치를 매긴 K의 제안에 미소가 절로 지어졌다.

'정말로 1억을 줄 생각인 거야?'

K의 후한 답변에 놀라 말문이 막히는 줄 알았다. K에겐 큰돈이 아닐 수도 있었지만 월 1억이면 단 몇 달만 모아도 저렴한 빌라 한 채는 거뜬히 사고도 남았다. 생전 처음으로 집을 장만할 절호의 기회가 될 수도 있었다.

'휴! 내 팔자에 가당키나 하겠어?'

명수가 한숨을 내쉬며 손사래를 쳤다. 8월 말 받았던 강의료 105만 원도 두 달째 책상 서랍에 고스란히 모셔져 있었다. 설사 1억을 준다 해도 명수가 가질 수도 쓸 수도 없는 그림의 떡이었다. 아무리 거액이라 한들 결국 언론사 기자를 매수한 검은 돈일 수밖에 없었다.

10월 20일 국민의힘 경선 대구·경북 합동토론회를 앞두고 Y의 실언 논란과 홍 후보의 도덕성 논란이 한창이었다. Y가 전두환 옹호 발언으로 곤혹을 치르고 있는 와중에, 홍 후보 선거캠프 청년대표의 성범죄가 폭로된 것이다. 시기상으로 보아 검찰조직이 개입된 Y사단의 작품일 가능성이 높아 보였다.

'누구 작품이든 일단 보고는 해야겠지?'

오후 4시경 토론회를 앞두고 관련기사를 검색하던 명수가 K에게 메시지를 보냈다.

'[단독] 알약 성범죄 청년대표 알고 보니 홍준표 캠프 출신.'

K에게는 더할 나위 없이 반가운 소식이었다. 신속히 전달해 충성심을 증명할 필요가 있었다. 하지만 토론회가 거의 끝나갈 무렵까지도 K로부터의 답신은 없었다.

'안 보내면 내가 가면 되지.'

명수가 불현듯 서초동을 향해 차를 몰았다. K의 기분에 따라 응답이 오락가락했기에 답신에 그다지 개의치 않았지만 이젠 달랐다. K의 영입 의사를 명확히 확인한 이상 적극적으로 대응할 필요가 있었다.

'지금쯤이면 전화 받을 수 있겠지?'

서초동 K의 사무실 인근에 도착한 명수가 휴대폰을 집어 들었다. 가능하다면 직접 사무실에 들러 K와 대면할 생각이었다. 쇠뿔도 단김에 빼랬다고 얼굴을 마주하고 영입 문제를 확정지을 참이었다.

"여보세요?"

"네, 누님!"

"예, 기자님. 대표님께서 다른 전화로 통화 중이세요."

실망스럽게도 또 다시 직원이 전화를 받았다. 명수의 차례가 오려면 좀 더 기다렸어야 했던 것이다.

"서초동 지나가는 길에 전화했어요."

"아, 예! 특별한 일은 없으시고요?"

"예! 뭐 오늘 토론회 괜찮았어요?"

이미 김이 빠진 명수가 토론회로 얼버무렸다. 특이사항이 있다 해도 K에게 직접 전달하는 것이 명수의 수칙이었다. 일단 한두 다리를 거치다 보면 K의 측근이 아닌 한낱 일개 정보원으로 전락할 수 있었다.

"일단 보신 분들은 안정적으로 잘 했다고 하시네요."

"아 그래요? 네 알겠어요."

"네 살펴가세요. 감사합니다."

전화를 끊자마자 담배를 꺼내 물었다. 작정을 하고 서초동까지 차를 몰아 왔지만 헛수고였다. K가 직접 받았다면 억지를 부려서라도 사무실로 쳐들어가 담판을 지을 생각이었다.

'어쩔 수 없지. 훗날을 기약하는 수밖에!'

방귀가 잦으면 똥을 싼다고 어떻게 하든 자주 만나야만 무엇이라도 건질 수 있었다. 혹시나 해서 사무실 인근에서 한 시간 가까이 기다려 봤지만 허사였다. 사무실에 복귀해서도 자정까지 버텨봤지만 끝내 연락은 오지 않았다.

10월 22일, 사흘 전 국정감사에서 불거진 K의 초·중·고 근무 허위이력 의혹을 두고 거센 논란이 이어지고 있었다. K가 서일대와 한림성심대 시간강사 모집에 대도초·광남중·영락고에 근무했다고 썼으나 모두 허위라는 의혹이었다.

'이 누나 도대체 정체가 뭐야?'

양파 껍질마냥 까고 또 까도 끝을 모르는 K의 의혹에 신물이 날 지경이었다. 그런데 국민들을 더욱 화나게 만든 건 황당하기 그지없는 '개사과' 논란이었다. Y가 전두환 옹호발언을 사과한 지 단 몇 시간만인 지난 새벽, 반려견 이름의 SNS 계정에 개에게 사과를 주는 사진을 올린 것이다.

'연락해봐야 하나 말아야 하나?'

K가 전화를 받지 않을 가능성이 높았다. 의혹이 쏟아지고 논란이 일 때마다 건강을 핑계로 연락을 끊지 않았던가! 아니나 다를까 명수가 전화를 걸었지만 신호음이 몇 번 울리지 않아 자동응답 메시지가 도착했다.

'나중에 전화 드려도 될까요?'

'옙~'

명수가 바로 답신을 보내고 담배를 꺼내 물었다. K에게 의혹에 대한 대응책을 코치해주며 뭐라도 끄집어내려 했지만 또 무위에 그치고 말았다.

'도대체 뭘 하자는 거지?'

자주 만나자고 해놓고선 만나주지도 않았다. 아무 때나 전화해라 해놓고선 안 받거나 직원들이 대신 받았다. 1억이라는 월급까지 제시해 놓고선 직접 찾아가니 피하는 모양새였다. 그야말로 감언 이설이었다.

'날 데리고 말장난이나 치겠다? 아니야, 그럴 리 없어!'

명수가 머리를 가로저으며 자신의 의구심을 부정했다. 아무런 이유도 없이 K의 생각이 바뀔 리 없었다. 며칠 전만 하더라도 명수의 조언 그대로 실행하면서 적극적으로 영입 의사를 밝힌 K가 아니었던가!

'또 쏟아진 의혹에 할 말이 없었을지도!'

명수 앞에서 당당하고 떳떳해지고 싶었던 K였다. 명수가 캐물을 것이 빤한데 귀찮았을 수도 있었고, 어쩌면 면목이 없었을 수도 있었다.

10월 24일 개사과가 K의 작품일 거라는 의혹이 불거지자 Y가 기자회견에서 해명에 나섰다.

'제 처는 적극적이지 않기 때문에 그런 오해를 할 필요가 없다고 생각합니다.'

하지만 Y의 변명을 곧이곧대로 믿어줄 사람은 그다지 많지 않아 보였다. 석연치 않은 해명을 그대로 믿어주기엔 K의 파렴치한 의혹들이 이미 선을 넘어서고 있었다.

'오늘은 색다르게 위로 좀 해줄까?'

밤 9시경 명수가 휴대폰을 꺼내 들었다. 연락도 끊고 두문분출하고 있는 K를 끌어내기 위해 안부 메시지를 보낼 생각이었다.

'누님 많이 편찮으신지요? 걱정이 됩니다. 당분간 몸이 회복될 때까지 신문/뉴스를 안 보시는 게 건강에 좋을 듯합니다. 빠른 쾌유를 빕니다.~*^^*'

때로는 무미건조한 정보나 조언보다 따뜻한 말 한마디가 닫힌 마음을 열기 마련이었다. K도 사람인 이상 인지상정을 거스를 수는 없을 것이었다. 하지만 자정이 넘어설 때까지 답신은 오지 않았다.

'오늘도 틀렸나 보군!'

집에 가서 부족한 잠이나 채울 생각으로 막 사무실을 나서려는데 메시지 수신음이 울렸다. 서둘러 휴대폰을 열어보니 다행히도 K였다. 안부를 걱정하는 명수의 새로운 전략이 통했던 것이다.

'고마워 착한 동상. 곧 봐. 좀 아팠어!'

어찌 보면 모든 것을 떠나서 집중공격 당하는 모양새가 안쓰러울 정도였다. 비록 취재가 목적이긴 했어도 누나동생으로 지낸 지 100일이 넘은 탓에 미운 정이라도 쌓이기 마련이었다.

'공은 공이고 사는 사다.'

잠시 감상에 젖었던 명수가 머리를 흔들며 흐트러진 마음을 다잡았다. 자칫 사사로운 감정에 얽매이다 보면 대사를 그르치기 마련이었다. K에 대한 검증은 나라의 운명이 걸린 역사였다. 명수 홀로 결정하고 감당할 수 있는 문제가 아니었다.

10월 26일, 국민의힘 대선경선이 막바지로 치닫고 있는 가운데 명수에게 첩보가 하나 들어왔다. 식당에서 점심을 먹고 일어나려는데 선배 기자에게서 연락이 온 것이다.

"황보승희가 Y캠프로 들어간다는데 너도 알고 있냐?"

"하하하! 그거 정말입니까?"

명수가 믿기지 않는 듯 실소를 터트리며 되물었다. 황 의원은 지역건설업자와 불륜행각을 벌이다 발각되자 오히려 적반하장으로 남편의 무능을 탓했다. 당시 남편은 억울함을 풀고자 국민의힘에 제보까지 했지만 별 소용이 없었다.

'누님, 드릴 말씀이 있어요. 시간 괜찮으실 때 연락바랍니다.'

선배와 통화를 마친 명수가 바로 K에게 문자를 보냈다. 만약 황 의원의 청년본부장 영입이 사실이라면 집중공격을 받을 것이 뻔했다. 경선 막바지에 대형 악재가 되는 것이다.

'삐리리리 삐리리리'

메시지를 보낸 후 2시간이 지나서야 K로부터 전화벨이 울렸다. 하지만 명수는 전화를 받지 않았다. 중대한 사안인 만큼 거드름을 좀 피워줘야 가치를 인정받는 법이었다.

'나중에 다시 연락 바랍니다.'

전화벨이 끝나고 자동응답 메시지가 K에게 전송됐다. 하지만 K는 한 시간이 다 돼가도록 전화를 다시 걸지 않았다. 명수에게 일방적으로 끌려가지 않겠다는 것이다.

'누님, 저녁 쯤 전화 드릴게요. 계속 취재 중입니다.'

명수가 고심 끝에 다시 메시지를 보냈다. 밀고 당기는 샅바싸움에선 무작정 당기기보단 풀어줄 타이밍이 적중해야 기술이 제대로 먹히기 마련이었다.

'네.'

명수의 예상대로 메시지를 보낸 지 10분이 지나지 않아 K로부터 응답이 왔다. 이젠 두세 시간 후 쯤 K에게 전화를 걸어 명수의 가치를 입증하면 되는 것이다.

'지금쯤 전화를 애타게 기다리고 있겠지!'

밤 9시경 사무실에 도착한 명수가 회심의 미소를 지으며 휴대폰을 꺼내들었다.

"무슨 일 있어요?"

기다리자 지쳐 심통이 났던지 K가 인사도 없이 명수를 다그쳤다. 자신이 명수에게 끌려 다니는 것을 용납할 수 없었을 것이다.

"아유! 아까 이동 중에 국회에 있는 친한 형님한테 전화가 와서. 왜 황보승희 의원을 캠프에 집어넣었대? 청년 본부장?"

"난 몰라. 그럼 내가 이따가 전화 한번 하라고 할 때 물어봐봐! 우리 동생이!"

마치 야단이라도 치듯 따져 묻는 명수의 닦달에 K가 큰 죄라도 진 듯 말꼬리를 내렸다. 황 의원이 누구인지? 명수가 왜 큰 소리를 내는지조차 영문을 모르는 듯했다.

"나는 그거 잘 모르거든. 내가 지금 아파서 전혀 신경 못썼거든. 나중에 전화 한번 해줄게. 아픈 덴 없죠?"

"예, 없어요."

"내가 나중에 전화할게."

명수의 안부를 챙긴 K가 급히 전화를 끊었다. 지금껏 명수의 조언은 허튼 적이 없었기에 필히 선거캠프에 한바탕 화통을 삶을 것이 분명했다. 하지만 자정이 지나도 그 다음 날에도 K의 전화는 없었다.

'연락 없는 걸 보니 그대로 가겠네!'

아마도 황 의원을 낙마시키지 못할 사정이 있을 듯했다. K의 과거 의혹들을 돌이켜 봐도 그 나물에 그 밥이라고 유유상종을 벗어날 순 없었을 터였다.

10월 29일, 여전히 K로부터 그 어떤 연락도 없었다. 예상대로 황 의원이 지방자치 공동본부장에 선임됐으니 연락할 면이 서지 않았을 것이다. 하지만 황 의원의 불륜이 이슈화되면 K의 과거사와 중첩돼 논란이 일 것이 빤했다. 명수가 급히 휴대폰을 꺼내 들었다. 까딱했다간 황 의원 일로 홍 후보에게 발목을 잡힐 수도 있었다. 반드시 외교경제토론에 무능한 Y가 본선에 올라와야 했다.

'[서울의 소리] Y 캠프, 간통녀 황보승희 지방자치 공동본부장 선임'

'최근까지 논란을 빚었던 황보승희 의원을 Y캠프에서 청년본부장 줬다고 난리네요.'

명수가 연이어 메시지를 보냈지만 그 다음 날에도 K의 답신은 없었다. 명수도 더는 황 의원에 대해 거론하지 않았다.

'이미 대세는 기울었으니 별 문제 있겠어?'

국민 여론에선 홍 후보가 근소하게 앞서고 있었지만 당원 여론은 Y가 크게 앞서고 있었다. 황 의원의 불륜이 이슈화 된다 해서 이미 기운 당원여론은 바뀌지 않을뿐더러, 오히려 국민여론에 민감한 본선에서는 여당에게 유리하게 작용할 터였다.

10월 31일, 국민의힘 10차 경선토론회에서 Y가 민감한 발언으로 또 다시 구설수에 올랐다. 개식용이 반려동물 학대와 직결되는 문제라는 유 후보의 문제제기에 Y는 '반려동물을 학대하는 게 아니고, 식용 개라는 건 따로 키우지 않나?' 라고 해 '따로 키우는 식용 개는 같은 개 아니냐?' 는 유 후보의 공격과 국민 여론에 시달려야 했다.

'며칠만 버티면 본선인데 그 새를 못 참고 또 말썽이네!'

사무실에서 토론 평가를 모니터링 하던 명수가 휴대폰을 집어 들었다. K로부터 3일째 연락이 끊겼다지만 당장 아쉬운 쪽은 관계를 지속해야만 하는 명수였다.

'누님 오늘 토론회에서 총장님 개식용 관련 발언은 동물단체 반발이 있을 듯합니다. ㅠㅠ.'

하지만 자정을 넘기고 다음 날에도 K의 답신은 없었다. 아마도 최종 경선을 나흘 앞두고 당원 표 몰이에 올인 하고 있을 터였다. 어차피 K의 각종 의혹으로 국민 여론은 뒤질 수밖에 없으니 당원 여론에 총력을 기울일 수밖에 없을 거였다.

'어쩔 수 없지! 기다려 보는 수밖에.'

연락을 하고 안 하고는 K에게 달렸으니 딱히 선택의 여지가 없었다. 단지 명수가 할 수 있는 건 최대한 K의 환심을 사고 문을 열어 줄 때까지 기다리는 것이었다.

11월 2일, 최종 후보 선출을 앞두고 후보들의 신경전이 치열해지고 있는 가운데 Y가 식용 개 발언으로 고전을 면치 못했다. 당내 경쟁 후보들과 여당 후보들은 물론, 동물단체들까지 규탄 기자회견에 나서면서 사면초가에 몰린 형국이었다.

'이러다가 역전 당하는 거 아냐?'

이미 검증되고 경험 많은 홍 후보가 대선후보로 등극하는 것도 문제였지만 넉 달 동안 대선을 바라보고 쌓아온 명수의 취재 또한 무용지물이 될 수밖에 없었다.

'내가 어떻게 참고 견뎌냈는데!'

K와 단 몇 분만 통화해도 특종이라 온 나라가 들썩이는 와중에도 120일이란 긴 세월을 참고 또 참아온 명수였다. 오로지 외교경제에 무능무식하고 약점이 많은 Y를 대선 후보로 만들어 한방에 주저앉힐 요량으로 버텨온 것이었다.

'이대로 끝낼 수는 없지!'

고심 끝에 명수가 휴대폰을 꺼내들었다. Y의 식용 개 발언을 무마시킬 방법을 K에게 조언해줄 생각이었다. 하지만 수신음이 몇 번 울리지 않아 자동응답 메시지가 도착했다.

'나중에 전화 드려도 될까요?'

'누님 시간 되실 때 연락주세요.~'

명수가 바로 메시지를 보냈지만 다음 날까지도 연락은 오지 않았다. 문제가 벌어지면 늘 잠수를 탔던 터라 이제는 불쾌하지도 서운하지도 않았다. 이미 여러 차례 반복하다 보니 면역이 생긴 탓이었다.

11월 4일, 국민의힘 대선후보 선출을 하루 앞두고 각 캠프가 승리를 자신하고 있는 가운데 이미 경선 결과가 기자들 사이에 돌고 있었다. 예상을 뒤엎지 못하고 Y가 근소한 차이로 앞선 결과였다.

'됐어! 지금부터 나 이명수의 시간이다.'

밤 8시경 선배 기자에게 경선결과 정보를 전달받은 명수가 쾌재를 불렀다. 이젠 대선이 시작되기 전 최대한 의혹들을 캐내 결정적인 순간에 공개만 하면 되는 것이다. 비록 약속을 어겼다는 비난이 있을지언정 공개 여부는 명수 개인이 결정할 수 있는 무게가 아니었다. 대통령은 오천만 국민의 생명과 재산이 달린 자리이기에 국민 모두에게 알 권리가 있었다.

'당원투표 Y 60.3, 홍준표 20.2, 여론조사 Y 26.9 홍준표 33.5 최종합계 Y 31.7, 홍준표 27.5'

명수가 서둘러 경선결과를 K에게 보냈다. 고대하던 결과였던 만큼 K도 쾌히 통화에 응할 것이었다.

"동생?"

"누님!"

"응!"

예상대로 K가 바로 전화를 받았다. 당장이라도 날아갈 듯 깃털처럼 가벼운 목소리였다.

"어떻게 지내셨어요."

"그냥 그렇죠, 뭐!"

"방금 내가 문자 보냈잖아요. 봤어? 누나?"

"뭐라고 보냈어요? 계속 손님이 있어서."

"언론에! 누나 그거 한번 봐요. 문자."

"얘기해봐! 대충."

K가 정말 모르고 있었던 것인지 명수를 다그쳤다. 명수가 제일 먼저 알리게 된 것이다.

"지금 언론에 총장님이 60프로 이상 받아서 당선되는 걸로 나오거든요. 언론들은 찌라시라고 하는데. 이거 수치 보니까 맞을 거 같다고 다들 분석하고 있어요."

"아주 슬퍼하겠구만. 서울의 소리에서는. 그치?"

"어?"

K가 놀라거나 기뻐하기는커녕 이미 알고 있었다는 듯 여유롭게 서울의 소리를 비아냥거렸다. 찌라시가 돌기 전 이미 국민의힘 관계자를 통해 전해들은 것이 분명했다.

"서울의 소리에서는 홍준표가 돼야 하는데 우리가 되면 안 된다고 난리 치겠구만."

"하하하, 누가 올라와도 상관없지 뭐!"

연이은 K의 자만에 명수가 한바탕 웃음으로 답했다. 홍 후보를 꺼려했던 여당의 생각과는 달리 K는 자신들이 최강이라 자부하는 듯했다. 그 어떤 의혹에도 검찰이 침묵하고 있으니 무리도 아니었다.

"아이, 아니지. 홍준표가 돼야 이재명이 이길 만하지."

"뭐라고요? 홍준표가 올라와야?"

"그쪽 진영은 홍준표가 돼야 이기니까. Y는 만만치가 않지, 지금 정치적 이슈가 많으니까 당연하지."

실소가 절로 나왔다. Y의 의혹은 둘째치고라도 K는 주가조작·허위경력·논문표절에 정 회장 모해위증교사까지 자신의 모든 의혹을 까맣게 잊은 듯 자신만만했다. 소시오패스라는 심리학자의 분석이 나올 만한 뻔뻔함이었다.

"한쪽 북만 치면 찢어지잖아, 그러니까 양쪽 북을 다 쳐야 해. 동생!"

"난 총장님 올라갈 줄 알았다니까요. 나는 총장님 쫓아다니는 기자들하고도 소통하고 있었거든."

"하도 정대택 얘기만 들으니까, 거기 완전히 신앙하는 종교가 되어가지고."

중립을 지켰다는 명수의 하소연에 이윽고 K의 입에서 정 회장이 튀어나왔다. 이때다 싶어 명수가 정 회장과의 합의를 화두로 던졌다. Y가 대선후보가 되면 반드시 확인해봐야 할 사안이었다.

"지난주에 누가 그러더라? 총장님 본선 올라가면 정대택 사건 합의 볼 거라고 그런 얘기가 들리더라고."

"누가 합의를 봐?"

"그냥 그런 소리가 들리더라고."

"누가 누구하고 합의를 하냐고. 우리가 다 고소했는데."

K가 단박에 어림도 없다는 듯 언성을 높였다. 방귀 뀐 놈이 성 낸다고 적반하장이 따로 없었다. Y가 대통령이 될 수도 있다는 기대감 때문이었으리라!

"아니, 그러니까 엄마 건 있잖아. 우리 쪽에 오는 사람들은 다 피해자들이잖아. 총장님 올라가면 합의 들어올 거라고 그런 얘기가 돈다고."

"그건 그 사람들의 소망이지. 그런 얘기만 들으니까 판단이 안 되는 거지. 우리가 왜 합의를 해?"

K가 명수를 책망이라도 하듯 다그치며 합의를 부인했다. 전에는 합의할 의사가 있는 듯 명수에게 한번 알아보라더니 이제는 시치미를 떼는 것이다.

"그런 얘기가 있었다고 누나한테 얘기하는 거지."

"말도 안 되는 얘기 하고 있네. 우리가 오히려 힘을 더 가졌는데 왜 합의를 해? 그 사람들 골로 갈 일만 남았지."

"아니, 그런 얘기가……."

세를 과시하며 윽박지르는 K의 협박성 너스레에 명수가 말끝을 흐렸다. 더는 합의를 언급할 엄두조차 나지 않았다.

"이치상 말이 안 되잖아. 우리가 힘을 더 가지게 되는 거잖아. 어쨌든? 근데 왜 합의를 하지? 그리고 불리한 건 걔네인데? 우리가 다 고소한 건데."

'힘이 있으면 죄를 지어도 된다는 거야?'

명수는 이제야 모든 의문이 풀리기 시작했다. K의 세계관은 약육강식 그 자체였다. K 일가는 아무리 죄를 범해도 무혐의 처분을 받았던 반면 오히려 피해자들이 누명을 쓰고 투옥되기 일쑤였다. 막강한 검사들과 인맥이 뒤를 봐줬기에 가능했다.

"우리가 다 고소했잖아. 양재택 건도 고소하고. 형사고소, 민사고소 다 했는데 왜 합의를 해? 합의를 할 거 같으면 왜 고소를 하지? 말이 안 되지. 여태까진 못했지 우리가 공무원이라서. 하지만 이제부터 하나하나 해가는 건데. 내가 그랬잖아, 살벌하게 한다고, 두고 보라고."

K가 작심이라도 한 듯 엄포를 이어나갔다. 하지만 양재택의 고소 건은 Y의 대통령 당선 이후 1년이 지난 지금까지도 이렇다 할 소식이 없었다. 오히려 극구 부인했던 K와 양재택의 유럽 여행을 증명해줄 출입국기록 조회가 조작됐었다는 사실이 밝혀져 국민을 경악케 했을 뿐이었다. 결국 정 회장의 주장이 옳았던 것이었다.

"일반 사람들은 바보들이라고 그랬잖아. 우리가 죄가 있으니까 고소를 못하는 줄 알아. 근데 이해충돌 때문에 못한 거를 몰랐던 거지, 사람들은. 이제는 우리가 용서 안 하지. 근데 두고 봐! 동생은 이해 못할 거야."

'아니! 백번 이해하고도 남지!'

예전엔 검사들 힘으로 언제든 구속시킬 수 있었다. 그런데 이젠 보는 눈이 많아져 함부로 구속할 수도 없었던 데다, 범죄 증거까지 밝혀져 오히려 모친이 구속되기까지 했었으니 얼마나 억울했겠는가?

"항상 서울의 소리에만 있으니까 모르지? 만날 방송하는 게 내가 양재택과 8년 동거 했다는 거잖아. 그거 사모님이 얼마나 이 갈고 있는 줄 알아? 사모님 여기 만날 변호사 사무실 왔다 갔다 하고 있어."

하지만 양 검사의 부인은 지금까지 정 회장을 고소한 사실이 없었다. 더욱이 양 검사 모친의 증언에 의하면 양 검사가 K에게 아파트까지 넘겨줬다고 하니 오히려 정 회장을 응원하고도 남았을 터였다.

"한번 놀러 와요. 요즘에도 많이 바빠요?"

"요새 이재명 따라 다니라는데 힘들어 죽겠네."

"이재명한테 돈 좀 많이 달라고 해요. 거기는 돈 많으니까 지금. 용돈을 좀 줘야지. 그냥 어떻게 만날 따라다녀?"

"진보는 그런 거 없다니까. 주고 그런 거."

뜬금없는 K의 돈타령에 명수가 기겁을 하고 부인했다. 이제부터는 이재명과 Y와의 싸움이었다. 명수도 조심해야만 했다.

"누나, 언제 놀러가? 나 어디 써먹을 데 없어?"

"너 만날 서울의 소리에서만 하는 소리만 하면 누나가 기분이 좋겠어? 정확한 객관적인 판단을 해야지 말이야. 명수 씨 말이야. 그럼 안 돼. 누나가 억울한 게 얼만지 알아?"

빨리 데려가라는 명수의 종용에 K가 명수의 정체성을 탓하며 선을 그었다. 서울의 소리와 K, 둘 중 하나만 선택하라는 전제조건이었다. 과거 명수가 국민의힘 입당을 거절했으니 여전히 못 믿겠다는 것이다.

"총장님 공격한 뉴스타파 혼내러 가야 한다고 할 때 난 솔직하게 말렸어. 나처럼 중립적인 사람, 서울의 소리에서 없을 걸?"

"그렇지. 그렇길 바라야지. 내일 어떻게 결정 날지 모르지만 결정 나고 한번 놀러 와요."

"그래요, 누님!"

명수의 솔직담백한 너스레에 K가 일언반구 없이 수긍했다. 상대를 의식하지 않고 있는 사실 그대로 털어 놓는 명수의 성격이 K에게도 통했던 모양이다.

"비밀로 하고. 비밀 못 지키면 나는 끝이다. 비밀 지켜야 돼. 사람이 약속을 지켜야지 의리 없으면 죽는 거야, 알았지?"

"네 알겠어요. 누나. 무서워! 그런 얘기 하지 마!"

K의 살벌한 엄포에 명수가 장난 섞인 엄살을 부렸다. 하지만 애초부터 모든 걸 각오하고 시작한 취재였다.

"진짜지? 나 정대택 용서 안 할 거야. 두고 봐봐! 내가 그랬지? 어떻게 죽나 보라고 ! 내가 지금 가만히 있지만, 판결문 한번 보라고! 안 봤잖아, 판결문!"

정 회장을 향한 K의 악담은 생각보다 수위가 높았다. 명수 또한 결코 빗겨갈 수 없는 엄중한 경고이자 협박이었다.

"정대택 국정감사 자료 봤거든? 그 새끼 다 거짓말이야. 다 자기가 주장하는 거야. 거기에 판결문 하나 넣었어? 안 넣었어! 그게 어떻게 객관적이냐고? 그러니까 내일 어떻게 결과 나오는지 보고 한번 놀러 와요. 아이스크림 먹고 놀자고!"

"한번 봐요."

"전화할게!"

휴대폰을 내려놓은 명수의 얼굴에 회심의 미소가 드리워졌다. Y의 선전으로 기세가 등등해진 K가 흥분한 나머지 막말을 내뱉은 것이다. 마침내 명수가 학수고대하던 금단의 문이 열리기 시작한 것이다.

15. 마침내 열리기 시작한 금단의 문

11월 5일, 마침내 국민의힘 경선 결과가 발표되었다. 예상했던 대로 Y의 승리였다. 여론조사에서는 뒤졌지만 당원투표에서 크게 이기며 승기를 잡은 것이다.

'지금부터는 나의 시간이다.'

막 경선결과를 확인한 명수가 미소 지으며 휴대폰을 집어 들었다. 바로 결과 보고 겸 축하메시지를 보내야 했다. K의 수족으로 인정받으려면 그 누구보다 먼저 움직여야 했다.

'전당대회 결과발표 Y 득표율 47.85% 홍준표 득표율 41.50%'

'누님 축하드립니다.^^'

하지만 자정이 넘어서도 K로부터 답신은 없었다. 아마도 축하전화를 받느라 하루 종일 휴대폰에 불이 났을 것이었다. 순위에서 뒤로 밀린 것이 서운하긴 했지만 아직 대선까진 충분한 시간이 남아 있었다.

11월 6일, Y가 대선후보로 등극하면서 K의 공개행보가 언제 시작될지 세간의 화두로 떠올랐다. 타 후보들과 달리 경선 기간 내내 두문불출했으니 관심의 대상이 될 수밖에 없었다.

'내가 또 활약을 해줘야겠지!'

하지만 K가 전화를 받을지 의문이었다. 어제 메시지에 아직 답신이 없는 것을 보면 전화통화는 기대하기 어려웠다. 우선 Y의 사진 캡처를 담아 메시지부터 보내 간을 보기로 했다. K의 관심을 최대한 이끌어내기 위함이었다.

'오늘 청년의 날 기념식에서 총장님 기념 축사 찰칵.'

'우리 동상, 최고네!'

명수의 생각이 통했는지 한 시간 후에 답신이 왔다. 하지만 명수는 답신도 전화도 하지 않았다. 단지 K가 먼저 연락하기만을 기다렸다. 지금부터는 진영 대 진영의 싸움이라 돌다리도 두드리며 건너야 했다. 하지만 하루가 지나고 나흘이 흘렀지만 K로부터 아무런 연락도 없었다. K도 막상 대선후보로 등극하고 보니 몸을 사릴 수밖에 없었을 터였다.

11월 10일, K를 둘러싼 허위 이력 논란이 또 다시 불거졌다. 지난 달 서일대 이력서 허위 의혹에 학교를 잘못 기재한 단순 실수라 해명했는데, 수원여대와 국민대에도 허위 이력을 제출했다는 의혹이 제기된 것이다. 마치 캐고 캐도 끝이 없는 쓰레기 매립장 같았다.

'도대체 어디까지가 가짜고 어디부터가 진짜야?'

아무리 중립적으로 이해하려 해도 도무지 그 경계를 종잡을 수 없었다. 빤한 거짓말을 천연덕스럽게 해명이라고 늘어놓는 것을 보면, 소시오패스라는 심리학자의 분석이 에누리 없이 맞아 떨어지는 듯했다.

'누님, 지난밤 꿈자리가 안 좋아서요.'

밤 9시경 명수가 K에게 메시지를 보냈다. 또 다시 불거진 의혹에 침통해 있을 K와 공감하기 위해 고심하며 던진 미끼였다. K가 마음이 동하면 전화를 할 것이고 하소연을 들어주며 K의 닫힌 문을 두드려볼 작정이었다.

'오늘도 틀린 모양이군!'

자정이 넘어가고 새벽 1시가 지났지만 K로부터의 답신이나 전화는 없었다. 명수 또한 취재한다는 오해를 불식시키기 위해 추가 메시지나 전화를 할 수 없었다. 오로지 K의 선택에 맡겨야 K의 열린 마음을 기대할 수 있었다.

11월 15일, K와 주가조작 공모 의혹을 받고 있는 권오수 회장의 구속영장 심사를 하루 앞둔 가운데, 'Y 캠프의 실세는 K'라는 논란이 항간의 화두로 떠올랐다. 여당 일각에서는 '서초동 캠프'라는 말까지 나돈다며 K의 비공식적인 캠프 간섭을 신랄하게 비판하고 나섰다.

'실세가 K면 나는 어떻게 되는 거지?'

Y가 선출된 지 열흘이 지났지만 여전히 선대위 구성이 지연되고 있었다. 선대위에 합류한 김종인이 K와 부딪치고 있기 때문이라

는 분석이 우세했다. 문제는 K가 실권을 쥐고 있어야 명수에게도 기회가 온다는 것이었다.

'오늘은 전화를 받을지도!'

명수가 고심 끝에 휴대폰을 집어 들었다. 통화한 지 열흘이나 흘렀기에 아예 연락을 끊으면 오히려 K가 의아해할 수도 있었다. 어쩌면 한동안 연락을 끊고 통화사실을 공개하는지 시험해 볼 가능성도 있었다. 경선과 대선의 비중은 차원이 달랐기에 K도 명수에 대해 더욱 신중할 수밖에 없었다.

"응, 동생!"

"잘 지냈어요?"

"아니, 잘 못 지냈어. 조금 아팠어. 전화도 못 받았네."

명수가 속으로 쾌재를 불렀다. Y가 대선 후보로 등극하고 더는 통화할 수 없을지 몰라 내심 불안했는데 예상대로 K가 통화에 응한 것이다.

"요새 누님 전화 안 받아서!"

"직원한테 전화하면 돼! 자거나 이럴 때는 전화 못 받거든요. 동생은 어디 감기 안 걸렸어?"

명수가 서운함을 내비치자 K가 바로 건강문제로 화두를 돌렸다. 치고 빠지는 화술은 K가 명수보다 한 수 위였다.

"나야 뭐 강원도 촌놈이니까 어렸을 때부터 더덕, 산삼 많이 먹고 자라서 건강해요. 하하하! 누님 건강은 어때요?"

"원래 나쁘진 않았는데 아휴! 너무 힘들잖아, 이런 일들이. 그래서 그냥!"

"내일도 권오수 회장 실질 심사 들어가네?"

K가 하소연으로 말끝을 흐리자 명수가 틈을 놓치지 않고 주가조작 공범을 꺼내 들었다. 내일이 구속영장 심사라 꼭 캐묻고 싶었다.

"그러니까 십몇 년 전 얘기를 하는 거야. 나 결혼하기도 전의 일로…… 할 수 없지 뭐, 어떡해?"

"내가 저번에 토스 받은 거. 누님한테 얘기 한번 들으려고 했는데 내가 잊어버렸다. 메모한 게 있나?"

K가 대강 얼버무리려하자 명수가 미리 준비해둔 메모지를 꺼내 들었다. 누군가의 도움을 받아 도주했던 공범들의 정황이 담겨 있었다.

"대충 얘기해봐. 생각나는 대로."

"누나, 도주한 이정필 있잖아. 내가 강진구 기자가 취재한 걸 들었는데. 허필호라고 있더라고."

"몰라, 난 전혀 모르는 사람이야."

K가 기겁을 하며 모르쇠로 돌아섰다. 하지만 이정필은 K의 증권 계좌를 관리했다는 의혹을 받고 있었다. 지난달 구속영장 심문을 앞두고 도주했다가 사흘 전 검거돼 구속됐고, 허필호는 이정필과 유상증자 사기 의혹을 받고 있는 인물이었다.

"강진구가 지금 취재하는 게…… 주범이 허필호가 먼저냐? 이정필이 먼저냐? 이정필은 골드만삭스 출신인 게 확인됐고, 거기서 한동훈 얘기도 나오더라? 골드만삭스 출신 여 변호사하고 내연 관계, 동거 얘기 나오더라고요."

"한동훈이? 말도 안 되는 얘기네!"

한동훈이 등장하자 K가 기겁을 하고 부인했다. 비록 의혹이긴 했지만 Y의 최측근인 한 검사가 도주범 이정필과 엮인다면 K의 주가조작 공모를 확정하는 것과 다름이 없었다.

"어차피 거기는 이제 우릴 공격하려고 하는 거니까…… 말도 안 돼요. 이정필이는 나랑 상관없고. 주가를 조작한 적도 없고, 그걸 할 줄 아나? 내가."

"네, 그렇죠."

모르쇠로 일관하고 있지만 K가 권 회장 소개로 이정필에게 도이치모터스 주식과 10억 증권계좌를 건네 주가조작을 공모했다는 의혹은 이미 잘 알려진 사실이었다. 더욱이 훗날 K는 모친까지 동원해 통정매매한 의혹까지 추가로 드러났으니 검찰이 제대로 수사한다면 빠져나갈 구멍이 없었다.

"동생이 신기 있다며, 누가 될 거 같아? 둘 중에?"

"내가 볼 때?"

"괜찮아! 이재명 된다고 해도 괜찮아!"

K가 뜬금없이 대선결과로 화두를 돌렸다. 주가조작 의혹을 더는 논하고 싶지 않다는 뜻이었다.

"솔직하게 누나도 보는 게 있을 거 아냐."

"난 알지 이미. 난 알기 때문에 물어보는 거야."

"아 그래요?"

"당연히 알지. 옛날부터 알고 있었지, 난."

이미 영부인이라도 된 듯한 K의 거드름에 소름이 끼쳤다. 대선 수 개월 전에 미리 결과를 알고 있다는 것은 K가 무속에 깊이 빠져 있거나, 대선결과까지 결정할 수 있는 거대 세력이 수면 아래에 존재한다는 의미였다. 그런데 Y가 중앙지검장 시절 역술인까지 대동하고 조중동의 사주들과 밀담한 사실이 밝혀져 논란이 불거진 적이 있었다. 모두 검찰의 수사를 받던 피의자 측이었는데, 그 후 관련 사건들은 유야무야 되었다는 의혹이 일었고 Y는 조중동의 비호 아래 대선후보로 등극하기에 이르렀다.

"동생이 내 편 들면 내가 동생을 모른 척할 수 없지."

"누나, 나름대로 내가 열심히 했는데! 누나한테 도움이 안 됐나?"

"누나, 나름대로 나 열심히! 누나한테 도움 안 됐나?"

"아이, 도움 많이 되지. 그런데 거기 있는 한 내가 널 어떻게 도와주냐? 하여튼 생각해보자고."

명수의 우려에 K가 충성을 전제로 내세웠다. K의 마음은 이미 청와대 깊숙이 자리 잡고 있는 듯했다. 하지만 명수에겐 K의 착각에 불과했다. 이미 K를 주저앉힐 녹취록이 그날만을 기다리고 있었다.

"나에 대한 사건들은 하나하나 해명될 거고. 난 거짓말 한 게 없거든. 만들어낸 게 너무 많지, 정대택 씨가! 그거는 나가서 행보하고 해명하면 끝나는 거예요."

실소가 절로 나왔다. 쥴리 논란은 사생활이라 둘째 치고라도 Yuji 논문표절에 정 회장 모해위증교사와 주가조작에 이르기까지 국민들이 이미 다 아는 사실만 해도 산더미였다.

"지금 어쩌고저쩌고 하는데 그건 다 만들어낸 얘기고, 하나하나 밟아나가면 해결될 거 같고, 나는 뭐. 서울대 석사 나왔는데도 그게 무슨 에이엔피 과정? 뭐 그러면서 학력 위조라고 난리 났잖아!"

이미 서울대 공식 석사과정이 아니라고 확인되었는데도 반성은 커녕 여전히 서울대 석사라고 자신을 포장하고 있었다. 소시오패스라는 분석이 과하지 않아 보였다.

"하여튼 서울의 소리가 원흉이야. 모든 내 소문에! 내가 정권 잡으면 거긴 완전히, 하하하, 완전히!"

"어?"

"무사하지 못할 거야, 아마!"

명수는 자신의 귀를 의심하지 않을 수 없었다. 유력한 영부인 후보가 언론사에 대한 보복을 예고하는 협박이나 다름없었다. 마침내 속내를 여지없는 드러내는 금단의 문이 열리기 시작한 것이다.

"아! 열린공감, 하하하. 열린공감은?"

"거기는 이제…… 권력이라는 게, 잡으면 우리가 안 시켜도 경찰들이 알아서 입건해요. 그게 무서운 거지."

"네!"

기가 막힐만한 상황에 명수가 농담조로 운을 띄우자 K가 우회적인 보복까지 노골화했다. 사정기관을 사적으로 악용하겠다는 사법농단이나 다름이 없었다.

"너무 식상하지 않냐, 충격적인 얘기도 아니고. 그때 그 국감 자료 보니까 만날 했던 얘기던데. 내가 그랬잖아. 30년 들고 다닌 자료라고, 아휴, 정대택 씨도 너무해. 차라리 그 시간에! 돈 벌 데가 그것 밖에 없으니까 그러는 거지, 그 사람은."

'별거 아닌데 국감은 왜 막았대?'

실소가 절로 나왔다. 국감 자료를 보채서 비밀리에 받아 놓고선 별거 아닌 것처럼 폄하하고 있다. 자료를 빼돌리느라 명수는 결국 이중 스파이로 전락하고 말았는데, K는 너무나도 당당했다.

"대법원 판결로 끝난 거예요. 그래서 실형을 당한 거고! 그거 가지고 계속 흠집 내려고 하는 건데! 지지율에 반영이 안 돼요. 지금 50프로잖아. 지금 우리 남편, 컨벤션 효과도 끝났어."

"끝났어요. 예!"

통화를 이어가기 위해 일단은 K의 주장에 수긍할 수밖에 없었다. 하지만 대법원 판결 이후가 돼서야 정 회장의 억울함이 세간의 주목을 받기 시작했다. 1, 2심 재판에서 핵심증거인 약정서 위조와 모해위증교사가 모두 묵살된 채 내려진 판결을 대법원이 그대로 수용한 결과였다. 때문에 결국 대검이 재개수사를 결정할 수밖에 없었던 것이다. 더욱이 K의 출입국기록 조회가 조작됐음이 밝혀진 건 Y의 대통령 당선 이후였다. 결정적인 증거들을 은닉한 법조 카르텔의 농간으로 법원마저 무력화시킨 대표적인 사법농단이었다.

"지금 하나하나 다 나오잖아. 박사과정도 다 나오잖아. 우리가 이제 맘먹고 언론 플레이 하면, 다 무효화가 돼요. 그때 되면 우리가 더 올라가지."

'나처럼 엮인 기자가 몇이나 되기에 언론 플레이?'

이미 경력과 학력 조작에 논문표절, 주가조작 증거까지 공개됐는데 언론 플레이로 덮어버리겠다고 한다. 정언유착 그 자체였다. Y 지지자의 대부분이 조중동과 종편에 중독되어 있으니 손바닥으로 하늘도 가릴 수 있었다. 그 어떤 의혹에도 검찰은 침묵했고 조중동은 옹호 기사를 쏟아내고 있으니 K가 이토록 당당해질 수 있었다.

"뭐, 동거 8년에 내가 삼성 돈을 받았다고? 말이 돼? 삼성에서 돈 받는 게 가능해? 아요. 참, 진짜. 그게 말이 안 되니까 타격을 받겠어?"

"그렇지!"

하지만 K의 아크로비스타에 7억 전세권 설정으로 삼성전자가 불법 지원했다는 의혹이 건물 등기부 등본 확인으로 불거졌다. 하지만 검찰은 뇌물수수와 배임수뢰죄의 공소시효가 지나 공소권 없음으로 불기소 처분했다. 더욱이 K의 8년 동거설을 부인하기 위해 법무부의 출입국 기록마저 증발했던 적이 있었으니, 막강한 법조 카르텔을 의심할 수밖에 없었다. 집단강간 동영상에도 김학의가 무혐의로 빠져나간 사법농단과 별반 다르지 않았다.

"그동안 선동한 게 다 나오잖아!"

"네!"

"그러니까 그런 리스크를 생각해야 된다고. 만약에 진짜가 아니면 어떡할 거야?"

"그렇죠."

"당연히 아니지. 그게 진짜라면 우리가 이렇게 못 나오지. 이재명도 골치 아플 거야, 지금. 하여튼 동생이 우리 좀 도와줘. 뭐가 됐든지."

적반하장이 따로 없었다. 부인할 수 없는 정황 증거에도 K는 도리어 당당하게 역풍을 경고했다. 양심의 가책을 전혀 느끼지 못하는 전형적인 소시오패스였다.

"그래요, 내가 뭐라도 도와드릴게요, 누나!"

"응! 양쪽 줄을 서, 그냥. 어디가 될지 모르잖아."

"예?"

"그니까 양다리를 걸치라고. 하하하!"

"흐흐흐!"

웃고 있는 명수의 미간에 주름이 깊게 팼다. 양다리를 걸치라는 것은 선거캠프에 명수를 영입하지 않겠다는 선언이나 다름이 없었다. 그야말로 토사구팽이었다.

"그거 밖에 더 있어?"

"누나! 그 짓은 내가 못하지."

"그래도 뭐 양다리 걸쳐야지 어떡해. 초심님은 초심님대로 하고,

우리 쪽은 우리 쪽대로 하면서…… 나랑 인연이 있으니까 어떻게 알다 보니 아는 누나였더라 하면서 하면 되지."

"그래, 누나!"

용납할 수 없다는 명수의 읍소에도 K는 흔들리지 않고 단호했다. 명수를 온전히 믿지 못하겠다는 것이다.

"그래야지, 뭐 거기 한편만 들 필요 없잖아? 혹시 세상이 어떻게 바뀔 줄 알아? 그치? 사실 권력이란 게 무섭거든."

"당연하죠. 네!"

"응 무서워! 그래서 조심해야 돼!"

"네."

말이 좋아 양다리지 단물쓴물 다 빨아먹은 토사구팽이 따로 없었다. K의 성품으로 보아 예상했던 배신이었지만 시기가 좀 일러 당혹스러웠다.

"한번 잘못 가면은 그냥! 초심님이야 나이가 많지만 자긴 어떻게 할 거야?"

"그렇죠!"

"그걸 생각해야지."

마침내 K가 경거망동 하지 말라 으름장까지 놓았다. 배신하지 말라는 것이다. 서운했지만 한편으로는 속이 후련하기도 했다. 녹취하면서도 내내 마음이 개운치 않았는데 이젠 마음의 짐을 덜게 된 것이다.

"정치 깊숙이 들어가면 항상 자기의 적은 그 안에 있어. 지금 Y의 적은 민주당이 아니야, 보수 내부지. 그리고 조국의 적도, 믿거나 말거나인데 조국의 진짜 적은 유시민이야. 유시민이 너무 키웠다고."

어불성설이 따로 없었다. 자신들이 100차례 압수수색에 회복불능으로 난도질해놓고는 제 입맛대로 남 탓이란다. 누가 보더라도 강력한 대선 경쟁자 축출 시나리오였다.

"조국, 정경심도 그냥 가만히 있었다면, 이렇게 구속 안 되고 넘어갈 수 있었거든. 조용히만 좀 넘어가면. 그렇게 하려고 했는데 그렇게 해도 충분할 걸 너무 키웠지. 그러니까 조국이 어떻게 보면 좀 불쌍한 거지!"

"뭐야 이거! 지들 꼴리는 대로 구속시켰다고?"

마침내 K의 입에서 진실이 튀어나오고야 말았다. 이제 와서 불쌍하단다. 장관직을 순순히 포기했다면 구속시키지 않았다는 것이다. 법이 아닌 사적 감정으로 법 집행을 악용한 사법농단이었다. 검찰개혁을 설계한데다 강력한 대선후보였던 조국을 교활한 법기술로 난도질한 것이다.

"우리가 특검 했잖아. 박근혜, 최순실 특검했잖아. 그때도 박근혜를 탄핵시킨 건 보수야. 진보가 아니라. 바보 같은 것들이 진보 세력과 문재인이 탄핵시켰다고 생각하는데 그게 아니야! 보수 내에서 탄핵시킨 거야."

완전히 틀린 말은 아니었다. 대권을 노리던 김무성과 박근혜와의 싸움에 김무성의 외가인 조선일보가 개입하면서 최순실 국정농단이 수면 위로 떠올랐다. 바로 국민의힘 의원 절반 이상이 탄핵에 동참한 게 결정적인 이유였다.

"그래서 서울의 소리의 적은 누구냐? 보수 같지만 절대로 아니야, 그 안에 있어. 그 나름대로 경쟁하면서…… 지금 서울의 소리확 죽었잖아. 열린공감 때문에."

"하하하!"

K의 뜬금없는 이이제이에 명수가 웃음으로 답했다. 열린공감은 양 검사의 모친을 취재해 K를 며느리처럼 여겼다는 증언과 아파트까지 K에게 넘겨줬다는 의혹을 제기하면서 한창 인기를 얻고 있었다.

"솔직한 얘기로 열린공감이 너무 선정적으로 말도 안 되는 소리하니까…… 그동안 서울의 소리도 정대택으로 돈 좀 벌었잖아, 여름 내내 한창. 솔직히! 근데 이제 식상하다는 거 아니야. 새로운 아이템을 찾아야 하는데 새로운 아이템이 없잖아."

이것은 K의 희망사항일 뿐이었다. 숱한 의혹 제기에도 불구하고 보수언론이 침묵하거나 옹호 보도에 나서면서 K가 지금껏 버틸수 있었다. 상당수의 국민의힘 지지자들이 조중동만을 신봉하고 있기에 가능했던 신분세탁이었다. 감히 한낱 손바닥으로 하늘을 가리려 하는데 조중동이란 우물 안의 개구리가 되다 보니 손바닥으로도 하늘이 가려지는 것이었다.

"초심님의 응징은 너무 식상하잖아, 이제. 왜냐하면 지금 사람들이 분노하고 있는 건 그런 게 아니거든. 옛날에 그게 먹혔지. 민주

진영 분노가 많았잖아. 보수가 워낙 적폐가 많아서."

"그렇죠. 그건 맞습니다."

참으로 알다가도 모를 인물이었다. 보수진영을 적폐로 인정하면서도 이제는 그들과 손잡고 은인인 대통령을 공격하고 있는 것이다. 상황에 따라 진영을 바꾸는 박쥐 그 자체였다.

"동생, 이거 녹음하는 거 아니지?"

"녹음 안 해요."

"우리끼린 그렇게 치사하게 하지 마!"

"네, 했으면 벌써 깠죠."

"그럼 내가 동생이랑 통화 못해!"

"그럼요."

느닷없는 녹음 타령에 명수가 거듭 부인했다. 보수와 진보를 싸잡아 비난한 녹취가 공개된다면 그야말로 진퇴양난이었다. 이미 수개월째 통화가 이어져도 명수가 굳게 입을 닫고 있었기에 K도 의심 없이 속내를 끄집어낼 수 있었던 것이다.

"내 얘기 틀린 것도 아니고 그렇게 됐는데, 아휴, 모르죠. 이제 이재명 씨가 돼야 우리 동생도 좋을 텐데. 그치?"

"누나, 저번에도 이렇게 비슷하게 얘기하더라. 이재명이 되면 내가 좀 좋을 거라고 하는 거 같은데!"

"어쨌든 그쪽 편에 서 있으니까, 지금."

K가 뜬금없이 이재명을 들먹이며 또 다시 명수의 정체성을 떠보았다. 국민의힘 입당을 거부한 명수가 언제든 배신할 수 있다는

불안감 때문이었을 것이다.

"우린 진보 쪽의 한 언론사일 뿐이지, 이재명 된다고 뭐? 내가 그랬잖아! 민주진보 세력은 그런 거 없다니까. 보수 쪽은 내가 봐도, 한 만큼 제대로 챙겨주는 게 있는데, 우리 진보는 그런 게 없어."

K의 의심을 불식시키기 위해 명수가 하소연을 늘어놓았다. 여전히 입에 풀칠하기도 힘든 여건인데 돈을 받다니 황당할 따름이었다.

"문재인 정부를 위해 그렇게 했는데도 뭐…… 우리 어르신 아드님도 공장에서 일하는데, 남들은 우리 어르신 자식들은 좋은 자리 갔다고 생각하더라. 따님이야, 원래 교대 나와서 교사 된 거고, 우리 어르신은 그런 거 없어. 사람들이 선거 끝나면 줄서고 한 만큼 한 자리 요구하는데 우리 어르신은 그러지 않았어요."

"유튜버가 한 자리 갖기는 힘들어요."

"그래요?"

명수의 당당한 기세에 K가 화두를 유튜버로 돌렸다. 돈에 휘둘리지 않는 명수의 우직함에 꼬리를 내린 것이다.

"국회의원 출신도 아니고. 유튜버라는 한계가 있어서 한 자리 갖기는 힘들고. 이제 김어준 씨가 영향력 있는 방송인이지. 그 양반은 돈을 엄청나게 벌잖아. 알다시피 그 양반은 진영을 떠나 사업가예요."

Y에 맞선 진보 방송인 중 독보적인 인기를 누리고 있는 김어준은 당연히 폄하하고픈 눈엣가시일 수밖에 없었다.

"그 양반 따라가면 안 돼요. 정의라는 것은 시대마다 바뀌어요. 언젠 이쪽이 정의였다가 다음엔 저쪽이 정의였다가, 그런 기득권이 너무 많은 권력을 가지게 되면 그것도 적폐거든요."

헛웃음이 절로 나왔다. 이제는 정의마저 엿장수 마음대로란다. 돈과 권력을 정의라고 믿고 있으니 때론 돈의 흐름에 따라 때론 권력이 바뀔 때마다 K의 정의도 바뀔 수밖에 없었다.

"정의의 편을 들어야지 무조건 나는 진보니까 진보편만 든다? 그렇게 해서도 안 되고 그건 하나의 비즈니스야. 정의, 저스티스가 아니라고, 정치적인 저스티스가 아니라고."

'정치적인 정의? 날 가스라이팅이라도 하겠다는 거야?'

자신을 비판하면 인기에 편승한 사업가고 적폐였다. 하지만 K의 정치적인 정의야말로 진영논리에 따라 변하는 선택적 정의에 지나지 않았다.

"보수들은 챙겨주는 건 확실하지! 그렇게 공짜로 부려먹거나 하는 일은 없지. 그래서 우리 쪽에서는 미투가 별로 안 터지잖아, 하하하!"

"그렇죠."

"하하하! 미투 터지는 게 다 돈을 안 챙겨 주니까 그런 거야."

"그렇죠. 그렇죠. 하하하!"

뜬금없이 튀어나온 미투에 그저 웃을 수밖에 없었다. 돈과 권력이면 불륜도 마다하지 않았다는 줄리와 검사들과의 동거설이 그저 풍문만은 아닌 듯했다.

"돈은 없지, 씨! 어? 바람은 피워야겠지. 그러니까 이해는 가잖아! 나는 진짜 다 이해하거든. 그러니까 그렇게 되는 거야."

"하여튼 보수는 철두철미해!"

명수가 불륜마저 정당화시키는 K의 천박함에 맞장구를 쳤다. 과연 어디까지가 바닥일지 더 듣고 싶어졌다. 하기야 현재진행형인 불륜녀 황보승희를 명수의 경고에도 영입했으니 안 봐도 비디오였다.

"아이! 보수는 돈 주고 해야지. 절대 그러면 안 돼! 나중에 화 당해요. 화! 지금은 괜찮은데, 내 인생 언제 잘 나갈지 모르잖아. 근데 다 화를 당하지."

"그렇죠!"

성매매까지 당연시하는 K의 세계관에 아연실색할 수밖에 없었다. 진보는 물론 보수진영에서조차 결코 용납할 수 없는 저열한 도덕성이 아닐 수 없었다.

"여자들이 무서워서! 그러니까 초심님한테도 조심해서 하라고 해! 초심님도 애인 있을 거야."

"그런 거 없어, 누나. 내가 알아. 우리 초심님! 재작년부터 미투, 손석희가 맨 처음에 터트렸잖아. 맞죠? 안희정 보도하고 나서 진보 쪽에 미투 바람이 불었지."

의심스러운 K의 농담에 명수가 기겁을 하며 안희정을 꺼내들었다. 불륜마저 용인하는 K의 도덕성이 안희정을 어떻게 평가할지 듣고 싶었다.

"아니, 그러니까 미투도 이 문재인 정권이 먼저 터뜨렸잖아. 뭐 하러 잡자 하냐고? 미투도. 아휴! 사람이 살아가는 게 너무 삭막해. 난 안희정이 불쌍하더라. 솔직히!"

"네?"

명수가 도무지 믿기지 않아 잘못들은 것이 아닌가? 의문을 던졌다. 예상은 했지만 안희정을 옹호할 줄은 몰랐다.

"난 안희정 편이었거든! 아니 둘이 좋아서 한 걸 갖고…… 얘가 강간당한 것도 아니고. 나랑 우리 아저씨는 안희정 편이야. 지금도."

"아, 그래요?"

탄성이 절로 나왔다. 갈수록 가관이었다. 동거설과 줄리설이 무색하지 않은 부부 일심동체였다.

"당연하지. 그게 왜 미투에 걸려야 해? 둘이 서로 좋아서 했으면서 웃기는 애 아냐?"

"그렇죠. 맞아!"

"솔직히! 지가 뭐 소리를 질렀어? 뭐했어? 둘이 합의하에 해놓고서는 지금 와서 미투라 그러고. 그 당시 그렇게 해서 걸려든 게 모조리 진보 쪽이었잖아."

"예!"

명수도 신이 나서 장단을 맞췄다. 기대 이상의 가치관이었다. 적극 지지층마저 기겁할 저열한 사고방식이 아닐 수 없었다.

"미투! 너무 그런 식으로 하니까! 아유, 나는 좀 아닌 거 같아. 아니, 여자가 좋으면 한번 손 만질 수도 있잖아. 사랑이란 감정이 결혼했다고 안 생기는 게 아니잖아. 잘못하면 미투에 걸려. 그럼 매장돼. 아니, 어디 연애나 하겠어? 남자들! 난 좀 그런 게 안타깝더라고. 솔직히!"

헛웃음이 절로 나오는 걸 꾹 참았다.

"난 이해가 안 가더라고. 안희정이 4년형 받았지? 너무 많이 받았어!"

"그게 문빠가 죽인거야, 안희정을."

"아, 그래요?"

"자기들끼리 싸운 거지. 대통령 후보에서 아예 잘라버리려고 문빠에서 죽인 거지. 보수에서 죽인 게 아니라 자기들 리그에서 내친거야. 알지? 그 정도 논리는?"

"네?"

명수가 덩달아 안희정을 동정하자 K가 난데없이 문빠를 소환했다. 문재인 대통령을 믿지 말라는 것이다. 미투마저 정적 제거 수단으로 왜곡시키는 K의 이이제이 전략이었다.

"그러니까 난 안희정이 좀 불쌍하다고 생각하는 거지. 난 안희정 뽑고 싶었거든."

"안희정?"

"응, 괜찮잖아. 사람 젊고."

"네 그렇죠."

거듭 이어지는 안희정 옹호에 명수가 적극 동조하며 추이를 살폈

다. 과연 K의 바닥이 어디까지인지 더 들어보고 싶었다.

"난 문재인은 별로고 노무현을 좋아하니까. 노무현 쪽이야. 사실 이재명은 노무현하고는 거리가 멀거든."

"계열은 아니지."

마침내 K의 입에서 이재명이 튀어나왔다. 여전히 가장 존경받는 대통령인 노무현과 이재명을 분리시키자는 속셈이었다.

"아니, 계열도 아니고 노무현 정신하고는 상관이 없는 사람이에요. 조금 안타깝더라고. 노무현 장례식장 가자는데 이재명이 김부선한테 거길 왜 가냐고 그러면서 김부선 집에 가서 놀았다는 거아냐. 이건 사실이거든."

"아 그래요? 누나, 그거 사실 아닌데?"

명수가 K의 확신에 의문을 던졌다. 김부선의 일방적 주장이었을 뿐 이렇다 할 증거도 없었다. 하다못해 같이 찍은 사진 한 장조차 제시하지 못했다.

"아이, 뭘 아냐? 왜 이렇게 뭘 몰라! 모르는 소리 하고 있어."

"그건 김부선 얘기고. 누나, 내가 김부선 얘기 좀 할까. 왜냐면 누나도 당할 수 있어서 얘기하는 거야. 김부선은 경계대상 1호야."

거듭되는 K의 확신에 명수가 제동을 걸었다. 신체부위까지 거론했던 다소 황당한 주장에 이재명이 의사들에게 신체검사까지 받으면서 일단락 된 사안이었다. 다름 아닌 이재명 흠집 내기였다.

"아냐! 4차원인 건 맞는데 이재명하고 한 얘기는 다 사실이야."

"아, 그래요?"

"응! 4차원 100% 맞아. 걔 되게 위험한 애야. 왔다 갔다 하잖아."

"네!"

실소가 절로 나왔다. 4차원이라면서도 이재명 사안만은 사실이라고 한다. 자신이 믿고 싶은 것만 믿고자 하는 선택적 정의에 지나지 않았다.

"근데 이재명하고 한 얘기는 100%야. 이재명은 그럼 고소해야지, 왜 안 해? 고소해야지, 명예훼손으로. 안 하잖아. 하여튼 김부선이 이재명 만난 건 맞아. 100% 맞아. 내가 알아, 그거는."

고소는 K가 가장 바라는 해결책이었다. 이재명이 고소를 꺼린 까닭은 긴 소송기간이었다. 며칠이면 잠잠해질 사안을 소송으로 가면 대법원까지 수년 동안 시달림을 받을 수 있었다. 한마디로 긁어 부스럼이 되는 형국이었다.

"어쨌든 우린 노무현에 대한, 그런 게 있잖아. 한이 있잖아. 그리움도 있고, 우리 남편이 집사부일체에서 '그런 사람 없습니다' 노래 불렀잖아."

기가 막혀 이젠 웃음도 안 나왔다. 근거 없는 논두렁시계 망신주기로 노무현을 죽음으로 내몬 것이 검찰이었고, 검찰개혁에 반기를 든 것이 바로 Y였다. 영락없는 모순이었다.

"누나, 그런데 총장님이야 노무현 좋아하고, 봉하마을 갔다 오고. 집사부일체에서 노래도 부르고. 수구 애들이 그 노래 막 틀어놓고 그러더라. 옛날에 노무현 하면 아주 나쁜 사람이라고 했다가, 하하하! 쫓아다니는 유튜버들 있잖아. 극우들!"

"우리 남편 때문에 많이 돌아섰지. 우리 남편이 노무현에 대한 얘기 자주 하거든."

"그러니까."

명수는 때에 따라 지조 없이 변덕을 부리는 극우들을 비꼬자고 한 말인데, K는 Y 덕분이라며 자화자찬이다. 푼수가 따로 없었다.

"나가서도 얘기하고 노무현에 대한 인터뷰도 많이 했거든요. 그래서 보수들도 노무현에게 많이 돌아섰지."

"그러니까. 누나, 총장님 지난주 봉하 갔잖아요. 권양숙 여사님하고 만나는 거 미리 좀 안 했어?"

명수가 가식적인 너스레를 더는 듣고 싶지 않아 권 여사를 소환했다. Y가 봉화를 방문하면서 권 여사와의 회동 여부가 세간의 화제가 되기도 했었다.

"했어요. 권양숙 여사가 나 오면 만나준다고 했어."

"누나 오면?"

명수가 믿기지 않아 다시 확인했다. 사실인지 확인할 길은 없었지만 믿음이 가질 않았다.

"응, 같이. 근데 내가 따로 비공개로 만나려고 그래. 나는 노무현에 대해서 되게 잘 알거든. 우리 남편 노무현 연설 외울 정도거든! 진짜 누구보다도 정말 좋아했어. 근데 아오! 문재인하고 너무 다르니까 우리 남편이 충격을 받았지."

역시나 노무현을 꺼내든 이유는 문재인을 폄하려는 의도였다. 언제는 K가 구약성경을 외운다더니 이제는 Y가 노무현 연설을 외운다고 하니 노무현을 진정 좋아했는지 의문이 들었다.

"문재인 대통령도 이제 너무 기질이 달라. 노무현 대통령은 자기가 창업주라는 그런 기질, 대장 기질이 있고, 좀 책임지려는 기질이 있고, 문재인 대통령은 참모 기질이 너무 강하지. 참모 기질이 강해서 조금 대통령 하기는!"

아니나 다를까 역시 문재인에 대한 Y의 배신을 정당화하기 위해 노무현을 소환한 것이었다. 자신을 믿고 임명해준 대통령에 대한 배은망덕이었다.

"우리가 그리워하고 바라고 그런 사람은 아니었던 거 같아. 노무현은 우리의 마음 어느 한 부분을 굉장히 긁었잖아."

틀린 말은 아니었지만 노무현을 무참히 공격했던 검찰 특수통 가족이 떳떳하게 할 수 있는 말은 아니었다. 그때 누군가 현관문 비번 누르는 소리가 들려왔다.

"하여튼 좀 그렇지, 뭐. 노무현에 대해선 우리 남편이 제일 잘 알아요. 누구한테 안 져. 하여튼 또 전화해!"

"네!"

K가 서둘러 전화를 끊었다. Y가 귀가한 모양이었다.

'됐어!'

명수가 오른 주먹으로 허공을 가르며 쾌재를 불렀다. 지난 넉 달보다 더 충격적인 통화였다. 언론사에 대한 보복 예고도 모자라 충격적인 미투 발언까지 진보와 보수를 불문하고 전 국민이 경악할 만한 저열한 세계관이 아닐 수 없었다.

16. 쏟아지는 의혹들과 비선 캠프

11월 19일, 대선 본선이 본격화 되면서 Y와 이재명 후보 간에 신경전은 더욱 날카로워지고 있었다. 여당은 K 부부가 나란히 기소될 것이라 자신하고 있는 반면 야당은 대장동으로 팽팽히 맞서고 있었다. 그 와중에 또 다시 K의 등장 시기가 화두로 떠오르면서 K를 압박하고 있었다.

'며칠 지났는데 문자나 한번 때려볼까?'

통화한 지 나흘이 지나도록 서로 연락이 없었다. K는 폭로전이 격화되면서 몸을 사리는 듯 잠적했고, 명수 또한 나름대로 고민이 많았다. 녹취를 공개할 것인지 말 것인지? 공개한다면 언제 공개할 것인지? 백 번 천 번을 고민해도 답은 쉬이 떨어지지 않았다.

'아직 시간은 많으니까!'

고민할 때마다 속 시원히 나오지 않는 답에 그저 차일피일 결정을 미루기만할 뿐이었다.

'누님 웃는 사진 처음 봅니다. 누가 웹자보 만든 건지 모르지만 참 잘 만들었네요.~^^'

명수가 고민 끝에 K가 웃는 사진의 기사캡처와 함께 메시지를 보냈다. 통화로 K의 등장 시기를 조언해주기 위한 밑밥 차원이었다. 하지만 아침까지도 답신은 없었다. 벼르고 K가 선호하는 자정 시간대를 노려보았지만 헛수고였다.

11월 25일, 민주당이 숱한 의혹으로 공개행보를 미루고 있는 K를 저격하자 국민의힘 김재원 최고위원이 반격에 나섰다.

"꽁꽁 숨지 않았다. 사업하느라 바빠서 못 나오는 것이다."

하지만 보수 진영조차도 김 위원의 말을 곧이곧대로 믿을 사람은 거의 없었다. 보통사람이라면 수준 이하의 Yuji논문 하나만으로도 얼굴을 들 수 없다는 게 인지상정이었다.

'이제 포기해야 하나?'

메시지를 보내봤지만 K는 열흘째 감감무소식이었다. 불현듯 배신감에 녹취 공개도 생각해 봤지만 Y를 확실히 주저앉히기엔 아직 역부족이었다.

'갈 수 있는 데까지 가봐야 이명수지!'

명수가 고민 끝에 휴대폰을 집어 드는 순간 메시지 수신음이 울렸다. 민주당이 안철수와의 연대를 추진한다는 선배 기자의 메시지였다.

'그래 이거야!'

명수가 바로 K에게 메시지를 전달했다. Y입장에선 심각한 정보였기에 K로부터 전화가 올 수도 있었다.

'누님, 언론에 도는 얘기입니다.'

'민주당 공동정부 포함한 안철수와의 연대 제안. 내주부터 본격 추진키로 했다고 함. 일부 기자들과 식사 가지며 의견 타진함. 이재명-김종인-양정철-금태섭 수원 극비회동'

연이어 메시지를 보냈지만 한 시간이 흐르고 두 시간이 지나도 답신은 없었다. K가 자고 있거나 이미 알고 있거나 둘 중 하나였다. 결국 포기하고 막 사무실을 나서려는데 메시지 수신음이 울렸다.

'네.'

K였다. 하지만 고맙다는 인사치레조차 없는 메시지에 허무하기 그지없었다. 부지불식간에 담배에 손이 갔다.

'오늘은 틀렸나 보네!'

전화를 걸어보려 했지만 무성의한 메시지로 봐선 가능성이 희박했다. 좀 더 상황을 지켜보고 훗날을 기약해야 했다. 대기만성이라고 조바심을 버리고 때가 될 때까지 시간을 주자는 것이다.

11월 28일, K의 회사에 대한 뇌물성 후원이 또 다시 도마 위에 올랐다. 2800만 원 수준이었던 K의 연봉이 Y가 중앙지검장에 오르고 그 열배인 5200만 원에 상여금은 2억 4400만 원을 수령했다는 것이다. 기업들이 알아서 바치는 후원이 아니라면 꿈도 못 꿀 불가능한 액수였다.

'또 터졌으니 전화 받을 리도 없고, 뭐 신선한 거 없나?'

명수가 지난 밤 미처 확인하지 못했던 메시지들을 훑어보기 시작했다. 영양가 없는 메시지 몇 개를 건너뛰던 중 흥미로운 단어 하나가 눈에 띄었다. 바로 술이었다.

'이거면 통할지도 모르겠는데!'

Y가 시도 때도 없이 술을 즐긴다는 것이다. 한마디로 알코올 중독자 수준이었다. 명수가 고민할 틈도 없이 바로 전화를 걸었다. 하지만 K는 전화도 받지 않았고 자동응답 메시지조차 없었다.

'이렇게 나오시겠다? 봐라! 안 나오고 배기나!'

명수가 포기하지 않고 이번엔 메시지를 보냈다. 지금까지의 경험상 Y와 관련된 정보에는 반드시 응답이 왔었다.

'누님, 총장님 관련 제보 받은 게 있어서 전화 드렸습니다.'

'문자로 좀 주세요.'

한 시간이 지나서야 온 답신은 통화하기 곤란하다는 것이었다. 야당의 정식 대통령후보가 됐으니 몸을 사리는 것이다. 하지만 명수도 고집을 부렸다. 메시지를 보류한 채 전화가 올 때 까지 버텨보기로 했다. 하지만 두 시간이 흘러도 반응이 없자 어쩔 수 없이 메시지를 보낼 수밖에 없었다. 일단 연락이 끊어지면 당장 아쉬운 건 명수였다.

'총장님 새벽 늦게까지(2~3시) 먹는다고 국힘 모 의원이 얘기하네요. 제가 알 정도니 다른 기자들도 알겠죠.'

'뭘 먹어요?'

'술이요?'

아니나 다를까 득달같이 연이어 메시지가 왔다. 다름 아닌 국민의 힘 의원이 뱉어냈으니 심각할 수밖에 없었다.

'네네! 술 마신다.'

'아이고, 아무리 늦어도 11시 넘어 온 적 없어요.'

'그렇게 늦게까지 술 먹으면 다음날 스케줄이 안 돼요.'

'누가 그냥 악의적인 소리한 듯.'

명수의 확인 메시지에 K가 학을 떼며 연달아 3개의 메시지를 보내왔다. 답답한 K가 버티지 못해 전화할 것을 기대했지만 전화도 더 이상의 메시지도 없었다.

'어떤 평론가는 낮에도 술 마신다는 헛소리.'

기다리다 못한 명수가 좀 더 자극적인 메시지를 다시 보냈다. 오늘은 기필코 K를 끌어내겠다는 생각이었다. 하지만 자정이 넘어가도록 K로부터의 연락은 없었다. 필시 풍문의 근원지를 캐내려 동분서주하고 있을 터였다.

11월 29일 대선을 100일을 앞두고 두 후보 간의 폭로전이 더욱 과열되고 있는 가운데 배우자들의 행보도 연일 화제였다. 김혜경은 지방순회 동행으로 외조를 펼치고 있는 반면 K는 여전히 잠행을 이어가고 있었다. 하지만 일각에서는 K가 비공식 캠프에서 사실상 선거운동을 좌지우지한다고 분석하고 있었다.

'이걸 한번 미끼로 던져 봐?'

사무실에서 기사를 모니터링 하던 명수의 시선이 'Y 비서실장에 고졸 출신 초선의원.'에서 멈췄다. K가 선거캠프의 숨은 사령탑이라면 이번 인선도 K의 작품이 분명했다. 운이 닿는다면 K의 비공식 캠프를 증명해낼 수도 있었다.

'[다자대결] 李36.9%vs.尹46.3%'

'누님~10% 격차 여론조사입니다.'

명수가 K의 흥미를 돋우기 위해 먼저 Y가 압도하는 여론조사 결과 메시지를 보냈다. 처음부터 비서실장을 꺼내들면 의심을 살 수도 있었다.

'많이 나는 건가요?'

'많이 나는 거죠~ 이재명은 3주째 지방 민생행보 하고 있는데 10% 차이면.'

예상대로 K가 1분도 지나지 않아 바로 반응을 보였다. 이때다 싶어 명수가 바로 비서실장 인선 기사 메시지를 보냈다.

'Y 비서실장에 고졸 9급 공무원 출신 초선 서일준. 고졸 출신 신선합니다. 나도 고졸인데요. ㅋ'

'고졸이 더 좋아.'

역시나 K가 바로 응답했다. 마치 자신의 작품인양 명수의 칭찬에 고무된 응답이었다. 명수가 때를 노치지 않고 바로 미끼를 던졌다.

'고졸 출신으로써 누님의 탁월한 선택 참 잘했어요.~^^'

'그렇지. 우리 동생 맘에 들어.'

'나도 고졸 출신 동변상련ㅎ'

'굿굿! 우리 명수 씨 기특해!'

명수가 쾌재를 불렀다. 아니나 다를까 예상대로 K가 비서실장 인선에 개입한 것이 확실해 보였다. K가 대선캠프를 좌지우지하고 있다는 풍문이 사실이었던 것이다. 당연히 Y의 개사과 또한 K의 작품이라는 것을 반증하고 있었다.

11월 30일 K의 주가조작 공범 권오수가 주중 기소될 것으로 예상되고 있는 가운데, K 일가의 양평개발 특혜의혹이 또 다른 뇌관으로 떠오르고 있었다. Y가 지역에서 막강한 힘을 발휘할 수 있었던 여주지검장 시절이었다.

'허허 안 해 먹은 데가 없네! 오늘은 전화를 받으려나?'

명수가 실소를 터트리며 휴대폰을 집어 들었다. 마침 Y가 먹방을 하고 있어 핑계 삼아 전화를 해보려는 것이다. 통화한 지 보름을 넘겼으니 오늘은 전화를 받을 만도 했다.

"기자님. 정 비서입니다."

"네!"

"지금 사모님이 잠을 하나도 못 주무셔서 지금 주무시고 계세요."

"아, 그래요."

"어디 편찮으신가요?"

"별 일은 없는데 일단 잠을 너무 못 주무셔서 조금 주무셔야 할 것 같아요."

역시나 또 직원이 전화를 받았다. K가 정말 자는 것인지 부러 통화를 피하는 것인지 알 수는 없었다. 하지만 저녁 8시 경이라 잠을 청하기에는 다소 이른 시간이었다.

"총장님 먹방, 오늘 식당에서 삼겹살 먹고 있는데 얼굴이 왜 이렇게 어두워 보여?"

"얼굴이요?"

"네. 내가 계속 모니터링 하고 있는데."

"조명이 그런가? 오늘 다른 데서 찍힌 사진들은 괜찮던데요."

바로 전화를 끊기가 뭐해서 예정대로 Y의 먹방을 꺼내 들었다. 명수가 지속적으로 Y를 모니터링 해주고 있다는 사실을 K에게 알리자는 차원이었다.

"그래요? 지금 퇴근하면서 보고 있는데 식사하시는 게 좀 어두워 보여 가지고요."

"저희도 한번 모니터링하고 얼굴 좀 화사하게 하라고 할게요."

"그러십시오. 네 알겠어요."

명수가 적당히 참견을 해주고는 전화를 끊었다. K와 통화하지 못해 아쉬웠지만 보름 만에 전화를 받아준 것만으로도 만족해야 했다.

12월 1일, K의 10억 계좌로 주가를 조작한 공범이 구속 기소되면서 K에 대한 검찰의 소환조사 여부가 정계의 화두로 떠올랐다. 경기도 양평 공흥지구 개발비리 의혹에 이어 연이어 터진 악재였다.

'오늘 미끼는 좀 센 걸로 던져봐야겠어!'

Y의 대선후보 등극 후 통화를 꺼리고 있는 K를 불러내기 위해선 좀 더 위협적인 소재가 필요했다. 명수는 먼저 Y와 대립각을 세우

고 있는 이준석을 밑밥으로 던졌다.

'김종인, 유승민에게 잘 못 배워 이준석이 그렇다는 송평인의
진단'

오후 6시경 유튜브 방송 링크를 보냈지만 어제와 달리 밤 10시를
넘기도록 K의 답신은 없었다. 하는 수 없이 이번엔 좀 더 센 정 회
장 카드를 꺼내 들었다.

'누님이 건강이 많이 안 좋은가 봅니다. 정대택 회장 관련 드릴 말
씀이 있습니다.'

'좀 안 좋아, 지원이한테 대신 전해줘요.'

아니나 다를까 K가 바로 미끼를 물었다. 하지만 명수는 답신을 보
내지 않고 버텼다. K와 직접 통화하지 않으면 아무런 의미도 없었
다.

'심각한 건가요?'

K가 채 2분도 기다리지 못해 연이어 메시지를 보내왔다. 명수가
나 몰라라 버티자 안달이 났던 것이다. 그래도 명수가 모른 채 버
티고 버티자 마침내 전화벨이 울렸다. K가 궁금증을 참지 못한 것이
다.

"뭔 얘긴데, 또 뭐 심각한 거야?"

"누나 고소한다고."

"나를?"

"경찰청 증인 선 거 있잖아, 누나가 막은 줄 알거든."

"응? 뭘를? 어떤 거를?"

K가 고소라는 말에 경기를 일으키며 명수를 닦달했다. 그렇지 않아도 새로운 의혹이 쏟아지는 마당에 고소라니 흥분할 만도 했다.

"국감 때 증인 신청했잖아."

"응!"

"누나 쪽에서 막아서 자기가 증인 출석 못했다고 해서 고소한다고. 막 얘기가 나오더라고."

"응! 하라 그래. 무슨 내가 막아, 그걸 내가 어떻게 막아?"

"하하하! 최근에 그렇게 얘기가 나와서."

실소가 절로 나왔다. 분명 자기들이 막았다며 국감증인 취소가 안 됐다는 명수를 윽박지르기까지 했었다. 그런데 막상 고소를 한다니까 모르는 일이 돼버렸다.

"상관없어요. 그걸 내가 막아? 내가 무슨 수로 막아? 내가 대단한 줄 아나 보네?"

"예! 어디 많이 아프세요? 누나!"

"그건 당에서 막은 거지, 아휴, 그 사람은 원래 고소쟁이니까! 그럴수록 우리는 나쁠 거 없어요. 계속 고소하라 하세요."

"아 그래요?"

막지 않으면 힘이 없는 것처럼 보일까봐 막았다고 해놓고는 고소한다니 힘이 없단다. 아전인수라고 자기 편한 대로만 살아가는 사람이었다.

"국정감사랑 나랑 무슨 상관이야. 무슨 힘이 있다고 막아?"

"예. 누나 요새 많이 아파서 어떻게? 누나 나 언제 한번 안 봐요?"

흥분한 K를 진정시키려 명수가 화두를 바꿔 던졌다. K의 사무실이 정말 비선 캠프로 가동되고 있는지 확인해봐야 했다.

"봐야지! 다음 주 정도에 한번 와요."

"다음 주 쯤에?"

"응. 내가 쫌 많이 아팠어."

"아, 그래요?"

"응!"

일단은 성공이었다. 하지만 K의 말을 곧이곧대로 믿을 수는 없었다. 놀러오라 해놓고 연락을 끊은 것이 한 두 번이 아니었다.

"사무실도 안 나가겠네?"

"아니, 사무실에 있는데, 계속 자고 있어. 명수 씨 와서 다음에 나랑 밥이나 먹자! 우리끼리."

정 회장의 국감 자료를 받을 때부터 사무실 근처도 못 오게 하더니, 고소를 한다니까 어느새 다정한 오누이로 돌변해 놀러 오라는 것이다.

"맥주 한 잔 하고. 응! 내가 전화할게. 다음 주 정도 보는 걸로 알고 있어요."

"예, 누나 알겠어요."

"응! 또 그런 거 있으면 바로 연락해줘."

"네!"

K가 신속한 정보전달을 당부하며 전화를 끊었다. 상관없는 일이

라고 나 몰라라 잡아떼면서도 걱정은 되나 보다.

'오늘은 이만하면 됐어!'

K가 성을 내는 바람에 벼르고 있던 주가조작은 던지지도 못했다. 하지만 보름 만에 성사된 통화였다. 더욱이 사무실 방문까지 제안 받았으니 K가 약속만 지킨다면 비선 캠프를 확인할 수도 있었다.

12월 2일 오전, Y가 종편채널과의 인터뷰에서 K의 공식석상 행보가능성을 내비치면서 항간의 이슈로 떠올랐다.

'어느 단계가 되면 대통령 후보의 부인으로서 자기가 해야 할 역할은 잘할 것이라고 생각합니다.'

하지만 줄리에 대한 잇단 증인 출현 등 악재가 거듭 겹치면서 그 누구도 K의 등장 시기를 가늠할 수 없었다.

'휴! 물어봐야 할 게 많은데!'

고민 끝에 명수가 휴대폰을 집어 들었다. 어제 통화를 했다지만 건진 것이 별로 없었다. 대선이 본격화되고 선택의 시간이 다가오기 전에 확인해야 할 사안이 너무나 많았다. 한동훈과의 관계를 시작으로 줄리에 이르기까지 한번쯤은 반드시 확인하고 싶었다.

"누나!"

"응! 무슨 일이야, 또?"

"왜요?"

"아니 무슨 일이 또 있을 것 같아서."

도둑이 제 발 저리다고 K가 명수의 전화만으로도 지레 겁을 먹고 넘겨짚었다.

"또 정대택 이런 거 있잖아! 무슨 일이에요?"

"어제 내가 최근에 들었던 게 그건데!"

"아니, 정대택이 고발한다 그랬다며?"

"그러니까, 어제."

명수가 말끝을 흐리자 K가 답답한 듯 명수를 닦달했다. 대선을 코앞에 두고 정 회장의 고소가 크게 거슬린 모양이었다. 하지만 오늘 명수의 관심사는 한동훈과 줄리였다.

"고발하면 더 좋아, 우리는."

"그래요?"

"하라 그래요. 응, 하라 그래!"

"아니, 정대택 회장이 날 보는 눈이 안 좋아."

"누가?"

K가 화를 주체하지 못해 연거푸 쏟아내자 명수가 정 회장의 의심을 걱정했다. K에게 국감 자료를 빼돌린 걸 염두에 둔 경고였다.

"누나 나하고 통화한다고 어머니한테 막 얘기하는 건 아니지?"

"전혀 안 하지. 우리 엄마는 아예 나를 잘 못 만나요."

"왜냐면 저번에 정대택 회장 한번 만났는데, 나를 보는 눈이 너무 안 좋아서."

"응!"

명수의 의심에 K가 좀 긴장한 모양새였다. K보다 오히려 명수가 통화 유출을 걱정하게 된 셈이었다.

"그래서 누나 엄마 친척들하고 정대택 회장하고 통화하지 않나?"

"전혀 안 해."

"이제 안 해요?"

"응! 없어. 전혀 그런 거 없어."

이어지는 명수의 의심에 K가 마치 죄라도 진 것처럼 거듭 부인했다. 이제부터 K와 명수는 자료를 빼돌린 공범이자 공동운명체였다. 바로 K가 명수를 이중 스파이로 만든 대가였다.

"저번에 누나 엄마네 친척들 녹취록 막 까고 그래서."

"아니, 아니야! 그거는 법적으로 뭐 안 돼요. 실컷 하라 그래. 정대택이 지금 이슈가 없어요. 그건 고발하면 더 좋아요. 내버려두세요."

"예, 알겠습니다."

방귀 뀐 놈이 성 낸다고 K가 큰 소리 치는 데에는 다 이유가 있었다. 아무리 고소해 봤자 주가조작처럼 검찰이 손을 놓으면 그만이었다.

"전혀 문제가 안 돼. 18년 지난 일로 뭘 어떡하라는 거야."

"그렇죠."

"신경 쓰지 말아요. 정대택이 뭐 동생한테 눈을 찡그리든 뭔 상관이야."

"그렇지. 예!"

K가 불안해하는 명수를 안심시키려 애쓰는 듯했다. 명수의 의도대로 국감증인 취소와 자료 빼돌린 걸 우려하고 있는 것이다.

"누나 동훈이 형 전화번호 모르나?"

"누구?"

"한동훈 전화번호 몰라?"

"한동훈?"

"응!"

때가 무르익었다고 판단한 명수가 벼르고 벼르던 한동훈을 끄집어냈다. K가 명수와 한 배를 탔다 느끼고 있을 때를 노린 것이다.

"왜? 무슨 일 있어?"

"내가 제보 좀 할 게 몇 개 있는데."

"그럼 나한테 줘! 아니 나한테 주는 게 아니라, 번호를 줄 테니까 거기다가 해! 내가 한동훈한테 전달하라 그럴게."

"그래요?"

명수가 믿기지 않는다는 듯 다시 확인해야했다. K와 한동훈과의 관계를 많은 이가 짐작하고는 있었지만 직접 확인하게 될 줄은 몰랐다. 한 검사의 전화번호를 얻지 못했지만 굵직한 수확이었다.

"응응! 그게 몰래 해야지, 동생 말조심 해! 어디 가서 절대 말조심 해야 돼!"

"알겠어요. 누나!"

"응! 그렇게 해야 돼요."

K가 거듭 명수의 입단속을 시켰다. 검언유착 의혹을 시작으로 주가조작에 이르기 까지 한동훈과 엮여 있는 사건이 한두 건이 아니었다. 한동훈과의 사적인 관계가 밝혀지면 의혹이 더욱 증폭될

수밖에 없었다. 훗날 K와 한동훈이 수백 건의 카톡을 주고받았다고 알려졌으니 그들의 깊은 관계를 충분히 짐작하고도 남았다.

"네네! 알겠어요."

"응, 그래요. 하여튼 정리된 다음에 글로 정리해서 줘!"

"그래요, 알았어요."

"정대택은 신경 쓰지 말고 그냥 가만히 있어. 그 골 때리는 이야기, 코미디야 코미디. 내가 그걸 어떻게 막아. 그 사람이 약간 정신병자라니까요. 진짜!"

헛웃음이 절로 나왔다. 한 달 전 통화에서 '우리가 막았다.'며 큰 소리치고선 고소를 한다하니 정신병자란다.

"누나, 다음 주에 누나 한번 봐요."

"아유! 그리고 이제 새로운 시대가 열리니까, 이제 좀 이득 있는 일을 해, 동생! 동생 젊잖아, 지금 말도 안 되는 노인네들, 자꾸 이야기 들어봤자 아무 의미 없어. 정신 차려야 돼. 알았지?"

"알았어. 누나!"

휴대폰을 내려놓자마자 담배에 손이 갔다. K가 명수와의 회동 약속은 나 몰라라 하고 서울의 소리와의 결별만 종용하는 것이다. 바로 한 배를 타기 위한 첫 번째 조건이자 경고였다. K가 장담한 대로 정권을 잡으면 서울의 소리는 아마 살아남지 못할 것이었다. 통화를 마치고 아침 겸 점심을 먹은 명수는 서둘러 국민의힘 당사를 향해 차를 몰았다. Y와 각을 세우고 있는 이준석 탄핵 집회를 취재하기 위해서였다. 종잡을 수 없는 K의 신임을 돈독히 하기 위한 최소한의 성의였다.

'이쯤해서 한 번 더 해봐?'

오전 12경 국회 인근 공터에 정차한 명수가 휴대폰을 집어 들었다. 집회가 시작되기 전이라 K와 연락이 될 때 의혹을 하나라도 더 추궁해볼 생각이다. K가 계속 회동을 미루고 있는 터라 언제 또 연락이 끊길지 몰랐다. 하지만 K는 전화를 받지 않고 메시지를 보내왔다.

'일단 메시지를 주세요. 통화 중.'

'누님, 미안. 잘못 눌렀어요.~'

명수가 일부러 실수였음을 알렸다. 통화 한 지 불과 1시간 밖에 지나지 않았기에 K의 선택에 맡길 생각이었다. 그런데 몇 분 지나지 않아 K로부터 전화가 걸려왔다. 명수의 의도대로 궁금증을 참지 못한 것이다.

"아, 누님."

"응!"

"누나, 정대택은 완전 끝난 거지?"

"의미 없지. 거기 지금 겁나서 그러는 거예요."

"겁나서?"

명수가 먼저 정 회장부터 꺼내 들었다. 우선 고소 건으로 긴장감 조성하고는 지난 통화에서 다루지 못한 열린공감 쥴리설을 확인해볼 생각이었다.

"응! 알아서 하라 그래. 고소를 하든지, 춤을 추든지 알아서 하라고. 거기는 이제 끝났어요."

"아 그래요? 누나 쪽도 요새 이준석 때문에 머리 아프겠어요?"

"응. 다 내부 권력 싸움인 거지. 그런 거지 뭐!"

K가 애써 고소 건을 부인하려들자 명수가 이준석을 꺼내들었다. 탄핵집회로 대강 얼버무리다가 줄리를 증언한 사체업자로 넘어갈 생각이었다.

"누나, 몸은 어때? 괜찮아?"

"응. 괜찮아요."

"오늘 처음으로 좋은 목소리 들어보네!"

"초심님은 뭐래? 정대택을 통해서 계속 공격하자는 거야?"

"매주 지방 내려가잖아요. 이재명 쫓아다니고 그렇지."

"차라리 그게 낫지."

이젠 관심도 없다더니 K가 금세 다시 정 회장을 꺼내 들었다. 제 아무리 벗어나려 해도 결코 벗어날 수 없는 개미지옥 같은 과거의 업이었다.

"정대택은 만날 출연하나? 요즘에도 일주일에 한 번씩 출연해요?"

"해! 일주일에 한 번씩 토요일 날. 우리 어르신은 지방 내려가 있으니까 못하고, 근데 요즘 많이 안 보더라고."

"하든지 말든지! 거기는 이제 끝났어. 내용도 없고 안 봐요."

"아! 그래요?"

매번 문제없다 장담하지만 거듭 정 회장을 언급하는 자체가 불안감을 말해주고 있었다. 대법원 판결까지 받았다고는 하지만 증거 조작에 모해위증교사까지 덮어버린 사법농단이었기에 결국 대검에서 재기수사까지 가게 된 사건이었다.

"지 몸이나 조심하라 그래, 지 몸이나."

"누나네 법률 팀에서 고소한 거 있나?"

"아이, 많지. 걔는 힘들다니까!"

"아! 그래요?"

결국 흥분한 K의 말투가 거칠어지기 시작했다. 심리적으로 쫓기고 있다는 증표였다. 조금만 더 장단을 맞춰주면 굵직한 사안을 뽑아낼 수도 있었다.

"정대택이 우리한테 해봤자 아무 의미 없고. 정대택이 지금 위험한 상황이지. 걔 겁나서 그런다니까. 그냥 말하지 마! 하라 그래. 하면 할수록 우리는 유리하다니까."

"아, 그래요?"

하지만 재기수사 결정이 난 이상 검찰이 제때에 제대로 수사만한다면 K 모녀는 물론 Y의 대선도 위험했다. 당시 1,2심 판사들이 배제한 약정서 위조는 너무나도 명백한 증거였다. 더욱이 모해위증교사는 1억을 들고 찾아가 회유한 K도 결코 벗어날 수 없는 굴레일 수밖에 없었다.

"응 가만 냅둬. 하지 말라 얘기하지 말고 '그냥 다 하세요, 그냥 다 하세요' 그러고 그냥 내버려둬요. 그냥!"

"며칠 전에 날 처다보던 눈이……."

"한번 물어보지 '왜 그러세요?' 그리고 물어보지!"

불안감을 호소하는 명수의 하소연에 K가 더욱 흥분해 언성을 높였다. 도둑이 제 발 저리다고 증인 출석 방해와 국감 자료 빼돌린 짓이 계속 거슬리는 것이다.

"아니, 내가 말 잘 안 하거든. 옛날에는 대화 좀 많이 나눴지. 근데 요즘은 대화를 안 나누고. 지금 검찰에 재기수사인가 그것도 이제 뉴스가 돼서."

"정대택은 이제 걔는 힘들어요. 거기 너무 가까이 지내지마. 명수도 잘못되면……."

재기수사를 꺼내 들자 K가 흥분을 감추지 못하고 명수의 행보까지 경고하고 나섰다. 수틀리면 명수도 예외 없다는 엄포나 다름이 없었다.

"누나, 청와대 들어가면?"

"아니 그러니까 내 말 잘 듣고, 괜히 안 좋은 사람 옆에 있으면 똥 튀기니까 조심하라니까! 정대택은 위험한 상대야. 내가 얘기해줄 테니까."

충고라기보다는 협박에 가까웠다. 하지만 위험한 것은 정 회장이 아니라 K였다. 쥴리 목격자들이 하나 둘씩 늘어나면서 정 회장의 주장에 힘이 실리고 있었다. 다만 주요언론의 침묵으로 묻히고 있을 뿐이었다.

"누나! 엊그제인가? 열린공감TV에서 누나 방송 또 하더라."

"내버려둬요. 다 고소할 테니까. 걔네들도 이제 죄 값을 치러야지."

기회를 틈타 은근슬쩍 열린공감을 꺼내들자 K가 또 다시 발끈했다. 하지만 K를 며느리처럼 여겼다는 양 검사의 모친까지 등장했으니 그저 낭설로 치부하기에는 설득력이 부족했다.

"열린공감은 도대체 어디서 정보가 나오는 거야?"

"다 거짓말이지. 내가 거길 다니질 않았는데 무슨? 다 자기네가 짜서 하는 거지."

"내가 엊그저께 본 거는, 또 무슨 사채업자."

"응?"

"사채업자 데려다 놓고 누나가 뭐 줄리였다, 그런 얘기 풀고 그러더라고."

"그럼 데리고 나오라 그래, 그 사채업자를!"

내친김에 사채업자까지 들먹이자 결국 K의 화통이 폭발했다. 거듭 부인하고 있지만 연이어 등장하는 줄리 목격자들을 모두 처리하기에는 역부족이었다.

"2시간 동안 방송해서 요약본 잠깐 봤거든."

"아이고 말도 안 되는 이야기야. 다 위험한 길로 가고 있으니까 내버려둬요. 사실이 아닐 경우에는 자기네가 책임을 져야지."

"누나 나는 안 했어, 누나 나까지 하면 안 돼요!"

잔뜩 뿔이 난 K의 엄포에 명수가 장난 섞인 읍소로 답했다. 험악해진 분위기를 진정시키고 K의 해명을 좀 더 들어보자는 생각이었다.

"아휴, 그럼. 그러니까 보험 잘 들어놔야 돼. 걔네 이제 슬슬 어떻게 죽어가나 봐봐. 절대 가만 안 놔두지!"

"허허허! 그래요?"

"응 정대택은 지금 위험해요, 거기는!"

"응?"

"조심해! 전화도 너무 많이 하지 마!"

"예!"

K는 명수의 의도와는 달리 의혹에 대한 해명보다는 엄포를 이어 나갔다. 마치 명수의 입을 빌려 정 회장에게 경고하려는 듯했다.

"거기는 어쩔 수 없이 수사 받을 수밖에 없기 때문에 조심해야 해요."

"네 명심할게요."

"다 짜고 공범으로 묶일 수가 있어 잘못하면!"

"누나! 우리보다는 열린공감TV가 어제는 또 뭐 했더라. 누나네 재산 갖고 또 방송 하더만."

연이은 협박성 엄포에 명수가 열린공감으로 화살을 돌리며 양평개발 특혜의혹을 추가로 꺼내들었다. 한창 떠오르고 있던 이슈였기에 반드시 짚고 넘어가야 했다.

"아유! 그거 다 상관없어요. 의미 없고 걔네는 그냥 떠드는 거니까 상관없어."

"예!"

"서울의 소리가 좀 위험하지, 서울의 소리가 그동안 너무 많이 했어! 하여튼 조심해!"

"그래요?"

K가 양평 개발 비리를 대강 얼버무리며 다시 화살을 서울의 소리로 돌렸다. 하지만 훗날 K의 오빠와 공무원 4명은 결국 검찰에 송치되었다. K 부부와 모친은 수사축소로 빠져나갔지만 가족 중 한 명은 결코 처벌을 피할 수 없었던 중대 범죄였다. 훗날 불법개발을 용인해준 김선교 전 양평군수가 Y 장모를 도와줬다 자랑하는 영상까지 밝혀졌으니, 절친인 Y와 김선교의 합작일 가능성이 농후했다.

"응, 내가 팁만 주는 거야. 조심해야 돼! 그 사람들 때문에 복잡스레 인생 잘못 꼬여. 평생 소송만 하고 다닐 거야?"

"그렇죠."

"응. 조심해야 돼. 하여튼 조심해요!"

"누나, 알겠어요."

K가 흥분한 나머지 협박성 엄포를 거듭하는 바람에 더는 캐물을 수가 없었다. 이럴 땐 그저 맞장구를 쳐주고 다음을 기약할 수밖에 없었다.

"정대택하고 뭐 공모했다 이렇게 되면 큰일 나니까. 조심해요!"

"알겠어요. 누나!"

"예, 그래요. 다음 주에 봐!"

통화를 마친 명수가 한숨을 내쉬었다. 다음 주에 만나자 했지만 인사치레 입발림에 불과했다. 두 달째 번번이 만나자고는 했지만 모두가 빈말이었다. K가 굳이 위험을 무릅쓰며 명수에게 비선 캠프를 허락할리 만무했다.

K와 통화를 마친 명수가 서둘러 국민의힘 당사로 향했다. 예정대로 이준석 탄핵집회를 모니터링 하기 위해서다.

'꽤 모였는데!'

이미 극우 유튜버 등 Y 지지자 수백 명이 당사 앞에 진을 치고 있었다. Y가 대선후보로 결정되자 극우들이 대대적으로 결집한 것이다. 한 시간여 집회현장을 모니터링 한 명수가 사진을 찍어 K에게 전송했다.

'국민의 힘 당사 앞. 이준석 탄핵하라! 당원들이 많이 모여 있네요.~ 어휴, 준석이.'

탄핵집회 무대 사진과 참석자들 사진, 그리고 수백 명의 집회배경 사진을 보냈지만 답신은 없었다. 아침과 낮 두 차례나 통화했으니 아무래도 지금쯤 부족한 잠을 채우고 있는 듯했다.

'사람들이 많이 모이네요.~'

오후 2시가 넘어 메시지를 한 번 더 보냈지만 자정이 넘도록 답신은 없었다. 어느덧 익숙해진 K의 패턴이라 이제 더는 신경 쓰이지 않았다.

12월 3일, 이재명 취재차 전주로 내려온 명수는 일정을 마치고 서둘러 모텔을 잡았다. 피곤했지만 K에 관한 핫이슈를 모니터링하고 가능하면 통화도 시도해봐야 했다.

'역시나 하루도 거르는 날이 없어요!'

K와 주가조작을 공모한 혐의를 받고 있던 도이치모터스 권 회장이 결국 구속 기소되었다. 하지만 K에 대해선 이렇다 할 수사소식조차 없어 논란은 더욱 거세지고 있었다.

'도대체 이 여자는 그 끝이 어디야?'

참으로 알다가도 모를 일이었다. 통화를 하다보면 K만큼 선한 사람도 없건만 의혹은 쓰레기더미마냥 끝을 모르고 터져 나왔다. 학력경력 조작, 논문표절, 쥴리의혹, 증인매수, 피의자신분으로 검사와 동거, 사문서위조 공모, 뇌물수수, 초혼의혹, 주가조작에 이르기까지 사기란 사기는 다 자행해온 듯했다.

'이놈에 주가조작도 파보긴 해야 하는데!'

하지만 K가 스스로 꺼내놓지 않는 이상 자세한 내막을 듣기는 힘들었다. 더군다나 Y의 후보등극 이후로 통화조차 꺼리는 터라 직접 물어보기조차 조심스러웠다.

'오늘은 이걸로 시작해?'

밤 10시경, 김종인 선대위원장 수락 속보를 접한 명수가 휴대폰을 집어 들었다. 전화를 받는다면 우선 속보를 알리면서 넌지시 주가조작으로 들어가 볼 생각이었다.

"누나!"

"응!"

"아이고, 속보 나왔네!"

"뭐? 뭐가 나왔어?"

속보라는 말에 K가 기겁을 하고 달려들었다. 또 어떤 의혹이 터졌는지 가슴이 철렁했을 것이다. 하루가 멀다 하고 쏟아지고 있으니 당연지사였다.

"김종인 총괄 선대위원장 수락했네!"

"하하하. 원래 그 양반이 계속 오고 싶어 했어."

"그렇지."

"그러니까 누나 말이 다 맞지?"

"예!"

명수가 김종인을 꺼내 들자 K가 호탕하게 웃으며 거들먹거렸다. 우려와는 달리 희소식에 놀란 가슴을 쓸어내렸을 것이다.

"누나 말이 다 맞으니까 뉴스 믿지 말고 누나 말 들어. 우리 명수는 얼마나 좋아. 누나한테 진짜 속 얘기 듣잖아."

"그렇죠."

"다 오고 싶어서 난리야. 당연하지."

K가 들뜬 기분에 자화자찬 호들갑을 떨어댔다. 아무래도 틈을 봐서 주가조작을 꺼내려던 계획은 어려워 보였다. 괜스레 K의 기분을 망쳐 핀잔을 사느니 후일을 도모하는 게 편했다.

"그래도 김종인 그 노인네가 수락한 거 보면 신기하네."

"아이, 본인이 오고 싶어 했어. 왜 안 오고 싶겠어. 먹을 거 있는 잔치판에 오는 거지. 그러니까 내가 우리 명수한테 너무 거기랑 그거 하지 말라잖아. 다 이유가 있는 거야. 알았지?"

"알았어요, 누나. 지금 나 전북 내려와 있어요."

마치 대통령에 당선이라도 된 듯 이어지는 K의 자만에 지방출장을 꺼내들었다. 주가조작을 물어보지 못할 바에는 일찍 끊고 쉬는 편이 나았다.

"감기 조심해라! 응? 누나가 점퍼 하나 사줘야겠다. 따뜻한 거."

"됐어. 너무 비싼 거 사주면 우리 노인네 또 이거 어디서 났냐고 뭐라 하니까. 나 점퍼 많아. 파카 여러 개 있어요."

"그래 감기 조심해야 돼. 누나가 사주면 좋은 거 사주는데!"

"아이, 됐어."

"밥 잘 먹고 다니고. 감기 조심하고. 다음 주에 놀러와!"

"그래요, 누님. 알겠어요."

오늘따라 K의 말 인심이 후했다. 킹메이커인 김종인의 합류 덕분이었다. 분위기상 주가조작은 꺼내지도 못했지만 잘하면 K의 사무실을 다시 방문할 희망이 보였다.

'사무실만 들어갈 수 있다면 못할 게 없지.'

K의 비선 캠프에 합류할 수만 있다면 녹취록과 함께 대선은 이미 결정된 것이나 다름없었다. 검찰이 K의 숱한 의혹들을 모두 은닉한다 해도 충분히 승산이 있었다. 훗날 Y가 당선 후에 밝혀진 사실이지만 K가 직접 주식거래를 지시한 녹취록은 물론 모친과 통정매매까지 했던 범죄 증거를 검찰이 이미 확보했던 것이다. 하지만 검찰은 명확한 증거들을 모두 확보하고도 복지부동으로 수사를 미루고 버텼다. 검찰공화국 탄생을 위한 검사들의 암묵적인 동조였다.

17. 이준석을 축출하라!

12월 6일, 검찰이 K의 코바나 협찬의혹 중 일부를 불기소하면서 반발이 일고 있는 가운데, Y가 K의 등장 시기를 저울질하는 발언이 화제로 떠올랐다.

"오늘 집에 가서 제 처에게 한번 물어보겠습니다."

이렇듯 K에게 등장 시기를 떠넘긴다는 것은 아직은 때가 아니라는 선언과 다를 게 없었다. 연이어 의혹이 터져 나오는 터라 잠잠해지길 기다릴 뿐 달리 방법이 없어보였다.

'누님, 이번 주 언제 뵐까요?'

K 관련 기사들을 모니터링 하던 명수가 어제부터 벼르던 메시지를 보냈다. 번번이 말만 하지 말고 사무실에 초청해 달라는 독촉이었다. 하지만 자정이 넘도록 답신은 없었다.

'내가 필요하지만 아직 캠프는 아니다?'

K는 명수와의 끈을 놓지 않았지만 그렇다고 온전히 믿어주지도

않았다. Y의 후보 등극 이후로는 통화 때마다 백 대표와의 결별과 협박성 입단속도 잊지 않았다. 더군다나 명수의 노고에 대한 대가 또한 대선 이후로 못 박은 지 이미 오래였다. Y가 당선 될 때까지 배신하지 않아야 명수를 믿고 쓰겠다는 것이다.

'지금부터는 나 이명수의 시간이어야 해!'

이준석에 이어 김종인까지 합류해 선거대책위원회가 출범하면서 마침내 대선 캠프의 막이 올랐다. 하지만 K가 비선을 통해 선거캠프를 좌지우지하고 있다는 풍문이 있던 터라 명수에게도 아직 캠프에 합류할 기회가 남아있었다. 비선 캠프에 합류만 할 수 있다면 그들만의 세계에서 그 무엇이 튀어나올지 상상만 해도 아찔했다.

12월 7일, 여야 간 대선공방이 점차 가열되고 있는 가운데 지난밤 열린공감이 또 다른 '줄리' 제보자를 내세우면서 논란이 다시 고개를 들기 시작했다. 제보자인 안해욱 전 대한초등태권도협회 회장이 1997년 라마다르네상스 호텔 클럽을 방문했다가 삼부토건 조남욱 회장의 접대를 받으면서 줄리라는 예명의 K를 여러 차례 만났다는 것이다.

'이번엔 쉽지 않겠는데?'

지난 번 제보자는 한낱 낭설로 대충 얼버무릴 수 있었다지만, 안 회장은 태권도계의 유명인사인 만큼 그 파장이 만만치 않았다. 게다가 한두 번 만난 것이 아니라 K의 전시회는 물론, 양주 집도 방문한데다 첫 번째 결혼식까지 참석했다고 하니 그저 풍문으로 덮기에는 무리가 있었다.

'먼저 꺼내봤자 또 성질만 내겠지!'

먼저 전화를 걸만한 다른 핑계거리가 필요했다. 한참을 고민하는데 마침 Y 선거캠프와 극우 유튜버들 간에 잡음이 일기 시작했다. 이준석과 김종인의 합류로 재구축한 캠프가 유튜버들의 촬영을 제한하면서 불만이 터져 나온 것이다.

'됐어! 내가 나설 타이밍이야!'

K에게 명수의 현장 감각을 다시 한 번 입증할 절호의 기회였다. 게다가 이준석과 유튜버들 간에 분쟁이 더욱 격화되면 K와의 대결로 비화될 수도 있었다. 잘만하면 여당에 위협적인 이준석을 캠프에서 축출할 수도 있는 1석 2조의 기회였다. 고민할 여지도 없이 K에게 전화를 걸었다.

"아이고, 우리 동생 무슨 일 있어요?"

"누나, 총장님 따라다니는 유튜버들 있자나!"

"응!"

"방송에서 되게 난리네!"

"왜?"

시작부터 다짜고짜 튀어나온 유튜버에 K가 기겁을 하고 닦달했다. 이미 명수의 현장 감각에 크게 의지한 바 있었기에 긴장할 수밖에 없었던 것이다.

"총장님 못 찍게 하는 것 때문에."

"응?"

"이준석이 원래 그 유튜버들 되게 싫어하거든. 그런데 이준석이 총장님하고 다시 결합했잖아. 결합하기 전에 내가 문자로 보내줬잖아요. 유튜버들이 이준석 탄핵하라고."

"그래그래!"

K가 적극적으로 달려들었다. 이 대표의 합류로 캠프에서의 입지가 좁아질 수밖에 없어 민감하게 반응하는 것이다.

"그런데 이제 총장님이 손잡았으니까, 뭐 좀 잘 가자, 이준석도 이제 잘 가자 이렇게 했는데."

"응!"

"유튜버들이 총장님 아예 못 찍게 하고, 현장에서도 이제 완전 무시해버리니까. 유튜버들이 지금 반발을 많이 하네!"

"아! 그럼 안 되지."

명수의 예상대로 K가 정색을 하며 목청을 높였다. 경선 전부터 못마땅했던 데다 캠프실권을 두고 힘겨루기까지 해야 하니 당연한 반응이었다.

"어떻게 해야 돼?"

"오케이. 좋아, 내가 얘기해야지, 뭐!"

"아! 그래요?"

"아유, 고마워. 우리 동생, 아유, 착해라!"

K의 자신만만함에 명수가 속으로 쾌재를 불렀다. 머지않아 전개될 K와 이 대표의 힘겨루기가 머릿속에 그려졌다. 승자가 누가 됐든 패착이 될 것은 분명했다.

"극우들이 나하고 현장에서 많이 싸우고 그러지만, 나랑 통화하는 사람들도 있거든. 그래도 우리가 Y를 경선에 올려놓은 장본인들인데 찬밥 신세다 이거지!"

"그럼! 그 사람들 역할이 컸지! 그러면 어떻게 해?"

"어쨌든 총장님은 이거 잘 모를 거야."

"총장님은 모르고, 내가 캠프에 얘기할게. 그럼 안 되지!"

명수의 얼굴에 미소가 드리워졌다. Y를 제쳐두고 K가 직접 나선다는 것은 여전히 K가 캠프를 장악하고 있다는 반증이었다. 이 대표는 물론 김종인과도 부딪힐 수밖에 없었다.

"이번 주 언제 볼 거예요? 누나?"

"어! 내가 미리 전화 줄게."

"그래요, 누님 알겠어요."

"응! 땡큐!"

방문 일정을 재촉하는 명수의 종용에 K가 확답을 피하며 급히 전화를 끊었다.

'물어볼 시간을 안 주네!'

명수가 한숨을 몰아쉬었다. 벼르던 줄리를 꺼내보지도 못한 것이다. 하지만 개의치 않았다. 극우 유튜버들을 컨트롤하기 위해선 성향을 파악하는 것이 먼저였다. K가 명수를 다시 찾을 수밖에 없는 이유다. 아니나 다를까 전화를 끊은 지 채 몇 분도 지나지 않아 다시 전화가 걸려왔다. 명수의 예상이 적중했던 것이다.

"어어! 그 유튜버 중에서 누가 좀 그런지 나한테 문자로 간단히 줄 수 있어? 내가 지금 보내려고.”

“그래요. 알겠어요.”

“오케이, 고마워!”

“그러니까 지금 반발한 애들?”

“응. 반발하는.”

“예!”

명수가 속으로 쾌재를 불렀다. K가 미끼를 제대로 문 것이다.
극우 유튜버들을 선별하든 안 하든 간에 K가 캠프에 관여하는 한
이준석과의 충돌은 피할 수 없었다.

“나한테 우리가 관리해야 할 애들 명단 주면, 내가 빨리 보내서
관리하라고 그럴게.”

“누나, 내가 지금 뭐 좀 해야 되고 모니터링도 해야 하니까 좀 있
다 보낼게요.”

“오케이. 오케이. 좀 줘요. 고마워요!”

K가 서둘러 전화를 끊자마자 담배에 손이 갔다. 쥴리는 둘째 치
고라도 번번이 미팅일정을 미루는 K의 속내에 답답할 수밖에 없
었다.

‘필요하긴 한데 한솥밥 먹기에는 부담스럽다!’

선택의 시간이 다가오면서 부담감은 더욱 더 무거워졌다. 좀 더
확실한 스모킹 건이 필요했다. 속히 캠프에 합류해야 했지만 오늘
도 미팅에 대한 확답을 받지 못했다.

‘어쩌면 여기에서 멈춰야 할지도!’

국민의힘에 입당하라는 제안을 거부하면서부터 K의 경계가 심상치 않았다. 매번 입단속에 협박성 엄포까지, 캠프 영입은 이미 물 건너간 사안일 수도 있었다.

'이게 있는데 뭘 걱정이야!'

명수가 휴대폰을 바라보며 씁쓸한 미소를 지었다. 이미 K를 주저앉히기에 충분한 녹취가 자신의 손안에 있었다. 게다가 이준석과의 싸움에 군불까지 지펴놓았으니, 자기주장이 강한 두 사람은 결코 물러서지 않고 파탄에 이를 것이 번했다.

'여기까지 왔으면 됐지 얼마나 더 해?'

자그마치 장장 6개월간의 통화였다. 지금 당장 K와 결별한다 해도 다른 기자들은 감히 상상조차 할 수 없었던 엄청난 사안이었다.

'그래도 아직 포기는 이르지!'

K는 확실히 꺾을 수 있겠지만 Y까지 함몰시킬 스모킹 건이 절실했다. 조중동과 검찰이 Y를 떠받치고 있는 한 그 누구도 부인할 수 없는 명확한 물증이 필요했다. 김학의 강간영상이 여실히 말해주듯, 명확한 물증에도 모르쇠로 덮어버리는 안하무인이 바로 검찰이었다.

'누님, 황경구tv'

서둘러 가장 먼저 떠오른 극우 유튜버를 K에게 보냈다. Y가 검찰총장 시절 조국과 문재인 대통령을 공격하자 바로 Y를 추종하기 시작한 유튜버였다.

'짝찌티비, 우파삼촌.'

K로부터 이렇다 할 답신이 없자 저녁 무렵 비교적 심각한 극우 유튜버 둘을 더 골라 추가시켰다. 역시나 답신은 없었다. 하지만 명수는 더 이상 일희일비하지 않았다. K의 꿍꿍이가 무엇인지 확인할 길은 없었지만 일단 K의 요구에 충실하기만 하면 훗날 K를 추궁할 수 있는 명분을 얻을 수 있었다.

12월 8일, 새벽에 윤우진 전 용산 세무서장이 전격 구속되면서 Y가 또 다시 궁지에 몰리는 형국이었다. 2012년 윤우진의 뇌물 혐의에 면죄부를 준 것도 모자라 변호사까지 소개시켜줬다는 비교적 구체적인 의혹이었다. 게다가 여당 인사들이 안해욱 회장의 쥴리 증언까지 거론하면서 그야말로 출구가 보이지 않았다.

'구속 됐으니 아직 못자고 있겠지!'

아침 9시경 관련기사를 모니터링 하던 명수가 휴대폰을 집어 들었다. 올빼미인 K가 잠자리에 들기 전이라 통화가 성사될 가능성이 컸다.

"어, 동생!"

"누나! 잤어요?"

"어, 잤어."

"그래? 윤우진 씨 구속됐네, 자고 일어나니까!"

"그러게, 근데 구속 사유가 우리하고는 상관없는 걸 거야."

"아! 구속 사유가?"

역시나 모르쇠의 달인다웠다. 명수의 우려에도 K는 천연덕스럽다 할 정도로 무덤덤했다. 하지만 현직 검사였던 Y가 피의자인 윤우진에게 변호사를 소개해준 것은 검찰청법과 변호사법을 위반한 것이어서 처벌 대상이 분명했다. 다만 검찰이 수사나 기소도 하지 않고 모르쇠로 일관하고 있을 뿐이었다.

"어, 우리하고는 상관없어. 우리는 구속될 사안이 아니거든."

"아유! 총장님이 그때 변호사 소개해줬다는 녹취가 있어서 어떡하냐? 총장님까지 오지는 않겠지?"

"상관없지."

"어! 그래요?"

K의 뻔뻔함에 탄성이 절로 나왔다. 하지만 청문회 당시 Y는 '변호사를 소개해준 적이 없다.'고 거짓말을 했다가 녹취록이 공개되자 결국 시인하고야 말았다. 더욱이 Y와 친분이 있던 윤우진이 뇌물죄로 해외도피 중 귀국했는데도 검찰이 체포하지 않아, 해외도피와 범죄은닉까지 도운 것이 아니냐는 의혹까지 일고 있었다. 당시엔 구속은커녕 수사도 미진했는데 6년이 지난 이제야 구속됐으니 삼척동자도 알만한 사안이었다.

"윤우진 거는……."

"누나! 잠깐만, 내가 이거 얘기해도 되는지 모르겠다! 열린공감에서 얘기 나온 건데!"

명수가 재빨리 K의 말을 끊고 쥴리설을 꺼내들었다. 더 들어봤자 눈 가리고 아웅 할 것이 빤했기에 차라리 욕을 먹더라도 쥴리를 더 들어보는 게 낫다 싶었다.

"그거 봤어. 우리 고소할 거야. 말도 안 되는 얘길 하고 있어 진짜!"

"누나! 70 넘은 노인네, 태권도 유단자라고 하는?"

"나 전혀 몰라! 고소하기로 했다니까! 그리고 97년도는 내가 조회장님 알기도 전이야. 그리고 그때는 학과 학생일 때야, 학생!"

"어?"

의문이 절로 튀어나왔다. 97년도면 학부는 물론, 대학원 석사과정까지 졸업할 나이였다. 99년도에 숙대 석사를 졸업했으니 최소한 석사과정에 재학 중이었을 것이다.

"근데 거기서는 내가 뭐 숙대 미대를 졸업하고, 시간강사 할 때라고 그랬잖아!"

"응응!"

"다 거짓말이야! 거짓말!"

"아! 그래요?"

하지만 안 회장은 조교수라 소개받았다고 했다. 보통 대학원생이 교수를 도와 조교로 학생들을 지도하는 경우가 많은데, 아무래도 조교를 듣기 좋게 조교수라 소개한 듯했다. 더욱이 K의 학력경력 위조는 이미 널리 알려진 사실이었기에 호칭은 별 의미가 없었다.

"응! 저기 뭐지? 추미애랑 황위원도 다 고소할 거야."

"추미애?"

"응! 추미애. 무슨 뭐 페북에 썼더라고, 뭐 거기 또 쥬얼리라 그랬지 쥬얼리."

"아! 쥬얼리!"

탄성이 절로 나왔다. 과거 K는 공부하느라 쥴리할 시간이 없었다고 해명했다. 하지만 K가 썼던 석박사 과정의 모든 논문들이 심각한 표절을 넘어 대필의혹까지 받고 있었다.

"아씨, 나 진짜, 말도 안 되는 이야기를 갖다가 아휴! 차라리 더 잘됐어."

"그래요?"

K는 완강히 부인하고는 있지만 심지어는 Yuji논문처럼 박사과정이라 믿기 힘든 수준 이하의 논문까지 심사를 통과했으니 해당 대학의 석박사들이 아우성을 칠 수밖에 없었다. 더욱이 K의 첫 번째 결혼식과 쥴리라는 예명의 전시회까지 참석했다는 안 회장의 증언이 일목요연하고 구체적인데다 훗날 첫 번째 결혼식에서 피아노까지 쳤다는 친인척의 증언에 이르기까지 쥴리를 부인하기에는 설득력이 빈약해 보였다.

"누나 어제 그 유튜버들 명단 줬어? 문자 찍어 보냈는데, 총장님 따라 다니던 애들이거든. 근데 촬영 못하게 하고 그러니까, 반발이 심하더구만."

명수가 불현듯 극우 유튜버들을 꺼내들었다. 쥴리를 더 물어봤다간 K만 자극할 뿐 얻을 것이 더는 없어보였다. 차라리 이준석과의 갈등에 불을 댕기는 것이 나았다.

"총장님이 빛나야 하는데, 이준석이 앞에서 설치고 그러니까 그걸 또 싫어하더라고."

"응, 아휴! 그러니까. 다들 진짜!"

명수의 의도가 성공한 듯했다. 결국 재개된 이준석의 활보에 K의 한숨이 터져 나온 것이다. 경선 때부터 사사건건 부딪혀왔으니 눈엣가시일 수밖에 없었다.

"예, 누나 알았어요. 나 지금 일어나자마자 기사 딱 보고 전화 한 번 해봤죠."

"응!"

"누나, 또 뭐 있으면 연락드릴게요."

"그래요. 고마워요."

휴대폰을 내려놓은 명수의 얼굴에 미소가 드리워졌다. 윤우진과 줄리로는 재미를 못 봤지만 이준석은 어제 통화에 이어 효과를 단단히 본 듯했다.

'이준석만 싸우고 나가도 그게 어디야?'

지난 달만 해도 숱한 의혹들로 지지부진했던 Y 캠프가 이준석과 김종인의 합류로 활기를 되찾았다. 이러다간 대권이 위협당할 수도 있었다. 만약 이준석만이라도 중도하차 한다면 판세를 일찍 결정지을 수도 있었다.

18. 정 회장과의 합의를 성사시켜라!

12월 9일, K부부의 숱한 의혹에 대한 여당의 해명 요구가 거세지고 있는 가운데 Y 본인과 부인 K, 장모 최 씨에 대한 비리를 통틀어 '본부장'이라는 신조어까지 등장하기에 이르렀다.

'아무래도 캠프 합류는 힘들겠지?'

명확한 물증 확보를 위해선 K의 비선 캠프로 합류해야 했다. 하지만 K는 결코 틈을 보이지 않았다. 명수를 그저 정보원으로 쓰다 버릴 생각이거나 온전히 믿지 못하거나 둘 중 하나였다.

'어쨌든 되는대로 몇 개만 더 건져보자!'

명수가 고심 끝에 휴대폰을 집어 들었다. 캠프 합류가 힘들다면 마지막으로 정 회장과의 합의를 성사시켜 볼 생각이었다. 만약 합의할 생각이 있다면 모친의 잘못을 일정 부분 인정하는 셈이기에 도전해볼 가치가 충분했다.

"명수 씨."

"누나! 뭐하세요?"

"그냥 밥 먹고 있었어."

"나도 밥 먹고 전화 한번 해봤지. 퇴근길에 한번 해봤어요."

명수가 가벼운 안부로 말문을 열었다. 가뜩이나 복잡한 K의 심경에 정 회장과의 합의를 먼저 꺼내 들었다간 화통만 삶아 댈 것이 번했다.

"잘했네. 감기 안 걸렸어?"

"누나 나 더덕 먹은 강원도 촌놈이라고 했잖아! 아직까지 감기 안 걸렸어."

"하하하하하!"

"하하하하하!"

화기애애하게 시작한 명수는 몇 분간 자식자랑을 늘어놓았다. 늦은 밤까지 밖으로만 나도느라 변변히 살펴주지 못했어도 나름대로 잘 자라준 아이들이 대견스럽기만 했다. K는 간간이 아이들 용돈을 직접 챙겨주고 싶다했는데 말투에 부러움이 묻어나있었다. 자녀를 가져보지 못한 아쉬움인 듯했다.

"누나! 내가 오늘 국회 기자들 몇 명 만났거든. 거의 분위기는 총장님이 된다고 많이 얘기하더라고."

"아휴, 우리가 돼! 명수 씨는 그냥 조용히 있고, 내가 그랬잖아. 선거법으로 우리가 맞고소 하거든."

분위기 전환을 위한 명수의 입발림에 K의 언성이 높아졌다. 이미 Y가 당선이라도 된 듯 목에 힘이 들어간 것이다.

"그러니까 유튜버들 조심하라니까. 그리고 자기네 누구지?"

"초심님!"

"나는 초심님을 전혀 안 싫어해. 내가 옛날부터 되게 좋아했다 그 랬잖아. 나는 진짜 초심님에 대한 정이 있어. 옛날에 우리 남편 청 문회 때 초심님이 가서 때려주고 했다고 했잖아. 내가 몇 번 얘기 했잖아."

"네네!"

백은종 대표에 대한 K의 짝사랑이 또 다시 시작됐다. 국감 출석을 무산시켜야 했을 정도로 정 회장의 증언은 K의 가장 큰 난제였다. 대선이 본격화되기 전에 반드시 백 대표를 회유해야 했다.

"초심님은 하나도 안 미워. 어쨌든 사람이 순수하니까 속아서 그 런 건데, 정대택 씨를 조심해야 해! 백은종이가 다 시켰다고 그러 고 또 우리처럼 다 엮일 수가 있단 말이야."

"예예! 어제 사무실 왔더라고."

"누가? 정대택?"

"어! 담배 피우러 옥상 올라가니까 노인네가 담배 피우면서 머리 푹 숙이고 있더라고. 아, 좀 안쓰러운 거야, 노인네가."

이어지는 K의 갈라치기에 명수가 정 회장의 착잡한 근황을 꺼내 들었다. 기회를 봐서 정 회장과의 합의를 이끌어내 볼 요량이었 다.

"짠하지! 아니 18년 동안 이렇게 해서 자기가 얻은 게 뭐냐고? 차 라리 돈이라도 벌었으면 괜찮다 하잖아. 저게 뭐하는 짓이야. 괜히 우리한테 벌 받는다니까."

"누나, 정대택 회장하고 노덕봉 회장 또 아줌마 몇 명이 옛날에 우리 사무실 오고 그랬거든요."

"그래? 안소현이라고 있잖아."

"응. 안소현 아줌마."

다시 시작된 K의 질타에 명수가 또 다른 피해자자들을 꺼내들었다. 노덕봉 회장은 추모공원 사업을 통째로 강탈당했고 안 여사는 K의 모친과 동업했다가 구속되어 투자원금까지 모두 잃고 말았다.

"무당이야. 거기한테 점 물어봐!"

"그 아줌마가 무당이에요?"

"그거 몰랐어?"

"몰랐는데."

"아휴, 안소현은 우리 엄마한테 몇 십 억 사기 친 여자야. 그런데 알고 보니까 그 사람이 무당이었어."

"음!"

실소가 절로 나왔다. 자신은 건진법사 같은 사이비 무속인들과 어울리면서 무당이라 폄하하는 것이다. 하지만 안소현은 K의 모친 최 씨가 제시한 은행잔고 증명서와 검사 장모라는 말만 믿고 100억대의 부동산 공매도사업을 진행하다가 대금을 납부하는 과정에서 최 씨의 사기 수법에 걸려들었다.

사업 중에 부동산실명법 위반과 사문서위조 등 문제가 발생하자,

Y가 소개시켜준 변호사와 담당검사는 안 씨를 주범으로 사건을 몰아갔다. 검찰 조사기간에 수사관은 죄가 되지 않는다고 했는데, 안 씨가 최 씨의 잔고증명서 진위를 확인하기 위해 금감원과 신안 저축은행에 확인하러 다니자 담당검사가 갑자기 안 씨를 구속수감한 것이다. 그리고 변호사는 최 씨를 보호하기 위해 안 씨를 주범으로 몰았다. 결국 안 씨는 3년간 옥살이도 모자라 투자원금까지 탕진한 반면, 최 씨는 수십억 대의 투자수익을 독차지할 수 있었다. 바로 K의 검사들이 자행한 법 기술 덕분이었다.

당시 최 씨는 잔고증명서 위조를 안 씨의 강요 때문이었다고 빠져나갔는데, 훗날 재판과정에서 잔고증명서 위조와 안 씨는 무관하다는 사실이 밝혀진다. 안 씨가 잔고증명서 진위 여부를 금감원과 신안저축은행에 의뢰한 사실이 증명된 것이다. 정 회장이 약정서 강요로 억울하게 투옥되면서 최 씨가 52억의 수익을 독차지한 모해위증교사사건과 별반 다르지 않았다.

그런데 더욱 놀라운 사실은 최 씨의 사주를 받은 잔고증명서 위조범이 다름 아닌 K 회사의 감사였다는 것이다. K가 감사를 최 씨에게 소개시켜줬거나 아니면 K가 직접 위조를 사주했을 가능성도 농후했다. 하지만 K는 빠져나가고 모친 최씨는 2023년에 결국 잔고증명서 위조로 법정구속 되었다. 세상의 이목이 집중되자 검찰도 더는 사건을 조작할 수 없었던 것이다.

"그런 것도 모르고 자기네들은 그 사람들 말만 듣고서 방송 내보내니까 우리 쪽을 완전 악마로만 보는 거야."

K의 질타가 계속 이어졌다. 하지만 훗날 잔고증명서를 위조한 모친 최 씨는 백 대표와 정 회장의 고발로 징역 1년 형을 선고받고 법정 구속되는데, 판사가 말하길 죄질이 악랄하고 여러 차례 반복해 구속시키지 않을 수 없다고 강조할 정도였다.

"어제 누나하고 통화할 때 그랬잖아. 정대택 회장이 의기양양하게 다니다 작년에 90 넘은 노모가 돌아가셨거든요."

"응!"

"장례식 때 우리 어르신이 가자 그래서 잠깐 갔다 왔는데, 굉장히 효자였다 하더라고. 우리 초심님도 효자거든요."

"초심님은 효자처럼 보여."

명수가 합의를 위해 서서히 군불을 지피기 시작했다. 정 회장의 인간적인 면모를 앞세워 K를 설득해볼 생각이었다.

"예. 초심님이 차남인데 시민활동 하면서 가장 힘들 때 어머니 산소 갔다 오면 일이 해결돼. 돈이 없으면 어머니 산소 갔다 오면 구세주들이 나타나. 신기하더라고. 그런데 어제 어떤 생각 들었냐면 정 회장이 되게 불쌍하더라고."

"안 됐네!"

"그래서 그 아줌마들도, 노덕봉 회장도 나이 많고, 정대택 회장도 나이 많은데, 살아봤자 10년, 15년 아니야. 내가 누나하고 통화되니까 어떻게 좀 화해할 수 없나?"

"화해?"

마침내 명수가 꺼내 든 화해에 K가 의외라는 듯 되물었다. 화해는 금전적 보상이 요구되는 합의가 전제돼야 하기에 신중할 수밖에 없었다.

"응! 누나가 중간에서 엄마한테 얘기 해가지고 서로 간에 화해 좀 시켜주면 안되나?"

"아니, 화해할 게 뭐 있어? 화해하려면 벌써 했지."

"아, 그래요?"

"무슨 말을 하면 녹취해서는 법정에서 최은순이 거짓말했다고 하도 이러니까. 아니었으면 진작에 원하는 돈 얼마라도 주고 화해 했겠지."

"예예."

애초에 화해는 불가능한 사안이었는지도 몰랐다. 최씨가 약정했던 수익의 절반인 26억을 내놓지 않는 한, 정 회장이 받아들일 이유가 없었다. 무려 18년간 최 씨의 농간에 두 번이나 구속당하면서 인생이 송두리째 부정당했는데 푼돈에 해결 될 사안이 아니었다.

"근데 무슨 말만 하면 뒤로 가서 딴 짓하고 하니까 사람을 못 믿잖아. 지금도 마찬가지야. 화해해서 돈 얼마라도 더 받길 원하는 거잖아."

"그거는 모르지."

"돈이지 뭐가 있어? 무슨 뭐 애국자 같은 마음으로 이런다고 생각해? 그거 아니야."

"어제 보니까 짠해서. 누나네 엄마도 연세 많으시고 같은 연배인데 노인네들 살아봤자 얼마나 살까! 그런 생각도 들고."

예상대로 K의 일방적인 질타가 쏟아져 나왔지만 명수는 포기하지 않았다. 합의만 성사된다면 장장 6개월의 기나긴 취재의 피날레를 멋지게 장식할 수 있었다.

"누나! 총장님이 대통령 돼도. 내가 시민활동 오래했잖아요. 이명박 봐봐! BBK 한 건 갖고 우리 초심님이 이명박 당선되자마자 탄핵시킨다고 했잖아요."

"응!"

"끝까지 가거든. 요즘 같은 때 누나가 좀 잘 얘기해서 화해 좀 하면 안 될까! 그런 생각 들더라고."

"글쎄, 그러면 명수 씨가 얘기해 봐봐! 본인이 화해의 조건으로 뭘 어떻게 하겠단 걸 써오라 그래. 대화를 해봐!"

백 대표가 한 번 찍으면 끝까지 간다는 명수의 엄포에 K가 조건부 화해를 제안했다. 10년 동안 포기하지 않고 끈질긴 싸움 끝에 결국 이명박을 구속시킨 백 대표를 무시할 수 없었던 것이다.

"그런데 이제 의미가 없잖아. 20년 전 일이고 나 결혼하기 10년 전 일인데, 나는 뭐 알지도 못하는 일이야. 그리고 장모 사건이지 우리 남편하고 무슨 상관이야? 이걸로 우리를 무너뜨릴 수 없어. 그럴 것 같으면 우리 남편이 서울지검장도 못 되고 총장도 안 돼야 하는 거야."

많이 억울한 듯 K의 불만이 다시 폭발했다. 하지만 K는 모친 최씨가 모해위증교사 한 백 법무사에게 현금 1억을 전달하려다 실패한 사실이 있었다. 결국 모해위증교사로 고소당해 피고인 신분으로 검사인 Y와 동거하다 적발된 것이었다. 그리고 징계를 피하기 위해 서둘러 결혼식을 올려야 했다.

"정대택 씨는 우리한테 너무 심하게 해서 앞으로 법정에서 굉장히 힘들 거야. 그래서 내가 조심하라고 하는 건데. 차라리 우리한테 좀 타협의 손길을 현실적으로 내밀고 그러면 우리도 인간이잖아."

하지만 훗날 구속된 사람은 정 회장이 아니라 K의 모친이었다. 과거엔 검사들을 동원해 동업자들만 구속시키고 홀로 이익을 독차지했지만 지켜보는 눈이 많아지면서 법의 심판을 피할 수 없었던 것이다.

"특히 우리 엄마가 정이 많고 순진하거든? 지금 자기네들이 완전 악마로 보고 있는데 그런 사람이 아니야. 가난한 시골집 출신이라 누구보다 가난에 대한 동정심이 많아."

하지만 훗날 최 씨를 잔고증명서 위조로 법정 구속시킨 판사는 '죄질이 나쁘고 반복적으로 자행해 구속시키지 않을 수 없다.'고 판결해 최 씨가 얼마나 악랄했는지 여실히 보여줬다.

"사람이 어떤 선을 넘으면 안 되고 적당히 타협해서 이런 부분은 억울한 면이 있으니 최 회장님 당신이 그래도 돈이 있으니 나 얼마 좀 주쇼. 이런 식으로 상식적으로 나왔으면 이게 벌써 해결 안 됐겠어?"

하지만 최 씨는 정 회장과의 약정서를 무효화하기 위해 약정서를 위조한 것도 모자라, 해당 사건 관계자들과 정 회장 몫을 가로채기 위한 비밀약정서까지 작성했던 것으로 훗날 밝혀져 세상을 경악케 했다. 배신에 배신을 거듭했던 것이다.

"근데 그 돈 이십 몇 억 받으려고? 자기가 돈을 댔어야 억울하지 돈을 10원도 안댄 사람이 그렇게 우리 엄마를 나쁘게 만들고."

하지만 최 씨는 과거 법정 증언에서 정 회장 아니었으면 해당 사업을 알지도 못했고 추진할 수도 없었음을 시인했다. 더욱이 최 씨는 한때 사업을 독차지하기 위해 관련 서류를 빼돌린 후 홀로 사업을 진행하려 했으나, 사업을 가로채려던 정황이 금감원에 적발돼 실패하면서 정 회장을 다시 찾아와 용서를 빌어야 했다. 그리고 정 회장의 용서로 재개된 사업은 성공적으로 마무리돼 52억이라는 큰 수익이 발생하게 된 것이다. 하지만 최 씨는 욕심을 버리지 못하고 또 다시 정 회장을 배신해 약정서 위조와 모해위증교사로 구속시키고 수익을 독차지한다. 한 번 배신한 자신을 용서해준 정 회장을 또 다시 배신하는 패륜을 서슴없이 저질렀던 것이다.

"우리 명수 씨도 자기 자식이 있지만 자기 자식이 버젓이 사회생활 하면 자식 생각해서라도 이렇게 못하지 않아요? 그게 그렇게 영광스러운 일이야? 정대택 씨는 또 우리 엄마한테 사과할 생각도 없어. 자기가 얼마나 큰 잘못을 저질렀는지 모르잖아."

헛웃음이 절로 터져 나왔다. 첫 조사에서 정 회장에게 우호적이었던 검사는 2차 조사에서 태도가 돌변했다. 최 씨가 지운 약정서의 도장이 안 보인다 했다가 다음 조사에서는 없는 도장이 보인다고 하니 법조카르텔의 농간이 명백했다. 판사는 최 씨의 모해위증교사를 자백한 백 법무사의 증언을 부정했고, 검찰은 백 법무사를 다른 사건으로 구속시켜 입을 틀어막았다. 그 덕에 최 씨는 정 회장을 구속시키고 50억에 달하는 수익금을 독차지할 수 있었다. 바로 대검에서 최 씨의 모해위증교사 재개수사 결정을 내린 주된 이유였다.

"정대택 회장이 장안동 사무실에서 먹고 살고 하잖아요. 에어컨도 20년 이상 된 거더라고. 그래서 서울의 소리 팬이 에어컨 새 것 하나 달아줬더라고. 회장님이 요즘은 돈이 없는지…… 나는 짠한 거지."

K의 일방적인 적반하장을 듣다 못한 명수가 정 회장의 비루한 현실을 다시 꺼내들었다. 적당한 액수를 제시하면 합의에 성공할 수도 있다는 언질을 주기 위해서였다.

"살아봤자 얼마나 살까 그런 생각 들면서 누나하고 내가 연락이 되니까. 정 회장하고 대화는 안 나눠봤지만 그런 심정이 아닌가 하는 생각이 들더라고."

"저 사람이 웬만한 마음 같으면 벌써 내가 대화를 해서 풀었지. 근데 지금은 내 위치가 이렇게 돼서 할 수가 없고. 내가 사건을 알잖아. 왜 이 사람이 18년 동안 이런 인생을 사는지 이해가 안 돼."

명수의 거듭되는 인간적인 설득에도 K의 부정적인 생각은 가시지 않았다. 합의할 생각이었다면 애초에 누명을 씌울 일도 없었고 검사들을 사적으로 악용할 일도 없었을 터였다.

"내가 2012년에 검사랑 결혼하니까 그때부터 막 투서해서 괴롭히고, 우리가 국정원 사건 터지니까 이 사람이 보수신문 100군데나 돌아다녔어. 보수신문 기자들 중에 정대택을 안 만나 본 사람없어."

천연덕스러움에 실소가 절로 나왔다. Y가 국정원 댓글공작 조사로 좌천됐다 주장하고 있지만 사실은 피고인이었던 K와의 동거로 징계 받고 좌천된 것이었다. Y와 K는 징계를 피하기 위해 서둘러 결혼식을 올렸지만 당시 법무부장관이었던 황교안의 국회청문회 증언에 의하면 국정원 때문이 아니라 부적절한 행실로 징계를 피할 수 없었다는 것이다.

"그게 정말 사실이고 헌법에 맞는다면 우리 남편이 서울지검장은 어떻게 되고 검찰 총장은 어떻게 돼? 또 대통령 후보는 어떻게 돼? 설사 장모가 잘못했다 할지라도 장모 일이지, 그거랑 우리랑 무슨 상관이야? 나는 여기에 관여가 안 되어 있어 잘 몰라."

기가 막혔다. K의 지인이 모친 최 씨의 은행잔고증명서를 위조한 것도 모자라 K가 직접 현금 1억으로 모해위증교사를 자백한 백법무사를 회유하려다 실패했다. 그런데도 자신하고 관련이 없다니 눈 가리고 아웅이 따로 없었다.

"나랑 양 변호사랑 8년 동거설을 서울의 소리에서도 얘기했잖아. 그것 때문에 양변호사 부부도 열 받아서 우리 남편 총장 나오자마자 고소했잖아요. 거기하고도 싸워야 되고 이사람 골치 아파.

왜 그런 짓을 하냐고?"

하지만 수년간 최 씨의 범죄를 은닉했단 의혹을 받아온 양 검사의 모친은 한 유튜브 채널에서 K를 며느리처럼 생각했고 아파트까지 넘겨줬다는 증언까지 했다. 더욱이 양 검사의 부인은 고소조차 한 사실이 없었으며, 심지어 양검사의 고소 건은 2년째 이렇다 할 조사도 없이 2023년 현재까지 계류 중이었다. 정 회장을 처벌할 근거가 부족했던 것이다.

"나는 하지도 않았는데 모해위증이라고 사기죄로 날 걸었잖아. 말이 돼? 내가 뭔 모해위증을 해? 난 이 사건하고 관계가 없는 사람인데."

"모해위증…… 아, 기억나요."

"그게 다 무혐의가 아니라 아예 각하되어버렸다고. 말이 안 되는 얘기를 하고 있는 거야. 뭘 모해위증을 해? 내가 뭘 안다고. 나이도 어리고 사건에 아예 관련이 없는데."

K는 아무 일도 없었다는 듯 너무나도 당당했다. 하지만 모친 최 씨가 모해위증을 교사한 백 법무사에게 약속했던 돈의 일부만 지급하면서 분란이 생길 수밖에 없었다. 하는 수 없이 K가 직접 현금 1억을 들고 백 법무사를 찾아갔지만 합의에 실패했고 결국 백 법무사는 법정에서 최 씨의 모해위증교사를 자백하기에 이르렀다. 현금 1억을 추가로 제시한 K 또한 모해위증교사죄를 피할 수 없었던 것이다.

"난 살아온 이력이 1년, 1년 다 증명되는 사람인데. 정대택 리스크는 이미 지지율에 반영된 거야. 자기가 뭘 터트린들 어떻게 하겠어. 역풍만 불지. 국민들이 그런 일에 너무 지겨워 해.”

“그렇죠.”

하지만 K의 이력은 상당수가 조작된 것은 물론 석박사 학위논문마저 표절을 넘어서 대필의혹까지 받고 있었다. 공부하느라고 바빠서 쥴리 할 시간이 없었다던 K의 변명은 어불성설이었던 것이다.

“대통령 되면 정대택 씨가 더 괴롭힌다고? 경찰들이 알아서 구속시킬 텐데? 저 사람이 지은 죄가 지금 한두 개야? 저 사람이 어떻게 우리를 탄핵을 시켜? 내가 보니까 명수 씨도 생각보다 좀 순진하네.”

“아니, 그냥 그건 내가……..”

명수가 소리 없는 한숨을 내쉬었다. 화해하지 못하면 당선돼도 힘들 것이라는 명수의 우려에 K가 잔뜩 화가 난 모양이었다. 경찰이 알아서 보복을 해준다고 하니 참으로 위험한 발상이 아닐 수 없었다.

“아무리 억울한 일이 있더라도 자기 자식을 그렇게 괴롭히는데, 어떤 부모가 독기, 한을 품지 않겠어? 그거에 대한 사과가 먼저 있어야 하는 거야.”

한마디로 아전인수였다. K는 모친 최 씨가 동업자들을 구속시키고 독차지한 수십억 재산으로 호의호식 한 반면, 정 회장을 비롯한 동업자들의 자녀들은 빈곤에 허덕여야 했다. 심지어 최 씨에게 K의 결혼자금 3억을 빌려줬다는 한 채권자는 돈을 모두 뜯기고 동분서주하다 심장마비로 급사했고, 투병 중이던 아들마저 치료비가 없어 투신자살까지 했다고 주장하는 피해자 유족까지 있었다. 감히 누가 한을 품고 누가 독기를 품는다는 말인가?

"우리는 억울하지 않아서 욕 안 하겠어? 무슨 동거를 했다 그러고, 우리한테 그렇게 하면 정말 벌 받아. 하나님한테 벌 받아. 하나님이건 누구나 이 세상을 주관하는 신이 있다니까. 그걸 무섭게 생각해야 해!"

"예!"

하지만 훗날 구속되어 벌을 받은 사람은 정 회장이 아니라 바로 모친 최 씨였다. 수백억에 달하는 은행잔고 증명서를 위조해 여러 차례 사기행각을 벌인 죄로 법정 구속된 것이다. 더욱이 잔고증명서를 위조해준 공범은 다름 아닌 K 회사의 감사였다. K가 소개시켜줬거나 직접 사주했을 가능성이 농후했다. K가 검사인 Y의 처가 아니었다면 이미 공범으로 처벌받았을 사안이었다.

"나도 진짜 저 사람하고 잘했으면 좋겠어. 거기에 내가 끼어들 틈이 없고, 최 회장님을 그냥 용서한다고 생각하고 한번 타협을 해보세요. 무조건 공격만 하지 말고. 진짜 한번 그렇게 해봐요!"

"그래 누나. 알겠어. 그만 얘기하자고. 될지 안 될지 모르겠지만 내가 봐서 정 회장하고 타협을 한번 해볼게."

더 이상 대화할 가치가 없다 판단한 명수가 선을 그었다. 아전인수도 모자라 적반하장 격인 너스레를 더 들었다간 자신의 화통이 폭발할지도 몰랐다.

"그래. 내 얘긴 하지 마! 통화한다는 얘기는 절대 하지 말고."

"네."

"얘기 안 했지? 설마!"

"그럼요."

"얘기하면 정말 자기랑 나랑은 끝이야. 진짜. 신뢰 끝이야."

"그렇죠."

"명심해!"

"알았어! 누나!"

핸드폰을 내려놓은 명수의 미간에 주름이 굵게 잡혔다. K가 연거 푸 입단속을 경고했다는 것은 여전히 명수를 믿지 못하고 있다는 증표였다.

'마지막 미션인 합의도 물 건너간 것 같고!'

K와 정 회장의 화해도 전혀 실현가능성이 없어 보였다. 아니 아 예 시도해볼 가치조차도 없었다. K가 전제조건으로 내세운 사과 를 정 회장이 받아들일 리도 없거니와 누가 보더라도 피해자가 가해자에게 먼저 사과하는 법은 없었다.

'이제 선택해야 할 때가 된 것인가?'

갈 때까지는 가봐야겠지만 더는 K로부터 기대할 수 있는 것이 없 어 보였다. 명수의 헌신에도 불구하고 K는 결코 그들만의 세계를 허락하지 않았다. Y가 대통령에 당선 될 때까지 충성을 다해야만 문을 열어주겠다는 것이다.

19. 결정의 시간

12월 10일, 쥴리의 접대를 받았다는 전 초등태권도협회 안해욱 회장의 증언이 언론을 타고 널리 알려지면서 K에 대한 여당 인사들의 공격이 본격화하고 있었다. 안 회장은 일반주점이 아닌 라마 다르네상스 호텔의 조 회장 개인 접객실에 초청돼 쥴리를 조교수라고 소개 받았으며, 그 후 K의 양주 집, 첫 번째 결혼식, 개인전시회 등에서 K의 모친과 함께 여러 차례 만났다는 것이다. 더욱이 신분을 공개하지 않은 다른 쥴리 증언들과는 달리 안 회장은 조 회장에게 초대받을 정도로 사회적 명망이 있던 데다 실명을 걸고 당당히 증언했기에 그 파장은 날로 커지고 있었다.

'이쯤 되면 더는 버티기 힘들겠지?'

하지만 K는 공개행보를 최대한 늦추며 모르쇠로 일관하고 있었다. 보수언론과 종편들이 쥴리 증언을 근거 없는 낭설로 폄하하며 보수층의 눈과 귀를 가리고 있었기에 가능한 일이었다. 같은 이유로 Y에 대한 지지율 또한 별 변동을 보이지 않았다. K의 말대로 언론 플레이만 잘하면 만사 오케이였다.

'좀 더 큰 건이 있어야 해!'

명수의 녹취록이 공개된다 하더라도 조중동과 종편이 버티고 있는 한 Y를 단 번에 쓰러트리기엔 역부족이었다. 가능한 한 좀 더 K에게 접근해야만 했다.

'Y 후보 강릉 중앙시장 방문. 지지층 결집.'

고민 끝에 강릉방문 기사제목과 링크를 K에게 보냈다. 명수가 지속적으로 Y의 행보를 모니터링하고 있다는 사실을 K에게 어필하기 위해서다.

'총장님 강릉 가셨네요. 외할머님께서 중앙시장에서 장사하셨군요.'

'그랬지.'

추가 메시지를 보내고서야 의례적인 짧막한 답신이 왔다. 오늘은 통화할 시간이 없거나 별 관심이 없다는 뜻이었다. 그냥 답신이 왔다는 것에 만족하고 다음을 기약해야 했다.

12월 11일, 여전히 쥴리 의혹에 대한 여당인사들의 해명압박이 거듭되고 있는 와중에, Y가 강원도 간담회에서 일찍 자리를 뜨는 바람에 시군 번영회 회장단을 무시했다는 논란이 일고 있었다. 타인의 입장이라곤 눈곱만큼도 배려할 줄 모르는 검사출신 Y다운 행태였다.

'동영상'

명수가 고민할 것도 없이 K에게 메시지를 보냈다. 궁금증과 조바심을 최대한 유발할 요량으로 내용을 파악할 수 없는 한 단어만을 던져준 것이다.

'뭐가?'

명수의 의도대로 머지않아 K로부터 답신이 왔다. 궁금함을 참지 못하고 메시지를 확인하자마자 연락해온 것이다. 메시지를 확인한 명수가 바로 K에게 전화를 걸었다.

"어, 동생!"

"누나. 문자가 안 가네?"

"뭐? 무슨 동영상?"

"그게 뭐냐면 강원도 가서 18개 시군 번영회 회장단들 만났잖아요. 끝나고 나서 총장님 나간 다음 회장단들끼리 막 싸운 거야."

"아이고, 왜?"

K가 화들짝 놀라 명수를 다그쳤다. 현지 상황을 전혀 파악하지 못하고 있었던 것이다. 명수가 주도권을 쥐고 K에게 다가갈 수 있는 간만의 기회였다.

"간담회 자리잖아요. 그런데 진행요원이 '윤 후보님 왔습니다.' 이렇게 하고 인사말 하고 질의 하나 딱 받고 사진 찍고 총장님이 빠진 거야. 18개 시군 번영회 회장들이 왔는데 질문도 못하니까 진행요원들한테 엄청 욕하고 그랬거든."

"아!"

"이거 큰 실수한 거야, 누나. 그 캠프 쪽 사람들한테 막 뭐라 해!

이거 좀 야단 좀 쳐야 해요."

"그러니까 그 동영상 좀."

명수의 따가운 질책에 사태를 파악한 듯 K가 현장 동영상을 재촉했다. 현장 상황대처에 신속한 명수의 가치를 또 한 번 입증하는 계기였다.

"알았어. 내가 보내줄게요. "

"어, 보내주고······."

"누나! 시사포커스라는 데가 있어. 시사포커스가 기사 올렸다가 지금 막아놨더라고."

"알았어. 하여튼 보내줘!"

"예, 알았어요."

명수가 전화를 끊자마자 서둘러 카톡으로 동영상을 보내고 K에게 문자를 보냈다.

'동영상. 누나 톡으로 보냈어요.'

'고마워.'

동영상을 보낸 지 한 시간이나 흘렀지만 의례적인 짤막한 답신 외에 이렇다 할 연락은 오지 않았다. K가 사태를 수습하고 있거나 사태의 심각성을 무시하거나 둘 중 하나였다. 명수가 사태의 심각성을 경고하기 위해 다시 기사링크와 함께 메시지를 보냈다.

'尹, 강원도 번영회장 모아 놓고 사진만 찍고 떠나⋯⋯ 사과해야'

메시지를 보낸 지 또 다시 한 시간이 흘렀지만 여전히 K는 묵묵부답이었다. 하지만 명수는 포기하지 않고 다시 핸드폰을 집어 들었다. 이번 사안은 명수가 선거캠프에 합류할 마지막 기회가 될 수도 있었다.

"어, 동생."

"누나 봤어?"

"아직. 여태까지 손님 만난다고 못 봤어. 이제 볼게. 아유! 우리 동생 착하네. 그렇게 다 해서 보내주고."

"시사포커스가 진보성향 아니라 보수성향이야."

"오케이, 알았어."

K의 무관심에 화가 치민 명수가 K를 나무라듯 보수언론임을 강조했다. 자신은 모든 것을 걸었건만 K의 건성거리는 나태함에 울컥했던 것이다.

"문제 생길 것 같으니까 바로……."

"응 그래그래!"

"이것도 내가 커뮤니티에서 맨 처음 봤거든."

"아이고 착해, 착해! 강원도라서 이렇게 의리 있네. 응! 하하하! 귀여워 우리 동생도!"

결국 책망 섞인 명수의 생색내기에 K가 장난 섞인 칭찬으로 얼버무렸다. 그녀는 이미 Y가 당선이라도 된 것처럼 마음은 이미 청와대에 가 있는 듯 붕 떠 있었다.

"오늘 총장님 포항에 갔던데? 내가 속초 포항 자주 놀러 갔거든. 놀러간 지 너무 오래돼서 옛날 생각나더라고."

"아유! 그러니까 과는 우리 과인데 말이야. 초심님하고 우리 명수하고 넘어와! 우리 팀으로."

"진짜로?"

분위기 전환 차 던진 명수의 오랜 추억에 K가 뜬금없이 전향을 타진해왔다. 하지만 실현 불가능한 백 대표의 회유라는 전제조건이 붙어 있었다. 명수 단독으로는 결코 영입할 수 없다는 선긋기나 다름없었다.

"잘해줄게. 나 초심님 좋아한다니까? 얘는 진짜 장난인 줄 아나 봐. 나는 초심님 진짜 좋아해."

"아 그래요?"

"나는 그런 거 거짓말 안 해. 아유! 고마운 건 고마운 거지."

"예!"

"누나는 생각보다 의리가 많아서 그때 그 일을 잊지 못한다니까."

믿지 못하겠다는 명수의 확인에 K가 진심인 듯 연거푸 속내를 털어 놓았다. 간담회 사태를 건성으로 받아들여 실망했지만 속으로는 명수의 활약에 고무된 듯 보였다.

"난 초심님 원망을 별로 해본 적이 없어. 내가 좀 서운한 게 있어서 그렇지, 왜냐면 너무 정대택 말만 듣고 믿어서 마음 상한 거지. 초심님은 사람이 정도 많고 좋잖아. 또 노무현도 위하고. 난 좋아 초심님."

"우리 어르신이 노무현 대통령이란 사람을 좋아하는 게 아니라 노무현이란 정치인을 좋아하거든 우리는."

"그럼, 다 그런 거지. 그래서 내가 좋아했지 초심님을."

K가 노무현 대통령까지 꺼내 들며 백 대표 회유에 정성을 들이는 것이 이번엔 작심한 듯했다. 하지만 여전히 정 회장이라는 피치 못할 조건이 달려 있었다. 백 대표와 정 회장을 회유하지 못하면 명수도 온전히 받아들일 수 없다는 것이다.

"그러니까 우리 한마디만 대화하면 말이 통하는 사람들이라니까. 막상 만나면 초심님도 나 그렇게 안 싫어할 거야. 약간의 오해가 있어서 그런 거지. 사람은 다 착한 사람인데. 순수하고."

"누나, 나……."

"응?"

"좋은 얘기하고 나쁜 얘기가 있는데…… 내가 들은 얘기야."

"응!"

실현 불가능한 K의 거듭되는 회유에 명수가 넌지시 화두를 바꿔 던졌다. 어차피 선거캠프에 합류하지 못할 거라면 차라리 차일피일 미뤄왔던 난감한 질문이라도 던져보자는 것이다.

"좋은 얘기부터 할까? 나쁜 얘기부터 할까?"

"나쁜 얘기 먼저 해봐!"

"나쁜 얘기?"

"응!"

명수의 장난 섞인 제안에 K가 매부터 맞겠다고 응수했다. 자칫 K의 심기를 거스를 수 있는 무거운 질문이라 미리 장난으로 희석시켜놓고 시작하자는 생각이었다.

"누나 내가 열린공감에서 취재하는 것 좀 들은 게 있거든. 저번에 양 검사랑 체코 놀러간 거 있잖아."

"체코 놀러간 거?"

"응 체코 놀러간 거. 그때 사진을 제보 받았나봐."

"사진을 받았다고?"

"사진을 입수했나봐. 그 얘기가 돌더라고."

뜬금없는 양 검사와의 해외여행에 K의 말이 짧아졌다. 사태 파악이 될 때가지 행여나 말실수를 하지 않기 위한 그녀만의 화술이었다.

"입수하면 어때? 상관없는데. 그거 패키지여행으로 놀러간 거라 오히려 더 좋지. 사람들하고 같이 찍은 건데?"

"아, 그래요?"

"응. 그리고 사모님도 원래 같이 가려고 했다가 미국 일정 때문에 못간 거야."

"아 그랬어요?"

"괜찮아. 상관없어."

명수가 속으로 쾌재를 불렀다. 마침내 K가 양 검사와의 체코여행을 시인한 특종이었다. K는 아무 일도 아니라는 듯 능청을 떨었지만 얼마 전까지만 해도 K는 양검사와의 체코여행을 부인해왔었다. 아니 부인해야만 했다.

"누나, 이거 어제 살짝 들은 건데 누가 알면 안 돼!"

"아, 열린공감?"

"응."

"아유, 얘기 안 해. 괜찮아. 어디다 얘기를 해? 그런 걸."

K는 결코 말할 수 없을 터였다. 기나긴 법정다툼에서 K와 양 검사의 해외여행은 두 사람의 관계를 증명할 핵심증거였다. 그러나 당시 법무부 출입국관리 검색에서 K의 기록이 알 수 없는 이유로 증발해버렸다. 훗날 대선 이후에야 검색정보를 잘못입력해 검색이 안 된 것으로 밝혀졌지만, 가장 정확해야 할 법무부에서 잘못된 신상정보를 재차 확인하지 않았다는 것은 변명의 여지가 없었다. 누군가의 검은 손이 개입되었음이 분명했다. 결국 정 회장은 소송에서 억울하게 패할 수밖에 없었다. 다름 아닌 법조 카르텔의 농간이었던 것이다.

"누나, 아주경제 장용진 기자라고 알아? 아마 선임기자일거야."

"근데?"

"그 양반이 저번에 열린공감에 나왔던 그 관장 있잖아."

"그 태권도 관장?"

"응."

"으응! 그 사기꾼?"

체코여행 자백을 받아낸 명수가 내친김에 줄리까지 꺼내 들었다. 대선 전에 선거캠프에 합류할 수 없다면 차라리 뽑을 수 있을 때, 최대한 뽑아낼 생각이었다.

"안해욱 회장을 아주경제에서 인터뷰 진행하는 것 같아요. 보니까."

"하라 그래. 계속 하라 그래. 그거는 뭐, 나쁘지 않아."

K는 애써 무시하는 듯 했지만 안 회장은 전 초등태권도협회를 이끌던 유명인사였기에 그 파장이 만만치가 않았다. 하지만 K가 불편한 심기를 대놓고 드러내자 명수가 재빨리 긍정적인 화두로 바꿔 던졌다.

"근데 누나, 도사 중에 이 사람 누구지? 이름은 잊어버렸는데, 총장님이 대통령이 된다 하더라고."

"응?"

"대통령이 된다 하더라고. 근데 그 사람이 청와대 들어가자마자 영빈관 옮겨야 된다고 하더라고."

"응! 옮길 거야."

명수가 속으로 쾌재를 불렀다. 이렇듯 고민할 겨를도 없이 반사적으로 답이 나왔다는 것은 이미 영빈관 이전을 염두 해두고 있었다는 반증이었다. 과거 해명들과는 달리 K 일가가 건진법사, 천공등의 무속인들과 깊이 엮여 있었던 것이다. 훗날 대통령에 당선된 Y는 대다수 국민들의 반대에도 불구하고 결국 천공의 말 그대로 대통령실을 용산으로 이전했다.

"옮길 거예요?"

"응. 그러니까 초심님하고 잘 꼬셔서! 네가 누나에 대해서 오해를 많이 풀고 하나하나 밝혀질 거잖아. 그거 다 거짓말이야. 쥴리 한 적 없고."

믿기지 않는다는 명수의 확인에 K가 또 다시 백 대표 회유카드를 꺼내들었다. Y의 당선을 전제로 백 대표를 설득해 보라는 것이다. 자신의 모든 의혹들을 근거 없는 낭설로 덮어버리겠다는 심산이다.

"정대택 씨도 안 됐잖아. 거기서도 별로 뽑을 게 없어. 그러니까 초심님한테 잘 얘기해서, Y를 꼭 그렇게 반대해야 되냐? 그렇게 하면서 잘 한번 꼬셔봐!"

"우리 어르신은 힘든데?"

"그럼 하지 말고. 나는 초심님을 싫어하지 않는다는 얘기를 하는 거야. 미워하지 않는다는!"

"누나! 누나 같으면 뭐라고 얘기하면?"

"노인네가 순진하니까 속아서 그런 거지. 정대택 씨도 불쌍한데 정대택 씨도 잘 생각해보면 모순이 많다. 이런 식으로 얘기하면 되지!"

K가 구체적인 방법까지 제시하며 백 대표 회유에 열을 올렸다. 백 대표를 회유하지 않고서는 당선이 된다한들 발 뻗고 마음 편히 지낼 수 없었다. 십 년이 걸린 이명박 구속처럼 일단 한 번 마음을 굳히면 결국 끝을 봐야 하는 위인이었다.

"열린공감이 우리를 너무 악마화 하는데, 저런 데는 오래 갈 수가 없거든. 저건 그냥 팡파르지 언론이 아니잖아."

"아니, 전에 누나네 코바나컨텐츠에 기자들 뻗치기 하고 있었잖아. 그때 우리 초심님이 나보고 가서 취재하라 하더라고. 초심님 하고 내가 같이 뻗치기 하면서 코바나컨텐츠 자연스럽게 들어가는 거 어때? 하하하!"

"그럼 초심님이 또 때리면 어떡해?"

은근슬쩍 백 대표와의 만남을 제안하자 K가 기겁을 하고 손사래를 쳤다. 상당수의 국민의힘 인사들이 백 대표의 응징취재에 줄행랑을 놓았으니 겁을 내는 것도 무리는 아니었다.

"아유, 설마 때리겠어? 우리 초심님은 여자들한테는 폭력적이지 않다니까. 패륜아들만 혼내고 그러지, 뭐!"

"아유, 근데 나 만나는 거는 비밀리에 해야 되고. 하여튼 초심님도 앞으로 돈도 좀 벌고 해야 할 거 아니야. 언론으로서 좀 더 공신력도 쌓으려면 어느 한편의 팡파르가 되어서는 안 돼! 가로세로연구소도 그 새끼들 완전히 기생충 같은 놈들이잖아."

연이은 명수의 설득에 K가 못 마땅한 듯 딴 소리에 막말까지 내뱉었다. 백 대표에겐 막말을 자제했지만 속마음은 별반 다를 것이 없을 터였다.

"나는 진짜 언론으로 안 봐. 지금 사람들이 열린공감하고 가로세로랑 똑같이 보고 있어. 사람이 결국 돈 때문에 사는 게 아니라 존엄성 때문에 인생을 살아가는 건데, 그럴 필요 뭐 있어?"

'존엄성?'

실소가 절로 나왔다. 돋보이고 싶어 경력과 학력을 허위로 조작한 사람이 존엄성이라니? 게다가 모녀가 작당해 모해위증교사에 잔고증명서 위조까지 일삼은 자들이 할 소리는 아니었다.

"정대택 씨는 할 만큼 하고, 거기는 이제 내용이 빠졌어. 누나 말

들어, 누나가 웬만한 점쟁이보다 더 잘 맞추는 거 몰라? 동생?"

"알지, 그거는."

명수는 스스로 무속인임을 자인하는 K에게 더는 할 말이 없었다. 그녀는 이미 Y의 당선을 전제로 명수에게 협박에 가까운 엄포를 놓고 있는 것이다.

"그러니까 양 검사 건은 이제 사용할 게 별로 없으니까 조금 더 공정하게 하면서 차라리 국민을 위해서 제대로 된 정보원을 하겠다. 그래! 그게 좋잖아."

"예."

의혹에 대한 해명조차도 결국 진보언론 기자의 변절로 귀결되는 K의 교활함에 명수는 그저 외마디로 응수할 뿐이었다. 더는 대꾸할 가치조차 없었다.

"양 검사는 가이드랑 같이 자고, 나는 엄마랑 같이 자고. 그거 나오는 게 뭐가 문제가 돼? 문제 있나?"

'누구랑 잤냐고 누가 물어봤어?'

동거설 때문인지 물어보지도 않았는데 잠자리까지 해명하고 나선 것이다. 도둑이 제 발 저린다고 더욱 의심이 갈 수밖에 없었다.

"양재택 검사 사모님도 다 고소했잖아. 형사, 민사 서울의 소리도 고소하고."

하지만 양 검사 부인은 그 누구도 고소한 적이 없었다. 단지 양 검사가 정 회장을 고소하기는 했으나 수년이 지난 지금까지도 법적 절차가 보류되고 있는 실정이었다. 검찰이 조사하면 할수록 진실이 드러나다 보니 사건을 묵혀둘 수밖에 없었을 터였다.

"점점 파면 팔수록 박사까지 나오고 서울대까지 나오고 하잖아. 서울대도 석사 나왔는데 걔네가 모르고 내가 뭐 최고경영자과정 나온 줄 알고 그러는데. 나는 서울대 석사 나왔어. 경영 석사! 그게 오히려 하나하나씩 다 까지잖아. 그러니까 오히려 까지면 까질수록 유리해."

하지만 K의 학위는 서울대학교 경영전문대학 경영학과 경영전문석사로 경영학과 석사하고는 수준과 레벨이 엄연히 달랐다. 이미 밝혀진 사실마저도 대놓고 아전인수니 헛웃음이 절로 나올 수밖에 없었다.

"불리할 거 없어. 열린공감에서 사진 나오면 더 좋지. 여러 명이 같이 찍고 체코대사도 만나고 그랬어."

"아, 체코에 있는 한국대사?"

"한국대사도 만나고 같이 밥 먹고 이랬어. 오히려 좋아. 그때 가신 분들이 다 점잖으신 양반들이라 사진 나오면 나는 땡큐지. 오히려 한 번에 깨지겠네. 더 잘됐네. 동생도 밀월여행 갔다고 생각했잖아?"

"그렇죠."

하지만 유럽여행의 핵심은 패키지여행이 아니라 양 검사와 함께 유럽여행을 갔다는 그 자체였다. 결국 훗날 K가 직접 유럽여행 사실을 시인한 명수의 녹취록 공개로 출입국조회가 조작되었음이 만천하에 드러나게 되었다.

"내가 정말 그 양반하고 그랬다면 사모님이 왜 고소해? 서울의 소리도 고소 많이 했을 걸?"

"그래요?"

"거기도 골치 아파 좀 있으면."

"양 검사. 누나, 용산 살지?"

빤한 거짓과 엄포에 염증이 난 명수가 뜬금없이 양 검사 신상을 캐물었다. 가능하다면 양 검사를 직접 만나 취재해볼 생각이었다.

"거기서 인터뷰 하고 거기가 마지막인 거 같아가지고. 내가 용산 사니까."

"에이, 양 검사, 부부 사이 좋고 나랑은 오래된 사이야. 그래봤자 그거는 의미가 없어. 다 결혼 전에 가족끼리 친한 사람이야. 그걸 가지고 여기를 죽일 수 없어."

명수의 유도 질문에 K가 단념하라는 듯 화두를 돌렸다. 하지만 두 집안이 오래 된 지인관계라면 비단 동거설이 아니더라도 양 검사의 조력을 받았을 가능성은 더욱 농후했다.

"내가 뭐가 아쉬워서 동거를 하겠니? 그것도 부인 있는 유부남하고. 내가 여기저기 굴러다니는 애도 아니고?"

하지만 K는 2004년 양 검사와 관계를 맺기 전에 이미 이혼한 경력과 쥴리 의혹을 안고 있었다. 게다가 며느리처럼 생각하고 아파트까지 줬다는 양 검사 모친의 주장과 피고인 신분으로 Y와 동거하다 적발돼 결혼한 것까지 그녀의 사생활을 머릿속에 그려보는 데는 별 어려움이 없었다.

"설정 자체가 잘못된 거지. 명수 같으면 자기 딸한테 그렇게 할 수 있어? 어느 부모가? 우리 엄마 돈도 많은데 뭐가 아쉬워서 그렇게 해?"

하지만 훗날 K의 모친 최 씨는 수백억의 은행잔고증명서를 위조해 법정구속되는데, 증명서를 위조해준 사람은 다름 아닌 K의 지인이었다. K가 소개했거나 사주하지 않았다면 우연으로 일어나기에는 힘든 일이었다. 더군다나 도이치모터스 주가조작에서는 두 모녀가 서로 짜고 통정매매한 의혹까지 검찰 조사결과 밝혀졌다. 그토록 딸을 아끼는 사람이 정 회장 모해위증교사와 사문서위조도 모자라 주가조작까지 딸과 함께 할 수 있었겠는가?

"뭐든지 너무하면 혐오스러운 거야. 투머치야, 투머치. 그러지 마!"

"그래요, 누나!"

"알았지?"

"그래 알겠어. 누나! 언제 나올 거야?"

더는 들을 게 없다 생각한 명수가 벼르던 K의 등장 시기로 화두를 돌렸다. 대선이 본 궤도에 오르면서 쏟아지는 K의 의혹만큼이나 K의 등장 시기 또한 연일 화두로 떠오르고 있었다.

"난 좀 이따가 나가야지. 내가 나가면 너무 이슈가 돼서 이따 나가려고. 명수는 내편이야? 누구편이야? 확실히 해."

"누나 편이지, 뭐!"

"나는 의리 없는 사람은 절대 용서 안 하니까 약속했으면 반드시 의리를 지켜야 하는 거야. 인간사회에 제일 중요한 거는 신뢰가 쌓이면 그때부터는 돈이 생기고 인맥이 생기고 하는 거야?"

"그렇죠."

이어지는 명수의 난감한 질문에 K가 화가 치밀었는지 입단속을 종용했다. Y가 당선될 때까지 의리를 지키면 보상하고 배신하면 예외 없이 보복하겠다는 것이다.

"그러니까 가장 중요한 거는 신뢰야. 신뢰가 중요해. 그리고 동생이 한번 보란 말이야, 내 말 틀리나 맞나. 본인이 확인하면 되잖아."

"체코 건은 단체로 놀러간 거. 확인 됐어. 오케이."

"체코뿐만 아니라 그때 동유럽 일정이 있었어. 체코뿐만 아니라 너무 좋았어. 우리 팀원들 다 알아. 나 거기 간 게 뭔 문제야?"

'문제가 안 된다는 게 문제지!'

K는 아직 사안의 본질을 부정하고 있는 듯했다. 왜 법무부 출입국 조회까지 조작하며 여행 사실을 숨겨왔는지 삼척동자도 알 수 있을 터였다.

"하여튼 나는 초심님 좋아한다고 얘기해!"

"나 얘기 못해, 누나."

"아니, 어디서 들었는데 옛날에 그 누나는 되게…… 누나라고 하지 말고, 김건희라고 할 거 아니야? 서울의 소리에선?"

"그렇지."

"초심님이 뭔가 순진해서 오해하고 있는 거지…… 김건희는 초심님을 되게 좋아한다고 그렇게만! 그런 걸 어디서 들었다고. 그렇게 얘기하라고. 그러면 되잖아!"

K가 백 대표 회유에 열을 올리고는 있지만 어림도 없는 일이었다. Y의 조국사태와 문재인에 대한 공격을 백 대표가 용인할 리 없었거니와 재물에도 초연했기에 마땅히 설득할 방법이 없는 인물이었다.

"내가 동생 데리고 장난할 사람이야? 그래도 대선후보 부인인데! 그러니까 초심님한테! 나는 초심님 하나도 안 미워해."

"엊그저께 누나하고 통화한 거 엄마하고 얘기해봤어?"

"엄마하고 뭘 얘기하지?"

"정대택 회장 관련해서."

거듭되는 K의 닦달에 명수가 다시 정 회장과의 합의카드를 꺼내 들었다. 백 대표에 대한 회유의 전제조건이 정 회장과의 화해임을 들어 합의를 종용해볼 생각이었다.

"그럼 넌 정대택하고 얘기를 좀 해봤냐? 정대택은 어떻게 생각해? 정대택은 앞으로 너무 힘들어서 합의라도 하고 싶을 거야. 서울의 소리도 그렇지만 정대택도 많이 힘들 텐데!"

K는 Y의 당선을 전제로 말하고 있지만 누가 당선 될지는 그 누구도 장담할 수 없었다. 더욱이 Y에게도 다수의 범법의혹이 폭로되고 있었기에 당선은 그저 희망사항일 뿐이었다.

"몰라 우리 엄마가 용서할지 안 할지 모르겠는데, 본인의 자세가 중요하지 않겠어? 사람이 자기가 잘못했다고 그러면 모든 사람들은 다 용서해. 근데 본인이 진심어린 사과를 해야지. 자기가 거짓말한 거에 대해서."

'더는 들어볼 필요도 없겠다!'

가해자가 피해자에게 용서를 빌라 하니 적반하장이 따로 없었다. 정 회장이 왜 20년이란 긴 세월동안 싸울 수밖에 없었는지 명수가 몸소 체험하고 있었다.

"그렇잖아? 거짓말하고, 자기 돈을 10원도 안댄 사람이 20억을 받는다는 게 가능해? 이 모든 건 상식이잖아. 상식적으로 말이 돼? 그게?"

하지만 K의 모친 최 씨는 법정에서 정 회장이 아니었으면 해당 사업을 알 수 없었다고 증언했다. 더욱이 최 씨는 약정서 체결 후 정 회장 몰래 관련서류를 빼돌려 사업을 가로채려 했다. 하지만 동업자인 정 회장과 합의하라는 금감원과 관련 은행의 제지로 성공하지 못하고, 다시 정 회장과 손을 잡고서야 사업을 추진할 수 있었다. 그러나 최 씨는 배신한 자신을 용서한 정 회장을 또 다시 배신해, 약정서를 위조하고 법무사에게 모해위증을 교사해 정 회장을 구속시키고 사업수익 52억을 독차지했다. 최 씨가 자신이 위조한 은행장 고증명서를 동업자 안소현에게 덮어씌운 후 구속시키고 수십억의 사업수익을 독차지한 수법과 별반 다르지 않았다.

"그냥 물어봐! 회장님 얼마 댔냐고 하면 되잖아. 물어보면 되잖아. 돈 얼마 대셨어요? 한 20억 대셨어요? 하면 되잖아. 그러면 끝나는 거 아니야. 뭐든지 역지사지 해봐! 하여튼 또 전화해!"

"네, 누나 쉬세요."

명수가 전화를 끊자마자 담배를 꺼내 물었다. 애초에 최 씨와 정 회장과의 합의는 불가능했다. 훗날 밝혀진 사실에 의하면 최 씨는 정 회장과 사업약정서를 작성한 이후에 수익을 독차지하기 위해 백 법무사 등 관계자들과 밀약을 체결했다. 그 후 백 법무사는 밀약에 따라 법정에서 위증을 했지만 최 씨는 돈에 욕심을 부리고 약속한 돈의 일부만을 지급했다. 결국 배신당했다 판단한 백 씨는 법정에서 최 씨의 모해위증교사를 자백했다가 갑자기 다른 사건으로 구속당하고 말았다. 더 이상 증언하지 못하도록 법조 카르텔에게 보복을 당한 것이다. 형기를 마치고 출소한 백 법무사는 최 씨에게서 받았던 현금과 아파트마저 모두 빼앗기고 결국 지병이 악화돼 유명을 달리했다.

12월 14일, K가 2007년 수원여대 겸임교수 임용 당시 지원서에 허위 이력을 기재했다는 의혹이 불거지면서 또 다시 논란이 일었다. 그런데 K가 결혼 후인 2013년 안양대, 2014년 국민대 교수 임용 당시에도 허위이력을 기재했던 의혹이 추가로 드러나면서 그야말로 엎친 데 덮친 격이었다.

"저는 모르는 일이고, 허위라는 증거가 있습니까?"

이러한 천연덕스러운 Y의 입장 발표는 15일 K가 '국민 여러분께 심려를 끼쳐 드린 점에 대해 사과할 의향이 있다.'고 사과 의사를 밝혀 또 다른 논란을 불러일으키기까지 했다.

'갈수록 가관이네! 도대체 이 누나는 끝이 어디야?'

파고 또 파도 끊임없이 쏟아지는 K의 의혹에 실소가 절로 나왔다.

이젠 전화를 걸어 물어볼 엄두조차 내지 못했다. 그 가증스런 변명을 더 듣다가는 명수의 화통이 폭발하거나 미쳐버릴 것만 같았다. 하지만 취재해 보라는 백 대표의 성화에 이틀간 K의 사무실 인근을 배회해야만 했다. 하지만 사무실 앞은 다수의 기자들이 포진하고 있던 탓에 안을 들여다볼 엄두조차 내지 못했다. 다만 아는 직원 한 명과 마주친 덕분에 K의 안부만 겨우 물어볼 수 있었다.

'내가 어찌 해야 하나?'

늦은 밤 귀가한 명수는 복잡한 심경에 새벽까지 밤잠을 설쳐야 했다. 이쯤에서 K와 정리할 것인지? 아니면 대선까지 갈 것인지? 조만간 선택해야 했다.

'결정하기 전에 한 번은 만나야겠지?'

만약 끝낼 것이라면 K를 직접 만나 그동안 심기에 거슬릴까 물어보지 못한 질문들을 던져봐야 했다. 도대체 어떤 사람인지? 눈을 마주하면서 그 속내를 들어보고 싶었다.

'누님께~ 대표님이 누님 회사 취재해 보고하라 해서, 이틀 동안 누나네 회사 앞에서 어슬렁거리며 있었습니다. 직원을 만나 누님 안부도 듣고 집에 잘 계신다고 들었어요. 기자들은 누님하고 인터뷰가 특종이라 생각해 당분간은 계속 있을 것으로 보입니다. 저도 당분간은.'

'12시 쯤 잠자리에 들었는데 누님 생각에 깼네요. ㅠㅠ'

고심 끝에 장문의 메시지를 보내고는 답이 없어 한 번 더 보내봤지만 기다리다 지쳐 잠들 때까지 응답은 없었다. 할 말이 없거나 잠들었거나 둘 중 하나였지만, 명수나 K나 잠 못 드는 밤은 매한 가지였을 것이다.

'ㅠㅠ'

아침에 눈을 뜨자마자 측은지심을 메시지에 담아 다시 보내봤지만 역시나 답은 없었다. 논란이 가라앉을 때까지 당분간 전화는 물론 메시지도 쉽지 않을 듯했다.

'선택할 때가 온 거야!'

더는 K에게서 얻어낼 것이 없었다. 비선캠프에 합류해야 고급정보를 접할 수 있었지만 명수를 온전히 믿어주지 않았다. 요구하는 대로 현장 조언을 넘어 정 회장의 정보와 자료를 넘기며 스파이 노릇까지 했지만 토사구팽과 다름없었다. 단지 Y가 당선 될 때까지 배신하지 않는다는 전제조건 하에 적당한 보상을 약속할 뿐이었다. 천박한 돈을 미끼로 K의 충성스런 개가 되라는 소리였다.

'내가 누군데 그깟 돈에 넘어가?'

하지만 취재기자로 입문해 10년이란 긴 세월을 사명감 하나로만 버텨내야 했다. 당시 서울의 소리가 찢어지게 가난했던 탓에 월급은 고사하고 활동비마저 자비로 충당해야 했다. 그렇게 몇 년이 흐르자 모아 놓았던 저축마저 탕진한 것도 모자라 전세금까지 빼 쓰면서 월세를 전전해야 했다.

'지금 당장 나한테 남아 있는 게 뭐지?'

남편 노릇도 아버지 노릇도 내팽개치고 시민운동에 모든 걸 쏟아 부은 대가였다. 심지어 식비라도 마련하고자 백 대표와 폐지까지 주우며 거리를 전전해야 했다.

'그래서 바뀐 것이 뭐냐고? 도대체 뭐가 바뀌었냐고?'

고생 끝에 낙이 온다고 마침내 정권이 바뀌었지만 나아진 것은 거의 없었다. 오히려 일본군위안부를 부정하고 일본제국주의를 찬양하는 매국노들을 응징했다가 벌금 폭탄에 파산할 지경이었다. 국회에서 매국노처벌법을 외면하고 있다 보니, 매국노의 준동을 보다 못해 응징에 나섰다가 범법자가 되고만 것이다. 더욱이 '유검무죄 무검유죄'라는 법조 카르텔이 준동하면서 오히려 피해자가 옥살이를 하더니 결국 카르텔의 정점인 특수통 검사가 대선후보에까지 올라서 있었다.

'그럼 난 뭐냐고? 난 뭐가 되냐고?'

자신의 삶 전체가 부정당하는 느낌이었다. 10년간 아무런 대가 없이 투신해 왔건만 오히려 세상은 뒤로 후진하고 있었다. 긴 세월의 노고가 허사였을 뿐만 아니라 죄 없는 처자식의 희생마저도 헛되이 무위에 그친 것이다.

'어차피 바꿀 수 없다면 차라리 즐기면서라도 살아야지! 맨 날 벌금 걱정, 돈 걱정에 이게 사람 사는 거냐고?'

하지만 K가 제안한 대로 대선 때까지만 버텨주면 월 1억이라는 보상이 기다리고 있었다. 10년 전 서울의 소리에 투신하기 전보다 더 안락한 삶을 보장받는 것이다. 월세, 학비 걱정은 물론, 예전보다 더 큰 사업도 키워나갈 수 있었다.

'미친 놈! 지랄을 한다. 지랄을 해!'

잠시 달콤한 상상에 젖어 있던 명수의 입에서 불현듯 욕이 터져 나왔다. '인생의 의미'라는 K의 가증스런 개똥철학이 떠올랐기 때문이었다.

'돈의 개로 사느니 그냥 사람으로 죽자!'

하지만 그 후로도 며칠간 수시로 뒤바뀌는 생각에 잠마저 설쳐야 했다. 결심한 지 채 한 시간도 못돼 번복에 번복을 거듭하고 마는 것이다. 결국엔 끼니까지 거르면서 몸을 추스르기조차 버거울 지경이 되고야 말았다.

'녹취를 공개하면 나는 어떻게 되는데?'

돈이 전부가 아니었다. 약속을 어기고 녹취를 공개하면 반드시 뒤따르는 게 있었다.

'내가 정권 잡으면 거긴 완전히, 하하하! 완전히 무사하지 못할 거야, 아마! 하하하!"

K가 수시로 엄포를 놓았듯 개인이 감당하기 버거울 보복이 기다리고 있을 것이다. 민형사 소송은 어떻게든 감당할 수 있다 치더라도 예측할 수 없는 사적 보복 또한 배제할 수 없었다.

'형님, 저 좀 보시죠.'

결국 버티다 못한 명수가 믿을만한 선배에게 전화를 걸었다. 백업한 녹취록을 모두 선배에게 맡길 작정이었다. 만약 자신이 변심하게 되면 대신 언론에 공개토록 하겠다는 것이다.

'나에겐 결정할 권한이 없어!'

명수가 죽든 살든 그것은 차후 문제였다. 대통령의 자리는 나라의 운명이 달린 문제였다. 명수의 사적 감정이 개입되면 안 되는 중대 사안이었기에 제 3자에게 미리 넘기겠다는 것이다. 하지만 약속한 선배의 사무실로 향하는 길지 않은 시간은 수시로 바뀌는 마음 때문에 번민의 연속이었다.

12월 23일, 녹취를 선배에게 맡긴 지 사흘이나 흘렀건만 여전히 밤잠을 설쳐야 했다. 제 3자에게 넘기면 모든 번민이 끝날 줄 알았는데 오히려 더 복잡해지고 말았다. 명수가 고려해야 할 변수만 더 늘어난 탓이었다.

'일단 저지르고 보자!'

명수가 잘 수도 먹을 수도 없는 이 지옥 같은 번민에서 해방될 수 있는 길은 오직 하나였다. 바로 번복이 불가능하도록 하루속히 국민들에게 공개하는 것이다. 시간이 흐르면 흐를수록 상황만 더 복잡해지면서 올가미처럼 명수의 숨통을 조여 올 것이었다.

'나는? 와이프와 아이들은?'

하지만 현실은 생각처럼 단순하지 않았다. 조금만 뒤돌아보고 앞을 내다봐도 모든 게 원점으로 되돌아가고 말았다. 투철한 멸사봉공으로 머릿속을 완전히 비우지 않고서는 불가능한 일이었다. 그렇게 또 다시 번민에 휩싸이고 있던 와중에 뜻밖의 상황이 벌어졌다.

'결국 올 것이 왔군!'

밤이 돼서야 몸을 추스르고 기사를 모니터링 하던 명수의 눈에 이준석 대표의 상임선대위원장 사퇴가 눈에 띈 것이다. 극우 유튜버들을 활용해 K와 이 대표를 이간질 시키려던 명수의 전략이 들어맞은 듯했다. 표면상으로는 윤핵관과의 갈등으로 비춰지고 있었지만 그 위에는 비선캠프의 정점인 K가 자리하고 있었다.

'이리 되면 자승자박이 되나!'

선거를 80여 일 남겨두고 가까스로 합류한 이 대표를 또 다시 내치는 것은 대선을 포기하는 것과 다름이 없었다. 바닥으로 치닫던 국민의힘을 되살려낸 젊은 대표를 배제하고는 세 확장에 한계가 있었다. 그 누가 보더라도 Y의 패배가 예상되는 시나리오였다.

'여보세요? MBC 장인수 기자님이시죠?'

명수가 백 대표와 상의한 후 바로 장 기자에게 전화를 넣었다. 직접 공개하지 않고 공중파에 제보하는 이유는 단 하나, 서울의 소리의 멸사봉공 정신이었다. 녹취록 공개로 억대의 수익을 보장받을 수 있었지만 효과를 극대화하기 위해 대가없는 공중파 방송 공개를 결정한 것이다.

MBC 장 기자에게 녹취를 넘긴 명수는 더 이상 K에게 연락을 시도하지 않았다. K 또한 소식이 없었다. 의혹이 쏟아지는 와중에 잠수를 탔기에 기대를 접은 지 오래였다.

'이제 다 끝난 건가!'

이미 공중파에 녹취를 넘긴 이상 더는 고민할 이유가 없었다. 그저 몸을 세류에 맡기고 국민의 선택을 기다리기만 하면 되는 것이다. 하지만 아직 모든 것이 마무리 된 것은 아니었다.

20. 마지막 통화, 응징취재!

'삐리리리 삐리리리.'

서울의 소리 직원들과 조촐한 망년회가 한창인 와중에 전화벨이 울렸다. 아무 생각 없이 무심코 확인해 보니 K였다. 마침내 마무리해야 할 때가 온 것이다.

"아! 여보세요! 여보세요!"

"아! 명수 씨?"

"예!"

"아니 어떻게 된 거야? 명수 씨가 제보한 거예요?"

거두절미하고 다짜고짜 다그치는 K의 성화에 명수는 말문이 막혔다. 갑작스러웠던 데다 술까지 한 잔 마신 탓에 적절한 말이 떠오르지 않았다.

"뭐, MBC 스트레이트에서 명수 씨랑 수십 차례 통화한 걸 취재한다고 그러는데! 명수 씨가 제보했어요?"

"아니, 소문이 돌고 나서 MBC에서 알게 돼서……."

명수가 약속을 저버린 일말의 미안함 때문에 소문 탓으로 말끝을 흐렸다. K처럼 뻔뻔스럽지 못했기에 당장은 당당해질 수 없었다.

"명수 씨가 나랑 통화한 거 제보한 건 아니죠?"

"예예!"

"제보하지 마세요. 절대로!"

"몇 개 좀 줬긴 줬는데!"

"아니 그걸 왜 줬어?"

"누님 의혹들이 너무 많아서 몇 개 좀 드렸어요."

불같은 K의 닦달에 정신 줄을 챙긴 명수가 말문을 열기 시작했다. 반드시 한번은 부딪혀야 할 상황이었기에 최대한 합리적으로 수습해야 했다.

"나랑 약속했는데 그렇게 한 번에 줘버리면 어떡해?"

"누님 저 좀 만날까요? 내일 한번 사무실에 들어갈까요?"

이어지는 K의 거센 질타에 명수가 갑자기 만남을 제안했다. 취재가 아니라는 K의 전제가 있었지만 첫 통화부터 기자임을 밝히고 시작했으니 마무리도 기자로서 해야 한다는 판단에서였다.

"아! 난 동생 믿고 같이 통화했는데 그걸 그렇게 줘버리면 어떡해? 나를 공격하려고 그러나? 뭐 안 좋은 것만 보냈어요? 골라서?"

"아니, 그렇지는 않아요. 어! MBC 스트레이트 장인수 기자거든요."

"근데 왜 그걸 줘! 나랑 약속하고. 나랑 약속 지키기로 했잖아. 근데 그걸 주시면 어떡해?"

"누님, 내일 저 사무실 들어갈게요."

연이은 K의 일방적인 질타에 명수가 재차 사무실 방문을 고집했다. 직접 만나 그동안 묻지 못했던 의문들을 해소해야 했다. 심기가 상한 K가 자칫 연락을 끊을까 염려한 나머지 꺼내보지도 못한 의혹들이었다.

"아, 참 큰일 났네, 진짜! 왜 그래? 나한테 뭔 원수가 졌다고 그래?

"아니 원수는 아니고요. 누님은 대선 후보자 아니니까 그런 거죠!"

마침내 명수가 결코 취재에서 자유로울 수 없는 K의 공적인 신분을 환기시켰다. 일개 개인이 아닌 나라의 운명이 달린 대통령 후보를 검증하는 사안이었다.

"아니, 동생이 나를 도와주려고 했고 나랑 통화도 하고, 내가 위로도 받고. 내가 그런 얘기 인간적으로 한 거지. 이거를…… 아! 몇 번이나 그렇게 나랑 약속도 하고 남자답다고 안 그런다면서? 난 그래서 딴사람하고 달라서 믿고 했는데 그거를 나 몰래 그렇게! 그러면 나를 이용하는 것밖에 안 되는 거잖아, 내 입장에서는!"

차분한 명수의 입장과 달리 K는 더욱 격앙된 어조로 명수를 몰아붙였다. 사적인 관계였으니 공중파 공개는 용납할 수 없다는 것이다.

"꼭 그렇게까지 했어야 해요?"

"아! 누님, 제가 기자잖아요. 기자라는 거 처음부터 말씀드렸고, 후보자 검증 차원에서 아내인 누님을 취재한 거고!"

K의 입장에서는 기가 막힐 노릇이었지만 언론사 기자로서 명수의 입장은 단호했다. 상황에 따라선 오천만 국민의 생사가, 팔천만 민족의 운명이 달린 대통령이란 자리였다. 감히 일개 기자가 홀로 검증하고 감당할 수 있는 무게가 아니었기에 당사자인 모든 국민 앞에 공개할 수밖에 없었던 것이다.

"저 내일 한 번 들어가서! 저 궁금한 것도 있으니까! 좀 만나주면 안 될까요?"

"그럼 날 또 취재하러 온다는 거예요?"

"예, 그렇죠. 누님!"

"후보자 검증에서 뭐가 문제예요? 내가 동생하고 취재차 연락한 거예요? 그거 아니잖아요."

첫 통화부터 명수가 서울의 소리 기자임을 밝혔음에도 K는 재차 취재가 아니었음을 강조했다. 사적인 통화였기에 공해서는 안 된다는 점을 강조하기 위한 것이다. 바로 방송금지 가처분 소송을 위한 사전 작업이었던 것이다.

"저기, 누님! 내일……."

"나하고 통화한 거 다 준 거예요? 거기에?"

"누님, 그거는 사적인 부분도 있지만 공적인 부분도 있잖아요. 국민들 알 권리 차원도 있지 않습니까? 누님! 누님에 대해서 모르는 분들이 많잖아요."

K의 이어지는 질타에 명수가 재차 공개 검증의 정당성을 강조했
다. 훗날 법원 또한 국민의 알권리 차원에서 공적 부분에 대한 방
송은 허용할 수밖에 없었다. 비록 MBC에 대해서는 제약이 많아
제한적으로 방송할 수밖에 없었지만, 서울의 소리에 대한 법원판
결은 다소 완화된 편이어서 좀 더 민감한 부분까지 공개할 수 있
었다. K가 명수를 포섭하는 데 사적인 영역을 교묘히 악용했기에
결국 사적 영역을 인정받을 수 없었던 것이다.

"그러니까 나한테 나쁘게 얘기하라고 준 거죠? 장인수 씨한테!"

"아니 그거는 장인수 기자하고 통화 한번 해보시고요."

"내가 통화를 왜 해요? 기자라면 통화를 안 하죠."

"누님, 이거는 국민들 알 권리 차원에서 누님이 해명하셔야 합니
다. 그쪽에서 서울대 석사학위에 대해서 관심이 많더라고요."

거세지는 K의 닦달에 명수가 결국 과거 K의 석연치 않은 석사학
위 해명을 꺼내 들었다. 떳떳하다면 국민들 앞에 숨김없이 정확한
해명을 하라는 것이다.

"아! 동생 진짜 놀랍네! 그럼 날 의도적으로 접근한 거네! 여기 와
서 우리 좀 가르쳐 준다고 해놓고서! 다 거짓말 한 거네? 날 취재
하려고 일부러 그렇게 한 거네?"

"아니 누님! 서로 뭐! 누님 알고 싶어 하는 것도 제가 많이 알려드
렸고…… 또 저를 크게 신뢰하고 있었던 것도 아니잖아요. 누님
은 저한테 캠프 오라고 해놓고는 양다리 걸치라는 그런 얘기도

하셨지 않습니까? 누님도 저한테 크게 신뢰를 가지고 있었던 것도 아니잖습니까? 6개월 동안요."

정도를 넘어서기 시작한 K의 원망어린 억측에 명수도 강하게 맞받아쳤다. 현장경험에서 우러난 명수의 실질적인 조언은 둘째치고라도, 훗날 보상을 미끼로 백 대표 회유를 사주한 것도 모자라 정 회장에 관한 정보와 자료까지 노린 이중 스파이를 요구했던 K가 아니었던가?

"본인이 캠프에 오기 싫다고 했잖아!"

"그럴 생각도 없었지만, 누님 저하고 여태까지 했던 얘기들 중에 제대로 지킨 거 없잖아요? 누님, 솔직히 우리 정대택 회장 관련해서 서울의 소리에서 방송 못하게 하는 데 관심이 많았지 않습니까?"

"와우! 나한테 지금 따지는 거예요?"

참다못한 명수가 마침내 정곡을 찌르자 말문이 막힌 K가 결국 화통을 터트렸다. K가 명수의 첫 통화를 용인한 이유도 정 회장 때문이었고, 장장 6개월 간 50차례의 통화를 하게 된 이유 중 하나도 K의 아킬레스건인 정 회장이었다.

"따지는 게 아니라 지금 전화가 왔으니까 말씀 드리는 거고요. 배신감 느끼거나 그렇다면 제가 내일 들어가서…… 누님한테 저도 궁금한 게 굉장히 많습니다. 이제 좀 밝혀줬으면 하는…… 그래서 내일 들어가려고 하거든요. 그 대신 다른 사람 데려가지 않을 테니까요. 저 혼자 들어가겠습니다."

"장인수 기자한테 뭘 준 거예요? 나에 대해서? 내가 명수 씨하고 서울대에 대해서 뭘 얘기했나?"

반드시 만나야겠다는 명수의 제안을 듣는 듯 마는 듯 K가 다시 서울대를 꺼내들었다. K가 명수에게 거짓으로 해명했던 서울대 석사학위 논란이 내내 마음에 걸렸던 것이다.

"뭐! 누님이 서울대 석사 받은 건 전혀 문제되지 않는다고 말씀하셨잖아요. 일단 장인수 기자하고 통화 한번 해보시죠!"

"아니, 왜 통화해요? 그러면 인터뷰가 되는 건데!"

"지금 직원들하고 망년회 회식하고 있으니까요."

"나랑 통화한 거 전부 다 줬어요?"

"내일 다시 통화하시죠! 제가 내일 들어가겠습니다."

K가 인터뷰를 완강히 거부하자 명수가 회식을 핑계로 전화를 끊었다. 이미 주사위는 던져졌기에 더 통화한다한들 바뀌는 것은 없었다. 차라리 한 번 더 만나 허심탄회하게 서로의 입장을 정리하는 것이 명수다운 마무리였다. 하지만 다음 날 K는 끝내 명수의 전화도 장 기자의 전화도 받지 않았다. K가 예고한대로 법적 보복과 언론 플레이를 준비하느라 분주히 움직이고 있을 터였다. 명수도 더는 연락을 하지 않았다. 장장 6개월간 대통령후보 부인 취재라는 전대미문의 역사적인 대장정이 비로소 막을 내린 것이다.

'이제 내가 죽든 살든 선택은 국민의 몫이다.'

2021년 마지막 날 밤, 대부분의 가장들이 가족들과의 새해맞이를 위해 귀가를 서두르고 있을 때, 명수는 끝내 집으로 돌아가지 못했다. 차마 아내와 아이들을 볼 면목이 없었던 것이다. 그리고 머지않아 그 끝을 가늠할 수 없는 어두운 골목이 명수의 자취를 흔적도 없이 삼켜버렸다.